TILLIE COLE

SEGREDOS SOMBRIOS

Série Hades Hangmen

Traduzido por Mariel Westphal

1ª Edição

2022

Direção Editorial: Anastacia Cabo
Tradução: Mariel Westphal
Preparação de texto: Marta Fagundes
Revisão Final: Equipe The Gift Box
Arte de Capa: Damonza.com
Adaptação de Capa: Bianca Santana
Diagramação: Carol Dias

Copyright © Tillie Cole, 2020
Copyright © The Gift Box, 2022

Todos os direitos reservados.
Nenhuma parte do conteúdo desse livro poderá ser reproduzida em qualquer meio ou forma – impresso, digital, áudio ou visual – sem a expressa autorização da editora sob penas criminais e ações civis.

Esta é uma obra de ficção. Nomes, personagens, lugares e acontecimentos descritos são produtos da imaginação da autora. Qualquer semelhança com nomes, datas ou acontecimentos reais é mera coincidência.

Este livro segue as regras da Nova Ortografia da Língua Portuguesa.

CIP-BRASIL. CATALOGAÇÃO NA PUBLICAÇÃO
SINDICATO NACIONAL DOS EDITORES DE LIVROS, RJ
Gabriela Faray Ferreira Lopes - Bibliotecária - CRB-7/6643

C658s

Cole, Tillie.
    Segredos sombrios / Tillie Cole ; tradução Mariel Westphal. - 1. ed. - Rio de Janeiro : The Gift Box, 2022.
    260 p.

Tradução de: My maddie.
ISBN 978-65-5636-176-5.

1. Ficção inglesa. I. Westphal, Mariel. II. Título.

22-78953   CDD: 823
         CDU: 82-3(410)

GLOSSÁRIO
(Não segue a ordem alfabética)

Para sermos fiéis ao mundo criado pela autora, achamos melhor manter alguns termos referentes ao Moto Clube no seu idioma original. Recomendamos a leitura do Glossário.

Terminologia A Ordem

A Ordem: *Novo Movimento Religioso Apocalíptico. Suas crenças são baseadas em determinados ensinamentos cristãos, acreditando piamente que o Apocalipse é iminente. Liderada pelo Profeta David (que se autodeclara como um Profeta de Deus e descendente do Rei David), pelos anciões e Discípulos. Sucedido pelo Profeta Cain (sobrinho do Profeta David).*

Os membros vivem juntos em uma comuna isolada; baseada em um estilo de vida tradicional e modesto, onde a poligamia e os métodos religiosos não ortodoxos são praticados. A crença é de que o 'mundo de fora' é pecador e mau. Sem contato com os não-membros.

Comuna: *Propriedade da Ordem e controlada pelo Profeta David. Comunidade segregada. Policiada pelos Discípulos e anciões e que estoca armas no caso de um ataque do mundo exterior. Homens e mulheres são mantidos em áreas separadas na comuna. As Amaldiçoadas são mantidas longe de todos os homens (à exceção dos anciões) nos seus próprios quartos privados. Terra protegida por uma cerca em um grande perímetro.*

Nova Sião: *Nova Comuna da Ordem. Criada depois que a antiga comuna foi destruída na batalha contra os Hades Hangmen.*

Os Anciões da Ordem (Comuna Original): *Formado por quatro homens; Gabriel (morto), Moses (morto), Noah (morto) e Jacob (morto). Encarregados do dia a dia da comuna. Segundos no Comando do Profeta David (morto). Responsáveis por educar a respeito das Amaldiçoadas.*

Conselho dos Anciões da Nova Sião: *Homens de posição elevada na Nova Sião, escolhidos pelo Profeta Cain.*

A Mão do Profeta: *Posição ocupada pelo Irmão Judah (morto), irmão gêmeo de Cain. Segundo no comando do Profeta Cain. Divide a administração da Nova Sião e de qualquer decisão religiosa, política ou militar, referente a Ordem.*

Guardas Disciplinares: *Membros masculinos da Ordem. Encarregados de proteger a propriedade da comuna e os membros da Ordem*

A Partilha do Senhor: *Ritual sexual entre homens e mulheres membros da Ordem. Crença de que ajuda o homem a se aproximar do Senhor. Executado em cerimônias em massa. Drogas geralmente são usadas para uma experiência transcendental. Mulheres são proibidas de sentir prazer, como punição por carregarem o pecado original de Eva, e devem participar do ato quando solicitado como parte de seus deveres religiosos.*

O Despertar: *Ritual de passagem na Ordem. No aniversário de oito anos de uma garota, ela deve ser sexualmente "despertada" por um membro da comuna ou, em ocasiões especiais, por um Ancião.*

Círculo Sagrado: *Ato religioso que explora a noção do 'amor livre'. Ato sexual com diversos parceiros em áreas públicas.*

Irmã Sagrada: *Uma mulher escolhida da Ordem, com a tarefa de deixar a comuna para espalhar a mensagem do Senhor através do ato sexual.*

As Amaldiçoadas: *Mulheres/Garotas na Ordem que são naturalmente bonitas e que herdaram o pecado em si. Vivem separadas do restante da comuna, por representarem a tentação para os homens. Acredita-se que as Amaldiçoadas farão com que os homens desviem do caminho virtuoso.*

Pecado Original: *Doutrina cristã agostiniana que diz que a humanidade é nascida do pecado e tem um desejo inato de desobedecer a Deus. O Pecado Original é o resultado da desobediência de Adão e Eva perante Deus, quando ambos comeram o fruto proibido no Jardim do Éden. Nas doutrinas da Ordem (criadas pelo Profeta David), Eva é a culpada por tentar Adão com o pecado, por isso as irmãs da Ordem são vistas como sedutoras e tentadoras e devem obedecer aos homens.*

Sheol: *Palavra do Velho Testamento para indicar 'cova' ou 'sepultura' ou então 'Submundo'. Lugar dos mortos.*

Glossolalia: *Discurso incompreensível feito por crentes religiosos durante um momento de êxtase religioso. Abraçando o Espírito Santo.*

Diáspora: *A fuga de pessoas das suas terras natais.*

Colina da Perdição: *Colina afastada da comuna, usada para retiro dos habitantes da Nova Sião e para punições.*

Homens do Diabo: *Usado para fazer referência ao Hades Hangmen MC.*

Consorte do Profeta: *Mulher escolhida pelo Profeta Cain para ajudá-lo sexualmente. Posição elevada na Nova Sião.*

Principal Consorte do Profeta: *Escolhida pelo Profeta Cain. Posição elevada na Nova Sião. A principal consorte do profeta e a mais próxima a ele. Parceira sexual escolhida.*

Meditação Celestial: *Ato sexual espiritual. Acreditado e praticado pelos membros da Ordem. Para alcançar uma maior conexão com Deus através da liberação sexual.*

Repatriação: *Trazer de volta uma pessoa para a sua terra natal. A Repatriação da Ordem envolve reunir todos os membros da fé, de comunas distantes, para a Nova Sião.*

Primeiro Toque: *O primeiro ato sexual de uma mulher virgem.*

SEGREDOS SOMBRIOS

Terminologia Hades Hangmen

Hades Hangmen: *um porcento de MC Fora da Lei. Fundado em Austin, Texas, em 1969.*

Hades: *Senhor do Submundo na mitologia grega.*

Sede do Clube: *Primeiro ramo do clube. Local da fundação.*

Um Porcento: *Houve o rumor de que a Associação Americana de Motociclismo (AMA) teria afirmado que noventa e nove por cento dos motociclistas civis eram obedientes às leis. Os que não seguiam às regras da AMA se nomeavam 'um porcento' (um porcento que não seguia as leis). A maioria dos 'um porcento' pertencia a MCs Foras da Lei.*

Cut: *Colete de couro usado pelos motociclistas foras da lei. Decorado com emblemas e outras imagens com as cores do clube.*

Oficialização: *Quando um novo membro é aprovado para se tornar um membro efetivo.*

Church: *Reuniões do clube compostas por membros efetivos. Lideradas pelo Presidente do clube.*

Old Lady: *Mulher com status de esposa. Protegida pelo seu parceiro. Status considerado sagrado pelos membros do clube.*

Puta do Clube: *Mulher que vai aos clubes para fazer sexo com os membros dos ditos clubes.*

Cadela: *Mulher na cultura motociclista. Termo carinhoso.*

Foi/Indo para o Hades: *Gíria. Refere-se aos que estão morrendo ou mortos.*

Encontrando/Foi/Indo para o Barqueiro: *Gíria. Os que estão morrendo/mortos. Faz referência a Caronte na mitologia grega. Caronte era o barqueiro dos mortos, um daimon (espírito). Segundo a mitologia, ele transportava as almas para Hades.*

TILLIE COLE

A taxa para cruzar os rios Styx (Estige) e Acheron (Aqueronte) para Hades era uma moeda disposta na boca ou nos olhos do morto no enterro. Aqueles que não pagavam a taxa eram deixados vagando pela margem do rio Styx por cem anos.

Snow: *Cocaína.*

Ice: *Metanfetamina.*

Smack: *Heroína.*

A Estrutura Organizacional do Hades Hangmen

Presidente (Prez): *Líder do clube. Detentor do Martelo, que era o poder simbólico e absoluto que representava o Presidente. O Martelo é usado para manter a ordem na Church. A palavra do Presidente é lei no clube. Ele aceita conselhos dos membros sêniores. Ninguém desafia as decisões do Presidente.*

Vice-Presidente (VP): *Segundo no comando. Executa as ordens do Presidente. Comunicador principal com as filiais do clube. Assume todas as responsabilidades e deveres do Presidente quando este não está presente.*

Capitão da Estrada: *Responsável por todos os encargos do clube. Pesquisa, planejamento e organização das corridas e saídas. Oficial de classificação do clube, responde apenas ao Presidente e ao VP.*

Sargento de Armas: *Responsável pela segurança do clube, polícia e mantém a ordem nos eventos do mesmo. Reporta comportamentos indecorosos ao Presidente e ao VP. Responsável por manter a segurança e proteção do clube, dos membros e dos Recrutas.*

Tesoureiro: *Mantém as contas de toda a renda e gastos. Além de registrar todos os emblemas e cores do clube que são feitos e distribuídos.*

Secretário: *Responsável por criar e manter todos os registros do clube. Deve notificar os membros em caso de reuniões emergenciais.*

Recruta: *Membro probatório do MC. Participa das corridas, mas não da Church.*

SEGREDOS SOMBRIOS

PRÓLOGO

FLAME

Anos atrás...

Eu estava com frio. Com tanto frio. Mas eu estava sempre com frio. A madeira áspera e gelada da parede do meu quarto arranhava minhas costas, pressionava os ossos sob a pele fina. Eu não comia há... eu não conseguia lembrar. Pressionei as mãos contra a barriga. Ela continuou fazendo sons, dizendo que estava com fome. Mas meu pai disse que eu não comeria. Ele não alimentaria o diabo.

Eu estava apenas de cueca. Meu pai disse que pecadores como eu não usavam roupas. Ele disse que o mal dentro de minhas veias era quente o suficiente. Eu não queria ser mau. Não pretendia ser, mas ele me disse que eu era mesmo assim. Por isso as outras crianças não queriam brincar comigo, porque viam a escuridão na minha maldita alma.

Olhei para os meus braços e peito cobertos de marcas de picadas de cobra. Eu sentia ainda mais frio ao pensar nas cobras, nos dentes afundando em minha carne, sob as ordens pelo pastor Hughes para tentar me limpar. Mas não estava adiantando. Nada estava funcionando. Eu estava envolto no pecado. Irredimível, meu pai disse. Eu não sabia o que significava essa palavra, mas parecia ruim.

Fechei os olhos, mas tudo o que vi foi meu pai mais cedo esta noite, cambaleando em minha direção enquanto eu me sentava no canto do meu quarto. Não havia móveis aqui. Meu pai havia removido a cama semanas atrás, então eu dormia no chão. Eu não tinha cobertores, nem travesseiro, porque ele disse que eu não os merecia.

A porta do meu quarto se abriu. Eu podia sentir o cheiro do álcool no seu hálito, daqui de onde estava. Ele tirou o cinto e tive apenas um segundo para me curvar em uma bola antes do couro estalar alto nas minhas costas. Cerrei os dentes e fechei os olhos com força. Eu sabia que merecia isso, porque era mau. Porque eu tinha chamas correndo pelo meu sangue. Mas ainda me machucava...

Meu pai me bateu até eu não sentir mais a dor. Mas eu queria a dor. Eu queria que o diabo me deixasse em paz. Agarrando o meu cabelo, ele me levantou. Eu não chorei. Com as costas da mão, ele acertou meu rosto e senti o gosto do sangue.

— Olhe para você. — Ele me arrastou pelo cabelo até que olhei para cima. Eu me vi no espelho sujo grudado na parede. Fechei os olhos; eu não queria ver meu rosto. O rosto do diabo. — Eu disse pra você olhar, filho da puta! — gritou e eu abri os olhos.

Meu pai sorriu. Não entendi o porquê. Eu não entendia por que as pessoas sorriam ou por que franziam a testa. Eu não entendia nada. As pessoas me confundiam. Eu não sabia como me comportar perto delas ou falar com elas sem assustá-las.

Meu pai detestava isso.

— Retardado! — Apertou minhas bochechas até o sangue por causa do tapa escorrer pelo meu queixo. Respirei aliviado. O sangue que escapava ajudaria a acabar com as chamas. Eu precisava sangrar para ser salvo.

Meu pai enfiou a mão no bolso e tirou uma caneta. Inclinando minha cabeça, começou a escrever alguma coisa na minha testa. Meus olhos lacrimejaram. Quando ele terminou de escrever ali, fez o mesmo nas minhas costas, no peito, braços, até que, depois, ele encostou a boca no meu ouvido.

— Retardado. — Sua voz áspera me fez estremecer. Ele pressionou a ponta do dedo no rabisco na minha pele. — Maldito retardado!

Eu também não sabia o que essa palavra significava. Eu sabia que era ruim. Algumas das crianças com quem eu costumava brincar me chamavam assim. Meu pai sempre me chamava assim.

— Vá para o canto do quarto e não se mexa — ordenou. Eu o ouvi sair de casa, ouvi o som de seus passos no chão de cascalho do lado de fora.

Envolvi minhas pernas dobradas, contra o peito.

— Vá embora — sussurrei, para o fogo em minhas veias. — Me deixe em paz. Faça ele me amar de novo. Faça as chamas do meu sangue desaparecerem.

Deus não se importava comigo. Eu era o filho do diabo agora; era o que o pastor Hughes dizia. Congelei quando ouvi minha mãe cantando na sala de estar. Ela teve outro bebê; eu tinha um irmão, Isaiah. Eu ainda não o tinha visto. Meu pai não tinha me deixado sair do quarto para conhecê-lo.

Ouvi minha mãe cantando "Brilha, Brilha, Estrelinha". Quando ela cantava, eu

SEGREDOS SOMBRIOS

não sentia as chamas no meu sangue; não sentia os demônios em minha alma ou o diabo me observando.

Prendi a respiração quando Isaiah começou a chorar. Ela continuou cantando e ele finalmente parou. Minha mãe era gentil. Meu pai era ruim para ela também. Eu não gostava quando ele a machucava, mas não sabia como detê-lo.

Ouvi passos se aproximando da minha porta e meu coração acelerou. Eu pensei que fosse meu pai voltando para casa, mas quando a porta se abriu, vi que era minha mãe. Eu corri de volta para o canto do quarto. Ele me disse que eu não tinha permissão para tocar em ninguém, que meu toque era ruim e machucaria os outros.

Eu não queria machucar minha mãe.

Não queria machucar meu irmãozinho.

— Querido… — Mamãe acendeu a luz. A claridade incomodou meus olhos; eu estava acostumado com a escuridão, não com a luz. Ela se aproximou e vi meu irmãozinho nos seus braços.

— Não! — gritei, balançando a cabeça quando ela estendeu a mão. — Você não pode me tocar. Por favor…

Ela começou a chorar. Eu não queria que ela chorasse. Ela era bonita demais para chorar.

Minha mãe afastou a mão, mas sentou no chão à minha frente.

— Querido… — Ela apontou para as palavras no meu corpo, e lágrimas escorreram por suas bochechas. Aquilo fez meu peito doer.

Uma lágrima pingou do seu rosto e meu irmão mais novo se remexeu em seus braços. Meus olhos focaram nele. Mamãe sorriu e afastou o cobertor para que eu pudesse vê-lo melhor. Ele era pequeno.

— Seu irmãozinho — ela sussurrou. Observei seu rosto. Não sabia se ele se parecia comigo. Eu não queria que parecesse. Eu também não queria chamas correndo em suas veias. Não queria que nosso pai o machucasse, que o pastor Hughes colocasse cobras em cima dele. — Isaiah. — Ela se aproximou.

— Não… — Recostei-me ainda mais contra a parede.

Minha mãe parou e só quando notei que ela não estava se aproximando, foi que olhei para meu irmão novamente. Ele estava me observando.

— Ele sabe quem você é — ela disse.

Engoli o nó estranho que estava apertando a garganta.

— Ele sabe?

— Claro, você é o irmão mais velho dele, Josiah. Ele sabe que você sempre o protegerá.

— Protegerei? — Eu não sabia como. Eu era mau.

— *Você não é mau, querido* — afirmou. Mas era porque ela não entendia o que era o mal. Meu pai que me disse. De repente, Isaiah levantou a mão, quase tocando a minha, e isso fez com que eu me afastasse rapidamente. Ele ainda estava olhando para mim. — *Ele só queria segurar seu dedo, meu amor. Ele quer conhecer o irmão mais velho.*

— *Segurar... segurar meu dedo?*

— *Olhe* — minha mãe falou, levantando o dedo na direção do meu irmão, e ele o envolveu com a mãozinha. Minha mãe sorriu. — *Ele só quer dizer olá.*

— *Não posso.* — Prendi as mãos embaixo das pernas. Eu queria segurar a mão dele, mas não podia machucá-lo. Não poderia torná-lo um pecador como eu.

— *Querido* — ela insistiu. — *Me prometa...* — Olhou para o bebê e beijou sua bochecha. Eu queria que ela beijasse a minha também. Mas ela não podia. Eu não deixaria. Ninguém poderia beijar minha bochecha. — *Prometa que sempre amará seu irmão, Josiah. Que sempre cuidará dele, que sempre o protegerá. É o que os irmãos mais velhos fazem.*

— *Eu prometo.*

Minha mãe começou a chorar novamente.

— *Um dia, quando você sair deste lugar, leve-o com você. Mantenha seu irmão seguro. E o ame. Permita que ele também ame você. Vocês dois merecem isso.*

Eu não sabia por que ela estava dizendo essas coisas. Meu pai nunca me deixaria ir embora.

— *Você não é mau. Você é meu menino precioso que apenas vê o mundo de uma maneira diferente. É o seu pai que não entende. Você é especial e amado. Muito amado, querido. Você me entende? Acredita em mim?* — Eu assenti com a cabeça, mas, na verdade, não acreditava. — *Eu amo você. Sempre amarei você e Isaiah. Mesmo quando eu não estiver por aqui. Vocês são irmãos, e irmãos se protegem.* — Minha mãe olhou para Isaiah novamente. Ele ainda estava segurando seu dedo com a mãozinha minúscula. — *E um dia, quando você se sentir corajoso, poderá deixá-lo segurar seu dedo também. Você não vai machucá-lo, querido. Eu sei que não vai.*

Eu queria ser corajoso. Queria ser corajoso pela minha mãe. Mas não podia tocá--lo... porque eu não queria machucá-lo. Talvez um dia, quando as chamas se fossem e o diabo tivesse deixado minha alma, eu, finalmente, o deixaria segurar meu dedo.

SEGREDOS SOMBRIOS

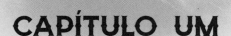

CAPÍTULO UM

FLAME

Dias atuais...

— Juro, ela não tinha a porra do reflexo de vômito. Ela continuou engolindo toda a anaconda. — Viking assobiou quando entramos no clube. — Eu desmaiei. Eu juro que desmaiei quando ela agarrou minhas bolas e eu gozei em sua boca. — Ele cutucou AK. — Rudge a pegou depois. Ele disse que perdeu a capacidade de falar por dez minutos depois disso. A puta era *muito* boa.

— Bom saber, irmão — AK disse, enquanto abria a porta da *church*.

— Não é? Você e Flame podem ter bolas azuis permanentes agora que estão algemados, mas não eu. Vocês podem viver indiretamente através de mim.

— Isso significa que nós "indiretamente" também pegamos gonorreia? — AK caçoou.

Viking colocou a mão no peito.

— Mesmo com o tanto de mulher que já comi até hoje, nunca peguei uma DST, filho da puta.

AK olhou para Vike.

— Deixa de ser mentiroso. Lembro das epidemias de clamídia de 2010, 2012 e 2014.

Viking deu de ombros.

— Bem, sim, mas o que é um pouco de clamídia entre amigos? Agora estou limpo como uma virgem.

AK balançou a cabeça e se sentou. Quando fiz o mesmo, olhei para Ash, que estava encostado na parede. Ele tinha um cigarro na mão e estava mastigando seu piercing labial. Ele não voltou para casa ontem à noite. Maddie ficou acordada a noite toda, preocupada. Eu tentei ligar para ele, mas não me atendeu. Sentindo uma dor estranha no peito, esfreguei o esterno com a mão. Eu não sabia como falar com o garoto. Maddie disse que ele estava sofrendo com a morte de Slash, disse que ele precisava de ajuda. Eu não sabia que tipo de ajuda poderia dar a Ash. Ele nem falava mais. Ficava muito com Smiler, na casa dele.

Esfreguei o peito com mais força. Era ruim pra caralho sentir essa dor.

A porta da *church* se abriu e Tank, Tanner e Bull entraram. Smiler veio logo em seguida, a barba e o cabelo mais compridos que o normal. Seus olhos estavam muito vermelhos. Zane trouxe bebidas e depois foi para onde Ash estava; os dois conversavam muito baixo para eu ouvir.

Rudge sentou ao lado de Viking.

— Vike, você contou a eles sobre a pu…

— Já soubemos — AK disse. — Não precisamos da sua versão também.

— Mas ele contou sobre agarrar nossas bolas…

— Ele contou. Ainda estou tentando apagar essa imagem do meu cérebro.

Rudge mordeu o lábio inferior.

— Porra. Estou duro de novo só de pensar naquela sessão de boquete espetacular.

Styx entrou pela porta e inclinou o queixo em nossa direção para chamar a atenção de AK, que se aproximou do *prez* e transmitiu o que ele sinalizou:

— *Lilah teve os bebês esta manhã. Ky está no hospital* — AK disse em voz alta para aqueles que não entendiam a linguagem de sinais.

Styx olhou para a porta. Mae estava lá, olhando para mim.

— Flame? Maddie precisa falar com você.

Eu me levantei e fui para o corredor. Maddie se encontrava de pé contra a parede, junto de Bella. Ela sorriu ao me ver e eu segurei sua mão. Algo estava errado. Por que ela estava aqui? As cadelas não vinham à *church*.

Ultimamente, ela estava se sentindo enjoada. Eu não gostava quando Maddie ficava doente. Isso não acontecia muito. Eu não poderia perdê-la. Não podia suportar que ela estivesse de cama, não se sentindo bem. Ela precisava estar sempre bem, para nunca sair do meu lado.

SEGREDOS SOMBRIOS

— Você está bem? — Tentei buscar uma resposta no rosto dela. Eu não conseguia decifrar direito as expressões das pessoas, algumas nem um pouco. Mas podia ler Maddie. Eu sabia tudo sobre ela. Fiz questão de me certificar de que fosse assim. Agora, sua pele estava pálida. — Você ainda está doente. Precisa ir para a cama. Vou levá-la para casa. Vamos.

Maddie pressionou a mão na minha bochecha para me deter. Meu coração acelerado imediatamente se acalmou. Seu toque sempre fazia isso comigo. Eu tinha passado de não ser capaz de ser tocado, a precisar que minha cadela me tocasse, me abraçasse, e nunca se afastasse. Se eu não tocasse em Maddie toda vez que a visse, perdia a cabeça. Se não soubesse onde ela estava todos os momentos do dia, eu não conseguia me concentrar. E se passasse mais de algumas horas sem vê-la ou conversar com ela, as chamas voltavam. Eu as sentia sob minha pele, começando a queimar. Elas sempre voltavam. Somente Maddie podia mantê-las afastadas.

— Estou bem, amor — Maddie disse.

Virei a cabeça ao som de um bebê chorando. Bella estava segurando Charon, balançando-o em seus braços enquanto caminhava de um lado ao outro no corredor, falando com ele em uma voz doce e suave. De repente, senti um frio congelante ao olhar para ele, com as bochechas vermelhas e lágrimas nos olhos. Minha garganta se fechou e não consegui respirar. Meus olhos estavam fixos no filho de Styx. Na forma como o bebê olhava para Bella. Então sua mão se levantou e alcançou a dela. Cada músculo do meu corpo retesou ao ver a mãozinha envolvendo seu dedo.

— Flame… — A voz de Maddie chamou minha atenção, mas eu não conseguia desviar o olhar do filho de Styx segurando o dedo de Bella. Eu estava suando; podia sentir a cabeça ficando quente. — Amor. — Maddie se postou à frente, bloqueando minha visão. Tudo o que eu podia ver era o rosto dela… seu lindo rosto e os olhos verdes.

Maddie colocou as mãos nas minhas bochechas e me fez encará-la.

— Volte para mim. — Os olhos verdes se focaram nos meus. — Você está bem. O que quer que esteja acontecendo, está tudo bem. Você está aqui comigo, no clube. — O peso no meu peito começou a aumentar quando encontrei o olhar de Maddie. Imitei o ritmo de sua respiração, tentando respirar também. — Isso mesmo. Respire comigo. Volte para mim. — Maddie segurou minhas mãos e eu recostei a testa à dela. Suas mãos eram tão pequenas, mas seguravam as minhas com força. Eu podia respirar melhor quando ela me segurava. — Você está se sentindo melhor? — perguntou.

Eu assenti com a cabeça ainda recostada à dela, mas não me afastei. A dor no meu peito ainda estava lá. Então, fiquei com minha esposa, segurando suas mãos, e me deliciei quando ela tocou minha bochecha. Ela afastou a cabeça e me encarou bem dentro dos olhos. Ela ainda parecia pálida.

— Você está cansada — eu disse. Eu sabia agora quando ela estava cansada; seus olhos se tornavam mais sombrios e os ombros mais prostrados. — Você deveria estar na cama. Ainda está doente.

Maddie sorriu.

— Estou me sentindo muito melhor, Flame. Eu juro. Vou ao hospital ver Lilah e os gêmeos. — Maddie deu um sorriso tão bonito que foi como um soco no estômago, afastando o restante da dor no meu peito. — Nossa sobrinha e sobrinho estão saudáveis e aqui, em segurança, Flame. — Apertou minha mão com força. — Mal posso esperar para conhecê-los.

Mae veio em nossa direção, junto com Styx, com a boca colada no ouvido da mulher, e com Zane seguindo logo atrás deles.

— *Zane as levará ao hospital. Avisei que ele tem que checar tudo e voltar se houver algum sinal de problemas* — Styx sinalizou.

Problemas. Algo estava acontecendo lá fora. Algum filho da puta tinha começado a mexer conosco. Deixando merda em nossos portões; cabeças de cabras, alguns malditos símbolos escritos em sangue no caminho para o clube. Ninguém atacou. Tanner não tinha conseguido rastrear nada até agora. Porém havia alguns filhos da puta nos observando. Eu queria trancar Maddie em nossa cabana e nunca deixá-la sair. Se eu descobrisse quem estava tentando nos atacar, mataria todos, foderia tanto o corpo desses cretinos que ninguém os reconheceria.

— Flame? — A voz de Maddie me tirou dos meus pensamentos. A porra da minha cabeça estava cheia de morte e sangue e a necessidade de matar quem estava se esgueirando. AK disse que poderiam ser apenas traficantes de armas medíocres tentando mexer conosco. Eu não sabia.

— Flame? — Ela deu um beijo na minha bochecha. A sensação de água correndo pelas minhas veias se espalhou pelo meu corpo. Ela era a porra da minha água benta, tirando o pecado que apodrecia minha carne. — Está tudo bem. — Seus dedos delicados deslizaram pela minha testa. — Acalme sua mente. Está tudo bem.

Estava tudo bem. Maddie disse isso.

Eu a puxei contra mim. Meus braços a envolveram e ela retribuiu o abraço.

SEGREDOS SOMBRIOS

— Vem aqui, Charon — Mae disse quando passou por nós e foi até Bella e seu filho. Meu estômago revirou e fiquei tenso novamente quando Mae o pegou da irmã e beijou sua bochecha. Charon fez um barulhinho quando a mãe o segurou, e meus olhos se fecharam. Vi o porão em que meu pai me trancou por anos, senti a sujeira áspera nas minhas costas... *Onze... Onze respirações... ele não respirou pela décima segunda vez...*

— Estou indo para o hospital. — Meus olhos se abriram. Eu estava segurando Maddie. Os braços dela estavam ao meu redor. Eu não estava no porão. Ela passou as mãos pelos meus braços, seu toque manteve as chamas afastadas. Só ela podia mantê-las afastadas. Agora eu precisava dela para mantê-las longe. — Ficarei lá por um tempo.

— Eu vou te buscar depois da *church*.

Maddie assentiu. Senti sua bochecha se mover contra o meu peito; isso me indicava que ela estava sorrindo. Eu gostava muito quando ela sorria, era quando ela ficava ainda mais bonita.

— Bom. — Ela se afastou e seus dedos se soltaram lentamente dos meus, mas não antes de ela segurar minhas mãos com força. — Você pode conhecer os gêmeos também. — Meu estômago revirou. Eu não precisava conhecê-los. Não era bom com bebês. Eu... *Onze... ele nunca chegou ao doze...* — Você vai ficar bem, amor. — Maddie segurou minhas bochechas entre as mãos. — Volte para mim. Olhe para mim. — Fiz como ela pediu, e tudo que vi foram seus olhos verdes.

Maddie ficou na ponta dos pés para beijar minha boca. Eu não conseguia relaxar. Minha cabeça estava cheia de pensamentos atropelados. Maddie me beijou com mais força. Ela me beijou e me beijou até eu gemer e beijá-la de volta. Então tudo que eu podia ver, pensar e sentir era Maddie. Deslizei minhas mãos em seu cabelo e a beijei. Eu sempre queria beijá-la.

Quando Maddie se afastou, ela disse:

— Eu ficarei bem, Flame. Estarei com minhas irmãs e Charon. Zane nos levará ao hospital com segurança. Quando você terminar aqui, vá me encontrar.

— Eu vou. — Então me virei para Zane. — Não pisque. Não saia de perto delas. Faça com que elas cheguem bem lá.

— Pode deixar comigo, Flame.

Maddie lançou um olhar por cima do meu ombro. Seu corpo retesou na hora, e em seguida, ela suspirou.

— Asher.

Eu me virei e deparei com meu irmão na porta da *church*. Ele levantou o queixo para Maddie e depois voltou para dentro. Maddie suspirou. Eu não sabia o porquê. Mas quando examinei o rosto dela por uma pista, tudo que vi foi tristeza. As sobrancelhas dela estavam arqueadas e os olhos marejados.

— É melhor eu ir. — Maddie me beijou mais uma vez e depois seguiu pelo corredor com o longo vestido roxo fluindo ao seu redor. Seus braços pálidos estavam à mostra e o cabelo negro e comprido descia até a parte inferior das costas.

Ela era bonita. Eu não sabia de muita coisa, mas sabia disso.

Eu a segui, junto com suas irmãs, para fora da sede do clube e observei a caminhonete se afastando até sumir de vista. No minuto em que não a avistei mais, senti as chamas sob a pele. Elas não estavam altas ou inundando as veias, mas estavam lá, borbulhando lentamente. Eu sempre as sentia; elas nunca me deixaram. E eu as sentiria ardendo ainda mais até que a *church* terminasse, e eu estivesse no hospital com Maddie.

Quando voltei pelo corredor, Ash estava caminhando por ali. Ele acendeu outro cigarro, a caminho do bar. Ele passou por mim, sem dizer nada, e nem ao menos olhou na minha direção. *Ele está sofrendo, Flame. Ele precisa de nós. Ele precisa de você.* Ouvi as palavras de Maddie na minha mente. As palavras que ela vinha me dizendo há semanas.

Eu não sabia como ajudar Ash. Não tinha a mínima ideia. Mas Maddie queria que eu o ajudasse. Pensei nos olhos dela parecendo tristes. Eu não aguentava isso.

Eu me virei para ele.

— Como faço para você parar de agir assim?

Ash parou. Seus ombros enrijeceram sob o *cut*. Eu pisquei, me perguntando por que ele não falava mais.

— Você sumiu ontem à noite. Maddie ficou acordada a noite toda esperando por você. Ela está doente. Tentei colocá-la na cama para descansar, mas ela me disse que não podia, porque estava esperando você voltar para casa. — Ele não disse nada. Eu estava falando sobre Maddie, e me irritou que ele não se importasse. — Fale, porra! — rosnei, sentindo a porra da dor no meu peito aumentar. Eu tinha começado a entender Ash, mas depois que Slash morreu… eu estava perdido. Eu não sabia o que qualquer expressão em seu rosto significava. Não entendia seu olhar ou quando seu corpo ficava tenso ou relaxado.

Ash se virou e lentamente deu uma tragada no cigarro.

SEGREDOS SOMBRIOS

— Eu estava fora. — Seus olhos negros se fixaram nos meus antes de jogar as cinzas do cigarro no chão.

Senti um espasmo na bochecha e baixei o olhar. Não conseguia manter contato visual por muito tempo. Eu não suportava.

— Maddie disse que eu tinha que ajudar você.

Ash riu.

— Você? Me ajudar? — Ele inclinou a cabeça para o lado, me observando, mas eu não conseguia ler o olhar em seu rosto. — Como *você* poderia *me* ajudar? — Senti a nuca esquentar na hora, a pele formigou e mudei o peso do corpo de um pé para o outro. Eu não sabia. Eu não sabia, porra! Ash riu de novo, mas quando olhei para o seu rosto, ele não estava sorrindo, estava apenas balançando a cabeça. — Foi o que imaginei. — Ele se virou e foi embora, desaparecendo no bar.

— Flame? — AK estava na porta da *church*. — Vamos começar.

Entrei e me sentei. AK fechou a porta e tomou a cadeira habitual de Ky. Styx levantou as mãos.

— *Não há mais notícias sobre quem diabos continua deixando cabeças de animais e símbolos sangrentos na nossa porta?* — perguntou para Tanner.

— Tentei pesquisar quem normalmente faz coisas assim. Até invadi o banco de dados federal. Nada. Sem pistas. — Tanner encolheu os ombros. — Meu palpite é que são apenas idiotas medíocres querendo mexer com os Hangmen. Mas vou continuar procurando.

Styx assentiu e depois olhou para Tank, que se inclinou sobre a mesa.

— A oferenda de hoje foi uma cabra com suas tripas e olhos arrancados. Foi deixada em frente à loja de motocicletas. — Tank revirou os olhos. — A mesma merda, apenas em dia diferente.

— Pelo menos podemos fazer um churrasco com toda essa carne grátis. — Viking levantou seu copo de uísque no ar antes de tomar tudo em um gole. — Deixem eles continuarem com isso e vamos comer como reis!

— Quem diabos quer comer cabra? — Tank perguntou com cara de nojo.

— Para você saber, cabra é uma iguaria em muitos países — Viking disse. — Ouvi dizer que cai bem com um bom vinho tinto.

— Sim, porque *você* bebe vinho tinto — Tank caçoou, balançando a cabeça.

Viking se inclinou para frente.

— Eu posso ter o corpo de um deus grego com madeixas vermelhas flamejantes, mas você deve saber que também sou um filho da puta sensível e culto.

— A única cultura que você tem está crescendo em uma placa de Petri no consultório médico — Tank disparou. Viking abriu a boca para retrucar, mas Styx bateu com o punho na mesa, interrompendo-o.

Todos se viraram para encarar Styx, mas tudo em que eu conseguia pensar era em Maddie. Ela chegou bem ao hospital? Por que ela disse que estava bem quando sua pele ainda parecia muito pálida?

AK chamou minha atenção e levantou seu celular. Ele me deu um sinal de positivo, e vi uma mensagem de Zane dizendo que Maddie, Bella e Mae estavam com Lilah. Eu suspirei e meus ombros relaxaram.

Ela estava em segurança. Styx levantou as mãos e AK falou:

— *As merdas das cabras mortas não foram o motivo desta reunião.*

Ash entrou na *church* com uma bandeja contendo uma garrafa de uísque e copos de shot. Styx observou meu irmão mais novo encher os copos de todos ali. O *prez* não desviou o olhar dele em momento algum. Quando o uísque foi servido, e Ash ficou no fundo da sala, Styx enfiou a mão no seu *cut* e colocou uma foto sobre a mesa. Todos se inclinaram, tentando ver. A fotografia foi passada para todos. Dois caras estavam mortos, abertos, cortados à faca, sangue se acumulando embaixo deles... e esculpidos em seus peitos nus havia uma palavra: SLASH.

Passei a foto de volta para AK. Styx estava olhando para duas pessoas – Smiler e Ash.

Ash.

Styx levantou as mãos.

— *O xerife ligou esta manhã por causa disso. Parece que alguns traficantezinhos mexicanos foram mortos ontem à noite, nos arredores de Georgetown.* — Styx se recostou na cadeira. — *Tinham conexões com Diego Medina e o cartel Quintana. Ao que parece, mal conheciam os filhos da puta.* — O *prez* olhou para Smiler. — *Você tem algo a me dizer, irmão? Parece que você esteve ausente ontem à noite.*

Smiler não respondeu, mas deu um sorriso. Parecia estranho em seu rosto... Ele era chamado de Smiler porque nunca sorria. Ele bebeu seu uísque e depois serviu outro sem dizer nada. Ultimamente, Smiler andava meio fodido, em uísque ou o que quer que caísse em suas mãos. Costumava ser reservado, agora estava transando com todas as putas de clube à vista.

— Você matou esses caras? Sem permissão do clube? — AK perguntou, falando por si mesmo.

— *Nós* matamos. — Virei o rosto de uma vez para a voz que havia acabado de soar do fundo da sala. Ash estava encostado na parede, com os braços cruzados. — Esses filhos da puta trabalhavam para Diego.

SEGREDOS SOMBRIOS

Smiler acenou com a cabeça para Ash, ainda sorrindo, e tomou outra dose, saudando meu irmão com o copo vazio.

— Esses idiotas mataram Slash.

— *Diego* matou Slash — AK corrigiu, lentamente, sem desviar o olhar de Ash. — Não os homens dele. Ele agiu por conta própria.

— Eles são todos iguais. Trabalharam para Diego, e mereciam morrer — Ash argumentou.

— Zane estava com você? — AK sibilou. — Ele deveria estar em casa com a tia ontem à noite.

Ash girou o piercing entre os dentes.

— Ele estava lá... saiu escondido. Mas não se preocupe, ele apenas ficou de guarda. Eu e Smiler que agimos. — Ash deu de ombros, sorrindo. — Eles não foram os primeiros e não serão os últimos. — A sala estava completamente em silêncio, e então senti os olhares de todos em mim. Eu não sabia o que dizer. Por que diabos eles estavam olhando para mim?

— *Vocês dois estão suspensos. Entrarei em contato para dizer como diabos vocês conquistarão o direito de voltar depois de cumprirem tempo suficiente* — AK estava falando, mas eram os sinais de Styx que ele estava expressando. As mãos do *prez* estavam se movendo furiosamente na direção de Ash e Smiler.

Smiler se levantou, tirando a garrafa de uísque da mesa.

— Até mais tarde, filhos da puta. É sempre um prazer. — E saiu da sala, batendo a porta atrás de si.

— Porra! Mais alguém está amando o novo Smiler? — Vike perguntou; ninguém respondeu. — Eu, por exemplo, estou. Ele falou mais na semana passada do que em todos os anos em que esteve aqui.

— O primo dele morreu — Cowboy disse, olhando para Vike.

— Eu sei disso, e é uma situação fodida. Mas é como se alguma fera interna tivesse sido liberada. E eu, particularmente, aprovo.

Minha atenção se voltou para o meu irmão e o *prez*.

— *Deixe seu cut sobre a mesa* — AK traduziu para Styx. — *E quando finalmente cair na real, começará de novo como recruta. Começando do zero.*

Ash ergueu o queixo para Styx, mas não se afastou da parede. Styx se levantou e deu a volta na mesa. Todos os meus músculos tensionaram, e empurrei minha cadeira para trás. Ninguém tocaria em Ash. Nem mesmo o *prez*.

AK se inclinou e entrou na minha frente antes que eu pudesse me levantar. O irmão não me tocou, apenas balançou sua cabeça.

TILLIE COLE

— Não se mexa. Deixe-o fazer isso — AK advertiu. Eu olhei para o chão. — Flame, Styx é o *prez*. Se Ash quer ser um Hangmen, ele precisa andar na porra da linha. Você fez isso com o Reaper. Ash precisa aprender esta lição. Não pode sair por aí matando quem diabos ele quer em nosso nome.

Cerrei os dentes, sentindo meu coração ardendo como lava, mas fiquei sentado. AK estava certo. Mas eu sentia meu estômago pesando como uma bola de chumbo só de ver Styx na frente de Ash. Nosso pai destruiu Ash como fez comigo; deixou o garoto faminto e torturado, como fez comigo. Nenhum filho da puta tocaria nele de novo. Nem mesmo Styx. Eu poderia deixá-lo conversar, mas não deixaria Styx tocar um fio de cabelo, mesmo que, como AK disse, ele merecesse.

As chamas se acenderam em minhas veias. Meu sangue parecia mais gasolina pura sob a pele, quanto mais ele se aproximava de Ash. Eu respirava com dificuldade, mais rápido, quando Styx parou na frente dele. O *prez* era enorme em comparação ao meu irmão. Ash não era pequeno, mas não era tão grande quanto Styx... pelo menos não ainda. Ele seria um dia. Ash era tão alto quanto eu. Quando criasse músculos, seria uma ameaça para qualquer um que ousasse foder com ele.

Styx estendeu a mão. Ash olhou para Styx, direto nos olhos dele, mas então se afastou da parede e tirou o *cut*. Ele entregou a Styx e depois passou pelo *prez*. Ele encontrou meu olhar ao passar, fechando a porta sem dizer nada.

— Nós vamos ter problemas com a polícia por causa disso? — Tank apontou para a foto dos mexicanos mortos, ainda sobre a mesa.

Styx balançou a cabeça.

— *Não. Molhei a mão do xerife. Ele ficou feliz porque já tinham dado jeito neles. O cara sabia que era um pagamento fácil, vindo até nós por dinheiro para se manter em silêncio.* — Styx jogou o *cut* de Ash sobre a mesa e se sentou novamente. Ele olhou para mim. — *Ele precisa dar um jeito nessa merda* — Styx sinalizou. — *Eu só peguei leve com ele porque é seu irmão e perdeu o melhor amigo. Mas se continuar me testando...*

AK pigarreou.

— Ele gosta de matar, Flame. Isso servirá bem neste clube, mas ele está sendo muito imprudente, está deixando rastros. Se for pego por policiais que não estão na nossa folha de pagamento, ele poderia pegar uma pena séria. Isso poderia destruir sua vida.

Eu olhei em volta da mesa, deparando com o olhar de todos focado em mim. Eu não os queria olhando para mim. Eu *odiava* que as pessoas me observassem.

SEGREDOS SOMBRIOS

AK se virou para Styx.

— Eu falo com o Ash. Ficarei de olho nele. — AK olhou novamente para mim. — Ele precisa se acalmar, irmão. Eu entendo que ele perdeu Slash, mas o garoto tem apenas dezoito anos. Ele está em uma maldita espiral e vai acabar morto se mexer com as pessoas erradas.

Uma dor, como se eu tivesse sido baleado, tomou conta de mim. Ash não podia morrer. Ele era meu irmão. Eu nem sempre o entendia, mas ele era da família. Ele e Maddie, e AK e Vike, o clube. Mas eu não sabia como fazê-lo melhorar. Maddie sempre sabia a resposta para tudo, mas para esta situação, nem ela sabia.

— O filho da puta é um mini Flame — Viking comentou. — Está se transformando em você a cada dia. — Assentiu para Tank. — A propósito, bom trabalho naquelas tatuagens de chamas. Os braços de Ash estão incríveis. — Tank saudou Viking em agradecimento.

Baixei meu olhar para a mesa. Não queria que Ash fosse como eu. Eu era fodido. Um maldito retardado. Ash era melhor do que eu, mais esperto, não era lento ou idiota. Eu não queria que ele fosse um psicopata com chamas no sangue, com seus próprios demônios.

Styx bateu com o martelo. Meus irmãos deixaram a mesa, mas fiquei no meu lugar. Eu não sabia como salvar Ash, não sabia nem como me salvar. Eu não tinha salvado minha mãe. Eu não tinha salvado Isaiah. Não fazia muito tempo, eu também queria morrer. Implorei que AK acabasse com isso, quando o fogo no meu corpo começou a me destruir. Maddie me salvou. Mas Ash não tinha uma Maddie; ele não tinha ninguém para acalmar as chamas, para combater os demônios em sua alma. Ele estava sozinho.

Talvez ele precisasse de uma Maddie.

— Flame? — Levantei a cabeça e vi que AK estava ao meu lado. — Eu vou para o hospital em uma das caminhonetes do clube. — Ele inclinou a cabeça na direção da porta. — Phebe está com Lilah desde que ela foi para lá. Eu vou buscá-la. Quando você for, pegue a caminhonete que Zane levou. O garoto vai voltar comigo. Ele e eu precisamos ter um conversa séria.

Segui AK até o veículo. Quando saímos do complexo, vimos Styx à nossa frente.

— Ele vai pegar Mae e conhecer as crianças do Ky — AK disse, mas não me importei.

Eu ainda sentia aquela sensação de punhalada no estômago. Essa merda estava me fazendo sentir doente. Eu não conseguia tirar Ash da minha mente. Ou o rosto dele quando olhou para mim, pouco antes de sair fechando a porta com força. Por que ele olhou para mim? Ele queria algo de mim? Ele queria que eu dissesse alguma coisa? Eu deveria ter ido atrás dele? Ash não queria. Ele não quis falar comigo no corredor antes da *church*. Ele nunca queria falar comigo. Ele nem falava mais com Maddie, e sempre falou com ela.

— Eu não sei como diabos fazer as coisas melhorarem para ele — admiti. Eu não conseguia ficar parado, havia muita merda na minha mente, muita névoa que eu não conseguia afastar, eram tantas perguntas e pensamentos que minha cabeça doía. Eu não conseguia sair dessa maldita névoa. Ela nunca esteve realmente clara, mas em alguns dias era mais espessa e escura que nos outros. Alguns dias eu me perdia. Hoje eu estava perdido pra caralho.

Não era minha intenção, mas minha mão foi para o meu pulso. Senti as cicatrizes em meus braços sob as pontas dos dedos, todos os milhares de cortes que me dei ao longo dos anos. Senti o aço da faca queimando dentro do bolso da calça jeans. Fechei os olhos quando senti as chamas nas veias começando a subir, sufocando o sangue frio que estava correndo muito rápido, tentando fugir. Eu não estava aguentando. Não aguentava mais. Cravei as unhas em minha carne, para conter as chamas, para saciar o fogo. Sibilei alto diante da dor. As cicatrizes embaixo dos meus dedos começaram a latejar como se tivessem seus próprios batimentos cardíacos, empurrando o sangue debaixo delas para a superfície, deixando escapar. Lembrei de como a faca afundava na minha pele; o aço permitindo que o sangue escapasse, esfriasse as chamas, o maldito prazer que isso trazia...

— Flame. — A voz áspera de AK me fez levantar a cabeça. — Fale comigo. Você sente as chamas de novo? — Pisquei, e então olhei para a estrada adiante. O asfalto cinza turvando meus olhos cansados. *Porra!* Eu precisava chegar ao hospital. Eu precisava da Maddie. Eu precisava dela agora mesmo.

Pressionei as palmas contra os olhos. Minha pele parecia queimar. Eu precisava que Maddie me tocasse e fizesse isso desaparecer. Mas ela não estava aqui, então baixei as mãos e cravei as unhas ainda mais na pele. Meu pau estremeceu com o jato imediato da dor viciante. A dor era boa; eu não sentia isso há muito tempo. Eu tinha esquecido como era liberar o mal que vivia dentro de mim.

— Flame! — AK gritou. — Fale comigo, irmão.

SEGREDOS SOMBRIOS

Fechei os olhos com força. *Se você sentir as chamas, lembre-se de como é ter meus dedos em sua pele, afugentando-as. Você nunca precisa se cortar de novo, amor. Meu toque irá mantê-las longe. Basta pensar no meu toque, e o fogo se extinguirá.*

Maddie... sinta os dedos de Maddie. Eu senti. Lembrei de nós deitados na cama, a mão dela subindo pelo meu braço, seus olhos verdes focados nos meus. Então ela sorria, e qualquer chama que tentava escapar, voltava a dormir.

Maddie fazia o fogo do diabo sumir.

— Flame! — AK estava gritando agora.

— Como você sabe se alguém está mentindo? — perguntei sem olhar para ele, notando uma gota de sangue no meu braço de onde minha unha havia rasgado a pele.

— O quê? Quem você acha que está mentindo?

Imaginei o toque de Maddie, mas tudo que vi foi o rosto dela. Seu rosto pálido, os lábios descorados, ouvindo-a vomitar no banheiro.

— Ela disse que está bem, que está se sentindo melhor. Mas ainda parece doente. — Virei a cabeça em direção a AK. Ele estava me observando e mantendo um olho na estrada ao mesmo tempo. — Mas ela disse que estava melhor. Maddie não mente para mim. Nunca. — Balancei a cabeça. — Mas ela ainda está muito pálida.

— Madds *não* mente, irmão. Se ela diz que está se sentindo melhor, acredite nela. As pessoas ficam doentes. Gripe, virose, depois melhoram com o tempo. Maddie também pode ter esse tipo de coisa. Mas ela vai melhorar.

Respirei fundo, porém algo apertava dentro do peito, eu sentia como se algo estivesse simplesmente errado. Como se houvesse uma pedra enorme sufocando meus pulmões e esmagando meu coração.

— Sobre Ash... — AK comentou, e cerrei as mãos em punhos, começando a tremer. — Precisamos pensar em uma maneira de ajudar o garoto a lidar com tudo o que aconteceu. — Ele desligou o rádio. — Ele está indo para a escola?

— Ele sai de manhã. Maddie garante que ele vá para a escola. Ele vai de caminhonete até lá.

— Isso não significa que ele está indo, irmão. Ele se forma em breve. Aquele pequeno filho da puta vai jogar tudo fora. — AK passou a mão sobre a barba por fazer. — Eu vou resolver isso. Vou me certificar de que ele frequente as aulas. Saffie vai começar a ir para escola na semana que vem. Eu quero que Ash cuide dela. Nunca pensei que ela fosse; você sabe como ela é tímida. Mas a cadela disse que quer. Phebe está preocupada, porém vai lidar melhor com tudo se Ash e Zane estiverem lá cuidando dela. — AK deu de ombros. — Ela conhece Ash um pouco. O garoto vai voltar para a escola e garantir que nenhuma vadia má lhe cause problemas.

Quando chegamos ao hospital, estacionamos ao lado de Styx e entramos.

— Idiotas. Acho que eles nunca viram *cuts* antes — AK comentou, gesticulando com o queixo ao redor da entrada do hospital. As pessoas deviam estar observando. Eu não dava à mínima. De qualquer maneira, nunca notei outras pessoas.

E eu odiava hospitais. O cheiro. Os sons. Minha pele começou a suar frio com a lembrança de estar amarrado a uma cama de hospital com merdas sendo injetadas e que pioravam as chamas nas minhas veias. Médicos e enfermeiras que me mantiveram presos enquanto os demônios me rasgavam por dentro, me drogando com porcarias que calavam meus gritos, mas não as chamas.

— Flame. — Voltei a atenção para AK, que aguardava em um elevador já com as portas abertas, ao lado de Styx. — Entre. Maddie está lá em cima.

Maddie. Maddie faria tudo melhorar. Afastaria a névoa do meu cérebro e dos meus pulmões, que mal conseguiam puxar o ar. Eu tocaria sua mão, e tudo se acalmaria.

Mudei o peso do corpo de um pé para o outro enquanto o elevador subia. Vi Styx sinalizando algo para AK, mas só foquei nas luzes indincando a distância do andar em que Maddie estava. Quando a porta se abriu, saí rapidamente para o corredor.

— Por aqui — AK apontou. Eu os segui até uma mesa e fomos encaminhados a outro corredor. — Lá está Zane.

O garoto se levantou e estendeu as mãos.

— Ash me mandou uma mensagem, tio. Eu posso explicar…

— Agora não — AK rosnou. — Vou conhecer os filhos de Ky e Lilah e depois levar você e Phebe para casa. — Ele apontou um dedo para o rosto de Zane. — E então vamos conversar, garoto. Uma conversa muito *longa*. — Zane assentiu e enfiou as mãos nos bolsos, abaixando a cabeça.

— Zane! Estou com sede! Papai disse que você tinha que me levar para pegar um refrigerante e lanches — Grace, a filha de Ky e Lilah, parou ao lado, olhando para ele. Ela puxou seu braço, tirando sua mão do bolso.

— Vamos! Eu não tenho o dia todo! — Grace puxou a mão de Zane e o arrastou pelo corredor, fora de vista.

— Essa garota será uma maldita destruidora de bolas um dia. — AK balançou a cabeça.

SEGREDOS SOMBRIOS

— Puxou ao pai dela. Agora, Zane merece estar passando por isso nas mãos dessa garotinha. Aquele merdinha.

As portas duplas à nossa frente se abriram e Ky passou por elas. Styx se adiantou, sorrindo para o *VP* e o abraçou, retribuindo o gesto e assentindo para mim.

— Flame.

— Tudo bem? — AK perguntou.

— Dois filhos saudáveis. — Ky passou as mãos pelo longo cabelo loiro. — Azrael e Talitha. Li nomeou os dois. Alguma merda bíblica. — Deu de ombros. — Não dou a mínima. Depois de vê-la toda aberta para tirá-los, mas tão forte, sorrindo apesar de tudo, ela poderia ter nomeado as crianças Cara de Cu e Cabeça de Merda se quisesse e eu não teria me importado. — AK e Styx riram. Mas meus olhos estavam fixos nas pequenas janelas de vidro das portas duplas. Eu me aproximei quando vi o vestido roxo de Maddie passar. Ela estava naquele quarto.

AK e Ky conversavam atrás de mim, mas não ouvi suas palavras, era tudo estático. Meus pés estacaram quando olhei pela janela e avistei Lilah na cama, Phebe e Bella em cadeiras ao lado dela. Bella estava segurando Charon. Mae segurava um dos bebês... e Maddie segurava o outro. Meu peito se apertou com tanta força que tive que lutar para respirar. Ver Maddie deveria ser o suficiente para minha respiração voltar ao normal. Mas vê-la assim... era pior. Muito pior. Maddie estava segurando um bebê. Minha Maddie, olhando para uma criança enrolada em um cobertor azul... e estava falando com ela. Sorrindo... Um sorriso tão grande que eu não conseguia afastar o olhar de seu rosto reluzente.

Maddie estava segurando um bebê. Eu só segurei um bebê na vida... Minha pele queimava, pegava fogo com as lembranças que tentavam romper a névoa na minha mente. Eu me concentrei em Maddie. Em seu rosto lindo e perfeito e como tudo melhoraria se ela apenas olhasse na minha direção.

Então os lábios de Maddie começaram a se mover. Eu não conseguia ouvi-la através das grossas portas de madeira, mas sabia que ela estava cantando. Eu sabia como era sua voz e sabia o que ela estaria cantando. "Brilha, Brilha, Estrelinha..."

Pousei as mãos nas portas e li seus lábios enquanto ela cantava. Observei seu pequeno corpo balançar com o bebê nos braços. Minha garganta começou a fechar. Lembrei do desenho de Maddie em seu caderno. Não de nós dois abraçados; aquele que me fez querer tocá-la quando nunca quis tocar em mais ninguém. Aquele dela segurando um bebê, comigo ao seu lado.

Mas eu nunca poderia segurar um bebê. Nós nunca poderíamos ter um nosso. Maddie sabia disso. Meu toque matava bebês. *Isaiah*... Me lembrei de Isaiah em meus braços, vermelho e gritando naquele porão. Então me lembrei de segurá-lo, seus gritos cessando e sua respiração ficando estranha.

Seu peito estremeceu. Eu contei suas respirações. *Um*... Ele não parecia nada bem. Eu contei de dois a onze... então sua respiração parou. A cor da sua pele mudou no onze... Ele nunca chegou ao doze. Nunca chegou ao maldito doze.

Meus olhos se voltaram para Maddie naquele quarto. Minhas mãos tremiam e o suor escorria pelo meu pescoço. A cor da pele de Maddie também estava estranha. Assim como a de Isaiah. Ela estava tão doente quanto ele?

— Maddie — sussurrei.

Maddie virou a cabeça para algo que Lilah disse. Encarei minhas mãos; elas estavam tremendo tanto que cerrei em punhos para tentar fazê-las parar. Mas não pararam. Então congelei. Meu toque a estava deixando doente? Era eu quem a estava machucando? Finalmente? Eu me afastei da janela e desabei na cadeira mais próxima, encarando minhas mãos, tentando ver se elas pareciam diferentes. Se, de alguma maneira, o diabo tinha me tornado mais maldito, tanto que eu machucaria Maddie.

— Flame? Você está bem? — AK perguntou do outro lado do corredor, ao lado de Styx e Ky.

Assenti automaticamente, mas fiquei olhando para minhas mãos, esperando por um sinal que indicasse que o mal estava mais forte do que nunca, observando minhas veias para ver se mudariam de cor. Fechei os olhos e deixei a voz de Maddie invadir minha mente. Sua voz suave sempre me mantinha calmo.

Pude respirar um pouco melhor imediatamente.

Tentei dizer a mim mesmo que meu toque não poderia machucá-la. Mas então a imaginei com o bebê. Eu não podia segurar bebês, eu os machucava. Eu matei meu irmão; meu pai me disse isso. Eu também matei minha mãe. Maddie disse que não, mas agora ela estava doente. Ash estava indo de mal a pior. O diabo estava arrastando-o para o inferno comigo. Tínhamos o mesmo sangue. As mesmas chamas em nossas almas...

Eu continuei focando na voz de Maddie na minha cabeça. Ela estaria comigo em breve. Ela faria tudo ficar melhor. Ela sempre fazia isso.

E ela afugentaria o diabo e suas chamas.

SEGREDOS SOMBRIOS

CAPÍTULO DOIS

MADDIE

— Azrael, você é muito além da perfeição. — Inclinei-me gentilmente sobre a cama para colocá-lo de volta nos braços de Lilah. Nem mesmo a dor por conta da cesariana apagou o sorriso em seu rosto iluminado pela alegria. Encarei minha irmã com reverência; Lilah sempre fora linda, mas não creio que a tenha visto tão perfeita quanto agora.

Sentei-me ao lado de Mae, que segurava Talitha. Rocei a bochechinha rosada com a ponta do dedo, sentindo um lampejo de nervosismo me percorrer quando ela se moveu sob o meu toque. Nervosismo misturado com uma animação que mal conseguia conter. Quando me recostei, Bella segurou minha mão.

— Você já contou a ele, irmã?

A emoção se transformou em um medo intenso. O sorriso que ostentava em meu rosto, só de olhar para os dois lindos bebês, desvaneceu. Mordi o lábio com apreensão.

— Não. Ainda tenho que criar coragem.

Bella apertou minha mão, para me transmitir segurança.

— Ele vai perceber em breve.

Instintivamente, toquei meu ventre com a mão livre. O material que fluía do meu vestido roxo rapidamente se moldou ao ligeiro volume que começara a se formar. Minha pequena criação preciosa. Flame ainda não havia percebido que estava ali. Tudo o que ele sabia era que eu estava doente de alguma forma. Dei a desculpa de que não passava de uma virose estomacal. No entanto, percebi o que isso estava fazendo com ele, vi a preocupação em seu rosto e o brilho assombrado em seus olhos. Não fui honesta com ele, mas temia que se o fosse, acabaria lhe causando mais sofrimento. Essa nunca foi minha intenção, pois ele já havia sofrido demais na vida.

— Não ousei lhe dizer — sussurrei.

O quarto ficou em silêncio. Quando ergui o olhar, todas as minhas irmãs estavam me observando. Bella, Sia, Phebe, Lilah e Mae demonstravam tristeza e empatia em seus semblantes. Afastei a mão de Bella e a coloquei sobre minha barriga, embalando nosso bebê que crescia lá dentro.

— Ele tem muitos demônios, como vocês sabem. Mas... — Eu me calei. Eu não divulgaria as experiências terríveis do meu marido quando criança; isso era entre mim e ele. Eu nunca quebraria essa confiança sagrada. — Ele tem medo de ser pai. Eu sei disso. Por razões que não compartilharei, ter um bebê... será um grande gatilho para ele, possivelmente o maior que poderia enfrentar. Um que não tenho certeza que Flame possa lidar a qualquer momento, especialmente nos últimos tempos.

Pensei em seus dedos traçando suas cicatrizes, as unhas cravando em seu pulso enquanto nos sentávamos perto da lareira. Eu nem tinha certeza se ele sabia que estava fazendo aquilo, mas eu havia notado. Não era ingênua, nem idiota. Posso não ter tido uma educação ou criação que desafiasse as mulheres a pensarem além da nossa fé restrita. Porém sabia que os demônios com os quais Flame e eu vivíamos tinham sido meramente abatidos por nossa união, não exorcizados. O amor era um remédio poderoso, mas não a cura completa para algumas cicatrizes. Elas eram muito profundas; incuráveis. Simplesmente aprendemos a conviver com nossos demônios, compartilhando entre nós quando o fardo de pensamentos terríveis se tornava grande demais para suportar. Não acredito que Flame tenha entendido o motivo para estar começando a mostrar comportamentos antigos.

Eu achava que poderia ser por causa de Ash; sabia que Flame estava preocupado com seu irmão, assim como eu, mas ele não sabia como expressar ou até mesmo reconhecer isso. Além do comportamento errático de Ash, seu silêncio, ou pior ainda, suas palavras cruéis, ele tem me visto doente por um tempo, e notei a expressão assombrada em seu olhar.

SEGREDOS SOMBRIOS

Com os dias se transformando em semanas, o olhar assombrado estava presente ainda mais. E eu sabia que contar sobre nosso bebê não melhoraria as coisas. Eu sabia, em meu coração e alma, que isso o faria entrar em pânico, e eu não tinha certeza se poderia salvá-lo. Era a cicatriz mais profunda e irregular que ele carregava em seu coração machucado. Eu estava aterrorizada com o que aconteceria quando fosse despedaçado.

— Eu sabia que não estávamos prontos para ser pais — confessei. Inalei lenta e profundamente, na tentativa de liberar o nó que bloqueava a garganta. — Eu tomei precauções; tenho feito isso desde que nos casamos. Mas não deve ter funcionado. O médico me disse que é algo que pode acontecer, mesmo que eu tenha feito tudo corretamente. — Embora soterrada em uma ansiedade sufocante, senti os cantos dos meus lábios se curvarem em um singelo sorriso. — Apesar de tudo, apesar de não ser planejado e ser muito cedo, não consigo me sentir infeliz. Eu estou… — Pisquei para afastar as lágrimas que inundavam meus olhos. — Estou tão feliz a ponto de mal conseguir me conter. — Mae enxugou uma lágrima perdida que escorreu em meu rosto.

— Deus sabia que esta era a sua hora — Lilah disse, e encontrei o olhar da minha irmã deitada na cama. — A nova pastora de nossa igreja disse que nossos bebês já foram anjos no céu, cuidando de nós, mantendo-nos seguras, apenas esperando a hora certa de serem chamados por nós. Eles chegam quando Deus acha conveniente abençoar nossas vidas.

Meu coração inchou com a bela imagem que essas palavras evocaram.

— Talvez essa seja sua recompensa por suportar o que você passou com o irmão Moses. E Flame também, essa é recompensa pelo seu passado terrível — Phebe acrescentou. Assenti, tentando acreditar que era verdade. No entanto, estava convencida de que Flame não consideraria nosso bebê uma bênção.

Minhas irmãs devem ter sentido minha hesitação, e seus sorrisos encorajadores se tornaram expressões preocupadas.

— Flame não vai lidar bem com isso. Eu sei… — Inspirei fundo, da maneira que acreditava que um guerreiro deveria respirar antes de enfrentar o que sabia que seria uma batalha tumultuada. — Vou ter que guiá-lo por tudo isso. Terei que ser forte por nós dois. De alguma forma, devo fazê-lo acreditar que nosso bebê é um presente divino, não um mal a temer. — Passei as mãos sobre meu ventre ligeiramente arredondado. — Este bebê é uma criação nossa, a perfeita mistura de nossas almas. —

Dei uma risada tranquila. — Eu amo aquele homem com todo o meu coração, embora não tenha certeza de que ele acreditará que isso seja verdade. Não importa o quão longe chegamos, não acredito que ele tenha entendido a profundidade da minha adoração por ele. Não, ele se considera indigno. A missão da minha vida é fazer com que Flame entenda quão querido e amado ele é. Não apenas por mim, mas também por seus irmãos e familiares.

Fiz uma pausa, arrebatada por um repentino devaneio, imaginando Flame segurando nosso bebê minúsculo nos braços. Seus braços tatuados e musculosos embalando suavemente nosso filho, os olhos negros cativados pela expressão viva de nosso amor. O bebê murmurando e se movendo em segurança entre suas mãos firmes, também amando seu pai com todo o coração. A onda de emoção cobrindo minha alma era um bálsamo calmante para meus nervos frágeis e dominados pela tensão. Ele seria o pai perfeito se apenas se permitisse acreditar. Se ele se deixasse tornar o que nunca tivera; um homem que amava seu filho com todo o seu ser. Um protetor. O guardião da luz de nossas vidas.

— Não sei explicar isso. — A voz suave de Lilah me tirou dessa visão perfeita.

Mae estava colocando Talitha no outro braço de Lilah. Nossa irmã segurava seus gêmeos, pelos quais lutara tanto, como os presentes preciosos que eram. Lilah encarou seus filhos, um de cada vez, como se mal conseguisse acreditar em tamanha perfeição. Finalmente, ela olhou para cima e focou a atenção em mim.

— Não sei explicar como é finalmente conhecer seu filho, ou filhos, no meu caso. Não consigo explicar a sensação avassaladora de felicidade e realização. Mas também o medo tão forte que deixa você sem fôlego. Medo de alguém machucá-los. — O lábio inferior de Lilah tremeu. — Encontrei uma força que nunca imaginei possuir. Só sei que daria minha vida pela deles sem questionar, que faria qualquer coisa para mantê-los seguros, até o dia em que eu morrer. — Lilah sorriu. — Minha pequena Grace me mostrou o caminho quando pensei que toda a esperança havia sido perdida. Ela foi o meu milagre depois de tudo o que aconteceu em Nova Sião. Ela foi o instrumento usado por Deus para me mostrar que eu poderia ser a mãe que sempre sonhei ser. Azrael e Talitha são uma extensão do amor de mãe que Grace já trouxe à minha alma ferida. — Lágrimas escorreram pelo seu rosto. — Sinto-me tão incrivelmente abençoada que nem consigo articular o que quero dizer.

SEGREDOS SOMBRIOS

— Você acertou em cheio, Li. — Sia estava sentada na beira da cama hospitalar. — Minhas sobrinhas e sobrinho são as melhores coisas em minha vida. E você merece tudo isso. E apesar de me dar nos nervos, Ky também. Mas não diga a ele. Ele já tem um ego grande o suficiente. — Lilah riu e Sia piscou.

A porta do quarto se abriu e Grace entrou.

— Mamãe! Eu fiz Zane me comprar um *monte* de coisas! E também comprei alguns lanches para você. — Sia se levantou e Grace pulou em seus braços.

— Obrigada, querida — Lilah disse, sorrindo para a filha.

— Tia Sia?

— Sim, querida?

— Eu acho que Zane é realmente bonito.

Os olhos de Sia se arregalaram.

— Em nenhuma circunstância deixe seu pai ouvir você dizer isso!

Eu ri diante da expressão preocupada de Sia e Lilah.

— Por que não? Papai disse que eu nunca deveria mentir para ele. Especialmente sobre garotos.

— Existem algumas mentiras que são necessárias — Sia respondeu, sentando-se na cadeira, com Grace no colo. — As que impedem Zane de ser esfolado vivo são essenciais.

— O que tem o Zane? — A voz de Ky veio da porta. AK e Styx o seguiram logo atrás.

— Ahn, ele foi bonzinho, você sabe, comprando lanches para Gracie — Sia disse, tropeçando em suas palavras. Ky franziu o cenho para a irmã, balançou a cabeça e depois se concentrou na esposa.

Minhas irmãs se afastaram para que Ky pudesse pegar os bebês. Ele levantou Azrael em seus braços. Voltando-se para Styx, declarou:

— Conheça o futuro *VP* dos Hangmen.

Styx sorriu e pegou Charon, que estava se contorcendo nos braços de Mae. Enquanto eu observava Ky e Styx segurando seus filhos – Ky dando Azrael a Lilah e pegando Talitha –, tudo o que vi foi Flame segurando nosso bebê um dia. Sorrindo tão livremente quanto Styx e Ky. Flame não sorria muito. E eu orava para que um dia pudéssemos ser assim.

Como se meu coração o sentisse próximo, meu olhar se desviou para a porta aberta. Flame estava do outro lado da porta; sua atenção fixa intensamente em mim.

TILLIE COLE

— Flame — eu o chamei e estendi a mão. Ele viu minha mão oferecida, mas balançou firmemente a cabeça. Seu olhar se focou nos bebês, puro medo refletido em seu olhos. Ele recuou alguns passos, deixando claro sua postura, porém me manteve à vista. Meu coração se partiu em dois com o pânico em sua expressão. Com os punhos cerrados ao lado, avistei a camada de suor cobrindo sua testa. Meu marido não gostava de hospitais por tudo o que sofreu antes que AK e Viking o encontrassem em um hospital psiquiátrico. Mas vê-lo assim... me destruiu.

Aproximei-me de Lilah, acomodada com os dois bebês nos braços.

— Eu preciso ir para casa — insisti, calmamente, não querendo atrapalhar o clima festivo ao redor. O olhar de Lilah passou por cima do meu ombro, focando em Flame. Ela assentiu suavemente e eu lhe dei um beijo de despedida. Passei o dedo por cada uma das bochechas dos gêmeos. — Voltarei em breve, pequeninos.

— Tudo *dará* certo. Confie, irmã — Lilah disse, com convicção.

Saí do quarto e me aproximei de Flame. Seus olhos estavam arregalados e assustados, o branco muito brilhante contrastando com a íris escura. Estendendo a mão, eu disse:

— Vamos para casa? — Ele assentiu vigorosamente, mas quando segurei sua mão, ele se encolheu e a pousou sobre o peito, como se meu toque fosse infeccioso. Em pânico, meu pulso disparou em uma batida frenética. Flame se afastou de mim, um único passo, mas que pesou em meu coração. Naquele momento, era como se estivéssemos separados por um oceano. Para piorar, depois que se distanciou, avistei a pele em seu pulso. Meu coração se despedaçou ao deparar com o sangue seco manchando a pele tatuada. Ele andava cravando as unhas na pele, porém desta vez ele conseguiu ferir a pele.

O medo tomou conta de mim. Ele estava piorando.

— Flame... amor... — sussurrei e lentamente me aproximei, sem erguer as mãos.

Suas narinas dilataram à medida que eu chegava mais perto, mas ele não se afastou quando me aninhei ao seu corpo retesado. Minha alma chorava. O que poderia estar causando essa reação? Por que ele, de repente, me temia, a única pessoa que havia deixado se aproximar? Temia meu toque, o toque que acalmava seus demônios? Eu me senti nauseada. Não pela gravidez, mas pela perda da aceitação do meu marido. Era a coisa mais preciosa que nós dois tínhamos, a liberdade de tocar e amar um ao outro sem condições ou restrições.

SEGREDOS SOMBRIOS

— Vamos para casa? — Rezei para que minha voz não estivesse trêmula, embora por dentro tremesse como uma folha em uma tempestade de outono. Não pousei a mão em seu peito ou tentei tocá-lo, temendo fazê-lo sofrer. Eu precisava levá-lo para casa, onde ele se sentia seguro.

Flame se virou e caminhou ao meu lado em silêncio, entrando no elevador e saindo do hospital. Eu esperava que sair do prédio o tranquilizasse um pouco, mas não foi o que aconteceu. Flame continuava olhando na minha direção, as sobrancelhas escuras franzidas de preocupação.

O motor da caminhonete soou tão alto quanto trovões conforme nos dirigíamos de volta ao complexo, deixando o centro de Austin para trás, no mais profundo silêncio. Assim que adentramos a privacidade de nossa casa, me virei para encará-lo. Estendendo a mão, implorei:

— Segure minha mão, amor.

Observei cada movimento que ele fez, em busca de respostas. Enquanto mantinha a mão estendida no espaço entre nós, percebi o brilho de seus olhos, assim com o franzir dos lábios. Os dedos de Flame se contraíram. Eu sabia que ele me queria. Era nítido o desejo em seu olhar desesperado. Isso partiu meu coração. Seus medos frequentemente partiam meu coração. Meu marido, parte assassino perigoso e, definitivamente, protetor, parte alma sombria e quebrada buscando sempre algum tipo de luz.

— Por favor, Flame — implorei, desta vez perdendo a batalha para impedir o tremor na minha voz. — Sou eu. Sua Maddie. Sua esposa.

— Minha Maddie — Flame grunhiu, o semblante contorcido em agonia. Ele balançou a cabeça e, antes que eu pudesse confortá-lo, ele colocou as mãos na lateral da cabeça e começou a se bater. — De novo não. Eu não posso fazer isso de novo.

— Flame! — Avancei, porém ele se afastou, recuando até se chocar com um baque surdo contra a parede da cozinha. — O que está acontecendo? — exigi saber, o medo se tornando minha principal emoção.

Seu pescoço musculoso estava tensionado, mas com uma suave e perdida esperança em sua voz, disse:

— Estou machucando você. — Encarou as palmas das mãos como se fosse o anticristo. Elas tremiam e aquilo me destruiu, estraçalhando meu coração, que estava esperando por sua confissão, antes de voltar a bater. Flame olhou nos meus olhos quando começou a desmoronar. — Você ainda está doente. Posso ver no seu rosto e nos seus lábios pálidos. Você nunca mente para mim. Mas eu sei que você está doente. Eu estou... —

Congelei quando Flame estendeu a mão, parando a milímetros da minha bochecha. Seu olhar cintilava com lágrimas não derramadas de aflição. — Sou eu — afirmou tão baixinho que mal pude ouvir o timbre profundo e devastado. — Está finalmente acontecendo. — Baixou a mão e arrastou as pontas dos dedos pelo trajeto das veias no pulso. — As chamas estão ficando mais fortes. Elas estão chegando até você também. — Flame piscou e uma lágrima pingou em seu peito, deslizando sob a gola da camisa branca. — Não posso machucar você. Não a minha Maddie. Não posso. Não vou...

Meu estômago revirou, a náusea se avolumando na garganta. Balancei a cabeça, pois não consegui encontrar minha voz.

— Não... — murmurei, a percepção surgindo como o sol nascendo por trás de uma nuvem cinza. — Flame. — Dei alguns passos lentos em sua direção. Meu marido parecia perdido, sem saber o que fazer. — É minha culpa. — A confissão escapou facilmente dos meus lábios.

Eu havia escondido a verdade dele e o tempo todo Flame acreditava que estava me machucando. Ele me observou. Ele sempre me observava. Eu amava que se importasse comigo tão profundamente. Mas me vendo cansada e doente... O que eu tinha feito? Ele prestava muita atenção em mim para acreditar que não havia nada de errado, mesmo que eu lhe dissesse que estava bem.

— Eu juro que não estou doente. — Segurei sua mão e apertei com força. Flame tentou recuar, afastar-se, mas eu não permiti. — Seu toque não me machuca — assegurei, com seriedade, vendo-o congelar de medo. Ficando na ponta dos pés, pressionei a mão livre em sua bochecha áspera. — Não estou doente, amor. — Ergui nossas mãos aos meus lábios e beijei sua pele tatuada e marcada de cicatrizes.

Ele tremeu ao meu toque. Uma respiração rápida deixou seus lábios entreabertos. Observei sua luta interior, a dor que eu sabia que o atormentava, emanando de seu corpo.

— Maddie — Flame murmurou, a voz rouca de emoção. Sua mão apertou a minha, tão gentil em contraste com o corpo grande. — Não posso machucar você. Não você. — Meus olhos se fecharam quando a outra mão passou pela minha bochecha e se enfiou no meu longo cabelo preto. — Não você. Você é... — Meus olhos se abriram e eu o observei procurar uma palavra para transmitir seus sentimentos; para expressar a emoção que ele sempre se esforçou para compreender. — Eu amo você. Eu morreria se você morresse.

SEGREDOS SOMBRIOS

— Flame...

— Você mantém as chamas afastadas. O diabo não me toca quando você está perto.

Inclinando um pouco a cabeça para cima, pressionei meus lábios aos dele. Levamos muito tempo para chegar a esse ponto. Desfrutando de carinhos e toques cautelosos por causa dos monstros em nosso passado. Mas, juntos, mandamos os monstros de volta para suas cavernas. Trabalhamos incansavelmente todos os dias para mantê-los afastados. E nossos beijos... cada beijo que compartilhávamos representava nosso grito de batalha, afirmando que não seríamos derrubados de novo tão facilmente. Juntos, éramos mais fortes. O amor nos ajudou a permanecer de pé.

Flame gemia contra a minha boca. Eu podia sentir sua relutância em se soltar. Eu sabia que a voz dentro de sua cabeça insistiria em afirmar que ele estava me machucando, que eu seria ferida, a voz de seu pai o atormentando com insegurança e ódio. Então beijei Flame com mais intensidade, passando as mãos pelos seus ombros largos até que ele não teve escolha a não ser corresponder. Ele entremeou as mãos no meu cabelo e me beijou com abandono. O alívio era palpável dentro de mim quando seus dedos se moveram por entre meus fios longos.

— Eu não estou ferida — sussurrei contra sua boca. Flame gemeu mais alto, um som doloroso e incrédulo. — Seu toque nunca será capaz de me machucar. — Eu o beijei entre cada uma das palavras, sem romper o contato que ele tão desesperadamente temia. — Você não é mau e nunca será nada além de meu marido, a quem tanto amo.

— Maddie. — Flame pressionou a testa à minha, respirando o ar que compartilhávamos conforme me segurava com suas mãos trêmulas. — Não posso perder você.

— E não perderá — respondi, recuando um passo.

Com um sorriso tranquilizador, eu o conduzi para o nosso quarto. Flame me seguiu. Eu sabia que ele sempre me seguiria, assim como eu o seguiria para sempre. Assim que adentramos nosso refúgio, o lugar de consolo onde tantos demônios foram silenciados por nossos momentos íntimos, fechei a porta. Eu queria banir o mundo por um tempo. Precisava que fosse apenas ele e eu. Flame precisava ser trazido de volta para um lugar de paz, comigo.

Eu também precisava dele. Flame acalmava o fogo no meu próprio sangue.

Ele manteve o olhar focado em mim enquanto eu gentilmente espalmava as mãos em seu peito forte. Os músculos se contraíram, mas meu marido ficou imóvel e me permitiu acariciá-lo. Sua respiração acelerou. Sempre seria assim, eu entendia isso. Ser tocado nunca seria algo fácil para ele, mas comigo, era algo que podia suportar. Comigo, era algo que ele podia valorizar e apreciar. Era algo que ele aprendera a desejar. Assim como eu. Depois de anos de estupro e abuso sádico, senti-me completamente segura com esse homem que amava mais do que poderia expressar.

Com mãos cuidadosas, tirei seu colete de couro, ouvindo-o cair no chão. Deslizando as mãos pelo seu peito, alcancei a barra de sua camisa e a deslizei lentamente sobre seu torso, as tatuagens de chamas vermelhas e alaranjadas brilhando em tons vibrantes quando ele se desnudou ante meus olhos. As tatuagens faziam com que Flame se lembrasse dos demônios, do pecado e do fogo do inferno que ele acreditava que corriam por suas veias. Para mim, era um pôr do sol vibrante, a antítese colorida das trevas, oferecendo a promessa de um novo dia.

Depois de retirar sua camiseta, larguei o tecido para se juntar ao colete no chão.

— Você é lindo — sussurrei, beijando o local exato em seu peito onde seu coração frágil jazia logo abaixo. Flame sibilou com o meu toque, cerrando os olhos, e os cílios pretos beijaram a pele suavemente bronzeada. Tracei as chamas alaranjadas com o dedo. Sorri, ciente de que realmente pertencia a este homem. — Você nunca poderia me machucar, amor. Você é a minha salvação, meu remédio, meu bálsamo. Você é um sonho realizado e uma esperança concedida.

— Maddie... — Sua voz se manteve baixa quando abriu os olhos. Recuando, puxei o zíper do meu vestido e deixei o material leve e soltinho cair no chão. Com os olhos de Flame em mim, abri o sutiã, tirei as roupas íntimas e as larguei ao lado. O tórax forte subia e descia à medida que me observava. Ele me fazia sentir bonita, sempre bonita. Ele me fazia sentir digna depois de anos de inutilidade e ódio próprio.

Por um momento, imaginei se ele veria a mudança na minha barriga. Mas Flame raramente olhava para o meu corpo. Ele não notaria se mudasse. Ele sempre olhava profundamente nos meus olhos.

Flame mal conseguia olhar nos olhos das pessoas, pois achava a conexão demais para suportar. O fato de poder se focar em mim dessa maneira mostrava a confiança que havíamos encontrado um no outro.

SEGREDOS SOMBRIOS

— Toque-me — ordenei, a voz ecoando baixinho pelo quarto. — Por favor, amor. Eu… — Minha respiração falhou. — Eu também preciso de você.

Os inúmeros piercings de Flame brilhavam sob a luz fraca que entrava pela janela. Eu não tinha certeza se ele se moveria, muito menos se me seguiria para a nossa cama. Mas com passos incertos, ele roçou os nódulos dos dedos ao longo da minha bochecha. Era um toque tênue, uma pena pousando suavemente na superfície de um lago no inverno. No entanto, senti como se estivesse andando na superfície do sol, com os portões do paraíso me adornando com sua luz e calor. E me deliciava com o amor que emanava de seu toque.

Suas mãos viajaram mais abaixo… no meu pescoço e no meu peito. Arrepios invadiram minha pele quando as pontas dos dedos de Flame flutuaram sobre meus seios, me fazendo estremecer.

— Você é tão bonita — ele sussurrou. Encontrando seu olhar, me senti tão em paz, como se pudesse flutuar.

— Venha — convidei e, entrelaçando os dedos aos meus, o guiei para a nossa cama.

Sentei-me na beirada do colchão, com Flame à frente me incendiando com o olhar ardente e afetuoso. As pessoas não enxergavam o que eu via quando olhava para ele. Elas acreditavam que ele era frio e sem emoção. Mas eu via os segredos que ele escondia, como se estivessem escritos em sua pele para que somente eu pudesse ver. Eu enxergava suas esperanças e medos, como se eu tivesse sido feita por Deus para ser a intérprete deste homem. A proprietária da chave que destrancava sua alma sombria. Mas o melhor de tudo, eu lia o quanto ele me amava, embora sua linguagem corporal não expressasse abertamente; o brilho revelador que iluminava seus olhos era para mim, apenas para mim.

Flame abriu o botão da calça de couro e a deslizou pelas pernas. Deitei na cama e meu coração acelerou quando Flame se colocou delicadamente sobre mim. Nunca me senti tão segura como quando ele estava acima de mim, me protegendo do mundo, nos mantendo em segurança. Flame me beijou com suavidade, como se temesse que eu quebrasse caso pressionasse demais.

— Eu preciso de você — sussurrei e passei a mão pelo cabelo escuro.

Respirando fundo, ele se colocou entre as minhas pernas. Seus olhos estavam fixos nos meus enquanto ele me tomava por inteiro. Eu ofeguei com a sensação, aquela que nunca poderia descrever como algo além de perfeição. Cura perfeita. Amor perfeito. Almas convalescentes colidindo em uma felicidade impossível. Isso nos curou dos fantasmas de nossos algozes, livrando de qualquer poder que restasse sobre nós. Era uma comunhão em sua forma mais pura. Flame, eu e nosso amor.

Nossa santíssima trindade pessoal.

A respiração de Flame ficou arfante enquanto entrava e saía de mim, a princípio fora de ritmo, lutando contra a voz em sua cabeça. Mas ele triunfou sobre as palavras degradantes que lhe foram proferidas, e gradualmente encontrou um ritmo constante.

Ele passou as mãos pelo meu cabelo, acariciando e me amando. Eu não precisava que palavras fossem ditas. *Eu amo você.* Ele me dizia de vez em quando, mas mesmo que nunca dissesse, eu saberia instintivamente que era verdade. Eu era amada. Eu tinha encontrado a outra metade da minha alma.

— Flame — gemi quando a excitação começou a aumentar dentro de mim.

Flame não falou nada; ele simplesmente absorveu nossa conexão, neste momento puro para nós dois. Quando emoldurou minha cabeça com os braços, seus olhos começaram a se fechar. Fiquei encantada com a delicada proteção que ele oferecia, com o rubor de suas bochechas. O prazer construído no meu núcleo. Assim que Flame parou, seus lábios se entreabrindo em êxtase silencioso, eu também estava envolvida na sensação. Meu corpo se fragmentou em pequenas luzes, apenas para ser reunido novamente pela sensação da testa de Flame contra a minha; nós éramos ímãs, juntando-se mesmo quando quebrados. O silêncio se estendeu enquanto recuperávamos o fôlego perdido. Flame deslizou para o lado, e eu me virei para admirar seu rosto corado, segurando a mão forte que se encontrava entre nós.

— Você não está doente? — Flame perguntou novamente, ainda sem fôlego. Mesmo agora, ele estava preocupado. Ele precisava da confirmação de que eu estava bem. Vi a preocupação em seu rosto, na forma como suas bochechas tremiam.

Engoli em seco. Eu tinha que dizer a verdade.

O calor que senti quando nos unimos rapidamente se dissipou, agora atormentada pela ansiedade.

— Maddie?

Respirando fundo, guiei sua mão para a minha barriga. Um grosso nó de emoção se instalou na minha garganta quando coloquei a palma enorme sobre meu abdômen. Pude ver pelo olhar inexpressivo que Flame não

SEGREDOS SOMBRIOS

entendeu o significado, nem sequer sentiu a pequena e reveladora protuberância arredondada. Pigarreei para soltar a garganta.

— Não estou doente. — Flame me olhava tão atentamente, com tanto carinho, que me deu a confiança para acrescentar: — Eu... estou grávida.

Fiquei parada, aguardando sua resposta. Flame piscou, mas não se moveu. Sua mão sequer apertou a minha. Eu me aproximei até dividirmos o mesmo travesseiro e observei seu rosto. Ele não entendeu... ou pior, estava congelado de choque.

— Flame — insisti. Os olhos negros flamejantes se focaram aos meus. — Estou grávida. Do nosso filho. Nós fizemos um bebê.

Demorou alguns minutos, até que soube o instante em que ele, por fim, entendeu. Vi seu rosto empalidecer em um tom branco mortal. Sua mão afrouxou da minha e seu olhar pousou na minha barriga. Flame começou a balançar a cabeça, os olhos arregalados; eles estavam tão abertos e dominados pelo medo, que destruíram meu coração.

— Flame... — sussurrei.

— Não. — Sua voz estava completamente rouca. — Não! — falou mais alto, afastando a mão da minha barriga como se fosse um veneno mortal, saindo da cama em seguida. — Não!

— Flame, amor, escute, por favor — implorei, movendo-me muito lentamente para me sentar.

Flame recuou para a parede atrás de si.

— Não posso ter um filho — ele afirmou, e senti um milhão de punhais sendo fincados em meu coração em um golpe rápido. Ele não conseguia ficar parado; andava de um lado ao outro, puxando o cabelo escuro e despenteado com violência. — Maddie... — Seu rosto se contorceu em pura agonia. — Eu não posso, não podemos... — Respirou fundo. — Eu vou machucá-lo.

— Não — discordei e saí da cama.

Flame fugiu para a porta, mas se atrapalhou com a maçaneta. Lágrimas surgiram em meus olhos enquanto o observava desmoronar. A porta se abriu quando um gemido profundo e doloroso ecoou de sua boca. Ele cambaleou até a sala de estar. Vesti a camisola e o segui, encontrando-o no canto da sala, andando de um lado ao outro.

— Não, não, não, não — ele murmurava, uma e outra vez. Mas não foi isso que me machucou. Era onde ele estava.

Estendi as mãos.

— Fale comigo, Flame. Tudo ficará bem. Eu prometo. — Estendi a mão ainda mais. — Por favor... — A garganta estava apertada com a emoção que inibiu minha voz. — Tudo ficará bem.

Flame levantou os braços e estudou os pulsos. Ele arfava, como se tivesse corrido muitos quilômetros. O suor escorria por sua pele, as gotas escorrendo pelas costas e pela testa.

— Elas o mataram — Flame disse, sua confissão silenciosa foi como uma bala fatal na minha alma. — Elas o mataram, Maddie. — O olhar se focou ao meu, mas ele não estava comigo nesta sala. Flame tinha sido transportado para o passado, de volta à cabana em que foi criado.

Meu sangue congelou quando percebi *onde* Flame estava. Havia um tapete ali agora, uma cobertura extra sobre o que costumava estar por baixo. Abri a boca para dizer-lhe para se afastar, vir até mim, fugir da visão assustadora que eu sabia que estaria pairando em sua mente. Porém vi em seu semblante que ele já havia sumido, preso no passado, as vozes o prendendo ao pior momento de sua vida... o momento que eu temia se repetir assim que ele soubesse do nosso bebê.

Seus braços tremiam, mas abaixaram um pouco como se algo tivesse sido colocado neles. Flame estava lá, naquele momento, naquele inferno.

— Ele começou a gritar... O barulho machucou meus ouvidos. Mas ele não parou. Ele nunca parou de chorar. — Seu tom de voz mudou. Ele não parecia mais o homem formidável que a maioria das pessoas via. Agora, neste momento de tortura, ele era o garotinho que passara fome e foi preso pelo pai em um porão. Ele estava de volta com Isaiah, o irmão mais novo que morreu em seus braços.

Um soluço rasgou minha garganta, e precisei cobrir a boca para silenciar meus gritos.

— Quando me inclinei, ele estava olhando para mim, mas sua respiração mudou. Era profunda e lenta, mas seus olhos, escuros como os meus, estavam olhando para mim. Seus braços estavam estendidos. — Flame inclinou a cabeça para o lado como se estivesse estudando o minúsculo corpo convalescente de seu irmão. Ele disse: — *Não posso tocar em você. Vou machucá-lo.* Mas ele continuou chorando. — Seu cenho franziu em agonia. — Ele continuou gritando até que não aguentei mais. Lutei contra as chamas dentro de mim... rezei para Deus para que não o machucassem. — O peito de Flame sacudiu com a emoção se avolumando em sua voz.

As pessoas pensavam que ele não sentia emoção ou a expressava.

SEGREDOS SOMBRIOS

No entanto, era o contrário. Ele sentia tanto que, às vezes, isso o paralisava. Como neste instante.

— Eu tive que segurá-lo. Ele estava assustado e machucado... como eu. — Arquejou, tentando respirar.

Chorei ao observá-lo daquela forma, pela primeira vez sem saber o que fazer. Eu não sabia como trazê-lo de volta. Eu tinha que deixá-lo processar essa lembrança. Ele precisava sentir isso, para que pudesse falar comigo; para que eu pudesse acalmá-lo mais uma vez, trazê-lo de volta para mim e nossa nova vida, longe da dor e do desamparo.

— Eu o peguei e o aninhei em meus braços. — Flame olhou para o fantasma do irmão mais novo em seus braços. Dei um passo à frente quando ele caiu de joelhos, o pesado fardo de reviver esse momento deixando seu corpo fraco e exausto. — Ele não estava mais quente; ele estava congelando. Seus olhos estavam estranhos, vidrados. Mas ele continuou olhando para mim.

Eu já tinha ouvido esse testemunho antes. Aquilo me destruiu, só em saber que o homem a quem eu amava tanto sofreu um trauma tão brutal quando criança. E o pobre Isaiah, que perdeu a mãe e foi negligenciado pelo pai que não procurou ajuda quando ele mais precisava. Mas, ouvir novamente, com meu ventre arredondado com nosso bebê, fez com que o ocorrido parecesse muito pior. Eu senti mais fundo no meu coração do que nunca. Olhei para Flame ali no chão, revivendo seu pesadelo.

Meus joelhos estavam enfraquecidos pela tristeza que me envolvia em sua prisão devastadora. Sentada no chão frio de madeira, olhei para meu marido com um novo olhar. Ninguém deveria ter passado pelo que ele teve que suportar. Flame era diferente; eu sabia disso desde a primeira vez que o encontrei. Todo mundo no clube sabia disso também. Ele não via o mundo como todos os outros. Na maioria das vezes, ele não entendia as pessoas. Mas, em vez de ter sido cuidado e amado por quem ele era, foi abusado e o fizeram se sentir indigno.

Fizeram com que ele se sentisse uma obra do mal.

Flame, o homem, ainda vivia com a dor de sua infância. Diante de mim agora estava Josiah Cade, o garotinho confuso com o mundo, sofrendo com a perda de sua mãe, abusado sexualmente e machucado repetidamente por um pai a quem ele não conseguia odiar, mas que, ao invés, amava incondicionalmente.

— Comecei a balançá-lo para frente e para trás como tinha visto minha mãe fazer — Flame falou, imitando o movimento. Então meu coração se despedaçou por completo e me deixou paralisada quando ele começou a cantar, em sua voz devastada, porém suave: — Brilha, Brilha, Estrelinha... — Contemplou o que devia ser seu irmão em seus braços e entoou cada palavra, balançando suavemente o corpo para frente e para trás.

E foi aí que eu soube. Apesar de seus medos paralisantes, a convicção de Flame de que machucaria nosso filho era falsa. Vê-lo assim, cantando tão afetuosamente para seu irmão moribundo, demonstrou que ele amaria nosso bebê com tanta intensidade que chegava a causar uma dor profunda no meu peito. Flame era amor. Esse homem marcado e tatuado poderia ser o melhor pai, se, e somente se, pudesse se perdoar por um crime que não cometeu.

Minha visão ficou turva conforme eu ouvia a cadência suave de sua voz. Meu peito estava tomado pela angústia ao vê-lo daquele jeito. Ele até mesmo sentou em cima da escotilha coberta no chão, onde costumava se cortar e se aliviar das chamas que pensava estarem em seu sangue. As mesmas chamas que se erguiam outra vez. O Armagedom pessoal de Flame, o local em que seus demônios se reuniam para a batalha.

— Não quero machucar você — Flame sussurrou, a voz suavizando como se falasse com o bebê. — Ouvi um chiado em seu peito pequenino e franzino. Mas minha mãe me pediu para cuidar dele, para protegê-lo. Meu irmão mais novo. — Flame parou de se balançar, e eu me preparei para a parte final desta lembrança. — Contei cada respiração que ele deu. Um... dois... três... suas respirações estavam diminuindo... quatro, cinco, seis, sete, oito, nove, dez... Os bracinhos de Isaiah relaxaram, sua pele estava gelada, os olhos ainda abertos e olhando para mim. Eu esperei ele respirar novamente... onze... e esperei. Não aconteceu nada. Eu balancei os meus braços. — Flame gesticulou de acordo com a lembrança. Com o máximo de cuidado, ele moveu os braços como se tentasse acordar um bebê adormecido. — Doze...

Sua voz mudou para um tom de súplica, onde ele implorava para que as respirações de Isaiah alcançassem a décima segunda contagem. Ele balançou para frente e para trás. Fiquei nauseada com o desespero no rosto do meu marido enquanto ele tentava despertar o irmão.

— Doze... por favor... chegue ao doze... — Então ele parou. Flame ficou completamente imóvel. — Seus braços caíram para o lado. A cabeça inclinou para trás, os olhos ainda arregalados, mas ele não estava mais olhando

SEGREDOS SOMBRIOS

para mim. — Isaiah se foi. Assim como minha mãe. — Flame deixou os braços erguidos, ainda embalando o fantasma de seu falecido irmãozinho. — Ele também me deixou. Eu o machuquei. Eu o fiz me deixar também...

Chorei enquanto Flame permanecia imóvel, apenas observando seus braços vazios e tensos por tanto tempo que perdi a conta. Somente quando ele se moveu foi que sequei minhas lágrimas.

Tão gentilmente quanto possível, ele depositou o fantasma de seu irmão no chão, depois se deitou em posição fetal sobre a velha escotilha coberta de tábuas. A sala estava imersa em um profundo silêncio. O vento soprava uma melodia silenciosa lá fora, a respiração pesada de Flame a acompanhava. Com cuidado, engatinhei até onde ele havia se deitado. As tábuas de madeira rangiam conforme eu me movia, mas Flame estava entorpecido. Posicionando-me diante dele, repousei a bochecha contra o piso frio, espelhando sua postura. Seus olhos estavam vidrados no vazio. Suas bochechas vermelhas estavam molhadas de lágrimas de tristeza.

— Você fez tudo o que pôde — sussurrei, minha voz ecoando no ar espesso que nos cercava.

Não achei que Flame tivesse me ouvido até ele erguer o olhar e dizer:

— Se você morrer, eu também morrerei. — Paralisei diante da profunda devastação em sua voz. No entanto, o mais perturbador foi a convicção. Ele quis realmente dizer aquilo. E eu sabia que era verdade. Eu sabia que era verdade, porque me sentia da mesma maneira. Como é possível viver só com uma metade de seu coração?

Aproximei meus dedos, deixando-os a apenas uma fração de milímetro dos dele. Seus dedos tremularam como se Flame quisesse pegar minha mão e me puxar para perto. Porém ele estava exausto. Pude ver pelo seu corpo que a visita ao seu passado havia sugado a última centelha de energia que ele tinha.

— Eu não vou morrer — prometi.

Flame exalou e um intenso alívio cintilou em seus olhos. Mas então seu olhar foi para a minha barriga.

— Minha mãe morreu depois que teve Isaiah. — Arquejou com as palavras. — Depois que ela foi para o porão e segurou minha mão, meu pai me disse para não tocar em ninguém ou o mal dentro de mim os machucaria. Eu a machuquei. Peguei a mão dela quando não deveria. Então quando ela morreu, eu segurei Isaiah. — Uma lágrima escorreu de seu olho e pingou no chão. Seu semblante não se alterou em nada. Eu achava que ele nem havia notado que estava chorando. — Eu cantei para ele, Maddie. Eu tentei fazê-lo melhorar.

Meu rosto se contorceu de tristeza e eu queria desesperadamente abraçar meu marido. Eu queria aliviá-lo da culpa que ainda pesava em seu coração.

— Eu o ninei. — Seus olhos se arregalaram e, com a inocência de uma alma perdida, ele perguntou: — E se... e se eu cantar para o nosso bebê? Se eu o embalar... e ele morrer por minha causa? — Balançou a cabeça, o cabelo escuro roçando o chão de madeira. — Eu não posso ser pai, Maddie. Não sei como ser um.

Era aqui que podíamos compartilhar um medo.

— Amor? — Meu tom foi gentil, a boca tremeu. Eu precisava abraçá-lo. Não, desta vez eu precisava que ele *me* abraçasse. — Eu... eu preciso de você.

Flame congelou e me observou. Eu deixei uma lágrima deslizar e a mão de Flame a seguiu até onde havia pousado. A gota salgada cobriu a ponta do seu dedo.

— Você está triste — ele afirmou e moveu a cabeça para tão perto de mim que pude sentir o calor de suas bochechas. — Você está triste por minha causa? Porque vou machucar o bebê?

— Não — respondi tão severamente quanto pude. — Estou triste porque quero o seu toque. Eu quero que você me abrace.

Sua mandíbula enrijeceu, a indecisão surgiu em seu rosto – uma contração na bochecha, os olhos arregalados, a língua lambendo os lábios perfurados.

— O bebê... — ele sussurrou.

— Está seguro — garanti e respirei fundo. — Nosso bebê está seguro dentro de mim. Nada vai machucá-lo, Flame. Especialmente você. — Sorri através da minha tristeza, como um raio de sol quente por entre uma nuvem de tempestade. — Você é o pai dele. — Sua respiração acelerou, o peito subindo e descendo em movimentos rápidos. — Ele ou ela já o *ama*.

Flame ficou completamente imóvel.

— Como você sabe? — questionou, com a voz trêmula pela incerteza.

Engoli o nó que queria se instalar na garganta.

— Eu sinto isso, Flame. Desde o momento em que percebi que estava grávida, senti uma abundância de amor.

Lentamente, a mão de Flame se moveu em direção à minha barriga. Com a palma ainda grudada ao chão, ele levantou o dedo indicador e, o mais gentilmente possível, o arrastou por cima da minha camisola. Eu não conseguia desviar o olhar de seu rosto, esperando, sem fôlego, que algo acontecesse.

SEGREDOS SOMBRIOS

Quando nada aconteceu, quando ele viu que eu ainda estava respirando, que meu rosto ainda estava corado, ele gentilmente cobriu todo o meu ventre por cima do tecido. Não era a mão em contato com a minha pele nua, mas era um começo.

Voltando a se focar em mim, ele disse:

— Ouvi minha mãe quando ela teve Isaiah. Ela gritou. Aquilo a machucou. — Flame balançou a cabeça. — Eu não posso ouvi-la gritar com tanta dor.

— Valerá a pena — assegurei. — Depois da dor, vem o nosso bebê. Nosso bebê, Flame. *Nosso.* Um milagre com o qual nunca imaginamos que seríamos abençoados. — Ele se manteve em silêncio, e eu sabia que estava absorvendo essas palavras. — Eu preciso de você — repeti, mas desta vez não consegui reprimir as lágrimas que ameaçavam me consumir.

— Maddie. — Flame segurou a minha mão. No momento em que nossas mãos se encontraram, senti uma onda de calor infundir meu corpo. Com o toque de Flame, respirei com mais facilidade. Eu me senti completa de uma maneira que nunca havia sentido, até deixar meu coração se abrir para este homem. — Não chore — implorou.

Segurei sua mão como uma tábua de salvação, e me aproximando, absorvi seu calor e o cheiro de couro que sempre exalava de sua pele. Era tão reconfortante para mim quanto o som de um fogo crepitante em uma noite fria.

— Eu também estou com medo — confessei. Flame estudou meu rosto. Eu sabia que ele precisava de mais. — Você teme não ser um bom pai. Eu temo não ser uma boa mãe.

— Você será — respondeu, e eu sabia que ele acreditava nisso com todo o seu ser.

— Não tive pais que me criaram. Fui machucada desde a infância, assim como você. — Inspirei fundo diante da emoção evocada pelas lembranças. — Alguns dias sinto que nunca serei normal. Em outros, as recordações do passado, do Irmão Moses e de como ele me machucou, são tão pesadas que me consomem.

O semblante de Flame mudou de tristeza para raiva em um segundo. Somente a menção do Irmão Moses já era suficiente para avivar uma ira difícil de conter. Pressionei a palma da mão contra sua bochecha, e sua respiração errática se acalmou.

— Não digo isso para incitar a raiva ou ganhar compaixão. — Afastei

TILLIE COLE

seu cabelo da testa, e seus olhos se fecharam com o meu toque. Isso ainda me chocava. Ainda me dominava o quanto ele confiava em mim; o quanto me amava. Só eu via esse Flame, meu garoto perfeitamente quebrado. — Eu quis lhe dizer isso, para que saiba que não está sozinho. — Sorri quando sua mão apertou a minha em solidariedade. — Somos o mesmo, você e eu. Duas metades de uma alma. O que você teme, eu também temo. Mas sei que juntos podemos alcançar o que desejamos... e desejo que sejamos os pais que nunca tivemos.

— Não quero que você tenha medo.

Pressionei minha testa à dele.

— Com você ao meu lado, o medo nunca triunfará.

— Sinto as chamas novamente, Maddie. Elas acordaram, estão ficando mais fortes a cada dia. — Flame soltou minha mão e, sem desviar o olhar do meu, arrastou as unhas no braço. — Todo dia, elas me dizem que você vai morrer. Agora elas me dizem que o bebê também vai morrer. Elas me dizem que vou matar você. As chamas que tenho no meu sangue tentarão te matar.

Seu queixo enrijeceu e ele cravou as unhas na carne, assobiando e revirando os olhos de prazer. E isso partiu meu coração. Pensei que estivesse devastada quando o observei sobre esta escotilha, revivendo o momento em que seu irmão morreu em seus braços. Mas ao vê-lo de volta a este lugar...

Flame lutava contra isso todos os dias, e eu sabia. Agora, eu não suportava vê-lo assim tão angustiado.

Com nossos corpos próximos, senti sua excitação contra minha perna. A sangria causava isso. Flame se feriu novamente, o sangue se formando em pequenas gotas em sua pele tatuada. Ele sibilou e gemeu, mas a testa estava franzida e cheia de tensão. Eu sabia o porquê.

Ele precisava de mim.

Movendo minha mão para baixo, segurei seu comprimento com a mão. O gemido alto encheu a sala. Lágrimas marejaram meus olhos quando comecei a acariciá-lo, dando-lhe o alívio que eu sabia que ele desejava. Eu não permitiria que ele fosse consumido pelas chamas que acreditava que atravessavam seu corpo. Eu não o veria com dor.

Os arranhões se tornaram mais violentos à medida que o ritmo da minha mão aumentava. Porém continuei mesmo assim. Cuidei dele até que inclinou a cabeça para trás e soltou um grito gutural e angustiado, derramando seu gozo no chão entre nós. Mordi o lábio para não chorar.

SEGREDOS SOMBRIOS

Sua pele estava escorregadia de suor, os braços ensanguentados pelo dano que ele havia causado a si mesmo.

Minutos depois, ele se tornou sonolento. Sua mão permaneceu na minha durante todo o momento.

— Sinto muito — desculpou-se, sua voz rouca rompendo o silêncio.

— Não… — sussurrei.

— As chamas… as chamas ardiam muito… — ele murmurou, com os olhos pesados de exaustão.

— Vamos para a cama — sugeri e esperei que ele se mexesse. Eu não o deixaria neste lugar. Flame piscou para mim, e ele ainda era o homem mais bonito que eu já havia visto. Surpreendeu-me como ele continuava roubando meu coração todos os dias. — Você precisa dormir, amor. Vamos dormir. — Ele abriu a boca como se quisesse dizer algo mais, mas suas palavras falharam. Tomando sua mão, eu o ajudei a levantar.

Flame me seguiu até o quarto. Em seguida, se deitou e eu fiz o mesmo, diante dele, segurando sua mão e levando-a à boca.

— Eu amo você.

A princípio, Flame não respondeu, mas depois disse:

— Você não tem permissão para morrer. — Seus olhos se fecharam, a boca se entreabriu no sono, mas suas palavras se repetiram na minha mente como um ciclone. *Você não tem permissão para morrer…*

Fiquei absolutamente imóvel, segurando sua mão enquanto sua respiração se acalmava. Examinei seu corpo, focando a atenção no braço agora salpicado de sangue fresco. Soltando minha mão da dele, saí silenciosamente da cama e peguei uma toalha. Cuidando para não acordá-lo, passei o pano pelo seu braço, limpando o sangue e lavando a evidência de sua dor. Limpei sua barriga e coxas e depois parei, apenas observando o sono tranquilo em que agora ele estava. Meu peito se apertou. Passei a mão pelo seu cabelo escuro.

— Eu preciso de você comigo — confessei a ninguém além de mim mesma. — Não posso fazer isso sem você.

Cobri seu corpo imenso com o edredom, depois fui para a sala e limpei a bagunça que havia sido feita pouco antes. Quando eu estava entrando no quarto, a porta da frente se abriu e Asher entrou cambaleando. Senti o cheiro do álcool antes que ele chegasse à luz. Pela segunda vez esta noite, meu coração chorou por um irmão Cade.

— Asher — murmurei quando ele foi para a cozinha.

Erguendo a cabeça, seus olhos vermelhos tentaram se concentrar em mim. Ele também cheirava a tabaco.

— Madds — ele balbuciou e seguiu rumo ao seu quarto.

Eu queria falar com ele, queria que ele falasse comigo. Eu sabia que nesse estado embriagado era inútil. As olheiras profundas, o cabelo escuro bagunçado... Asher era a personificação viva da dor e do pesar. Onde Flame não mostrava isso em seu semblante, Asher contava a história de sua perda e culpa em todas as suas expressões. Asher e Flame poderiam ser duas pessoas muito diferentes, mas ambos foram consumidos por suas culpas e pecados até que tudo se tornou a própria essência de quem eles eram.

Vendo-o nesse estado, foi impossível deixá-lo. Assim que ele chegou à porta do quarto, eu disse:

— Asher?

Seus ombros tensionaram sob a jaqueta de couro. Por fim, ele se virou para olhar para mim.

— O quê? — Ash perguntou, fogo e rebeldia substituindo a tristeza em seus olhos. No entanto, a profundidade de seu sofrimento estampado no rosto rasgou meu coração.

Caminhei até ele. Asher era uma estátua, tão alto quanto Flame, e com os mesmos olhos e cabelo escuro. Imaginei que esta devia ser a fisionomia de Flame na mesma idade, e a imagem fez meu coração doer mais um pouco. Segurei sua mão e apertei delicadamente seus dedos. Os lábios de Asher se contraíram. Eu pensei que ele se afastaria, mas, me surpreendendo, ele retribuiu meu gesto.

E segurou minha mão com força.

— Você é amado.

Eu queria curá-lo. Eu queria ver novamente o garoto que não viu seu melhor amigo morrer enquanto salvava sua vida. O garoto doce que corava quando alguém falava com ele, o garoto com o sorriso que conquistaria até os corações mais duros. Eu acreditava que ele ainda estava lá em algum lugar, escondido sob camadas de dor. Acreditava que, um dia, se pudéssemos retirar essas camadas, o veríamos novamente. Aproximando, coloquei minha mão em sua bochecha. Ele prendeu a respiração com o contato. Eu não tinha certeza se notou, mas ele se inclinou na minha palma, buscando conforto.

— Você é amado. Você é muito, muito amado.

Asher acolheu meu toque por vários segundos, antes de se afastar. A porta se fechou, criando uma barreira entre nós. Ele estava perdido para

SEGREDOS SOMBRIOS

mim mais uma vez. Eu não me mexi. Fiquei ali parada, meu olhar se alternando entre o quarto de Asher e o que meu marido estava dormindo. Ambos estavam quebrados. Eu amava os dois. E, de alguma forma, eu os veria curados.

Sentindo uma onda de cansaço, voltei para a cama. Flame ainda dormia, mas seu cenho estava franzido. Quando me deitei ao seu lado e segurei sua mão, a tensão em seu semblante amenizou e ele se virou em minha direção. Um calor de esperança brotou em meu coração. Nós passaríamos por isso. Sempre lutamos contra os nossos demônios e vencemos, por mais difícil que fosse a batalha.

Levantando a camisola, coloquei sua mão sobre a minha barriga nua, cobrindo-a com a minha.

— Nós podemos fazer isso — sussurrei e repousei a cabeça em seu peito musculoso. — Podemos ser pais e ser felizes. Eu sei que podemos. Apenas temos que acreditar, Flame. Só precisamos confiar em nós mesmos e acreditar...

CAPÍTULO TRÊS

LIL ASH

Trevas. Isso era a porra da minha vida. Uma maldita escuridão e uma raiva tão intensa que me fazia tremer de fúria. Toda vez que eu fechava os olhos, voltava para aquele momento, quando o cartel e a Klan nos levaram — os recrutas — como reféns. Quando disseram que nos deixariam ilesos… mas em vez disso, Diego sacou a arma e apontou para a minha cabeça. Quando ele alinhou o cano da pistola, eu soube que era o meu fim. Eu sabia que era minha hora de partir. Era esquisito pra caralho. Uma sensação de dormência se apoderou do meu corpo quando olhei para meus companheiros Hangmen e encontrei meu irmão. Ele estava me encarando, andando de um lado ao outro, enlouquecido ao me ver sob a mira de Diego. Esperei a morte chegar, no entanto, algo me derrubou no chão. Olhei para cima quando Diego apontou a arma para longe e o tambor da pistola disparou uma bala — uma bala destinada a mim.

Slash. Maldito Slash, meu melhor amigo, no chão, com sangue escorrendo de sua cabeça. Ele se sacrificou por mim. Slash tinha morrido por mim. Tentei apagar a imagem da mente, os olhos dele encarando o vazio. Mas a imagem permanecia fixa, me assombrando, constantemente me lembrando que deveria ter sido eu ali naquele chão, morto, não o Slash, porra. Eu queria arrancar a imagem do meu cérebro. Porém a visão do meu

SEGREDOS SOMBRIOS

melhor amigo, morto, nunca ia embora. Estava gravada no meu cérebro para sempre. Minha culpa era como uma ferida purulenta, envenenando meu corpo com raiva, violência e tantas trevas que senti que era um maldito membro VIP no Tártaro.

— Senhor Cade? — Uma voz tentava adentrar meus pensamentos, me afastando da lembrança onde eu mesmo peguei uma arma e abri fogo contra os filhos da puta que tinham acabado de matar meu amigo.

Eu estava me valendo da escuridão recém-descoberta que ocupava minha alma para me vingar. Eu precisava fazer algo pelo meu amigo que sangrou até a morte aos meus pés. Meu sangue cantarolou quando as balas perfuraram a carne; a sensação de matar alguém era como uma dose de heroína. Mas não importava quantas pessoas matei, a raiva permanecia intacta. Todos os dias ela se intensificava, ampliando a escuridão que me cercava, até que era tudo o que me definia. Havia uma pulsação... um batimento pulsando a cada dia, até que me tornei nada além de raiva. Nada ajudava. Parecia que não havia caminho de volta para o meu antigo eu.

— Senhor Cade! — O tom mais alto do senhor Benson me arrancou do buraco onde estava minha mente.

Pisquei, e a sala de aula decorada voltou ao foco. Os outros alunos me observavam, alguns com expressões de tédio, outros com nojo. Eu era um garoto dos Hangmen. Para esses malditos riquinhos, eu era uma merda na sola dos sapatos chiques deles. Zane e eu éramos zeros à esquerda. Isso me deixava satisfeito. Nunca fui um desses idiotas privilegiados; fui criado trancado em um porão. O que diabos eles sabiam sobre as dificuldades da vida?

— Senhor Cade!

— *O quê?* — explodi.

Os olhos do professor se entrecerraram diante da minha atitude agressiva.

— Você estava ouvindo?

Eu não aguentava mais essa porra. Por que diabos eu estava em uma sala de aula, supostamente, aprendendo sobre merdas que não me importavam, quando ainda havia membros do cartel no Texas que precisavam ser mortos? Eu não pararia até que todos que comprassem ou distribuíssem a merda do Quintana estivessem mortos.

Styx não entendia. Ele me baniu do clube, assim como ao Smiler, que desapareceu da face da Terra. Smiler era a única outra pessoa que entendia como eu me sentia fodido. Eu estava consumido pela raiva. Mas Smiler...? O diabo o possuía agora. Eu mantive o suficiente de mim mesmo para entender que a diferença entre mim e ele era profunda. Ele havia perdido o primo. Slash era praticamente seu filho. Vi nos olhos do irmão que seu velho *eu* nunca mais voltaria. Ele não queria voltar. Hades realmente o possuía agora.

Quanto a mim? Eu estava ocupado tentando me agarrar a algum lampejo distante de luz. Mas eu estava perdendo a porra da batalha a cada minuto que passava.

O sinal tocou, encerrando a aula e meu impasse com o senhor Benson. Peguei minhas coisas e saí porta afora antes que ele pudesse tentar me puxar para uma conversa séria. Ele tentou e falhou muitas vezes antes. Eu não me importava com o que ninguém nesta escola tinha a dizer sobre mim. Eu podia ver como eles olhavam para nós: os motociclistas. Todos os caras nos temiam. As mulheres queriam nos foder, mas era tudo à distância. Ninguém chegava perto. Por mim, tudo bem; eu tinha uma família no clube. Ou pelo menos tinha, até ser expulso por tentar me vingar por um irmão que foi morto a sangue frio. Eram apenas malditas mortes, porra.

Saí do prédio e fui em direção às arquibancadas. Era horário do almoço e eu precisava de um cigarro. Tabaco e uísque eram as únicas coisas que me impediam de subir pelas paredes diariamente. Enquanto a grama seca rangia sob meus pés, pensei em AK abrindo a porta esta manhã e me arrastando para fora da cama.

"Você vai para a escola. Essa merda acaba agora. Você vai se formar nem que eu tenha que ir junto nas malditas aulas com você".

Consegui me soltar de seu agarre, já prestes a mandá-lo para aquele lugar, quando Maddie entrou pela porta com seus olhos verdes tristes. Alguma coisa estava acontecendo com ela ultimamente. Ela estava agindo de forma estranha e parecia doente o tempo todo. Flame estava perdendo a cabeça por conta disso. Meu irmão andava de um lado ao outro o tempo todo, os olhos negros flamejantes e totalmente psicóticos. Eu deveria ter perguntado o que estava acontecendo ou perguntado a Madds. Mas eu não queria saber nada, não aguentava mais nenhuma notícia ruim. Então me distanciei o máximo que pude. Estava pirando quando não tinha escolha a não ser ficar em casa.

Estar bêbado parecia muito melhor do que sóbrio. A sobriedade trazia lembranças de Slash levando um tiro na cabeça. Por que diabos eu iria querer reviver isso?

— *Asher* — Maddie disse, sua voz suave nunca se alterava, mesmo

SEGREDOS SOMBRIOS

quando eu agia como um babaca completo. Memórias da noite passada cintilaram na minha cabeça como um filme antigo em preto e branco. Meus pés estavam colados no chão e lembrei da mão dela no meu rosto... *Você é amado... você é muito, muito amado...*

Maddie estava ao lado de AK, cujos braços estavam cruzados sobre o peito. Meu queixo enrijeceu pela forma como ele estava me observando, rígido, imóvel, mas com empatia. Eu não queria pena. Eu só queria que essa maldita escuridão desaparecesse.

— *Asher* — Maddie repetiu. Afastei meu olhar de AK. — *Sapphire está começando as aulas hoje. Ela frequentará a sua escola.*

Ao ouvir essas palavras, algo louco aconteceu dentro da minha mente, algo que não tinha acontecido em semanas. Ao som do nome dela, à imagem que rapidamente surgiu na minha cabeça, minha raiva recuou por um breve momento. Cabelo loiro e olhos castanhos cintilaram na minha mente. Lábios rosados e bochechas com covinhas, um pequeno sorriso. Tossi de leve quando uma dor maçante tomou conta do meu peito.

Sapphira. Saffie. A porra do fantasma que morava na casa ao lado. Uma reclusa ocupando sua casa como uma maldita princesa de conto de fadas — embora sua vida tivesse sido tudo, menos um conto de fadas. Como eu, ela foi arrastada para o inferno. Não, sua vida tinha sido muito pior. A cadela mais linda que já vi também era a mais quebrada.

Saffie quase nunca falava, mas ia começar a estudar? Que porra era aquela? Ela era capaz de sair da casa?

— *Você precisa estar lá para cuidar dela* — AK disse. — *Você e Zane. Eu já falei com ele. Ele sabe o quão importante e difícil isso é para ela.*

AK estava puto comigo. Eu podia ver claramente como o dia e ouvir enquanto ele falava.

Bem, ele não era o único. Eu estava puto pra caralho com o mundo e todos os filhos da puta que o habitavam.

AK baixou os braços e suspirou.

— *Olha, garoto. Eu sei que você está passando por uma merda agora. Eu entendo, já passei por algo semelhante. Quando a raiva e a culpa o tomam como um câncer. Mas Saff está aterrorizada com essa merda da escola. Eu sei que ela está. Porra, ela está com medo até da* vida. *Phebe está apavorada por ela, acha que isso vai fazê-la surtar mais do que já é pirada. Mas Saff quer ir. Diz que precisa fazer isso. Sabe-se lá o porquê agora, mas ela está insistindo. Diz que precisa encarar a vida real de frente ou algo assim, enfrentar seus maiores medos. Chega de se esconder. Ela disse que precisa* tentar".

AK apontou para mim e continuou:

— *Eu preciso de você lá para mandar qualquer filho da puta que se aproxime dela ir se foder. Entendeu? Ninguém olha para ela do jeito errado sem você partir para cima deles. Ela fala diferente; esse sotaque culto que todas as cadelas têm vai chamar a atenção para ela. Aqueles idiotas vão encher o saco por causa disso.* — Ele cruzou os braços. — *Mas eles nem piscarão na direção dela se você e Zane deixarem claro a qual família ela pertence. Cuja proteção ela pode recorrer. Eu deixei bem claro na escola que ela seria assistida e protegida o tempo todo. Que eles não a forçassem a nada que ela não queira fazer, a falar se ela não quiser falar".*

— *Ela confia em você* — Maddie disse, suavemente. — *Saffie confia em você. Por alguma razão, ela se sente à vontade em sua presença. Não sei se você sabe quão raro isso é para ela. Ao redor dos homens, ela ainda é extremamente frágil. Mas você... ela relaxa quando você está por perto. Ela respira mais facilmente".*

Meu coração começou a bater forte. Eu queria dizer a eles que a escola que fosse à merda. Eu tinha coisas mais importantes a fazer, suspenso do clube ou não. Só que toda vez que eu abria a boca, via a porra do rosto de Saffie. Seu rosto perfeito pra caralho. E aquele sorriso minúsculo que ela me dava e que sempre acabava comigo. Aquele que mal aparecia, mas que, para mim, brilhava como o maldito sol.

— *Por favor, Asher* — Maddie implorou. Sua expressão mudou e ela suspirou tristemente. — *Ela me lembra de mim mesma.* — Maddie sorriu, mas não um sorriso do tipo feliz, e, sim, trágico. Todas as vidas dessas sobreviventes da seita foram trágicas. — *Quando saí da Ordem, eu estava tão perdida. As coisas que nos fizeram lá...*

Cerrei as mãos em punhos e a raiva que agora vivia no meu coração sombrio se intensificou. Pensei em algum filho da puta machucando Madds e fervilhei por dentro. Eu amava Madds. Ela era praticamente minha mãe. Mas, então, pensando em Saffie... pensando em qualquer homem a tocando, trepando com ela contra sua vontade... eu fiquei louco. Ela era muito tímida, muito pequena e perfeita...

— *Eu não queria sair do meu quarto quando cheguei ao complexo Hangmen. Levei muito tempo para, finalmente, encontrar coragem.* — Maddie curvou a cabeça. — *Foi necessário que seu irmão precisasse de mim para que as coisas mudassem. Seu desespero me fez encontrar a coragem de abrir a porta do meu quarto e sair, quando eu achava que era inseguro. Saffie, que Deus a abençoe, de alguma forma encontrou essa coragem sozinha. Ela encontrou forças para* tentar *viver uma vida além de seu passado doloroso. Algo a está levando a tentar. Seja lá o que for, não tenho certeza de que você entende a gravidade deste momento.*

SEGREDOS SOMBRIOS

Maddie estava parada diante de mim, e, naquele momento, olhei de verdade para ela, percebendo o quão delicada era.

— *Vocês compartilham isso em comum, Asher. Seu passado...*

Pensei no meu pai me trancando naquele porão. Na minha mãe, enforcada na árvore do lado de fora, escolhendo a morte em vez do filho da puta sádico que a estuprou, em vez de seu filho. Meu estômago revirou a ponto de eu ter que prender o fôlego para conter a sensação horrível que aquela cena sempre evocava.

O mundo era fodido. Tudo nele era uma merda.

— *Você vai com a sua caminhonete* — AK instruiu, atrás de nós. — *Vou levar Saff. Eu, Phebe e Saff temos que nos encontrar com o diretor e essas merdas.* — Respirei fundo, sentindo o álcool da noite passada pesando como chumbo no meu estômago. — *Você e Zane a trazem de volta em sua caminhonete. Okay?*

Eu queria dizer não. Eu queria voltar para cama, dormir e esquecer o mundo. Mas o rosto de Saffie não saiu da minha mente. Sua voz suave com aquele sotaque diferente sussurrou nos meus ouvidos para ajudá-la, para protegê-la. Eu queria lutar contra a voz e dizer a AK e Maddie que ela não era minha responsabilidade.

No entanto, por fim, assenti. Que diabos mais eu deveria fazer? Styx havia me banido do clube. Smiler havia desaparecido. Zane estaria na escola. E isso era sobre Saffie. A maldita Sapphira Deyes. A cadela que constantemente invadia meus sonhos. A cadela em quem eu pensava mais do que deveria.

— *Tome conta dela, tudo bem?* — AK pediu, então se dirigiu à porta do quarto. Antes de sair, ele se virou e encontrou meu olhar. — *Obrigado, garoto* — disse ele, e eu senti uma espécie de calma tentando afastar a minha raiva permanente. Mas a escuridão que me cobria era forte demais, e qualquer sensação de calmaria tentando se infiltrar rapidamente se transformou em nada.

AK foi embora. Maddie segurou minha mão e a apertou.

— *Obrigada, Asher. Isso significa muito para AK e Phebe.* — Ela suspirou. — *Significará muito para Sapphira. Ela pode não lhe dizer isso, mas não torna menos verdadeiro. Ela será grata a este gesto mais do que você jamais saberá.*

Assenti uma vez com a cabeça, meu estômago se embrulhando diante dessa verdade em potencial.

— *Eu preciso tomar banho.*

Maddie me deixou sozinho e fechei os olhos. Respirei devagar até que a raiva crescente fosse domada. Saffie... Saffie naquela maldita escola.

58   TILLIE COLE

Eu não conseguia imaginar. Não podia imaginar vê-la andando pelo corredor, com aquele cabelo loiro, olhos e lábios perfeitos. Eu sabia que se alguém a olhasse enviesado, eu acabaria sendo expulso. Ninguém ia ferrar com ela. Só esse pensamento fez minhas mãos se fecharem em punhos e meu corpo se preparar para acabar com os idiotas.

Tive aulas a manhã toda e não tinha visto Saffie. Agora era hora do almoço. Achei que talvez ela tivesse mudado de ideia e ficado em casa. Zane me disse que cuidaria dela, porque suas aulas eram em salas próximas às dela. Também não tive notícias dele.

Colocando um cigarro por entre os lábios, acendi ao chegar às arquibancadas desertas. Ninguém vinha aqui, a não ser Zane e eu.

Eu me abaixei para passar sob a armação de metal, e dei a volta no poste de aço, congelando na mesma hora. Saffie estava sentada do outro lado do poste, comendo um sanduíche, cabisbaixa como sempre. Seus olhos castanhos se ergueram quando ouviu minha aproximação. Cerrei os dentes ao vê-la ali; a visão de seu rosto deslumbrante me fazendo cambalear como se tivesse sido atingido por uma barra de metal. Ela parecia diferente; pelo menos, as suas roupas. Ela vestia uma calça jeans e um moletom rosa. O cabelo loiro estava preso em algum tipo de trança elaborada. Eu nunca a tinha visto em nada, exceto em um vestido e com o longo cabelo solto. De repente, suas bochechas adquiriram um tom vermelho-vivo e ela baixou novamente o olhar. Eu continuava olhando para ela, mudo, enquanto bebia de sua imagem.

Dando uma tragada no cigarro, cheguei mais perto e pigarreei.

— Você está bem? — Eu não estava acostumado a conversar com Saffie.

Ela levantou o olhar e eu podia jurar que nunca antes tinha visto cílios tão longos ou escuros. Saffie assentiu, mas ficou calada. Eu queria ouvir sua voz novamente. Cheguei mais perto e me sentei no chão, próximo de onde ela se encontrava sentada.

Saff parecia meio pálida. Os punhos de sua blusa cobriam metade das mãos, como se estivesse tentando desaparecer. E os olhos dela... estavam arregalados como um cervo assustado na frente dos faróis de um carro. Uma onda de simpatia se alastrou pelo meu corpo. Saffie parecia petrificada. Que porra ela estava pensando ao decidir vir para a escola? Eu não queria perguntar isso. Não queria fazê-la se sentir um fracasso; eu sabia como era isso, e me recusava a fazer algo assim com ela.

Pensei ter sentido seu olhar sobre mim enquanto eu olhava para algo além do campo de futebol. Pigarreei de novo, afastando os arrepios que tomavam conta de mim.

— Onde está o Zane? — perguntei e me virei para Saffie.

Eu não conseguia superar quão diferente ela parecia com aquela calça jeans. Uma maldita calça jeans cobrindo as pernas perfeitas.

— Ele foi mandado para a detenção — sussurrou, e meus músculos retesaram na mesma hora.

— Por quê? Alguém estava fodendo com você?

Os olhos de Saffie se arregalaram. Imaginei que ela nunca tivesse me ouvido falar desse jeito. Como um psicopata superprotetor.

— Não, o Zane, ele... — Saffie olhou para suas mãos. Sua voz era tão baixa quanto a porra de um sussurro. Ainda assim, era o melhor som que eu já tinha ouvido. Eu queria ouvir mais. Mas ela estava hesitando. Seu olhar percorreu as arquibancadas e o campo de futebol como se alguém fosse atacá-la a qualquer momento. Era nítido que ela odiava estar aqui. Caralho, ela odiava estar em qualquer lugar, menos em sua casa com a mãe. — Ele está tendo dificuldades — ela, por fim, disse.

Zane e Saffie, de certa forma, eram como irmãos. Zane era sobrinho de AK, mas eu sabia que meu amigo o via mais como seu pai. Saffie era filha de Phebe. Z e Saff se viam com frequência. Eu sentia ciúmes disso; naquele momento, invejei Zane. Ele a via todos os dias. Via seu cabelo loiro e seus olhos brilhantes.

Então suas palavras ecoaram pelo meu cérebro... *Ele está tendo dificuldades...*

Fechei os olhos com força, desejando saber como respirar. A maldita habilidade natural parecia ter desaparecido no minuto em que Slash levou um tiro no meu lugar. Devia ser carma. Eu estava tentando respirar o ar que nunca deveria ter sido meu para inalar.

E Zane... eu sabia que ele também estava fodido. Slash, eu e Zane

60   TILLIE COLE

éramos melhores amigos. Ele também estava lá naquele dia. E também se postou ao meu lado, descarregando balas nos filhos da puta que mataram nosso irmão. Eu estava tão preso na minha cabeça que não tinha pensado muito em Zane. Eu sabia que ele estava zanzando na escola, e me perguntei se ele sentia a mesma raiva que eu. Se era a mesma culpa que o mantinha acordado à noite. Os malditos pesadelos que o assombravam, acordado ou dormindo.

Fumei o resto do cigarro e joguei a bituca no chão. Apoiei a cabeça contra o poste e fechei os olhos. Saffie não disse mais nada. Eu queria perguntar se ela estava realmente bem, mas não tinha o direito de perguntar isso a mais ninguém quando eu mesmo estava desmoronando. Senti a proximidade de seu corpo, seu cheiro de baunilha. Doce, como ela. Isso era o suficiente. Eu podia protegê-la quando ela estivesse ao meu lado.

Concentrei-me no calor do corpo de Saffie. Era como se ela fosse mais quente do que todos os outros que já conheci. Ela nem estava sentada ao meu lado e senti seu calor tanto quanto o fogo de uma fornalha aberta. Eu estava com frio; estava sempre com frio ultimamente. Ela era a porra do sol. Eu não poderia explicar mais do que isso. Meu corpo parecia saber que ela estava lá.

Suspirei, prendendo a respiração quando comecei a me sentir mais calmo. Meus olhos se abriram e olhei para ela, flagrando-a me observando. No minuto em que nossos olhares se encontraram, suas bochechas explodiram em vermelhidão e ela abaixou a cabeça. Meu estômago deu um nó só em vislumbrar aquele rubor... e não havia sinal da minha raiva. Fechei os olhos, mantendo meu rosto virado para o dela e respirei fundo.

Eu respirei, sem sentir a gaiola de ferro em volta dos meus pulmões. Eu estava cansado. Tão cansado. Assim, com Saffie ao meu lado, eu poderia dormir. Eu não sabia por que era diferente quando a tinha ao redor, mas não ia questionar. Minha cabeça doía o tempo todo. Agora, era como se eu tivesse tomado dez analgésicos.

De repente, o som do sinal da escola ecoou pelo campo. Abri os olhos e Saffie estava de pé, espanando o pó da calça jeans. As pernas dela... Nunca a vi usar outra coisa além do vestido que cobria seu corpo inteiro. Ela estava... ela era *tudo*. Eu tinha dezoito anos, Saffie era alguns anos mais nova e era linda pra caralho. Pensei na primeira vez em que a vi. Pensei ainda mais agora. Mas ela era pura. Inocente. Ela era boa.

Não tinha certeza se eu tinha algo de bom em mim ainda.

SEGREDOS SOMBRIOS

Ficando de pé, inclinei a cabeça na direção do campo. Ela seguiu em direção à escola como um prisioneiro andando no corredor da morte. Eu queria pegá-la no colo e enfiá-la na minha caminhonete, levá-la para casa e questionar sua sanidade mental sobre sua decisão de se colocar nisso quando claramente não estava pronta. Mas essa merda foi sua escolha. Imaginei que ela teve a maioria de suas escolhas tiradas da sua vida pelos homens. Eu não me adicionaria a essa lista. Era seu direito fazer o que quisesse, mesmo que eu odiasse cada minuto.

Então fiquei ao seu lado, mantendo a boca fechada. Concentrei-me em manter a sensação de calmaria que ela trazia. Apreciei a pausa da raiva que me estrangulava o tempo todo, todos os dias. Atravessamos o campo em silêncio, mas não foi algo estranho. Eu sabia que ela preferia o silêncio mais do que qualquer outra coisa. Era bom não ter alguém no meu cangote, tentando melhorar as coisas. Nada faria com que eu me sentisse melhor. Eu sabia e já havia aceitado isso.

Notei o olhar dos outros estudantes quando abri a porta do corredor e Saffie me seguiu para dentro do prédio. Senti a tensão emanar de seu corpo em ondas ao reparar nos outros alunos intercalando os olhares entre nós dois. Eles devem estar se perguntado por que a garota novata estava andando com o *motoqueiro* idiota. Encarei de volta qualquer filho da puta que ousou encontrar meu olhar.

— Onde é sua próxima aula? — perguntei a Saff, que me entregou sua agenda. — Por aqui — eu disse, e ela me seguiu para a sala de aula. Parando na porta e observando os jogadores de futebol americano que a examinavam, declarei: — Encontro você na entrada depois da escola. Vá direto para lá. Se alguém incomodar você, me avise. Okay?

Saffie deu um sorriso que me destruiu, assentiu e depois entrou na sala. Aquele sorriso ficou gravado no meu cérebro. Na verdade, com o passar do dia, não pensei em mais nada.

Gradualmente, a raiva voltou com suas garras afiadas, até recuperar o seu domínio; até que eu estava me remexendo na cadeira durante o último período, precisando dar o fora dali. Pensei em Saffie e em como me senti perto dela; calmo, em paz. Eu precisava disso outra vez. Meus joelhos não paravam quietos enquanto eu pensava em seu rosto bonito, suas pernas cobertas por aquela calça jeans, as bochechas coradas... e como eu podia respirar ao seu redor.

Quando o sinal tocou, fui até a entrada e encontrei Zane e Saffie já à minha espera. Cheguei perto de Saffie, não perto o suficiente para assustá-la ou deixá-la desconfortável, mas o bastante para sentir a escuridão começar a desaparecer. E desapareceu. De verdade. Ela era a droga perfeita.

— O que você fez? — perguntei a Zane, inalando o perfume de baunilha de Saffie, deixando-o fluir até meus ossos para entorpecer as dores constantes.

— Disse para o senhor Wallace ir se foder e enfiar a caneta naquele lugar onde o sol não ilumina — Zane respondeu, dando de ombros. Eu sorri para ele, que riu em seguida. — Ele não saía do meu pé. — Passou a mão pelo cabelo escuro. — Não aguento mais lidar com idiotas como ele — meu amigo admitiu. — Não mais.

Encontrou meu olhar e li claramente a mensagem não dita. *Não depois de Slash.* Eu entendia. Ele sabia, porque as mesmas sombras que agora habitavam em mim, haviam infectado a nós dois. Zane, meu maldito irmão. Nós estávamos nessa merda juntos.

Coloquei uma mão em seu ombro, em apoio.

— Seu tio vai matar você por isso.

Ele deu de ombros.

— Qual é a novidade nisso? — Balancei a cabeça e Zane encolheu os ombros, antes de inclinar a cabeça na direção de Saffie. — Não tinha certeza se você conseguiria passar o dia sem acabar se metendo em uma enrascada comigo.

Lancei uma olhada de soslaio para Saffie, que se mantinha cabisbaixa e com um livro grudado ao peito. Entrecerrei os olhos ao notar suas mãos tremendo. Aquilo me despedaçou. Eu sabia que Phebe lhe dava aulas em casa até então... Ela ainda deveria estar fazendo isso, e não se colocando nesse inferno torturante.

— Enfim — Zane continuou. — Sei que meu tio fez com que todos os professores enfatizassem o sobrenome dela... *Deyes.* Acho que isso deixou claro de onde ela era e de quem era parente.

Assenti, silenciosamente agradecendo AK, mas minha prioridade era levar Saffie para casa.

— Vamos — falei e a vi suspirar de alívio. Saffie andou entre nós até chegarmos à caminhonete. Ela se sentou junto à janela e ficou observando o mundo passar. Eu não conseguia desviar o olhar de onde ela estava.

— Você está puto? — Zane perguntou quando me aproximei das estradas rurais que nos levavam ao complexo. — Por causa da suspensão dos nossos emblemas de recrutas?

SEGREDOS SOMBRIOS

— Sim — concordei, mas dei de ombros. *Puto* era um eufemismo.
— Eles simplesmente não entendem. — Zane assentiu e eu sabia que ele realmente *entendia*. Também senti sua raiva, como se estivesse conectada à minha. Um maldito demônio vivo que nos dominava e possuía nossas almas dia a dia.

Quinze minutos depois, entrei no conjunto de cabanas onde todos morávamos e estacionei a caminhonete. AK e Flame estavam sentados do lado de fora da casa de AK, na companhia de Viking. Pela primeira vez ele não estava sorrindo ou falando sobre seu pau. A conversa parecia séria conforme AK falava com meu irmão. Senti meu coração pesar. Algo estava acontecendo. Algo ruim.

— O que está acontecendo? — Zane perguntou, franzindo a testa ao reparar nos semblantes apreensivos de todos.

— Vai saber — respondi e saímos do carro.

Antes que eu pudesse piscar, Saffie correu para os braços de Phebe, que havia acabado de abrir a porta de casa. Em seguida, a porta se fechou e tive que me obrigar a não correr atrás dela.

AK levantou a cabeça.

— Como foi?

— Ela estava assustada pra caralho — respondi e me aproximei deles. — Ela não deveria estar lá. Entendo que não depende de mim, mas ela está longe de estar pronta pra frequentar aquela escola.

Antes que AK pudesse responder, olhei para meu irmão e reparei nas olheiras escuras, os músculos retesados. Quando ele moveu os braços, avistei os novos cortes em seus antebraços.

— O que está acontecendo? — perguntei a ele, porém Flame encarava o chão fixamente. Eu não tinha certeza se ele havia me ouvido, tão imerso que estava em sua própria cabeça.

Olhei para Vike. Ele não fez nenhuma piada ou comentário besta. Zane se manteve ao meu lado, imóvel; era nítido que ele também havia sentido que alguma coisa estava errada. Meu melhor amigo estendeu seu apoio a mim ao se aproximar.

— Flame? — AK chamou, mas Flame resmungou e não disse nada em resposta.

Em vez disso, ele começou a cravar as unhas nos braços. Eu o ouvi assobiar quando o sangue surgiu. Meu coração começou a bater forte. Eu não o via assim há muito tempo. Desde que ele me trouxe de volta ao complexo. Eu tinha ouvido falar de como Flame era antes de Maddie, mas nunca tinha presenciado de fato. E rezava para que não estivesse prestes a ver agora.

— Madds está grávida — AK respondeu, e meu irmão ergueu a cabeça, levantando-se em seguida.

Suas mãos tremiam e ele começou a andar de um lado ao outro. Com a cabeça inclinada para trás, ele começou a arranhar o braço repetidamente com as unhas, perdido dentro de sua mente. Suas narinas dilataram, as bochechas coraram. Eu o observei perder a cabeça aos poucos.

Respirei fundo. Maddie estava grávida. Era por isso que ela estava agindo diferente. Era por isso que ela estava tão doente… e era por isso que Flame estava regredindo para quem ele era quando nos conhecemos. Eu não sabia por que ele estava agindo assim de novo, até…

Seu irmão. O irmão antes de mim… aquele que morreu.

— Ele não está lidando bem com isso — AK comentou, chegando perto de mim quando Flame atravessou a clareira para ficar sozinho. Não afastei o olhar de onde ele estava, vendo sua mandíbula contrair e seus olhos varrerem todo o lugar como se tivesse pirado. — Ele acha que as chamas estão de volta, que elas matarão Maddie e o bebê. Porra, acho que ele está se perdendo de novo. — AK passou a mão pelo rosto. Ele parecia exausto.

— As coisas não foram boas quando aconteceu da outra vez — Viking falou, cruzando os braços sobre o peito enorme. — Achei que o perderíamos. Maddie o salvou, é claro. Agora é Maddie quem *ele* acha que vai perder.

Enquanto observava meu irmão, senti a raiva aumentar dentro de mim também. Caralho, outra coisa assim, não… Primeiro Slash, a porra da suspensão, agora Flame perdendo a cabeça novamente.

Eu não podia perdê-lo. Ele não podia entrar em colapso. Madds não se machucaria. Ela estava grávida. Achei que a maioria das gestações transcorria bem. Eu não sabia. Mas então meu coração quase saltou do peito só de imaginar algo acontecendo com ela e o bebê. Que porra aconteceria com Flame então? Conosco? Eu não podia perder Maddie também. Eu já tinha perdido uma mãe. Eu precisava de Maddie na minha vida.

— Ele não pode se estressar mais — AK disse e olhou para mim. Em um segundo, a chama da raiva faiscou com força por dentro.

Sorri, mas não um sorriso de felicidade.

— *Eu* — resmunguei para AK, depois assenti com a cabeça. — Eu sou a porra do estresse. — Ri na cara dele. — Recado recebido, AK.

SEGREDOS SOMBRIOS

Vamos, Zane — falei, e me afastei. — Vamos dar o fora daqui.

— Ele não vai a lugar nenhum — AK contestou. — Esse filho da puta vai entrar em casa, então vou levá-lo de volta para suas tias.

— O quê? Por quê? Eu vou ficar aqui! — Zane gritou.

— Pare e pense — AK disse. — Você acha que a escola não me ligou?

Zane deu uma olhada para mim, antes de entrar furioso na cabana e fechar a porta com violência. Eu me virei e entrei na minha, me trancando no meu quarto. Andei de um lado ao outro, o piso de madeira rangendo sob meus pés. Olhei pela janela e vi Flame encarando os próprios braços, o sangue escorrendo pela pele tatuada e dilacerada. Seu rosto inexpressivo fazia parecer que meu irmão nem estava aqui neste planeta fodido. Um profundo sentimento de pavor se arrastou pelas minhas veias. Eu não aguentava isso; eu não suportava mais essa merda. Senti como se estivesse enlouquecendo, a raiva se sacudindo como um lobo selvagem tentando se libertar. Mas não me deixei levar; eu sabia que nunca mais voltaria se deixasse.

Peguei a garrafa de uísque ainda fechada embaixo da cama – a mesma que roubei do bar do clube –, meus cigarros e arma, então saí pela porta dos fundos antes de desaparecer por entre as árvores.

Desabei diante de um tronco de árvore largo, abri a tampa da garrafa e comecei a beber. Bebi e bebi, fumei cigarro após cigarro, até que meus pulmões estavam doendo e a floresta à frente começou a desfocar. Com cada gole da bebida, as lembranças do dia em que Slash morreu começaram a desaparecer da minha mente. A imagem em alta definição deu lugar a uma granulada em preto e branco. Mas a porra dos fantasmas não desapareceram. Não, esses filhos da puta nunca sumiam, nunca me deixavam em paz... como malditos ceifeiros assentados no meu ombro.

Pisquei diante da floresta escura. A noite caiu tão rapidamente quanto o uísque que deslizava pela garganta. Um por um, eu os vi saindo por trás das árvores. Vi os homens a quem havia matado no dia em que Slash morreu, caminhando em minha direção, o sangue escorrendo de seus peitos, cabeças e pernas, de qualquer lugar atingido quando disparei bala após bala em seus corpos mortais, rasgando-os e roubando suas vidas.

— Morram — rosnei, com as palavras engroladas mesmo para meus ouvidos. Mas eles continuaram vindo. Em seguida, veio a horda de mexicanos que Smiler e eu havíamos matado recentemente, arrastando os pés até onde eu estava; suas vísceras à mostra, rostos pálidos, a morte os comendo como um parasita ganancioso.

66   **TILLIE COLE**

E então eu o vi. Avistei Slash, com a cabeça ferida, sangue pingando em seu rosto e corpo. Seus olhos nunca se desviaram dos meus. Meu peito doeu ao ver meu melhor amigo daquela forma. Ele se sentou ao meu lado, observando os homens ainda vindo em minha direção. Minhas mãos tremiam só de senti-lo assim tão perto. Tentei dizer a mim mesmo que nenhuma dessas pessoas era real, que Slash estava enterrado, já do outro lado do rio Styx, com Hades. Mas senti seu hálito gélido contra a minha bochecha. Ouvi sua respiração sibilante, lutando para o trazer de volta à vida.

— *Mate-os* — ele sussurrou no meu ouvido. O mundo se inclinou para o lado conforme ele falava. Eu estava bêbado pra caralho. Tão cansado de tudo; eu não me importava mais.

Comecei a tossir. Meus pulmões estavam fodidos com a quantidade de fumaça asfixiante ao qual eu os estava submetendo. Todo dia eu bebia e fumava. Todo dia eu perdia outro pedaço da minha mente. Eu estava convencido de que agora havia pouco a perder. Eu estava rapidamente seguindo Smiler para o abismo.

Nada ajudava.

Nada bloqueava os fantasmas.

De repente, o rosto de Saffie apareceu na minha mente. Ela estava sentada perto de mim, embaixo das arquibancadas da escola. Ao lado dela, a raiva desapareceu como as cinzas da guimba do meu cigarro. Ao lado dela, de calça jeans e suéter, tudo se tornou confortavelmente entorpecido. E assim que seu rosto encheu minha mente, o resto desapareceu.

— *Mate-os, Ash* — a voz grave de Slash ordenou, seu dedo indicador ensanguentado apontando para os homens se aproximando. — *Mate os filhos da puta que me mataram.* — Ele fez uma pausa, deu uma respiração crepitante e gaguejante, e sorriu; os dentes pintados com sangue seco. — *Você precisa me vingar, Ash. Não pare até que todos eles estejam mortos. Mate-os em meu nome... você me deve isso, Ash. Deveria ter sido você.*

Fechei os olhos com força, sentindo a garganta apertar com culpa e arrependimento. Eu faria isso por ele. Eu precisava. Era a coisa certa a se fazer. Eu precisava matar, sangue por sangue, pela vida do meu melhor amigo. Peguei minha arma dentro da jaqueta. Parecia pesada na minha mão. Sempre parecia um chumbo, como se não fosse feita para estar em minhas mãos.

Eu sabia que esses homens não eram reais; sabia que Slash não estava aqui. Fantasmas não eram reais. No entanto, eles nunca me deixavam.

SEGREDOS SOMBRIOS

Toda vez que eu fechava os olhos, eles surgiam para me lembrar de uma verdade gritante: eu deveria ter sido o único a morrer naquele dia, não o Slash. O maldito Ceifador sentado nas minhas costas estava guiando minha mão, certificando-se de que eu pagasse a penitência pelo meu amigo que morreu no meu lugar.

— *Mate* — Slash ordenou, a voz áspera em comando. Sua voz era mais profunda agora do que quando estava vivo. Agora, emanava veneno. Sua mão ensanguentada pressionou meu ombro, queimando minhas roupas e escaldando a pele por baixo. A mão de Slash segurou meu cotovelo e ergueu minha arma. Ele me ajudou a apontar para o primeiro corpo que vi. Colocando meu dedo no gatilho, disparei.

O tiro zuniu pela floresta silenciosa, ecoando como um trovão entre as folhas. Pássaros adormecidos e morcegos se espalharam para todo lado, tomando o céu noturno como foguetes. Eu continuei atirando. Um por um, os fantasmas caíram no chão, abatidos por enquanto. Mas eles não ficariam lá. Eles voltariam. Eles sempre voltavam.

Derrubei linha após linha de homens ensanguentados e de olhos mortos, até que o último caiu a apenas dois centímetros dos meus pés. Quando ele bateu no chão, desaparecendo na grama alta e nas ervas daninhas que me cercavam, senti a mão de Slash sumir. Ele voltaria, assombrando meus malditos sonhos, ordenando que eu fizesse as coisas em seu nome.

Eu não sabia como fazer *nada* certo.

Um barulho à minha esquerda me fez virar a cabeça para o lado. Eu estava cansado, porém nunca dormia. Todos eles voltavam quando eu dormia. O que eu estava pensando? Acordado ou dormindo, eles estavam sempre lá, aumentando em número a cada semana. Eles eram uma porra de exército comandado pela minha culpa.

O som da trava de segurança sendo liberada trovejou ao meu redor.

— Porra, Ash!

Entrecerrei os olhos, tentando descobrir quem havia falado. Reconheci a voz, mas meu cérebro lento e torrado pelo uísque não conseguia pensar rápido o suficiente para lembrar. Três figuras embaçadas apareceram. AK estava na frente. Como sempre; o famoso atirador pronto para livrar os Hangmen de seus inimigos. Mas ele não havia matado Diego, e Diego havia matado Slash. A floresta estava um breu, e minha visão era uma merda, mas eu sabia que Viking e Flame estavam atrás dele. Os três estavam sempre juntos.

— Se masturbando na floresta, mini Flame? — Viking perguntou. Quando seu rosto surgiu da escuridão, ele estava sorrindo. O filho da puta estava sempre sorrindo. AK se sentou ao meu lado e tirou a arma da minha mão.

— Me devolva isso, porra! — rosnei, e caí bêbado de lado enquanto tentava pegá-la de volta.

— Porra, de novo, Ash? — AK perguntou, cansado, e passou a mão pelo rosto. — Você percebe que uns filhos da puta estão mexendo com a gente, certo? Que todos estamos de vigia, caso sejam mais do que pivetes testando a sorte contra nós?

Voltei a me sentar e olhei para as árvores. Eu queria contar a AK e meu irmão sobre os homens que havia derrubado na grama, que Slash estava em algum lugar por perto, fodendo com minha cabeça, mas minha boca não funcionava. A escuridão que crescia dentro de mim sufocava meus pulmões e cérebro como um fungo, assumindo o controle de tudo que eu era. Não estava me deixando em paz. Ela me agarrava, afundando suas garras no meu peito, me envenenando com uma raiva incontrolável.

— As cadelas estão pirando dentro de casa. Saffie está escondida no quarto. Ela não estava bem depois de voltar da escola e agora está encolhida embaixo da escrivaninha, acreditando que pessoas estão à procura dela.

Meu estômago revirou. Ela era a única pessoa a quem nunca quis assustar. A escuridão começou a penetrar meus ossos, infectando a medula. Tudo dentro de mim se encontrava assim, mas mantive o rosto dela na minha mente. Eu me agarrei a essa imagem com todas as forças que eu tinha.

AK se ajoelhou ao meu lado, colocando a mão no meu ombro, onde a mão de Slash tinha estado recentemente.

— Olha, garoto, eu sei que você está passando por um momento ruim. Porra, fale comigo, me deixe ajudar...

Dei de ombros afastando a mão dele. Foi ali que Slash colocou a dele. Onde a maldita escuridão me tocou, colocando sua mão pesada em mim, me sobrecarregando. AK era melhor do que isso. Eu não queria que ele se infectasse com as trevas. Eu queria que ele entendesse isso, mas não conseguia encontrar as palavras, não conseguia formar as frases. Quando encontrei seu olhar, tentei pedir ajuda. Em vez disso, eu o vi desistir, vi o olhar cansado que ele me deu; como se ele estivesse acabado.

Levantando, ele se virou para Flame e Viking.

— Vou dizer a Madds e Phebe que era apenas Ash brincando. — Lançou um olhar para Vike. — Você diz a Styx que foi um alarme falso, e diga

SEGREDOS SOMBRIOS

69

para conter a porra das tropas. — AK olhou para mim por cima do ombro. — Não fale sobre o garoto. Não há necessidade de deixar o *prez* ainda mais irritado com ele. Vou tentar conversar com Ash quando ele estiver sóbrio.

AK e Vike se afastaram, adentrando a floresta. Olhei para as árvores novamente, esperando os fantasmas aparecerem. Fechei momentaneamente os olhos, apoiando a cabeça contra o tronco. Ouvi alguém se movendo ao meu lado e quando abri os olhos, Flame pairava sobre mim, o olhar fixo no tronco acima da minha cabeça, não nos meus olhos. Nunca nos meus olhos. Não, eu não era digno disso ainda.

— Você deixou Maddie assustada — ele falou, a voz inexpressiva como sempre.

Eu não disse nada. Qual era o objetivo? Flame estava tão perdido quanto eu. Ele estava apenas fazendo o que AK provavelmente lhe disse para fazer. Para me repreender. Porra, para me dar um sermão para entrar nos eixos.

— Ela vai ter um bebê. Ela não pode ficar assustada ou estressada. — Passou as mãos pelo cabelo. Mesmo bêbado pra caralho, eu podia ver suas narinas dilatando e os músculos retesados do pescoço. Ele estava indo em direção ao inferno, e rápido. Virando a cabeça para mim, ordenou: — Você precisa parar. Apenas pare. Ela não pode morrer. Não posso deixá-la morrer. Essa merda a deixará doente.

Eu sabia que deveria ter sentido pena dele. Eu sabia que ele não estava bem. Eu o vi rumo ao fundo do poço, cravando as unhas nos braços a todo instante. Mas eu já estava lá. E não conseguia encontrar energia para dar a mínima.

— Ótima conversa, Flame. Realmente inspiradora — respondi, com ironia, e, como sempre, não vi qualquer alteração em sua expressão. Eu sabia que ele não entendia o sarcasmo, que ele entendia quase tudo literalmente.

Flame parou, inclinando a cabeça para o lado, tentando entender minha resposta. Seus olhos negros pareciam demoníacos ao luar. Eu tinha os mesmos olhos; me perguntei se os meus também eram assim.

— Apenas pare — sussurrou e cerrou os punhos ao lado do corpo. — Pare de beber, porra. Vá para a escola. Pare de deixar Maddie triste. — Eu não conseguia desviar o olhar de seus punhos. — Pare de deixá-la estressada.

Ele estava me irritando. Suas palavras estavam me deixando puto. Levantando de supetão, senti a casca da árvore arranhando minhas costas, e fui em direção ao meu irmão. Apontando para os punhos cerrados, eu disse:

— Parece até alguém que nós dois conhecíamos, irmão. — Minhas palavras foram severas. Flame franziu o cenho. Eu sabia que ele não entenderia. — Você vai me bater, *Josiah*? — Ao usar seu nome verdadeiro, reparei na aflição cintilando em seus olhos, a postura recuada. Eu queria parar, fechar a porra da minha boca. O pouco de vida que permanecia no meu coração moribundo me dizia para parar e deixar essa merda pra lá. Mas a escuridão assumindo o comando, se certificou de que eu fizesse isso. — Você vai me espancar e depois me jogar em um porão? Vai se certificar de que eu aprenda a porra da minha lição, hein? É isso que você vai fazer, *pai*?

Como se eu tivesse batido nele com um pé de cabra, Flame cambaleou para trás. Minhas pernas bambearam diante dessa reação, mas mantive o queixo erguido. Nunca me importei com o fato de Flame ser diferente, que não pudesse conversar com ele como irmãos normais. Mas agora eu me importava. Queria que ele visse que eu estava morrendo por dentro, que estava no trem-bala para o inferno e precisava que ele notasse a tempo de me salvar.

No entanto, em resposta ao seu silêncio, e como se eu estivesse sendo controlado por um sádico mestre de marionetes, levantei a camisa, mostrando as cicatrizes que nosso pai deixou em minha pele.

— Você vai me dar mais algumas dessas?

Flame não respondeu, apenas olhou para mim. Porém não com um olhar enraivecido; seu olhar estava vazio, como se tivesse se desligado por dentro, desaparecido em sua cabeça para longe de mim e da minha língua letal.

Eu sabia que ele não pensava o mesmo que a maioria das pessoas. Mas será que não via que eu precisava dele? Que eu precisava mais do que ele me dizendo para "parar de estressar Maddie" e para parar? Eu não sabia como parar, porra! Eu precisava que ele tentasse, só desta vez... Apenas tentasse e arrebentasse as paredes que cercavam seu cérebro e visse que eu estava morrendo.

Não havia nada; nenhuma palavra de conforto em sua boca. Sem o menor reconhecimento da minha dor.

Soltando uma risada cruel e solitária, cuspi:

— Então essa é sua conversa paterna comigo, hein? Isso é você falando cara a cara, coração para coração?

Flame piscou três vezes em rápida sucessão. Completamente ausente. Talvez magoado? Eu não saberia dizer. Ele nunca demonstrava emoção além da raiva... assim como eu. Recostando na árvore, fiquei vigiando o entorno em busca dos fantasmas e disse:

SEGREDOS SOMBRIOS

— E você vai ser pai? — Dei uma risada irônica. — Boa sorte com isso.

Esperei ele me bater. Flame nunca tinha sequer levantado um dedo para mim. Agora eu *ansiava* por isso. Eu queria que ele me batesse, que me nocauteasse, que socasse minha cara para que eu sentisse por dias. Eu merecia a dor. Eu ansiava pela dor. E pelo menos isso significaria que ele ouviu algo que eu disse, que ele não estava apenas me ignorando e me deixando de lado.

Meu coração batia acelerado com as palavras que eu tinha disparado. Como tiros de uma semiautomática. Cada uma ricocheteando em mim e deixando uma ferida aberta cheia de arrependimento. A adrenalina subiu pelo meu corpo como gasolina em chamas. Eu não conseguia controlar a boca. Estava atacando a mesma pessoa que eu precisava que desse jeito nas coisas.

Flame estava imóvel como uma estátua. Seus olhos ainda focados no tronco acima da minha cabeça. O rosto agora pálido. Mesmo em meu estado de embriaguez, vi que ele havia perdido a cor, a única reação que ele exibia.

Foi como um soco direto no meu coração.

Silenciosamente, ele se virou e foi embora. Os ombros caídos conforme caminhava lentamente pela grama alta. A cada passo que recuava, minha raiva diminuía, só para ser substituída por uma cova tão profunda que se tornava um abismo de dor sem fim.

Quando Flame finalmente desapareceu, minhas pernas cederam. Minha bunda se chocou ao chão frio, e eu contemplei a escuridão. Não tive a sorte de sentir qualquer dormência desta vez. Eu senti tudo, cada dor, lágrima e corte na minha carne. Meu arrependimento era como se meus órgãos estivessem se desligando, um após o outro, fazendo meu corpo arder com fogo e agonia. O olhar vazio de Flame ficou gravado na minha mente e eu repeti minhas palavras, me certificando de lembrar a gravidade do que acabara de fazer... *"Você vai me espancar e depois me jogar em um porão? Vai se certificar de que eu aprenda a porra da minha lição, hein? É isso que você vai fazer, pai?"*. Eu não sabia o que Flame sentia por dentro, se ele tinha sentimentos, mas eu o tinha visto recuar quando o chamei pelo seu nome de nascimento. E a maneira como ele voltou para a cabana, derrotado, com os pés pesando dez toneladas. *"E você vai ser pai? Boa sorte com isso..."*

De repente, me senti muito sozinho. Tão sozinho que não sabia como diabos respirar normalmente. Eu estava afastando todo mundo, porque acreditei que era melhor do que deixá-los perto de mim. Era melhor que eles não vissem as trevas tomando conta de mim; que não testemunhassem o mal consumindo minha carne. Raiva. Ressentimento... os malditos fantasmas do inferno que nunca me deixavam dormir.

Pelo canto dos olhos, vi os fantasmas se ajoelhando, reaparecendo por entre as árvores. Dessa vez, eles estavam se reunindo por um motivo diferente, não para atacar, mas para me observar, para me lembrar que eles não dormiam. Que sempre estariam nas sombras, esperando o momento em que poderiam me arrastar com eles para o inferno.

Enquanto eu encarava seus olhos desalmados e feições sombrias, senti a umidade escorrer pelas bochechas. Não enxuguei as lágrimas. Eu as deixei cair como bombas na terra abaixo de mim, queimando minha pele em seu rastro de fogo.

Flame agora me odiaria. AK e Maddie também. Mas suponho que isso não importava mais no final. Porque ninguém me odiava mais do que eu mesmo.

SEGREDOS SOMBRIOS

CAPÍTULO QUATRO

FLAME

Segurei a mão de Maddie quando a caminhonete parou no estacionamento da sede do clube, ouvindo a música que ressoava de dentro. O carro de Hush e Cowboy parou ao nosso lado. Sia desceu e acenou para Maddie, que acenou de volta com a mão livre. Eu não ia soltar a que estava segurando. Hush e Cowboy seguiram Sia para o interior e a porta se fechou atrás deles. As silhuetas dos meus irmãos se moviam lá dentro. Eu olhei para as portas. Eu não queria entrar lá, não queria estar aqui. Eu queria ficar na cabana com Maddie, e não me mexer.

— Flame?

Eu me virei para encará-la. Ela sorriu para mim, mas era diferente do normal. Todos os seus sorrisos eram diferentes agora. Eu me esforcei para ler esse novo. Eu não sabia o que eles queriam dizer. Eu me remexi no banco quando as veias começaram a latejar em meus braços. Eu não aguentava. Não aguentaria isso.

— Não precisamos ficar muito tempo. Apenas o tempo suficiente para celebrar o nascimento de Azrael e Talitha. — Maddie apertou minha mão novamente, mas a dor ardente nas minhas veias piorou, o toque dela não estava mais ajudando a melhorar.

Maddie pressionou a testa à minha. Eu tentei me afastar, mas a mão livre dela se acomodou em minha bochecha e me impediu. Ouvi Maddie respirar. Quando ela dormia todas as noites, eu a ouvia respirar. Eu me certificava de que seu peito subia e descia. Garantia que seu coração ainda batesse no peito. Eu não dormia muito, e sempre que dormia, eu a via morta. Via os olhos de Maddie se fecharem e o bebê dentro dela morto também. Eu não queria que seus olhos se fechassem novamente. Eu precisava deles abertos e olhando para mim, então saberia que ela estava bem. Maddie disse que nada iria acontecer com ela, mas eu sabia que não era verdade. As chamas iam fazer algo com ela. O mal dentro de mim a destruiria; como fez com todos os outros.

— Crianças são uma coisa boa, amor — ela sussurrou. — É uma alegria comemorar a vinda delas ao mundo. Elas são a personificação viva do amor, dos pais que as criaram a partir de um amor tão feroz. — Maddie se afastou, os olhos brilhantes. Meu estômago revirou. Quando eles brilhavam, normalmente significava que ela estava triste.

— Você está triste — eu disse. Maddie abaixou a cabeça.

É porque você vai ser um péssimo pai, e ela sabe disso. Fechei os olhos com força, ouvindo a voz do meu pai na minha cabeça. *"E você vai ser pai? Boa sorte com isso…"* a voz de Ash veio a seguir. Ele achou que eu ia machucá-lo na floresta. Achou que eu lhe daria mais cicatrizes. Maddie estava triste porque sabia que eu acabaria machucando a ela e ao nosso filho, assim como Ash achou que eu também o machucaria.

A mão de Maddie voltou para minha bochecha e levantou minha cabeça.

— Eu não estou triste, não como você pensa — ela sussurrou. Eu não sabia por que mais ela estaria triste, se não por pensar que eu a estava decepcionando. — Flame — ela continuou —, estou triste por você acreditar que não é digno de ser pai. — Maddie passou o dedo pelo meu rosto. Eu amava o seu toque. Eu queria que ela sempre me tocasse. Mas as suas palavras não faziam sentido para mim. — Estou triste por você acreditar que poderia nos machucar.

A mão de Maddie se afastou do meu rosto e se acomodou sobre sua barriga. Meu coração começou a bater rápido. Dentro dela estava o nosso bebê. Eu não queria machucar o bebê. Maddie pegou minha mão e tentou colocá-la em sua barriga, mas eu não permiti.

— Não! — Meus pulmões se contraíram. Meu coração acelerou. Eu não podia tocar sua barriga. Eu nunca poderia tocar no bebê.

— Flame… — Maddie sussurrou. — Eu também estou com medo.

SEGREDOS SOMBRIOS

— Meus olhos se voltaram para os dela quando sua voz soou estranha. Vacilante. — Você não está sozinho nisso. Mas com você ao meu lado, sou forte. Desde que o conheci, encontrei uma força em mim que nunca acreditei ser possível. — Fechei os olhos. Ela também me fortaleceu. Eu não poderia viver sem ela. — Toque-me, Flame. Não se afaste. — Ela se inclinou. — Beije-me. Eu preciso que você me beije.

Eu queria. Meu olhar viajou até sua barriga, mas Maddie se inclinou novamente até que ela era tudo que eu podia ver. Seus olhos verdes estavam enormes. Ela era tão linda. As chamas no meu sangue estavam muito quentes, muito intensas, mas cerrei os dentes e enfrentei a dor. Eu beijei os lábios de Maddie. Rosnei quando os demônios dentro de mim me disseram para me afastar. Mas ela era *minha*. Eu não poderia perdê-la. E eu queria beijá-la. Seus beijos tornavam tudo melhor.

— Venha — Maddie disse, se afastando para liberar minha mão. — Vamos entrar.

Saí da caminhonete e me apressei para o lado do passageiro. Maddie me deu seu sorriso de sempre quando abri a porta e a levantei. Eu amava esse sorriso. Esse sorriso fazia com que eu pudesse respirar.

Quando entramos, crianças era tudo o que eu via. A porta se fechou, nos prendendo ali dentro. Maddie nos guiou em direção às suas irmãs quando um bebê começou a chorar. Era como uma faca na porra do meu crânio. O bebê chorou novamente. Fechei os olhos quando o som ecoou na minha cabeça. *Eu estava na escuridão. A sujeira estava embaixo de mim, ao meu redor. E ele estava ao meu lado, vermelho e gritando... ele queria que eu o pegasse, mas eu não podia pegá-lo. Matei minha mãe com meu toque. Eu não queria machucá-lo também... mas ele continuou gritando, chorando... eu não sabia o que fazer. Ele era tudo o que eu tinha. Meu irmãozinho...*

— Você está seguro aqui. — A voz de Maddie afastou a escuridão. Quando abri meus olhos, ela estava na minha frente. — Azrael não está machucado, ele é apenas um bebê chorando por sua mãe, porque está com fome. — Olhei para Lilah, que estava saindo dali com Azrael. — Ele está seguro. Viu? Todos os bebês aqui estão seguros e felizes. Ninguém os está machucando. — Assenti com a cabeça, mas era como se minha pele, minhas veias, sangue e ossos, estivessem tentando sair para fora da minha pele, do meu corpo, para fugir daqui. Eu estava com calor. Estava com muito calor, e não conseguia ficar parado. — Vamos nos sentar.

Segurei a mão de Maddie e me sentei à mesa. Puxei minha cadela para o meu colo quando ela tentou se sentar no meu lado. Eu ia mantê-la perto de mim, muito perto. Mantive as mãos longe da sua barriga. Ela disse que eu não a machucaria, mas eu sabia que era melhor não tocá-la. Eu tinha que protegê-la. Maddie se inclinou, repousando a cabeça no meu ombro enquanto eu lutava para ficar parado. Inspirei seu perfume, envolvi minha mão em seu cabelo e a deixei me acalmar. Maddie começou a conversar com Mae. Quando ela falou, o som vibrou de suas costas contra o meu peito. Quando ela riu, meus pulmões relaxaram e permitiram a entrada do ar. Eu tinha que mantê-la aqui. Se ela ficasse comigo, eu não machucaria nenhum dos bebês com minhas chamas.

Viking e AK se sentaram nas cadeiras em volta da mesa ao nosso lado. Rudge, Hush, Cowboy, Tanner, Tank, Bull e Styx chegaram a seguir. Beau também estava aqui. Ele era o novo recruta; se tornou membro na semana passada junto com Samson e Solomon. Eles não eram recrutas como Ash ou Zane. Styx deu a Beau, Solomon e Samson mais responsabilidades. Eles foram autorizados a participar da *church* e não tinham que fazer nenhuma das merdas básicas.

Beau se sentou ao lado de Tanner, e sorriu quando o irmão disse algo para ele. Eu os observei. Eles eram irmãos. Samson e Solomon se sentaram em seguida. Eles também eram irmãos, gêmeos. Samson disse algo, que não ouvi, e Solomon riu. Irmãos. Beau e Tanner. Solomon e Samson. Eles eram irmãos. Era assim que os irmãos deveriam ser?

Eu nunca ri com Ash. Ele não ria comigo. *"Parece até alguém que nós dois conhecíamos, irmão... Você vai me bater, Josiah?"*, ouvi a voz de Ash na minha cabeça. Ele disse que eu era como meu pai. Eu não achava que era como meu pai. Mas ele achava que eu era. Eu não queria ser. Meu pai machucou minha mãe. Ele me machucou, assim como ao Ash e Isaiah.

Maddie virou a cabeça para olhar para mim. Suas sobrancelhas estavam arqueadas; isso significava que ela estava preocupada. Logo depois, ela colou a boca na minha orelha.

— Você está bem, amor. Eu amo você.

Eu amo você... eu a segurei com mais força. Congelei quando, de repente, me perguntei se meu pai também tinha chamas no sangue; se era por isso que ele estava sempre com raiva, por que ele machucava a todos.

Solomon e Samson riram novamente, Samson segurando o braço de Solomon. Eu os observei e percebi que não sabia porra nenhuma sobre como ser um irmão. Como eles riam assim? Eu nunca entendia as piadas

SEGREDOS SOMBRIOS

de ninguém, mal podia dizer quando estavam *contando* uma. Eu não ria, nunca me senti bem quando tentava. Minha risada era forçada, e eu sempre ria da coisa errada ou na hora errada e as pessoas me encaravam. Eu não era irmão de Ash, como Beau e Tanner, ou Solomon e Samson eram um para o outro. Eu não sabia como ser. Ash estava ferrado tendo a mim como irmão. Isaiah… eu matei Isaiah. Mas eu teria sido um irmão de merda se ele tivesse vivido.

— Porra! — Vike gritou e balançou a cabeça. — Nós somos velhos pra caralho ou o quê? Agora esse é o tipo de diversão que temos no bar? Bebês e xícaras de chá, como se fôssemos a Rainha da Inglaterra. Onde estão as bocetas e o uísque?

Ky se postou atrás de Vike, segurando um de seus filhos, e bateu na cabeça dele.

— Vike, cale essa boca feia ou vou enfiar minha bota tamanho quarenta e cinco na sua bunda.

Vike sorriu, arqueando as sobrancelhas.

— Isso é uma promessa, *VP*?

— Você precisa de uma mulher, Vike — AK sugeriu. — Você é um dos irmãos mais velhos da sede. Já deve estar na meia-idade, não? — AK sorriu.

A boca de Vike se abriu.

— Estou envelhecendo como um bom vinho, irmão. — Ergueu a camiseta para mostrar o abdôme musculoso. — Você já viu um velho com um corpo como este? — Vike parou de falar e olhou para algo do outro lado do bar.

Observei Ky segurando o bebê e tentei me imaginar segurando o meu dessa maneira. Eu não conseguia nem criar essa imagem na minha cabeça. Meu sangue ressoou pelos meus ouvidos. Eu nunca poderia segurá-lo dessa maneira.

— Fiquei sabendo que devo felicitá-los — Ky comentou. Ele estava olhando para mim. Meus pulmões congelaram. Maddie parou de se mexer no meu colo, agarrou minha mão e se virou para encarar meus irmãos.

— Obrigada — ela respondeu para Ky. Maddie beijou minha mão e se inclinou contra mim novamente, deslizando o dedo pelo dorso tatuado. Ela fazia isso quando tentava me ajudar a me acalmar. Eu gostava. Normalmente sempre funcionava. Viking se inclinou para frente.

— Alguém já notou como a mãe do Rider é gostosa? — Olhei para Ruth, que estava sentada com Bella e Rider. — Ela nunca vem ao bar, então não a vejo muito. Mas, *puta merda*! Eu adoro uma cadela mais velha. Irmã Ruth parece muito gostosa. Quem ia saber que *aquele* corpo estava sob esses vestidos longos que as cadelas da seita costumavam usar?

— Não acho que ela é muito mais velha do que você — Tank disse. — Talvez um ano ou dois. Porra, ela pode até ser mais nova do que você. Ela teve Rider e seu irmão gêmeo quando tinha doze ou treze anos, ou algo assim, não foi? Vocês são praticamente da mesma idade.

— *Sério?* — Vike contemplou e assobiou alto. Ele sorriu e suas sobrancelhas arquearam. — Rider! — Rider levantou a cabeça do outro lado das mesas. — Vem aqui!

Rider se levantou e caminhou devagar.

— O que houve? — Passou a mão sobre a cabeça raspada.

— A sua mãe… — Vike começou. — Qual a idade dela? Sabe se ela está saindo com alguém?

— Por quê? — Rider perguntou, com os olhos entrecerrados.

Viking deu de ombros.

— Um amigo meu quer saber.

Rider ficou quieto por um tempo, depois se inclinou e advertiu:

— Fique longe da minha mãe, Vike. Estou falando sério. Ela já passou por muita coisa para lidar com as suas merdas.

Viking sorriu.

— Não seja assim, doutor. Você não quer um novo papai? Alguém para beijar seus dodóis e ler historinhas para você dormir? — Vike deu um tapa no colo. — Qual é, filho. Eu e sua mãe só queremos fazer você feliz, só isso.

— É sério. Fique longe dela, porra. — Rider se afastou.

Vike mordeu o lábio e apertou a virilha.

— De repente, fiquei com tesão de verdade pela Irmã Ruthie. Esqueci que ela era jovem pra caralho. — A cabeça dele inclinou para o lado. — Cacete! Temos um dez perfeito vivendo entre nós, e a anaconda acabou de notar. — Viking encarou sua virilha, passando a mão sobre o pau. — Você está ficando relaxado, amigo. Você deveria ter um radar para uma boceta em potencial como ela.

— Idiota — Ky disse e balançou a cabeça. — Como diabos ele foi aceito no clube?

— Eu a foderia — Rudge concordou, assentindo.

— Não tenho certeza se isso é um bom apoio moral — Hush comentou e tomou um gole de cerveja.

SEGREDOS SOMBRIOS

— Diz o cara que faz sanduíche com a irmãzinha do *VP* todas as noites e termina gozando no peito do namorado — Vike caçoou, apontando para Cowboy, que estava sorrindo para ele. — Opa! Esqueci que temos que fingir que vocês também não estão se comendo. Não sei por quê. Todo mundo tem seus fetiches. Os seus são bocetas *e* paus. — Vike estendeu o punho fechado para Ky. — Amantes com oportunidades iguais. Certo, *VP*? Todos sabemos que os Hangmen devem acompanhar os tempos modernos!

— Você tem sorte de eu estar segurando minha filha, Vike, ou juro por Hades que esfolaria você vivo. Agora mesmo. Nem me importaria com quem diabos está assistindo.

Viking riu, balançou a cabeça e se levantou para pegar um uísque e o que parecia uma taça de vinho de Zane no bar. Ele atravessou a sala para se sentar ao lado de Rider.

— Para você, minha dama — ofereceu a Ruth, que aceitou a taça de suas mãos. Seus olhos se estreitaram e as sobrancelhas franziram. Eu não sabia se ela estava feliz, mas quando as pessoas franziam a testa, geralmente significava que não estavam.

— Rider vai matá-lo — Tank comentou.

A filha de Ky, de repente, começou a chorar e meu corpo imediatamente tensionou. O choro atravessou meu cérebro como uma bala, uma perfuração torturante. Ele ecoou pelas paredes do maldito bar. Minhas mãos começaram a tremer. Fechei os olhos para me recompor. Mas a escuridão me levou ao porão. A mão de Maddie apertou a minha. Eu a segurei, tentando afastar a lembrança...

— Rápido! — O som da voz de Ash me fez abrir os olhos na mesma hora. Coloquei meu braço em volta do peito de Maddie, mantendo-a perto. — Vocês precisam vir ao celeiro. Agora, porra!

Styx estava de pé, sinalizando:

— *O que foi?* — AK expressou as palavras do *Prez,* enquanto Ky entregava sua filha a Bella.

— Incêndio. Um maldito incêndio e uma cadela... uma cadela amarrada e morta. Vocês têm que ver. — Ash começou a balançar a cabeça e eu comecei a hiperventilar. *Incêndio.* Havia fogo.

Ky se aproximou do *prez,* lendo suas instruções em voz alta:

— *Mae, leve as mulheres para a sala dos fundos e tranque tudo.*

Mae se levantou, carregando Charon, e levou as cadelas para o quarto nos fundos do bar. Eu segurei Maddie. Ela não ia a lugar nenhum sem mim.

— Flame? — Maddie disse e se levantou.

— Flame, você vem conosco — Ky ordenou. Eu não ia deixar Maddie se afastar. — Flame! Leve Maddie para a maldita sala, porra! Precisamos de você!

— Eu vou ficar bem — Maddie assegurou. — Você deve ir.

— *Rider, você as protege. Zane, também fique de olho. Patrulhe e pegue algumas armas do arsenal.* — As mãos Styx estavam se movendo tão rápido que eu mal podia lê-las.

— Vamos! — Ky gritou.

Maddie foi para a sala dos fundos, com Rider e Zane seguindo logo atrás. Eu queria correr atrás dela, mantê-la do meu lado. Eu poderia protegê-la melhor se ela estivesse ao meu lado. Nada lhe aconteceria se fosse protegida por mim.

— Flame, ela está segura. Vamos acabar com isso. — AK me esperou à porta, com Vike.

Saímos correndo da sede do clube. Eu pulei na caminhonete e segui as motos até o celeiro. Vi as chamas subindo alto por entre as árvores; chamas alaranjadas. Meu sangue corria mais rápido à medida que nos aproximávamos. A porra do fogo me chamando, o diabo chamando o demônio em minha alma. Apertei o volante.

— Não — eu disse para a porra do diabo dentro de mim. — Vá embora, caralho! — Saí da caminhonete e corri, seguindo em direção ao celeiro. Parei ao lado de Vike e AK. O resto dos meus irmãos já estava lá.

— Que. Porra. É. Essa? — Vike perguntou. As chamas cortavam a terra em um amplo círculo, rastejando no chão como uma cobra. O círculo fedia a gasolina queimada. Então, no centro dele, havia uma mulher amarrada de cabeça para baixo em uma cruz de madeira. Uma mulher nua e morta, com o torso aberto, sem nenhum dos órgãos dentro dela. E sua boca... sua boca estava costurada com grossas linhas pretas.

— Bem. Isso não é algo que você vê todos os dias — Ky comentou e se aproximou. — Que porra de símbolo é esse? — Ele olhou para Tanner e Beau. — Alguma merda da Klan?

Tanner balançou a cabeça.

— Não é da Klan.

— É um pentagrama — Samson disse.

Solomon estava ao lado dele, assentindo, os braços cruzados sobre o peito.

— A marca do diabo — Solomon acrescentou.

SEGREDOS SOMBRIOS

Minha respiração acelerou quando olhei para o símbolo em chamas. Também cheirava a gasolina. O fogo crepitou quando as chamas rugiram mais alto. O diabo… as cobras… as chamas… era a porra do diabo. Meu pai me avisou sobre isso. Fogo. O mal estava chegando. Eu sabia que estava chegando. Morte, dor e chamas.

Ky se inclinou para perto do fogo.

— Ali está o coração dela. — Ky apontou para o centro do símbolo.

O coração da cadela estava no meio, o sangue pingando no pequeno pedaço de grama intocado pelo fogo. Beau chegou com baldes de areia, jogando tudo sobre o fogo para apagá-lo. No segundo em que foi extinto, pude respirar fundo. Mas meus braços começaram a coçar, os pés começaram a andar de um lado ao outro. Eu ainda podia senti-lo por perto. Sentir o maldito diabo por perto. Virando meu braço, afundei as unhas em minha carne até senti-las atravessar as veias. Assobiei quando o sangue começou a escorrer pela minha pele, deslizando sobre a palma da mão. Cerrei o punho e respirei fundo quando meu pau ficou duro.

Styx se aproximou da cadela amarrada à cruz de cabeça para baixo. Ela estava amarrada. Assim como eu havia sido amarrado pelo pastor Hughes e mordido por cobras. Minha pele arrepiou quando me lembrei delas deslizando sobre a minha pele, se arrastando por todo o meu corpo, afundando as presas na minha carne, o diabo me reconhecendo como seu.

Styx levantou as mãos.

— Samson, Solomon, Beau. Chequem o perímetro. Verifiquem se há algum sinal dos filhos da puta que deixaram isso. — Os três montaram em suas motos e aceleraram. Styx se levantou e cruzou os braços. Ky inclinou o queixo para Ash. — Quando você viu isso?

— Pouco antes de ir até vocês. Eu estava andando pela floresta e vi as chamas. — Ash virou a cabeça para mim. Eu não sabia por que ele estava olhando para mim. Nós não tínhamos conversado desde aquela noite na floresta.

— Você não viu quem a deixou? — Ky perguntou.

Ash balançou a cabeça.

— As cabeças de cabras. O maldito sangue. E agora isso? — Tank se curvou para perto da cruz, da cadela amarrada, com um buraco no estômago. — O coração no pentagrama. A porra da boca costurada. Que merda é essa? — Tank passou a mão pela cicatriz. — Malditos adoradores do diabo? Com quem estamos lidando agora?

Meu pulso começou a disparar mais rápido. Adoradores do diabo. Eu tinha demônios no meu sangue.

82   **TILLIE COLE**

— Ou filhos da puta fingindo que são — AK disse. — Não acho que temos muitos verdadeiros adoradores do diabo nessa região.

Styx começou a sinalizar:

— *Tire ela dessa porra e queime o corpo. Não aceito essa merda em nossa terra. Precisamos patrulhar. Precisamos encontrar os idiotas que trouxeram isso à nossa porta.* — Styx sorriu. — *E precisamos ensinar uma maldita lição a esses filhos da puta.*

— A ira do Hangmen Mudo, senhoras e senhores! — Vike começou a bater palmas.

Eu não conseguia desviar o olhar da cadela pendurada na cruz. Dos seus olhos arregalados na morte. De sua boca fechada à força. Das linhas negras ao seu redor, onde as chamas haviam destruído a grama. Afundei as unhas no meu braço, uma e outra vez. Eles também usaram cobras nela? Elas também a picaram?

AK e Tank começaram a soltar a cadela. O corpo dela desabou no chão, os olhos agora virados para mim. Morte. A porra da morte estava me encarando. O fogo no meu sangue começou a aumentar, ficando cada vez mais quente, precisando ser liberado.

Quando observei a cadela no chão, tudo o que pude ver foi minha mãe. Minha mãe coberta de sangue, com uma faca ao lado. E então, no lugar dela, vi Maddie... Rosnei baixo quando vi Maddie olhando para mim do chão. Exceto que sua barriga não estava aberta, estava redonda com o bebê. Mas ela estava morta. Seu corpo estava imóvel e branco pra caralho. Morta. O bebê também.

— Chamas! — A voz de Bull atravessou minha mente e levantei a cabeça.

Os irmãos começaram a se mover quando AK gritou:

— A sede do clube! — Sobre as árvores, vi fogo subindo em direção ao céu, fumaça dançando no ar.

— Não! — gritei e corri para a caminhonete. Meu pulso disparou quando mergulhei no banco do motorista. Saí pela estrada de terra, as rodas traseiras deslizando sobre o gramado. — Maddie! — rugi na cabine da caminhonete, seguindo as motos dos meus irmãos até a sede do clube. Quanto mais perto chegávamos, mais eu via as chamas. — Maddie! MADDIE!

Elas estavam por toda parte. As malditas chamas... subindo cada vez mais alto, comendo as partes de madeira da sede do clube. Saltando da caminhonete, disparei à frente.

— MADDIE!

SEGREDOS SOMBRIOS

Ouvi pessoas tossindo. As cadelas estavam correndo para a linha das árvores da floresta, com Rider e Zane liderando o caminho. Eu procurei entre todas elas. Vi AK, Styx, Ky, Tank e Bull encontrarem suas cadelas. Sia correu para fora do prédio, Hush e Cowboy indo ao seu encontro na mesma hora. Tanner estava com Lita perto de sua caminhonete. As crianças estavam todas lá, os bebês, Grace, Saffie...

— Maddie! — Virei a cabeça para Mae. Ela estava olhando em volta também.

— Maddie! Onde está Maddie? — perguntou ela, em pânico. — Maddie? — gritou, olhos arregalados. — Maddie! MADDIE!

Eu não conseguia respirar. Não conseguia respirar, porra! Não. Não. *NÃO!*

— MADDIE! — rugi. — *MADDIE!*

— Porra! — Rider rosnou.

Eu não esperei; corri para dentro do prédio. Quando a porta se abriu, o fogo e o calor me saudaram, a maçaneta escaldou minha mão. Eu não me importei. Maddie. Eu tinha que achar a Maddie. Ouvi vozes atrás de mim, gritando meu nome. Ela não podia morrer. Ela não podia morrer, porra! O fogo ardia por toda parte. Disparei pelo corredor, em direção à sala dos fundos. Ela não estava lá. Ela não estava lá! Não senti as chamas na minha pele; elas já estavam no meu sangue.

— MADDIE! — gritei, tossindo quando a fumaça penetrou em meus pulmões. — MADDIE! — Corri para frente. Havia tantas chamas.

— Flame! — Ouvi uma voz perto de mim, mas eu tinha que passar pelo fogo. Maddie estava em algum lugar por aqui. Ela não podia morrer. Bati um punho cerrado na minha cabeça, tentando pensar. — FLAME! — Uma mão tocou meu braço e me puxou. Ash. Era Ash. — Não lá embaixo! — disse ele, cobrindo a boca com o braço, contra a fumaça. Ele me arrastou de volta e eu o afastei. Eu precisava encontrar Maddie. Eu precisava de Maddie! — Lá! — Ash gritou e apontou para o fundo do corredor. Meu coração trovejou quando vi um corpo no chão.

— MADDIE! — Corri o mais rápido que pude, através das chamas e da fumaça. Caí de joelhos. Maddie estava no chão. Ela estava na porra do chão!

— Precisamos tirá-la daqui, Flame! Vamos! — Ash gritou. Eu a levantei no colo, em meus braços. Ela não pesava nada. Tentei olhar para o rosto dela. Meus olhos ardiam por causa das chamas. Seu rosto estava manchado com linhas de fuligem preta. Mas vi que os olhos dela estavam fechados.

— Não! — grunhi e senti meu coração começar a rachar.

Então corri. Eu corri quando o telhado começou a desabar ao nosso redor. Ash seguia na minha frente, batendo com o ombro na porta de saída que estava fechada. Ela se abriu e ele disparou, comigo em seu encalço, e logo após um gigantesco estrondo soou atrás de nós. As pessoas corriam ao nosso redor.

— Afastem-se, porra! RECUEM, CARALHO! — gritei quando caí de joelhos e coloquei Maddie no chão. Minha garganta fechou, mas um grito alto rasgou do meu peito quando ela não se mexeu. — Maddie — sussurrei e gentilmente afastei seu cabelo do rosto. Minhas mãos não paravam de tremer. — Maddie! — chamei e me sentei sobre os calcanhares. — Acorde. Maddie, acorde. — Eu me inclinei sobre ela, coloquei a mão em seu queixo e virei sua cabeça para mim. — Abra seus olhos. Por favor... Maddie... abra os olhos... — Mas ela não os abriu.

Algo começou a acontecer dentro de mim. As chamas em meu sangue se libertaram das paredes das minhas veias. Enquanto olhava Maddie no chão, não me importei. Não me importei em sentir as chamas inundando carne e ossos, correndo sob minha pele e assumindo o controle.

Eu levantei Maddie em meus braços e a embalei.

— Maddie... — Ela não estava acordando. Sua pele estava pálida sob a fuligem negra em seu rosto, e ela não estava acordando. Uma gota de água caiu em sua bochecha, fazendo uma trilha através das manchas de fuligem. Outra caiu. Eu olhei para cima para ver de onde era. Senti água escorrendo na minha bochecha. De mim. Vinha de mim. Meu peito doía tanto que eu não conseguia respirar. Enquanto olhava para Maddie, achei que estava morrendo. A dor no meu coração era tanta que eu não conseguia me mexer.

— Flame. — AK apareceu ao meu lado.

Ouvi sirenes ao fundo, mas não pude soltar Maddie. Eu a matei. As chamas... Congelei. Eu olhei para as chamas atrás de mim, para o fogo. As chamas a mataram. Elas vieram buscá-la. Vieram pelo bebê. Ela estava morta. Os dois estavam mortos.

— Deixe Rider examiná-la — AK estava falando comigo.

Fiquei tenso, arreganhando os dentes quando Rider se ajoelhou do outro lado de Maddie.

— FICA LONGE DELA, PORRA! — rosnei, segurando-a mais perto de mim. — Vou matar você. Toque nela e eu mato você.

SEGREDOS SOMBRIOS

— Ela está respirando, Flame — Rider disse, lentamente.

Fiquei paralisado e em seguida balancei a cabeça.

— Ela está morta. As chamas a mataram. Ela está morta. Os dois estão mortos. Como minha mãe e Isaiah. Os dois se foram. — A dor que me atravessou me fez inclinar para frente e ofegar.

— Flame. Ela está respirando. Ela está viva. Deixe-me examiná-la. — As sirenes se tornaram mais altas. Vi luzes azuis chegando pela estrada até o clube. — Ela precisa ir ao hospital. Ela precisa de ajuda imediata.

— Flame. Deixe o Rider dar uma olhada. Ele pode ajudá-la — AK disse.

Engasguei com um grito que escapou da minha garganta. Quando olhei para cima, todo mundo estava olhando para mim.

— Por favor, Flame — Mae implorou. Mae e Bella avançaram para ficar perto de Maddie. Ambas chorando. — Por favor, deixe-o examiná-la — Mae pediu.

Eu olhei para Maddie. Eu não queria soltá-la. Não podia soltá-la, porra. Rider se aproximou.

— Vou apenas verificar a pulsação dela. — Cerrei a mandíbula quando ele colocou os dedos em seu pescoço. Ele baixou o olhar, concentrado no que fazia. — Está fraco, mas está aí. — Ele se inclinou e ouviu sua respiração. — Ela precisa ir para o hospital. Agora. — Rider deu um pulo quando a ambulância e o caminhão de bombeiros entraram no complexo.

Olhei para Maddie, mantendo-a perto do meu peito. Eu não queria tocá-la, para não piorar as coisas. Mas não podia soltá-la. Eu nunca a soltaria. Ela era minha. Minha Maddie. Ela não podia morrer. Ela não podia morrer, porra.

— Irmão — AK chamou. — Precisamos levá-la para a ambulância.

Vi os paramédicos se aproximando. Segurei Maddie com mais força. As chamas reavivaram no meu sangue e eu rosnei para qualquer um que tentasse chegar perto.

— Eu mato todos eles. Eu vou matá-los, porra — ameacei. — Se eles a tocarem, eu arranco suas cabeças. — Eu tremia de raiva, olhando para os paramédicos se aproximando. Eu sabia como eles eram. Eles me amarraram a uma cama. Eu não queria que Maddie fosse amarrada a uma cama.

— Flame. Pelo amor de Hades. Ela precisa ir para o hospital — Ky disse. — Você precisa soltá-la.

— Não vou deixar que eles a levem. Ela não pode ir, porra! — sibilei, agarrando Maddie. Vi AK acenando para alguém atrás de mim. Eu me virei para ver quem era, quando alguém agarrou meu pescoço por trás, cortando minha respiração.

— Sai de cima dele! — A voz de Ash ecoou em meus ouvidos. Segurei Maddie, mas comecei a ver manchas pretas, senti meus braços enfraquecendo.

— Me desculpe, irmão — AK disse e tirou Maddie dos meus braços.

— NÃO! — Tentei gritar enquanto lutava contra o braço em volta do meu pecoço.

— Ela precisa de ajuda, irmão. Vou te levar até ela, daí você ficará por perto. Mas você precisa deixá-los ajudarem Maddie agora.

As chamas no meu sangue estavam tão quentes como um inferno. Eu lutei e lutei contra o braço em volta do meu pescoço enquanto observava Maddie ser colocada na parte de trás da ambulância. Bella e Mae foram com ela. As portas se fecharam e eu gritei. Eu gritei e gritei até que as manchas escuras começaram a nublar minha visão.

Senti algo picar meu braço.

— MADDIE! — berrei, mas minha voz foi enfraquecendo gradualmente. — MADDIE! MADDIE! MADDIE... — E então a escuridão tomou conta de mim.

Eu as senti antes de abrir os olhos. Elas estavam mais quentes e escaldantes do que nunca. Afundei as unhas na pele, assobiando quando algumas das chamas escaparam. Mas não era o suficiente. Eu não aguentava. Minhas veias entraram em colapso. O fogo estava por toda parte no meu corpo.

Havia uma névoa na minha cabeça. Eu sabia que precisava me lembrar de algo. Meu peito doía tanto que eu não conseguia respirar. Uma facada no meu estômago me dizia que algo estava errado. Esmurrei a lateral da cabeça, tentando me fazer pensar. Congelei quando me lembrei das chamas. Senti as queimaduras na minha pele... meu coração batendo muito rápido... Maddie... *MADDIE...*

SEGREDOS SOMBRIOS

Eu me sentei na hora; precisava encontrá-la. Chequei ao meu redor; meus olhos ainda ardiam com a fumaça. Meu pulso estava acelerado demais, o sangue quente bombeava pelo meu corpo, incendiando todos os órgãos dentro de mim. Fogo. Houve um incêndio... e Maddie... Maddie estava...

Eu rugi, lembrando dela deitada nos meus braços. Seus olhos estavam fechados, seu corpo imóvel. Ela não estava respirando. Ela não estava olhando para mim. Ela não estava sorrindo para mim ou segurando minha mão. Ela estava morta. Minha Maddie... estava morta. Alguém a tinha tirado de mim. Alguém me tocou. Meus olhos ficaram turvos quando pensei em Maddie. A agonia se contorceu dentro de mim. Maddie estava morta. Ela se foi... Minha Maddie se foi.

— Flame. — Ouvi alguém chamar meu nome. Mas eu não conseguia ficar parado, não conseguia me concentrar. Maddie estava morta. Maddie... Maddie... Maddie se foi... — Flame! Irmão, foco! — Pisquei, afastando as lágrimas dos meus olhos. Meu corpo estava dormente, eu não conseguia sentir nada. Olhei para minhas mãos: estavam vermelhas e cheias de bolhas. E estavam vazias. Maddie não estava mais nelas.

Ela tinha ido. Minha Maddie... ela se foi, me deixou... eu a matei também... o mal em minhas veias também a matou. Arfei com a garganta apertada. O bebê... eu matei nosso bebê. Maddie o amava tanto.

Senti meu corpo se desligar. Senti meus músculos enfraquecendo e meus ossos começando a doer.

— Flame. Controle-se. Eu preciso falar com você. — Mas a voz não chegou ao meu cérebro. Em vez disso, deixei meu corpo começar a morrer também.

Eu não viveria sem Maddie. Ela iria para o céu. Eu iria para o inferno. Eu não me importava, não me importava se eu queimasse por toda a eternidade...

— Flame. Ela está viva. — Balancei para frente e para trás, vendo seu rosto pálido na minha mente, seus olhos fechados enquanto eu a segurava. Seus braços caídos ao lado quando tentei acordá-la. — Porra! — A voz disse. Então alguém me tocou. — Vike! Não...

No minuto em que senti uma mão no meu ombro, um inferno ardeu dentro de mim e me virei e agarrei quem quer que fosse pelo pescoço. Ninguém podia me tocar. Eu matei todo mundo que já tentou. Eu era mau. Criado pelo diabo. Demônios corriam no meu sangue. Eu não podia ser tocado!

— Flame! Solte ele. Concentre-se e o solte, porra!

Uma mão arrancou a minha do pescoço que eu estava apertando. AK e Viking estavam no banco do motorista e do passageiro de uma caminhonete.

Eu estava na parte de trás da cabine. Inspirei pesadamente, tentando me acalmar, mas as chamas me mantiveram em cativeiro. Raiva. Tudo o que eu sentia nesse momento era raiva. Maddie se foi e eu simplesmente não me importava. Então me lembrei deles a tirando de mim. De um braço envolvendo meu pescoço e me afastando dela.

Eles a levaram embora.

Eles a levaram embora!

"Me desculpe, irmão", uma voz disse enquanto eu lutava para manter a consciência. *"Eu não queria tocá-lo, mas eles precisam ajudá-la. Temos que deixá-los ajudarem ela e o bebê".*

A raiva que surgiu em minhas veias me fez pular para frente e envolver minhas mãos em volta do pescoço de Viking.

— Você a levou de mim. Você me tocou e deixou que eles a levassem.

Viking não revidou. Ele não revidou. Eu queria que ele lutasse. Pressionei as mãos com mais força em seu pescoço. Seus olhos ficaram vermelhos, mas ele não revidou. Vike deixou que eles tirassem Maddie de mim. Ele deixou que a levassem embora.

— Flame! Solta! — AK parou a caminhonete e colocou o rosto na minha frente.

— Ela está morta! — rugi. — Ele me tocou e eles a tiraram de mim. Eles a levaram embora. Ela não tinha permissão para me deixar. Ela não tinha permissão para morrer!

— Ela não morreu — AK disse. — Ela não está morta. — Ele estava mentindo. Eu sabia que ele estava mentindo. Eu a vi morta em meus braços. Ambos estavam mortos. — Eles estão no hospital. — Continuei apertando o pescoço de Vike. — Chegamos ao hospital, irmão. Nós trouxemos você até ela. Até os dois. — Minhas mãos afrouxaram em choque e Viking ofegou, mas não me afastou. Ele não me tocou. Suas mãos estavam erguidas em ambos os lados da cabeça.

— Você está mentindo — rosnei, olhando para AK. Eu não queria acreditar que Maddie estava viva se não fosse verdade. Mas ele não faria isso comigo. Não AK.

— Eu nunca menti para você, irmão. Nunca mentiria para você sobre Madds. Você sabe disso. — Ele se inclinou para frente. Minhas mãos estavam tentando apertar o pescoço de Viking novamente. As chamas no meu sangue pedindo a morte de alguém; para eu matar meu irmão. Ele levou minha Maddie embora. Elas me pediam para matá-lo como castigo. —

SEGREDOS SOMBRIOS

Eu prometo a você, Flame. Ela está viva. E está naquele hospital em uma cama esperando por você.

Meu coração começou a bater mais rápido. Mais e mais rápido com as palavras que AK estava dizendo. As chamas me diziam que ele estava mentindo, mas na minha cabeça, vi os olhos de Maddie se abrirem. Eu a vi sorrir e um ruído sufocante saiu da minha boca. Minhas mãos escorregaram do pescoço de Viking. Eu olhei para AK.

— Ela está viva, irmão. Juro que ela está viva.

Eu lutei contra o desejo de matar. Eu precisava sentir dor. Meu sangue clamava pela dor de alguém. Eu precisava acalmar as chamas. Maddie acalmava as chamas, mas ela não estava aqui. Ela estava no hospital. Ela estava longe de mim.

Vi uma faca no banco de AK ao lado de Viking. Pegando-a, rapidamente deslizei a ponta pelo meu braço. Em segundos, as chamas escaparam e pude respirar. Eu podia *respirar*. Senti o sangue escorrer pelo braço e gotejar nas minhas coxas. Meu corpo esfriou, não muito, mas o suficiente para olhar para Vike e AK.

— Você não está mentindo? — perguntei, entredentes. Olhei para a lâmina na minha mão. Era bom. Eu não tinha cortado minha pele por tanto tempo. Eu gostei. Eu precisava disso. Eu ansiava por isso.

— Irmão, eu juro. Ela está lá em cima — AK afirmou, apontando para o hospital. — Ela está esperando por você.

— Eu toquei em você, irmão. Eu o sufoquei para que ela pudesse ser salva. Rider teve que sedá-lo. — Viking sentou ereto em seu banco. Olhei para o sangue pintando minha pele. Era vermelho. Como sangue normal. Mas eu sabia que havia chamas escondidas ali. — Não tive outra escolha. Você precisa dela. Eu tinha que deixar que eles a salvassem, e faria de novo se fosse necessário.

Eu respirei pelo nariz tentando pra caralho não cortar sua garganta. Seria tão fácil. Um golpe sobre sua pele.

— Eu preciso vê-la. Eu preciso vê-la, porra. — *Não o machuque. Não o machuque*, eu disse a mim mesmo. *Ele é seu melhor amigo.*

Observei minha pele ensanguentada; estava enegrecida pela fuligem. Fuligem das chamas na sede do clube. Rosnei quando me lembrei de Maddie no chão do clube, as chamas ao redor dela. Eu precisava vê-la. Tudo ficaria melhor se eu a visse. Se ela sorrisse.

— Olha — AK disse. Minhas pernas não ficavam paradas. Eu precisava entrar naquele maldito hospital, precisava sair da caminhonete e chegar à minha esposa. — As irmãs estão com ela. Maddie não está sozinha. Todas tiveram que vir aqui também para serem examinadas por causa da fumaça. Phebe também está lá dentro, esperando por mim. Apenas Madds acabou machucada o suficiente para precisar ficar.

Era por minha causa. Estava acontecendo. Finalmente eu também a estava matando. Eu sabia que isso aconteceria eventualmente. Meu pai e o Pastor Hughes me disseram que eu machucaria todo mundo. Maddie... o bebê... minha mãe... Isaiah...

— Ela está estável — AK informou, mas eu mal podia ouvi-lo acima da voz do meu pai. *"Você nasceu um pecador, garoto. Você amaldiçoará todo mundo que ama"*. — Flame! — Levantei a cabeça para ouvir AK. — O bebê está vivo. Seu filho está bem. Os médicos estão monitorando os dois. — Minhas mãos deslizaram no meu cabelo e segurei um rugido. O bebê não estava morto. Maddie não estava morta. — Maddie ainda não acordou. Eles a estão mantendo sob sedação enquanto a tratam.

— Eu preciso vê-la.

Viking esfregou o pescoço. Estava vermelho e marcado pelo aperto das minhas mãos. Eu o havia queimado. Era isso que as chamas faziam. Meus olhos se concentraram nas minhas mãos. Elas machucariam Maddie também. Elas também a marcariam com o meu mal, marcariam sua pele pálida.

A voz de Viking estava áspera quando ele falou:

— Você precisa manter a calma quando a gente entrar. Não podemos pagar todos esses filhos da puta. Se você explodir, será expulso ou preso. — Meus músculos travaram. — Eles vão medicá-la. Examiná-la. Haverá pessoas tocando nela.

— Ninguém vai tocá-la — rosnei, apenas precisando sair da caminhonete e vê-la. Eu precisava levá-la para casa. Levá-la de volta para nossa cabana, onde nenhum filho da puta poderia machucá-la. Onde eu não poderia machucá-la. Onde eu poderia proteger a ela e ao bebê; mantê-los a salvo. Eles não precisavam estar neste lugar.

— Flame. Eles precisam. Maddie precisa que você se controle, okay? Você quer ficar com ela? Você vai ficar calado e não reagirá quando os médicos estiverem ajudando a manter ela e seu filho vivos.

— Você quer que ela viva? — AK perguntou. — Então os deixe ajudá-la.

— Ela não pode morrer — murmurei. Um pouco da raiva emanou do meu corpo só de pensar em Maddie morta. O sangue escorria dos meus braços, mantendo algumas das chamas para trás.

SEGREDOS SOMBRIOS

— Então não reaja. — Seus olhos foram para o meu braço. — Vamos lá. A maioria dos irmãos já deve estar no andar onde ela está. Você ficará melhor quando a vir.

Segurei a faca e abri a porta. Estava claro lá fora. Fiquei de pé na calçada e tive que me agarrar à porta quando tudo girou ao redor.

— Fizemos Rider sedá-lo, lembra? — Viking falou. — Precisávamos trazer Madds para cá e resolver tudo antes de você acordar. Quando você desmaiou quando o sufoquei, Rider se certificou de que você não teve nenhum ferimento por conta do incêndio antes de sedá-lo.

Fiquei tenso. Eles me afastaram dela. Eles tinham me mantido longe dela a noite toda.

Minhas mãos se fecharam em punhos. Senti as chamas começando a inundar as veias. Pegando a faca, me inclinei contra a caminhonete e passei a lâmina no meu braço. No minuto em que a carne se rompeu, me senti melhor. Senti o corpo esquentar e o pau enrijecer, mas bati a mão na virilha para baixá-lo.

— Aqui. — AK ofereceu uma toalha. — Cubra os cortes. Estanque o sangue. Coloque a faca no seu *cut* para que a segurança não pense que você está entrando no hospital para esfaquear alguém até a morte.

Guardei a faca, pegando a toalha de sua mão para pressionar no meu braço antes de atravessar a rua. Minhas pernas estavam fracas. Vike caminhou comigo de um lado, AK do outro. Não prestei atenção em ninguém no nosso caminho. Se alguém nos parasse, eu ia arrancar a porra da sua cabeça.

AK nos direcionou às escadas, e subimos inúmeros degraus até que, finalmente, chegamos ao andar em que Maddie estava. Samson e Solomon guardavam a entrada. Tremores intensos varreram meu corpo quando as luzes brilhantes do hospital apunhalaram meus olhos. Os barulhos, a porra dos bipes e alarmes eram os mesmos que ouvi quando eles me mantiveram amarrado na cama, prendendo as chamas no meu sangue.

Maddie. Eu tinha que chegar à Maddie.

Viramos um corredor e meus irmãos estavam sentados em cadeiras do lado de fora de um quarto.

— Você está bem, irmão? — Tank perguntou ao se levantar.

— Onde ela está?

— Lá dentro — Ky respondeu.

Olhei para a porta e senti meu coração bater forte. Enfiei a mão no meu *cut* e agarrei o cabo da faca que AK me fez esconder. Eu precisava usá-la. Eu precisava libertar as chamas. Maddie… Maddie estava do outro lado da porta. Minha Maddie. Nosso bebê. E eles estavam feridos.

— Flame. Você pode entrar, irmão — Viking indicou.

Não consegui me mexer. Tudo o que vi na cabeça foi Maddie morta em meus braços. As chamas finalmente a levando embora. Eu não a merecia. Eu era mau. Era amaldiçoado. Maddie era boa. Eu ia matá-la com a minha maldade. Pisquei, minha visão clareando quando Viking deu um passo e abriu a porta na minha frente. Meu coração parou. Minhas pernas cederam e eu caí no chão, meus joelhos se chocando contra os ladrilhos duros. Eu pude vê-la. Maddie, minha esposa. Ela estava em uma cama, fios saindo de seus braços, um pequeno tubo passando por baixo do nariz.

— Maddie… — sussurrei, mas minhas malditas pernas não se mexiam para que eu pudesse ficar de pé. Alguém se moveu no meu campo de visão. As irmãs de Maddie. Mae. Bella. Lilah. Phebe.

Mae se abaixou.

— Ela está esperando por você, Flame. Maddie ainda não está acordada, mas sei que é verdade. Ela ficará mais forte com você aqui.

— Levante-se, irmão — AK falou ao meu lado.

— Ela precisa de você, Flame — Vike ecoou do meu outro lado.

Não desviei o olhar de Maddie na cama. Eu me levantei e avancei. O cheiro do hospital me fez querer fugir dali, mas mantive os pés em movimento. Eu andei até chegar ao lado da cama dela.

— Maddie… — sussurrei. Mas ela não abriu os olhos. Alguém se moveu do outro lado do quarto. Ash. Ash estava se levantando de uma cadeira no canto. *"E você vai ser pai?"*. Ouvi a voz dele na minha cabeça. Ele sabia. Ele sabia que eu a machucaria, que machucaria os dois. Que eu ia ser péssimo como pai, assim como o nosso. Ele estava certo.

— Os médicos disseram que ela vai ficar bem — Ash informou.

Eu olhei para Maddie. Ela não estava se mexendo. Ela tinha cortes no rosto. Sua pele estava mais pálida que o normal. Seu longo cabelo negro estava espalhado pelo travesseiro, os braços flácidos ao seu lado. Eu queria segurar sua mão, mas suas mãos se encontravam cobertas de ataduras.

— Eu fiquei com ela — Ash disse. Ele ficou do outro lado da cama. — Eu fiquei com ela até você chegar aqui. — Enfiou as mãos nos bolsos, a cabeça inclinada. — Eles disseram que o bebê… — Ash pigarreou. — Eles disseram que está tudo bem. Que vocês tiveram sorte. O bebê está bem. Madds também.

Meus olhos se focaram na barriga de Maddie. Estava ficando maior. O montinho arredondado aparecia sob o lençol. O bebê estava vivo…

SEGREDOS SOMBRIOS

Maddie estava viva. Eu sabia que não seria por muito tempo. Eu os mataria de alguma forma. Eu sempre fazia isso.

— Ash? — A voz de AK soou da porta. — Por que você não dá um tempo para Flame com Madds? — Ash deu a volta na cama e parou ao meu lado. Fiquei tenso, esperando que ele me dissesse que eu ferrei com tudo, que eu era mau e ia machucar Maddie e o bebê com minhas chamas. Mas ele não disse nada. Em vez disso, ele saiu do quarto. A porta se fechou em seguida.

Eu podia ouvir o som da minha respiração. Os bipes das máquinas machucavam minha cabeça. Fechei os olhos com força e depois os abri para olhar para Maddie. Congelei quando a mão dela se moveu.

— Maddie? — murmurei. Meu peito estava apertado e, de repente, senti as bochechas molhadas. — Maddie? — chamei de novo, mas ela não abriu os olhos.

Estendi a mão para a dela, mas parei antes de tocá-la. Afastei a mão e caí de joelhos. Pressionei a testa na beirada do colchão. Senti a garganta começar a fechar, como se alguém estivesse me estrangulando.

— Maddie… — murmurei, tentando falar. — Acorde… você precisa acordar. — Olhei para cima, mas ela não acordou.

Eu queria sentir seus dedos se entrelaçando aos meus. Eu queria ouvi-la cantar *"This Little Light of Mine"*. Coloquei a mão ao lado da dela, mas sem permitir que se tocassem. Eu não podia tocá-la.

— Desculpe — eu disse. A umidade que descia das bochechas era salgada quando atingiu minha boca. — Isto é minha culpa. — Encarei minha mão ao lado da de Maddie. As dela eram tão macias. Ela tinha mãos realmente macias. Pensei na primeira vez que ela me tocou. Quando seu dedo mindinho tocou o meu.

Eu esperava machucá-la desde então, esperando o mal romper a tranquilidade que ela trouxe. Esperando que os demônios voltassem e me controlassem. Ela me disse que eu nunca a machucaria, mas eu sabia que sim. Eventualmente, eu sempre machucava as pessoas ao meu redor. Eu não tinha permissão para amar. Quem eu amava, eu destruía. Eu estava destruindo ela e nosso bebê. Havia chegado a hora.

— Você estava errada, Maddie — assegurei e observei nossas mãos uma ao lado da outra. Eu precisava tocá-la. Só mais uma vez. — As chamas machucaram você. — Engoli em seco, tentando impedir que garras invisíveis me sufocassem. Elas nunca me soltavam. Eu estava sendo punido,

94 **TILLIE COLE**

punido por machucar Maddie e o bebê. — Não posso te tocar, Maddie. — Finalmente afastei a mão e cravei as unhas no meu braço, sentindo o sangue escorrer. Era veneno. Veneno, como das cobras na igreja do meu pai. Quando elas me reconheceram também como maligno. — Eu preciso salvar você e o bebê. As chamas... eu não vou matar você. Eu preciso de você. Você não pode morrer.

Eu me sentei na cadeira ao lado da cama e a observei. Ela era tão linda. Mas nunca mais a tocaria. Ela também não podia me tocar. Eu não a veria morrer. Tirando a faca do colete, senti o pecado, as chamas subindo mais alto dentro de mim. Eu as senti assumindo o controle. Olhando para Maddie, arrastei a lâmina nos meus braços, liberando as chamas. Mas eu as senti assumindo o controle, senti a escuridão voltar. Elas estavam se tornando mais intensas do que nunca. Crescendo em força. Mas não importava o que acontecesse, eu não as deixaria pegarem Maddie e o bebê.

Eu morreria primeiro.

SEGREDOS SOMBRIOS

CAPÍTULO CINCO

FLAME

A porta se abriu atrás de mim.

— Flame?

Não desviei o olhar de Maddie. Ela ainda não tinha acordado. Enfermeiras e médicos tinham entrado e saído. Não sabia quanto tempo se passara desde que cheguei; dias, pensei. Eu não dormi. Observei atentamente todos que a tocaram. Ninguém a machucaria.

— Inferno, irmão. — AK veio falar comigo. Ele se abaixou e foquei meus olhos nele. AK segurava um pano molhado nas mãos e começou a limpar o sangue do chão em volta dos meus pés. — Olhe para mim. — Eu não olhei. Mantive o olhar focado em Maddie. — Flame! Olhe para mim! — Encontrei rapidamente seus olhos antes de me concentrar em Maddie de novo. — Você está bem? — Eu assenti. — Você não vai explodir? Surtar como da última vez? — Não respondi.

AK se levantou e ouvi passos entrarem no quarto. Segurei a faca com mais força. Rosnei para qualquer um que chegasse muito perto de mim ou de Maddie. Styx, Ky, Hush, Cowboy... *todos* os meus irmãos entraram no quarto e fecharam a porta. Styx se recostou à parede do lado oposto e de frente para mim. Eles mantiveram distância da cama de Maddie. Eu os machucaria se eles ousassem chegar muito perto.

TILLIE COLE

Styx levantou as mãos.

— *A sede está arruinada. Está sendo demolida enquanto conversamos.*

Enfiei a ponta da faca na minha pele ao pensar no fogo. Meu sangue começou a ferver lembrando de todas aquelas chamas. Styx torceu os lábios enquanto sinalizava.

— *Os filhos da puta que fizeram isso morrerão.*

Ky assentiu.

— Três corpos foram encontrados na sede do clube. Plantados. Três mulheres; todas no registro de pessoas desaparecidas. Algum escroto as colocou deliberadamente na sede do clube e depois ateou fogo.

— Eles queriam que fôssemos pegos — Tank acrescentou. — Os filhos da puta estavam tentando nos incriminar, como traficantes.

— Quem? Alguma pista? — AK perguntou.

Eu vi o fogo em minha mente, sentindo seu calor queimar minha pele. Senti o cheiro da fumaça. Vi as chamas em torno de Maddie, matando-a, tirando-a de mim. Olhei para Maddie, ainda deitada na cama. Os médicos me disseram que a acordariam hoje. Eles me disseram que ela estava melhor, que voltaria para casa em breve. Em algum lugar, lá fora, havia pessoas que tentaram matá-la. Eles iam morrer, lentamente e gritando sob minha faca. Fechei os olhos e a vi em meus braços. Vi Maddie desmaiada como se estivesse morta nos meus braços.

— Eu preciso matá-los — rosnei e abri os olhos. — Eu vou matar todos eles.

Styx assentiu e levantou as mãos.

— *Estou tirando Smiler da suspensão. Ele pode ter pirado, mas é um rastreador com treinamento militar. E um muito bom.* — Styx inclinou o queixo para AK. — *Você e Smiler vão encontrar alguma pista sobre esses filhos da puta.*

— *Prez* — AK concordou, assentindo.

— *Vamos descobrir quem são esses idiotas e por que estão querendo ferrar conosco.* — Styx estalou o pescoço. — *Então nós os matamos e qualquer outro maldito que ache que pode mexer conosco.*

— Eu ainda não tenho pistas referente à comunicação — Tanner disse. — Mas vou continuar procurando. Eles devem estar se comunicando de alguma forma. Eu só preciso descobrir o canal. E então vou pegar os filhos da puta.

— E os corpos? As cadelas do incêndio? — Hush perguntou. — O que aconteceu com elas?

SEGREDOS SOMBRIOS

— O chefe dos bombeiros as encontrou. Ele está na folha de pagamento e se livrou dos corpos em um incinerador perto de Dallas. Ele está se preparando para dizer às famílias das cadelas desaparecidas que elas foram encontradas em outro incêndio em outro lugar. Sem corpos, apenas os dentes. Sei lá. Não sei como diabos ele vai resolver isso. Tudo o que sei é que alguém passou dos limites, então os culpados vão morrer — Ky disse.

— Os adoradores do diabo? — Cowboy perguntou e assobiou. — Por que isso soa como uma porra de piada saindo da minha boca? É isso que estamos enfrentando agora? Malditos adoradores do diabo?

— Isso fede a um monte de merda para mim — Ky pensou em voz alta. Mas tudo que ouvi foi diabo... diabos e demônios, e o maldito fogo no meu sangue. — Cabeças de cabras e cadelas em cruzes? Tem que ser alguma fachada do caralho. Algo maior tem que estar acontecendo por trás de toda a porra teatral.

— *Quem quer que seja, nós os encontraremos* — Ky traduziu, falando o que Styx estava sinalizando. — *Até então, vamos patrulhar. Vigiamos o clube e qualquer um que ouse chegar perto.*

Minhas mãos coçavam. Eu me levantei e senti o calor correndo pelas veias. Eu precisava matar. Eu precisava cortar gargantas e arrancar corações. Eu precisava de vingança. Olhei para Maddie, repousando na cama; ela parecia tão pequena. Passei a faca no meu braço, assobiando quando o corte se aprofundou e o sangue escorreu pela palma.

— Aí está ele, porra! — Rudge declarou. — Eu me perguntei quando veríamos você novamente! Esse é o Flame que eu lembro. Uma maldita *fera*!

— Cala a boca, Rudge — AK cuspiu.

— Eles precisam morrer. Eles machucaram Maddie. — Encarei Styx. — Quando eles forem encontrados, serei *eu* a matá-los. *Eu.* — Andei até o *prez*. Minha cabeça tremeu e senti a escuridão começando a me afogar. Parei de lutar contra isso; era como costumava ser antes de Maddie. Senti os demônios da minha alma começarem a arranhar a carne, me possuindo, me puxando. — Eles tentaram matar Maddie. E o bebê. Eles são meus! Eu vou matar todos eles!

— Quando os pegarmos, eles são seus — AK prometeu.

A porta se abriu. Eu me virei, pronto para matar quem ousasse entrar. Um médico de jaleco branco estacou em seus passos.

— É hora de acordá-la — anunciou. Meus pés não se mexiam. Meu maldito coração não se acalmava. Mordi a língua com tanta força que o sangue jorrou na minha boca.

— Vamos sair em breve, doutor — Vike comentou. — Só falando com o nosso homem, o Flame aqui.

— Volto em dez minutos — o médico respondeu e praticamente saiu correndo do quarto.

— Voltaremos quando soubermos de alguma coisa — Ky disse para mim, e os irmãos começaram a sair do quarto, porém o *VP* parou ao meu lado. — Não sei se você foi informado, mas Grace tinha ido ao banheiro quando o fogo começou, escapou da sala dos fundos. Maddie deve ter percebido que ela não estava lá quando o fogo começou. Grace saiu do prédio, viu o fogo e correu para a porta de saída. Por isso Maddie ainda estava lá. Nenhuma das outras cadelas tinha percebido que Madds havia saído para procurar Grace naquele caos do caralho. — Ele engoliu em seco e ergueu a mão, como se fosse colocá-la no meu ombro. Fiquei tenso na mesma hora, me preparando para afastá-lo, mas dei um passo para trás antes que ele pudesse me tocar. Ky baixou a mão em seguida. — Maddie tentou salvar minha filha, irmão. Não sei como recompensá-la por isso, a não ser encontrando os filhos da puta que fizeram isso e deixar você lidar com eles. — Ky saiu, assim como todo mundo, menos AK e Viking.

— Elas estão de volta, não estão? — AK perguntou, apontando para os meus braços. — As chamas.

Cerrei os dentes e olhei para os meus braços.

— Elas estão em toda parte — respondi e tracei as tatuagens com a ponta da faca. — Elas nunca vão embora, nunca desaparecem. Mas estão fervendo de novo. Eu posso senti-las o tempo todo. Senti-las na minha carne e nos meus ossos.

— AK! — A voz de Ky ressoou da porta. — Temos que ir!

— Eu voltarei, irmão — disse AK. — Vou encontrar Smiler, e então esses idiotas. Eu prometo. — E parou ao meu lado. — Continue forte. Se precisar de mim, ligue. — Ele olhou para Maddie na cama. — Se você sentir que as chamas estão se intensificando demais, olhe pra sua cadela e lute contra essas filhas da puta, okay? Não as deixe vencer. Afaste-as para longe, por Madds, pelo bebê. Eles precisam de você. — AK acenou para mim e saiu.

Suas palavras ecoaram na minha mente, *"se você sentir que as chamas estão se intensificando demais, olhe pra sua cadela e lute com essas filhas da puta, okay? Não as deixe vencer. Afaste-as para longe, por Madds, pelo bebê"*... Mas elas já estavam fortes demais, já estavam em toda parte dentro de mim. Elas já haviam envenenado meu sangue.

SEGREDOS SOMBRIOS

Viking tossiu. Meus olhos focaram nos dele, que olhou para Maddie dormindo na cama. Então pouco antes de sair, parou e disse:

— Sinto muito por tocar em você, irmão. Por sufocá-lo na outra noite. Mas não sinto muito por salvar Madds e o bebê. Você não queria soltar ela. Nós tínhamos que salvá-la. Eu sei que prometi que nunca tocaria em você. Você pode nunca me perdoar por quebrar essa promessa. Mas não me arrependo. Você é meu irmão, cara. Eu também preciso salvar você.

Viking saiu. Eu tentei manter a calma; tentei impedir que a porra do fogo em meus braços comesse minha carne, que a escuridão assumisse. Mas senti isso acontecendo. Senti minha mente se fragmentando, o diabo cravando suas garras. Ouvi cobras sibilando nos meus ouvidos e senti suas presas afundando na minha pele. *"Você é mau, garoto. O mal corre em suas veias pecaminosas... você matou sua mãe. Sua maldade matou sua mãe. Você é um retardado. Um retardado maligno e pecaminoso..."*

Puxei meu cabelo quando a voz do meu pai ecoou em minha mente. Tentei respirar, mas as chamas estavam queimando através dos meus pulmões. A porta se abriu e o médico voltou. Obriguei-me a ir para o lado do quarto, ainda empunhando a faca, só por precaução. AK me disse que eu precisava me manter calmo quando os médicos e as enfermeiras estavam aqui, para que pudesse estar com Maddie, para que pudesse ficar. Eu não me sentia calmo. Porra, eu não queria ficar calmo. Eu tremia enquanto observava o médico e a enfermeira injetarem algo em um dos fios na mão de Maddie. Tive que me impedir de ir até lá e arrancar as mãos deles dos seus braços.

— Senhor Cade? — O médico veio em minha direção.

— Fique longe, porra — rosnei.

Ele parou em seco, as mãos erguidas. Minha pele estava em chamas. Eu não o deixaria se aproximar. Ninguém iria me tocar. Foda-se o que AK disse, ele teria uma lâmina na garganta, se tentasse.

O médico pigarreou.

— Sua esposa está indo bem. Os pulmões estão limpos, ela está respirando normalmente. O bebê está bem também. O batimento cardíaco é forte e as ecografias mostram que está se desenvolvendo bem. — Minha bochecha estava tremendo quando tentei me impedir de jogá-lo para fora do quarto. Eu só queria que ele fosse se foder e nos deixasse em paz. — Ela vai acordar em breve. Tiramos o sedativo. Ela pode se mostrar um pouco confusa a princípio, mas isso é de se esperar, por causa do remédio.

Voltaremos para vê-la em breve. Chame a enfermeira quando ela acordar. Há água fresca ao lado da cama, caso a garganta dela estiver seca.

O médico e a enfermeira saíram e fecharam a porta. Fiquei no canto, me mantendo o mais longe possível. Não desviei o olhar em momento algum, a faca subindo e descendo pelo meu braço. Senti as chamas seguindo a lâmina por baixo da pele, para cima e para baixo, como um ímã. E então vi o dedo dela se mover. Meu pulso disparou, empurrando o sangue escaldante e o pecado pelo meu corpo cada vez mais rápido. Cerrei os dentes. Eu só tinha que conter as chamas o suficiente para ter certeza de que ela estava bem. Eu só tinha que saber que ela estava bem.

— Acorde — sussurrei.

Maddie moveu a cabeça na minha direção como se pudesse me ouvir. A sensação de asfixia na minha garganta estava de volta. Ela levantou a mão. Eu queria segurá-la, sentir sua pele quente novamente. Cerrei o punho e a escondi às costas. Eu não podia. Dei um passo para frente. Os olhos de Maddie começaram a piscar. A dor no meu peito aumentou, meu estômago revirou quando ela piscou para o teto.

Um maldito som selvagem escapou da minha boca. Seus olhos verdes, os perfeitos olhos verdes de Maddie. Um gemido suave saiu dos lábios dela. Corri para ajudá-la, mas parei a alguns metros do lado da cama. Maddie engoliu em seco, abrindo a boca enquanto respirava fundo. Enrijeci os músculos para me manter imóvel. Gemi baixinho. Maddie virou a cabeça para o lado em minha direção. Eu parei de respirar quando seus olhos verdes se fixaram em mim. Os olhos dela. Seus olhos verdes estavam focados em mim. Nunca pensei que os veria novamente. Eu nunca pensei que ela olharia para mim de novo.

Seus olhos começaram a brilhar.

— Fla... — Tossiu e colocou os dedos no pescoço, esfregando a pele macia. — Flame?

Todos os malditos músculos que eu tentava controlar relaxaram e desabei de joelhos.

— Maddie...

As sobrancelhas de Maddie se arquearam.

— O quê? Por que... — A mão de Maddie foi para a barriga e seus olhos se arregalaram. — O bebê? Flame! Nosso bebê, está...

— Está vivo — respondi.

Lágrimas deslizaram pelos seus olhos e ela as afastou, esfregando a mão na barriga.

SEGREDOS SOMBRIOS

— Graças a Deus — sussurrou. Então meu peito se rasgou quando ela começou a chorar. Quando soluços deixaram sua boca. — Nosso bebê está vivo. — Meu coração estava batendo rápido, o som do sangue e das chamas correndo pelas veias como corredeiras ecoando em meus ouvidos. Eu precisava ir até ela. Eu queria abraçá-la. Não gostava de Maddie chorando. Eu não podia suportar vê-la chorando. Ela olhou para mim e estendeu a mão. — Amor, vem aqui. — Minhas pernas tremiam quando olhei para a mão dela. Meus pés estavam colados no chão. Mantive as mãos às costas. — Flame? — Foquei a atenção no chão; se eu olhasse para ela, tinha medo de fraquejar e tocá-la, ceder ao que o diabo queria. — Flame, olhe para mim, amor. — E assim eu fiz, mas minha visão estava embaçada. — Amor, o que houve?

— Não posso tocar você — eu disse. — As chamas... — Alguma voz maldita na minha cabeça estava me dizendo para tocá-la. Só podiam ser os demônios. Eles queriam que eu tocasse Maddie. Para terminar o que eles começaram.

— Flame, me escute... — Maddie tentou se mover na cama, mas estremeceu.

— Não se mexa! — gritei. Baixei a cabeça quando ela parou com os olhos arregalados. Ela parecia estar com medo de mim. Eu não queria que ela tivesse medo de mim. Mas Maddie tinha que entender que eu poderia machucá-la, mesmo que não quisesse. — Por favor... não me toque. Eu... — Engasguei com as palavras, mas continuei falando: — Eu não quero te machucar. Não você. Não minha Maddie... — Olhei para a sua barriga. Maddie ainda estava embalando a pequena saliência com uma mão. — Não o bebê. Não posso machucar outro bebê. — Imaginei um bebê em minha mente. Tinha olhos verdes e se parecia exatamente com Maddie. — Nosso bebê... não posso machucar nosso bebê como machuquei Isaiah. — Havia água enchendo meus olhos. — Seu peito estremeceu. Ele estava muito quente... e então ele morreu nos meus braços, ele morreu...

— Flame, olhe para mim. — Ergui o olhar até encontrar o dela. — Você *não* é mau. As chamas *não* vão me machucar.

— Elas machucaram — afirmei, enquanto repassava o fogo queimando a sede do clube na minha cabeça. Prendendo Maddie na sede. As chamas que me assombravam a encontraram e tentaram tirá-la de mim.

— Flame... — Maddie sussurrou, e então estendeu a mão. — Eu preciso de você. Eu preciso do meu marido. — A mão dela esfregou a barriga. — Nós dois precisamos. Não... — Lágrimas escorreram pelas bochechas de Maddie. *Não!* Eu não gostava de vê-la chorando. A visão fazia um buraco se abrir no meu coração. — Lute contra as chamas, amor. Você é meu guerreiro. Você pode derrotá-las. Você já fez isso antes. Você pode fazer isso de novo.

— Não posso. — Abaixei a cabeça e Maddie tentou tocar minha cabeça, mas recuei. — Por favor... — implorei. — Por favor, não me faça te machucar. Não você. Não a minha Maddie. — Ela baixou a mão. Eu observei seu peito subir e descer. Ela estava respirando. — Pensei que você estava morta. — Uma gota escorreu do meu olho e pousou no meu peito. — Pensei que tinha matado vocês dois.

— Eu não vou deixar você — Maddie afirmou, secando os olhos. Ela era tão linda. Lembrei de quando a vi pela primeira vez na seita. Lembrei dela falando comigo. E lembrei de Maddie colocando os braços em volta da minha cintura. Ela acalmou as chamas. Eu consegui respirar direito por um momento, como não respirava há anos.

Maddie deitou a cabeça no travesseiro, de frente para mim. A mão delicada pousada na cama; eu olhei para ela e cerrei a minha em um punho. Mas avancei. Coloquei minha mão próxima à dela. Parecia tão pouco. De repente, eu estava cansado, tão cansado. Então deitei a cabeça na cama.

Maddie estava olhando para mim. Seu lábio inferior tremia.

— Eu amo você — ela disse, calmamente.

Movi meu dedo mindinho para mais perto dela, mas não a toquei.

— Sua mão é macia. Está sempre quente.

— A sua também — alegou. Lágrimas escorreram pelo nariz e caíram no travesseiro. — Está sempre quente. — Sua respiração tremulou quando ela inspirou. — Ela se encaixa na minha tão perfeitamente.

Encarei seus olhos.

— Eu... eu senti sua falta. — Achei que essas eram as palavras certas para descrever meus sentimentos. — Senti um buraco no meu peito quando você não acordou. Senti uma pontada no estômago quando você não se mexeu. — Um nó obstruiu minha garganta e o engoli. O quarto brilhava. Meus olhos estavam cheios de água novamente. — Pensei que você tivesse morrido.

— Não — Maddie falou, fechando os olhos.

— Pensei que tinha matado você, como matei minha mãe — confessei e me lembrei dela na cama, a faca ao seu lado. Havia sangue por toda parte. — Como eu matei... como matei... Isaiah. — Maddie estava balançando a cabeça. — Eu machuquei todo mundo. Não quero, mas sempre machuco.

SEGREDOS SOMBRIOS

— Flame, não. Você não fez isso. — Mas eu sabia que sim. Eu senti as chamas. Maddie não sabia como era a sensação. Ouvi os demônios dentro de mim, dizendo que eu era mau. Meu pai estava certo. O pastor Hughes estava certo. Eu não era igual às outras pessoas. Não era como todo mundo. Eu era escuridão. Fui escolhido pelo diabo para machucar as pessoas.

— Eu... eu amo você, Maddie.

— Flame. Eu também amo você. Muito. — Maddie chorou. — Olhe para mim. — Eu olhei. — Você não *vai*, não *iria* e nunca *poderia* me machucar. — Ela estava errada. Maddie era tão boa. Ela não viu o mal dentro de mim, como meu pai. Ele viu, as cobras provaram isso.

— Estou tão cansado — murmurei. Sentei na cadeira ao lado da cama e repousei a cabeça no colchão. Mais uma vez, aproximei minha mão da de Maddie. Eu me sentia melhor por estar perto dela.

— Durma, amor — Maddie disse. Sua voz era como as canções de ninar que minha mãe costumava cantar.

Meus olhos começaram a se fechar.

— Não me toque. Não toque nas chamas.

— Eu prometo — Maddie respondeu. Eu a ouvi ofegar. Quando abri os olhos para ver o porquê, ela estava olhando para o meu braço. — Flame... — Maddie sussurrou. — Seu braço... — Senti a faca pesar no meu bolso. Maddie odiava tanto as facas. Ela não gostava que eu me cortasse. Isso a deixava triste.

Minha Maddie era perfeita. Eu nunca a mereci. Eu era lerdo, um retardado. Eu não entendia o mundo. Eu era um pecador e tinha o mal no meu sangue. Meu pai viu isso. Ash também. Mas Maddie sempre via algo mais em mim. Algo que ela amava. Eu nunca soube o que era isso. Eu gostaria de ver também.

— Durma, meu amor — Maddie me silenciou. Meu peito parou de doer quando ela sorriu para mim. Eu gostava do sorriso dela, fazia as chamas desaparecerem por um tempo. Não para sempre, mas o suficiente para me ajudar a respirar. — Durma. Eu estou aqui com você.

Fechei os olhos e senti o hálito quente de Maddie contra a minha bochecha. Mas quando dormi, tudo que vi foi Maddie morta, nas chamas... e eu estava segurando a mão dela. Meu toque a matou.

Meus olhos se abriram.

Eu não queria dormir de novo.

Ouvi a porta se abrir atrás de mim. Estava escuro. Fazia dois dias desde que Maddie acordou, os médicos a deixariam ir para casa amanhã. Agarrando minha faca, me virei. Smiler estava parado à porta. Ele acenou para o corredor. Olhei para Maddie; ela estava dormindo.

Levantei da cadeira e saí. Minha pele estava coçando. Eu não conseguia ficar parado, não conseguia dormir. Eu não sabia quanto tempo mais eu poderia conter as chamas. Os demônios queriam controle. Eu esperava poder manter as chamas sob controle por tempo suficiente para que Maddie pudesse chegar em casa em segurança.

— Temos uma pista — Smiler informou. Meu corpo congelou. Eu senti a raiva começando borbulhar. — Conseguimos rastrear os filhos da puta, estão a quatro horas de distância. — O olhar de Smiler era muito intenso, então foquei o meu no chão.

— Os que machucaram Maddie? — perguntei.

— São três. Não sei quem eles são, mas foram eles.

Meu sangue correu mais rápido e começou a assumir o controle. Peguei a faca e cortei meus braços. Eu só tinha que esfriar as chamas por mais algum tempo, e então eu poderia soltar a porra do inferno nos malditos que atearam fogo na sede.

— Tenho que me reportar ao Styx assim que encontrar alguma coisa: ordens do *prez*. AK ainda não sabe. Saí sozinho e encontrei os filhos da puta. — Levantei a cabeça quando Smiler parou, observando Maddie pela janela da porta; Sua mandíbula cerrou. — Se fosse eu, iria querer uma chance com esses filhos da puta primeiro. Sozinho. — Então abaixou a cabeça e o tom de voz: — Eu sei como é perder alguém.

— Slash?

A atenção de Smiler se desviou para o corredor; ele deu de ombros, o rosto ficou vermelho. Ele parecia chateado.

— Ele também — respondeu. — Mas não. Outra pessoa. — Apontou o polegar na direção de Maddie. — Alguém como Maddie. Ela era para mim, como Maddie é para você.

SEGREDOS SOMBRIOS   105

Não sabia a quem ele se referia. Smiler não tinha uma cadela. Maddie era meu tudo. Eu não sabia que Smiler teve uma cadela que era tudo para ele também.

Ele tirou um pedaço de papel do *cut*.

— Localização. — Peguei o papel. — Eu tenho que dizer a Styx o paradeiro deles pela manhã. Pense, isso daria a você uma noite de vantagem, antes que todos viajemos para nos juntar a você.

Li as informações e senti o mal avivar dentro de mim. Senti a escuridão injetando meu sangue com a necessidade de vingança. As chamas subiram dentro de mim, queimando através da carne. Tentei mantê-las afastadas por muito tempo. Lutei contra os demônios por muito tempo. Lutei contra elas por Maddie, por Ash... não fez sentido; no final, os dois se machucaram. Eu era fraco. Não podia lutar contra elas dessa vez. Eu ia matar. Ia despedaçar os bastardos que haviam feito isso com Maddie.

Smiler jogou umas chaves para mim.

— Pegue a caminhonete do clube que está no estacionamento do hospital. Pegue a porra da sua moto em casa e vá, antes que eu diga ao *prez*. — Observei Maddie pela janela. — Eu vou ficar aqui com ela. Eu a protegerei — Smiler prometeu. — Vou ligar para Bella e Rider virem também. Direi a eles que você teve que ir a algum lugar para o clube. Rider não sabe de nenhuma merda dos negócios do clube. Talvez não questione isso. E mesmo que questione, você já estará longe. Bella vai cuidar de Maddie, vai levá-la para casa. Vá logo. — Meu sangue bombeava rápido. Eu me sentia pegando fogo com a necessidade de vingança.

Empurrei a porta do quarto e fui ver Maddie. Eu parei e a observei. Ela estava dormindo. Mesmo dormindo, suas mãos cobriam sua barriga, protegendo o bebê. Senti um nó surgir na garganta. Eu não queria deixá-la. Mas Smiler encontrou os filhos da puta que provocaram o incêndio, e eu tinha que matá-los. Eles precisavam morrer para não machucá-la novamente.

Eu cheguei mais perto. A mão livre dela estava na cama. Coloquei a mão perto da dela.

— Não — rosnei, afastando meu braço.

Maddie se mexeu. Eu congelei. Virando a cabeça, ela voltou a dormir. As chamas me diziam para tocar sua mão. Peguei a faca e cortei meu braço. O corte foi profundo. O sangue pingou no chão. Eu assobiei, fechando os olhos quando as chamas rastejaram pelo meu braço. Mas elas voltaram em um segundo. Elas estavam me sufocando, envolvendo meu pescoço, pulmões e coração. Elas apertaram e apertaram, até que tudo o que vi foram trevas, puro ódio e vingança.

Empurrei a porta, segui pelo corredor, segurando o papel em minha mão.

— Flame! — Virei a cabeça na direção de Smiler. Minha respiração estava ofegante, ansiando pelas malditas mortes. Smiler sorriu. — Mate-os lentamente. Faça os malditos pagarem. Faça uma bela bagunça. Faça-os gritar.

Eu me virei, desci correndo as escadas e saí em direção à caminhonete. Sangue escorria do meu braço por todo o caminho. Mas o fogo dentro das veias ainda queimava. Queimava tanto que senti apenas calor na pele. Pulei no carro e fui para o complexo, cantando pneu. Peguei as estradas secundárias até a cabana, estacionando na floresta, fora de vista. Corri para a cabana por entre as árvores e chutei a porta da minha casa para entrar. Peguei uma arma e uma faca. Eu não precisava de mais nada.

Montei na minha moto, saí do complexo e segui pelas estradas secundárias. Ninguém tinha me visto. E mesmo que tivessem, não dava a mínima. Eu ia matar os filhos da puta que machucaram Maddie. Eu ia matar todos eles. Ninguém poderia me impedir.

O vento açoitava meu rosto enquanto eu acelerava pela estrada. O tempo todo pensei em Maddie, no bebê. Pensei na minha mãe, em Isaiah. Eu os matei. Meu toque os matou. Não podia tocá-los novamente. Mas eu mataria esses malditos. Eu liberaria as chamas do inferno em seus corações e arrancaria suas cabeças. Meu pau ficou duro com o pensamento e precisei cortar meu braço. Eu precisava gozar. E eu precisava cortar minha pele. Só que não podia parar. Eu tinha que chegar lá antes de Styx e meus irmãos. Aqueles malditos eram meus para matar.

Rugi na noite. Eu não podia suportar o calor dos meus ossos. Gritei quando girei o acelerador do guidão com mais força. Meu coração batia forte como um tambor no peito. E então ouvi o som de alguém atrás de mim. Virei a cabeça, avistando uma moto me alcançando.

— Eles são meus! — avisei, acelerando. Mas a moto também acelerou. Tirei minha faca, pronto para matar se alguém tentasse me parar.

— Flame! — Ouvi uma voz chamando meu nome, o som viajando com o vento. Meu pulso estava acelerado, o sangue em meus ouvidos soando alto demais para descobrir quem era. — FLAME!

Rugindo de raiva, olhei para trás. Eu reconheci a motocicleta. Ash; era Ash. Cerrando a mandíbula, pisei no freio e girei a moto. Ash parou também, bem no meio da estrada.

— Vá para casa — pedi, e apontei minha faca para o rosto dele. —

SEGREDOS SOMBRIOS

Vá para casa, porra. Você não pode me impedir. Vou matar os filhos da puta que machucaram Maddie. Ninguém pode me parar, porra!

— Eu sei — Ash respondeu, e afastou minha lâmina do seu rosto.

Passei a faca no meu braço; meus olhos se fecharam quando o sangue pingou nas minhas coxas. Agarrei meu pau embaixo da calça de couro e apertei até doer, até morder a língua com tanta força que sangrou. Eu bebi o sangue.

— Não estou aqui para te impedir — Ash falou. Meus olhos se abriram. Eu tinha que me mover. Eu tinha que ir. Ash acelerou sua moto, tirou uma faca, afastou o *cut* para o lado e me mostrou sua arma em um coldre. — Eu vou com você. — Então levantou a manga da camisa e cortou o braço. O sangue escorreu por seu braço e caiu no chão. — Eu sou seu maldito irmão, Flame. Aqueles filhos da puta tentaram tirar Maddie de nós. Tentaram matar o bebê. — Ash lambeu a lâmina, o sangue cobrindo sua língua. — Eu vou com você, para matá-los. Eu juro, por este maldito sangue, nós vamos matá-los e vingar Maddie. — Ele olhou para mim, mantendo a faca na mão. — Eu não vou embora, então não me peça para fazer isso. — Baixou um pouco a cabeça; olhos fixos na estrada. — Você é meu irmão, Flame. Você é meu sangue. Eu não vou deixá-lo ir lá sozinho. Estou indo com você. Eu sou um Cade. Eu posso matar ao seu lado.

"Parece até alguém que nós dois conhecíamos, irmão"... Minha cabeça estremeceu quando me lembrei de suas palavras na floresta. Ele me odiava. Ash me *odiava*.

— Deixe-me lutar ao seu lado, Flame. Apenas... — Sua voz falhou e ele ergueu o olhar. Seus olhos brilhavam com lágrimas. Eu não sabia o porquê. Ele achava que eu era como nosso pai. Ele achava que eu era mau. Que eu o machucaria como nosso pai nos machucou. — Apenas me deixe ir com você, okay? — Sua voz soou diferente. Algo rompeu a raiva e o veneno em minhas veias. Uma porra de dor no meu peito; algo que eu sentia com Maddie. Eu costumava sentir isso com minha mãe e Isaiah. Agora senti com Ash.

— Precisamos ir, agora — eu disse e guardei a faca de volta no meu *cut*. Dei partida na moto e meu motor rugiu. — Nós não vamos parar até chegarmos lá.

Ash parou ao meu lado. Eu olhei para ele. Ele tinha tatuagens de chamas em sua pele. Tínhamos os mesmos olhos pretos e o mesmo cabelo escuro.

Ash virou-se para mim.

— Vamos matar esses filhos da puta. Nós dois. Okay? Por Maddie.

E então partimos. A morte estava chegando para os adoradores do diabo. Os malditos irmãos Cade estavam determinados a dar os golpes fatais.

CAPÍTULO SEIS

MADDIE

Pisquei os olhos. As máquinas do hospital apitavam com um ritmo constante, o barulho ecoando nos meus ouvidos. O ritmo me dizia que estávamos vivos. Uma enfermeira estava ao meu lado.

— Vamos remover tudo isso hoje, querida. Você irá para casa. Você e seu bebê estão saudáveis e livres da fumaça. Você teve muita sorte.

— Casa — sussurrei, respirando profundamente, reabastecendo meus pulmões com oxigênio. Eu ansiava pelo conforto e segurança da nossa cabana, pelo calor da nossa cama. E eu precisava tirar Flame deste lugar. Eu precisava lembrá-lo de quem ele era. Eu tinha que trazê-lo de volta para mim; de volta ao meu coração, onde ele pertencia.

Virei a cabeça, procurando meu marido, que sempre se mantinha sentado na cadeira, e fiz uma careta quando não o vi. Não tê-lo ao meu lado me fez sentir como se tivesse perdido um membro. Por dias tive que suportar vê-lo lentamente se perder, com a faca sempre na mão, sempre cortando sua pele. Senti meu coração se partir, minuto após minuto, rachando em dois, observando o homem que eu amava além das palavras, se balançando na cadeira, os olhos fixos no chão. Foi uma agonia testemunhá-lo desmoronando. Não importava o quanto tentei consolá-lo, abraçá-lo, beijar até fazê-lo esquecer seus medos, Flame se retraiu. Ele parou de falar, mas seus olhos traíram seu tormento interior. Seus lábios trêmulos prenderam a confissão que eu precisava desesperadamente que ele confiasse a mim.

E ele não me tocou. Olhei para a minha mão ofensiva; aquela que ele não conseguia segurar. Fechei os olhos e os senti se encherem de lágrimas. Senti sua mão áspera em volta dos meus dedos, como um fantasma, um eco misterioso das paredes que ele derrubara sobre o nosso amor. Voltei a pensar em nossa cabana quando me tranquei lá dentro, me recusando a deixar AK fazer o que Flame havia implorado a ele. Matar Flame; destruir de uma vez por todas as chamas que torturavam a alma do meu marido. Silenciar a voz venenosa de seu pai que disse a ele, quando ainda pequeno, que era mau, que demônios haviam possuído seu corpo. Um pai que deveria ter amado e protegido Flame, que deveria ter mantido seu filho por perto quando seus medos foram expostos a seus ouvidos, quando seu testemunho e confissão precisavam ser encontrados com amor e compreensão, sem negação, certamente não com as chibatadas emocionais da condenação e pecado eternos.

Senti as lágrimas escorrendo pela minha bochecha, senti a garganta fechar com medo e pavor. Desta vez, a tristeza era por mim. O mundo me achou corajosa por superar os horrores do meu próprio passado, mas foi tudo devido a Flame. Foi ele quem me salvou. Ele era minha tábua de salvação quando pensamentos ruins me arrastavam para o fundo do desespero. Flame foi meu escudo protetor quando dúvidas e sentimentos de indignidade começaram a se enraizar no meu coração, se espalhando como um câncer, combatendo qualquer felicidade que eu encontrara — e eu a encontrei em abundância com Flame. Mais do que eu merecia.

Flame achava que ele era o fraco, que era um fardo para *mim*. Mas ele não era um fardo. Ele foi a mais rica das bênçãos. Ele era uma luz solitária na escuridão sufocante. Suas chamas não eram más e nem demoníacas. Elas eram fortes rajadas de redenção. De esperança. Flame *era* luz. Ele era meu calor.

— Maddie? — Abri os olhos rapidamente.

Bella se encontrava parada aos pés da cama. Ela estava mordendo o lábio; obviamente nervosa. Sequei meus olhos e Bella veio correndo para o meu lado e segurou minha mão. Era o toque suave de uma irmã amada. Mas não era a mão que eu desejava, o toque que eu precisava sentir para respirar bem novamente.

— Vou pegar os documentos da sua alta, para que possamos levá-la para casa. — Eu nem tinha percebido que a enfermeira ainda estava no quarto. Minhas mãos e braços agora sem fios. Estávamos bem. Meu bebê e eu estávamos bem. Nós havíamos sobrevivido.

— Obrigada — sussurrei, distraidamente. A enfermeira saiu do quarto. Eu me sentei, observando ao meu redor. — Onde ele está?

Bella olhou por cima do ombro. Segui o seu olhar e vi Rider parado silenciosamente no canto. Ele estava usando suas roupas de médico: camisa e calça verdes.

— Eu procurei no hospital, Madds. Não consegui encontrá-lo — Rider confessou, a voz desapontada. — Nos disseram que ele saiu para um trabalho do clube. Mas nós conhecemos o Flame. Ele não sairia do seu lado por algo tão trivial. Liguei para AK. Ele está cuidando disso.

Meu coração se partiu. Eu não era de deixar minha imaginação correr solta, mas conhecia meu marido. Eu conhecia a fragilidade do seu coração e alma. O pouco controle que ele mantinha sobre sua mente. O fio de sanidade que ele tentava tanto, a cada dia, manter. Seu passado era um visitante do qual ele nunca se livraria, espreitando atrás de uma porta fechada, batendo incansavelmente, apenas esperando a maçaneta girar para que pudesse entrar correndo e assumir o controle.

A coisa mais aterrorizante era que eu sabia que ele nunca poderia me deixar. Por dias Flame ficou ao meu lado, imóvel e silencioso, exceto pelos cortes que fez em sua carne já cicatrizada. Os hospitais acendiam o fogo feroz que ele acreditava estar vivo em seu sangue. Os cheiros e barulhos o lembravam de estar amarrado em uma cama estreita, incapaz de liberar as chamas que torturavam sua alma quando jovem. Mais uma vez em sua vida, quando a vontade de Flame foi tirada dele. O pai, o pastor e o hospital psiquiátrico em que ele acabou nunca o entenderam. Nunca procuraram entender o que atormentava sua alma, ao invés disso lhe injetaram drogas que roubavam sua voz, que clamava desesperadamente por ajuda.

Ninguém se importava que ele fosse diferente na maneira como pensava e sentia. Ignoraram a noção de que ele era capaz de ter amor e bondade. Eles não conseguiram descobrir o caminho oculto para seu coração. Em vez disso, cobriram de vegetação, envolvendo-o em espinhos e ervas daninhas, os horrores evidentes do seu passado. Esses horrores floresceram até que eram tudo o que ele podia ver. Até que, em sua mente, era tudo o que ele era. Tudo o que poderia ser. Eu me senti afundando em um poço de desespero, em um buraco sem fim de miséria e desgraça. Pânico e

SEGREDOS SOMBRIOS

preocupação tão densos que eu acreditava que podia senti-los em *minhas* veias. De repente, uma sensação de agitação surgiu em meu ventre, impedindo instantaneamente a escuridão de tomar conta do meu coração.

Minhas mãos foram para o pequeno montinho arredondado e eu ofeguei.

— Maddie? — Bella chamou, preocupação ecoando em sua voz.

Rider estava ao meu lado em um instante.

— Maddie? O que foi? Você está bem? — Ele segurou meu pulso e o checou. Eu sabia que estava acelerado, mas não por estar doente.

As luzes do teto brilhavam contra a torrente de lágrimas que encheram meus olhos. Minha visão ficou inundada de estrelas fluorescentes brilhantes até que as enxuguei. Virei para o lado na cama, as pernas dobradas; embalei a barriga e fui instantaneamente recompensada com a sensação de vibração. A palavra *vibração* descrevia inadequadamente a sensação. Nosso bebê estava se mexendo. Nosso bebê estava se *movendo* dentro de mim. Alegria inundou meu coração e se espalhou como água correndo pelo meu corpo. Uma risada escapou da minha boca.

— Nosso bebê se mexeu — exclamei, olhando para Bella, que colocou a mão no meu ombro em preocupação. — Nosso bebê… mexeu. Nosso bebê está se mexendo…

— Maddie — Bella sussurrou, carinhosamente, beijando minha cabeça em alívio.

Fechei os olhos e senti o bebê se mover novamente sob minhas mãos. Cada oração que fiz estava sendo respondida. Um verdadeiro milagre sob as minhas mãos. Meus olhos se abriram e se focaram na cadeira vazia ao lado da cama. Minha mente foi imediatamente para o homem que deveria estar ao meu lado sentindo nosso bebê se mover, compartilhando esse momento de alegria indescritível.

Um lampejo de dor explodiu no meu peito quando imaginei o medo que despertaria em seus olhos quando estendesse minha mão para ele segurar. Enquanto guiasse a palma da sua mão sobre a minha barriga e o observasse testemunhar a personificação do nosso amor em busca do seu calor. O amor de um pai.

O bebê se mexeu novamente. Respirei fundo e senti meu coração se encher de percepção. O bebê se mexeu quando pensei em Flame, quando pensei em seu pai. Como se o bebê já o amasse tanto quanto eu. Como se o bebê estivesse me pedindo para encontrar Flame. Para trazê-lo de volta para nós, onde ele deveria estar. O propósito me encheu com força total.

Força que me guiaria e alimentaria para trazer de volta meu Flame para o nosso lado; de volta do abismo em que ele estava caindo. Das garras dos demônios que ele acreditava estarem dentro de si.

— Ouvi você — sussurrei para minha barriga. — Ele saberá do nosso amor, do seu; eu prometo. Onde quer que ele tenha ido, vamos encontrá-lo e lembrá-lo de que ele é nosso, que nós somos dele. Ele é o nosso amor mais profundo.

A porta se abriu e eu rapidamente prendi a respiração, rezando para Deus que fosse Flame. Mas a enfermeira de antes entrou no quarto e meu coração esperançoso desanimou.

— Apenas algumas assinaturas, querida, e então pode ir.

Dei um aceno forçado de cabeça.

Inclinando-me na mesa que pairava sobre a cama, assinei meu nome: Maddie Cade. Olhei para aquele sobrenome. *Cade*. Esse nome compartilhado era meu lar.

— Vou registrar e pegar uma cadeira de rodas, política do hospital, desculpe — ela se desculpou quando abri a boca para protestar. Fechei a boca e a enfermeira saiu do quarto.

Rider juntou minhas coisas, se preparando para partirmos. Bella veio e segurou minha mão para me ajudar a descer da cama. Minhas pernas estavam firmes quando pisei no chão de linóleo. Apertei a mão de Bella e encarei minha irmã.

— Nós devemos encontrá-lo.

— E iremos, sim — ela prometeu. Mas registrei o olhar rápido que ela deu a Rider, o que traiu sua preocupação.

Abri a boca para falar, para perguntar o que havia de errado, se ela estava escondendo algo de mim, quando, de repente, AK entrou correndo pela porta. Seu rosto empalideceu ao ver a cadeira de Flame vazia.

— AK! — eu meio que gritei. Puro pânico viajou através do meu corpo como fogo.

Mas AK estava olhando diretamente para Rider.

— Você não o encontrou?

Rider balançou a cabeça. Ele suspirou e seus olhos focaram em mim.

— Fale, Rider. Maddie tem o direito de saber — Bella ordenou.

Prendi a respiração, franzindo o cenho em confusão.

Rider esfregou a parte de trás da cabeça raspada.

— Nós pegamos as gravações das câmeras de segurança. Smiler apareceu ontem à noite no quarto e conversou com Flame, que saiu do hospital e pegou a caminhonete que Smiler usou para chegar aqui.

SEGREDOS SOMBRIOS

Meu coração disparou. Senti o pulso no pescoço começar a latejar de preocupação.

— Filho da puta — AK cuspiu.

— Smiler me ligou e pediu para virmos para cá. Eu estava terminando meu turno. Bella veio e me encontrou. Ele disse a ela que Flame tinha um negócio do clube para tratar e queria que Bella viesse cuidar de Madds até que ele voltasse. — Rider pareceu momentaneamente zangado. — Ele mentiu para mim. Smiler mentiu para mim. — Vi as sombras da traição banhando as feições de Rider. Smiler era seu melhor amigo. No entanto, o enganara.

— Smiler enlouqueceu completamente. Ele não pode ser confiável para merda nenhuma agora — AK sussurrou, passando as mãos pelo cabelo.

AK virou-se para mim.

— Madds...

— Onde ele está? — sussurrei; meu coração acelerado com ansiedade. — AK? Onde ele está? Onde está o meu marido?

— Precisamos levar você para casa — AK falou, evitando minha pergunta. — Tenho que falar com Styx. Todo mundo está indo para a *church*.

Caminhei com propósito em direção à porta, agarrando o braço de AK quando passei, e o impedindo de seguir adiante para exigir saber:

— Diga-me que ele está seguro. Diga-me que não está com problemas. — AK baixou a cabeça e ele evitou meu olhar. Ele não podia me dizer que meu Flame estava seguro. Eu queria desmoronar, mas me recusei.

— Maddie, você precisa esperar pela cadeira de rodas — Rider alertou.

Joguei fora minhas boas maneiras e saí porta afora, ignorando suas instruções. Eu estava saudável, assim como meu bebê. Precisava chegar em casa. Eu precisava recuperar meu marido – meu bebê e eu concordávamos com isso. Senti uma onda de náuseas quando imagens daqueles dias angustiantes em sua cabana invadiram minha mente. De Flame implorando pelo alívio da morte.

Em um jogo de imagens que parecia um filme em minha mente, vi Flame na cadeira ao lado da minha cama de hospital. Seus olhos negros eram os mesmos da cabana. As olheiras profundas, a total impotência em seu lindo rosto. Os mesmos olhos desolados que me receberam com desespero quando me tranquei em sua casa, para salvá-lo da promessa de AK de libertá-lo desta vida quando tudo se tornasse pesado demais. Olhos que me tiraram da minha reclusão na casa de Mae para ficar ao lado dele, deitar ao lado da lareira e, finalmente, descansar em sua cama... com ele ao meu lado, me amando tanto quanto eu o amava.

Passos correram atrás de mim enquanto passávamos pelo posto de enfermagem e descíamos para o acesso de elevadores. Ouvi a enfermeira protestando pela minha saída, ouvindo fracamente a voz de Rider respondendo a ela. AK e Bella caminhavam ao meu lado conforme seguíamos do hospital para o estacionamento. Eu segui Bella e Rider até a caminhonete. Quando saímos em direção a casa, AK foi para sua motocicleta.

— Rider? Leve-me para onde quer que os homens estejam reunidos para a *Church*, agora que a sede do clube foi destruída.

— Maddie, por favor... — Bella começou a falar.

— Você impediu que os homens machucassem Rider no celeiro quando ele voltou de Nova Sião. Nós, suas irmãs, ficamos ao seu lado em solidariedade. Bem, *este* é o *meu* celeiro. Flame foi para algum lugar que desconhecemos. Descobrirei e o seguirei. Ele precisa de mim. Não serei deixada de lado porque não sou um irmão dos Hangmen. — Respirei fundo e tentei não deixar minha voz tremer quando disse: — Sou a *esposa* dele. E sou a *única* que pode salvá-lo. — Mas não disfarcei o tremor ao acrescentar: — Não vou viver sem ele. Flame não está pensando direito. Eu preciso salvá-lo de si mesmo. Vou salvá-lo e trazê-lo de volta para casa, onde ele pertence. — Embalei meu ventre. — Conosco. — Endireitei os ombros, mas segurei meu bebê, fechando os olhos ao sentir um movimento.

Quando abri os olhos, Bella assentiu e suspirou em derrota. Sua mão alcançou o console e ela segurou a mão de Rider. Não consegui desviar o olhar da imagem. De como eles seguravam um ao outro. Sem chamas. Sem demônios e sem medo da morte. Apenas amor e carinho. Olhei para minha própria mão. *Terei a mão de Flame na minha mais uma vez, não aceitarei nada menos.* Ele lutou contra isso antes e poderia fazer de novo. Eu sempre soube que, para Flame, ele estaria em uma guerra ao longo da vida com seu passado. Ele não pensava como os outros. Ele estava obcecado com a única coisa que atormentava sua mente por todos os seus dias. Para ele, eram as chamas. Elas estavam sempre presentes em sua vida, e sempre estariam arraigadas demais nele desde a infância para serem vencidas.

Por isso, enfrentaríamos cada batalha, como viesse, com nossas espadas erguidas, nossa coragem forte e inabalável. *Esta era apenas mais uma batalha*, eu disse a mim mesma. Empurrei o medo e o pavor para o lado e me agarrei à esperança. Recusei-me a cogitar qualquer outra coisa.

A esperança era tudo que eu tinha.

SEGREDOS SOMBRIOS

Rider parou no terreno próximo à cabana de Styx e Mae. Vi AK desmontar de sua motocicleta. Ele virou a cabeça e encontrei seu olhar através do para-brisa. Ele balançou a cabeça, praguejando baixinho e correu pelo quintal.

— Eles estão usando o quintal do Styx como *church* por enquanto. A sede do clube já começou a ser reconstruída, mas levará um tempo até que esteja pronta — Rider informou.

Abri a porta e respirei fundo. Determinação inundou minhas veias quando meus pés tocaram a grama. Não esperei nem mais um segundo; segui o som de vozes masculinas do outro lado do quintal até eles surgirem à vista. Estavam sentados em volta de uma mesa grande, com Styx na cabeceira. E estavam todos olhando diretamente para mim. AK passava as mãos pelo cabelo escuro, nervoso. Meus pés quase vacilaram quando vi Viking se levantar de sua cadeira e ficar ao lado dele. A aflição estampada em seus rostos. Flame era o melhor amigo deles. Ambos o resgataram do hospital psiquiátrico e lhe deram uma família quando ele não tinha nada. Eles lhe deram uma vida aqui com os Hangmen. Uma pontada de tristeza perfurou meu peito, imaginando como eles deveriam também estar se sentindo. Mas deixei isso de lado e mantive a cabeça erguida.

Ky virou-se para mim.

— Madds, você não pode estar aqui. Nós estamos...

— Eu não serei mandada embora, Kyler. Sou a esposa de Flame e não serei deixada de lado por ser mulher. Tive uma vida inteira desse tipo de tratamento na Ordem. Não tolerarei isso de homens que deveriam ser minha família.

O silêncio seguiu minha breve interrupção. Não tive tempo de fazer um apelo suave e gentil. Meu olhar se intercalou entre os olhos azuis e duros de Ky para Styx. Seus olhos castanhos estavam firmemente focados nos meus. Ele não saiu da cadeira do presidente. Ouvi vozes da casa de Mae e voltei minha atenção para a varanda. Mae, Lilah, Phebe e Bella estavam lá, acompanhadas de Sapphira, Grace e os bebês. Mae entregou Charon a Bella e vi minha irmã hesitar sobre o que fazer, se deveria ficar ao meu lado ou não. Seus olhos azuis passaram entre mim e o marido: preocupados, conflitantes, confusos.

Mas essa não era a batalha de Mae. Era a *minha* batalha.

— Vocês sabem onde Flame está? — exigi saber.

O olhar severo de Styx era ferozmente intimidador. Por mais que eu amasse Styx como meu cunhado, não era ingênua em relação à sua reputação, ou o motivo por ele ser tão temido pelos inimigos e tão respeitado por cada um desses homens. Até mesmo por Flame. Mas eu não deixaria que ele me assustasse neste momento. Se ele sabia onde Flame estava, *iria* me dizer. O som de uma motocicleta rugiu às minhas costas. Eu me virei e deparei com Smiler parando a moto para em seguida caminhar em direção à mesa, como se não se importasse com o mundo.

— Eu vou te matar, seu filho da puta! — AK sibilou, então deu a volta na mesa e jogou Smiler no chão, distribuindo socos repetidamente, até que Viking o puxou para trás. — Você fez isso, porra! Você enviou eles para lá quando Flame nem pensando direito estava!

Smiler se levantou, o rosto ensanguentado e o longo cabelo escuro agora sujo pela lama do chão. Sorrindo, ele lambeu o sangue que escorria de seus lábios.

— Mmm — Smiler zombou. — Caralho, amo o gosto do sangue. — AK partiu para atacá-lo novamente, mas Viking o segurou. Então, as palavras de AK começaram a se infiltrar em minha mente.

— Eles? — Eu meio que perguntei, meio afirmei, minha voz rompendo o silêncio. — Você disse *eles*. — Meu pulso acelerou. AK olhou para mim, recuperando o fôlego. Meus ombros agora caídos em derrota. Meus olhos percorreram a mesa. Eu os fechei quando me dei conta. — Asher — sussurrei. — Asher *e* Flame. — De repente, senti como se um punho tivesse agarrado meus pulmões e apertado com força. Eles eram minha família: Flame, Asher, eu e nosso bebê. Eles eram minha família. E estávamos caindo aos pedaços rapidamente.

Caminhei até Smiler. Ignorei o olhar presunçoso em seu rosto e proferi uma simples exigência:

— Onde eles estão? — Ele afastou o longo cabelo castanho do rosto. — Eles são a minha família! — declarei, seca. — Se você sabe onde eles estão, deve nos dizer!

Smiler tirou um pedaço de papel de seu colete e passou por mim para chegar até Styx.

SEGREDOS SOMBRIOS

— O endereço dos filhos da puta que começaram o incêndio. Estão acampados a umas quatro horas de distância. — Ele se voltou para mim. — Dei ao seu homem uma vantagem. Eles foderam com você, com a propriedade dele. Você quase morreu. — O comportamento arrogante de Smiler desapareceu, dando lugar à dor vívida e pulsante. E então seus olhos focaram em minhas mãos, que inconscientemente embalavam minha barriga. — Você quase morreu, Maddie. Seu filho também. Flame estava enlouquecido. Ele merece se vingar. — O sangue escorria do seu lábio, pingando no chão. Ele não parecia se importar. Como Asher, Smiler não se importava muito com nada desde que Slash morreu. — Alguns de nós não tivemos a chance de nos vingar, mas seu homem tem. Eu tive que lhe dar essas mortes. — Meu coração afundou. Era para isso que Flame e Asher tinham ido. Eles foram matar os homens que atearam fogo na sede do clube. O fogo que quase nos matou.

Flame...

Eu queria gritar com Smiler. Eu queria gritar com ele, dizer que foi um tolo por enviar meu marido e Asher para enfrentar um perigo mortal. Mas a expressão de pura agonia em seu rosto me incentivou a manter meu silêncio.

Caminhei até ficar de frente a Styx.

— Eu irei também. — De alguma forma, encontrei forças para impedir meu lábio de tremer. — Ele... Flame está se desfazendo novamente. — Expressar as palavras em voz alta de alguma forma parecia mais profundo do que mantê-las para mim. Tudo o que vi foram os olhos negros de Flame em minha mente, o desejo expresso em seu rosto de segurar minha mão, mas a recusa constante em fazê-lo. — Temo que seja difícil argumentar com ele quando o encontrarem. Mas ele vai me ouvir. Ele voltará para mim. Eu *sei* disso.

Embora houvesse uma parte minha preocupada, de que eu estivesse errada, uma parte traidora tentou me convencer de que dessa vez, era *isso*. Era um tipo de escuridão da qual Flame não poderia voltar. Tentei afastar esse pensamento. Ele voltaria para mim. Ele tinha que voltar. Eu não aceitaria outro resultado.

O olhar de Styx nunca se afastou do meu.

— É verdade, *Prez* — Viking confirmou, parando ao meu lado, me flanqueando. — Se Flame se perdeu novamente, em sua cabeça, não é de nós que ele vai precisar. Vocês se lembram da última vez; AK quase o matou. Foi uma ordem de Flame. Somente Madds pôde trazê-lo de volta.

AK se postou do meu outro lado.

— Nós a levaremos na van. Ela está certa. Ela tem que ir. Nós a protegeremos. — AK apontou para Viking e depois olhou para mim. — Você é a *old lady* dele. Nós somos os melhores amigos dele, o maldito Psycho Trio. Nada vai acontecer com você. Nós estaremos ao seu lado. — Meu coração partido curou uma fração com essas palavras. Na convicção nos olhos de AK e Viking.

— Maddie, seu bebê… — Mae disse, da varanda.

— Nós dois estamos bem — respondi. Mae assentiu, me lançando um sorriso singelo. — E eu nunca farei nada para colocar o bebê em risco; nenhum de nós.

Styx olhou para as árvores além de sua cabana. Quando se levantou, se elevou sobre mim. Levantando as mãos, ele sinalizou. Ky falou por ele:

— *Você vem, mas fica na van com AK e Vike. Você não sai até que digamos. Estou falando sério, Maddie.* — Ergui o queixo ante a sua ordem, mas assenti. Eu iria. Eu iria para Flame e Asher. — *Rider, você vem também. Vai saber o que vamos encontrar quando chegarmos lá. Edge vai ficar fora por um tempo porque está resolvendo sua antiga vida e se mudando para cá. Também preciso de um médico nesta viagem.*

— Não sei muito sobre obstetrícia. Se algo acontecer com Madds… — Rider parou.

— Eu vou também. Sei um pouco sobre bebês. E também pediremos a Ruth para ir, já que é parteira. Será a melhor pessoa para termos ao nosso lado — Bella completou.

Eu sorri para minha irmã quando ela acenou com a cabeça para mim em apoio. Bella e Ruth estariam lá. Eu já me sentia melhor só em saber que ambas estariam ao meu lado também.

— *Saímos em trinta minutos* — Styx sinalizou, e bateu o martelo sobre a mesa. E então os homens partiram em uma enxurrada de atividades ao redor.

— Voltaremos aqui com a van em seguida — AK prometeu. Ele e Viking saíram da propriedade de Styx e Mae em suas motos.

Mae tocou minha mão.

— Vamos, irmã. Faremos uma mala para você, caso essa viagem leve mais tempo do que o planejado. Você pode usar minhas roupas de maternidade. Eu as separei para lhe dar de qualquer maneira. — Deixei que ela me guiasse para dentro de sua cabana. Styx passou por nós e entrou em seu escritório, fechando a porta. Lilah e Phebe nos seguiram até o quarto do casal. Bella tinha ido com Rider buscar Ruth e suas próprias malas.

SEGREDOS SOMBRIOS

Mae me levou para a cama e apontou para a beirada.

— Sente-se, Maddie. Você acabou de sair do hospital. — Eu não queria me sentar. Eu queria continuar andando. Se parasse, tudo o que faria seria pensar em Flame e Asher confrontando os homens que atearam fogo na sede do clube. Tudo o que eu podia imaginar era eles sendo machucados... ou pior.

— Eles ficarão bem — Phebe tentou me tranquilizar, enquanto Lilah se sentava ao meu lado e segurava minha mão. — E AK e Viking não deixarão você ou seu bebê se machucar.

Tentei dar um sorriso agradecido a Phebe, mas falhei.

— Não é conosco que me preocupo. — Passei a mão pela testa, onde uma leve dor de cabeça começava a me incomodar. — Asher é tão jovem. Ele está sofrendo por causa da morte de Slash. E agora ele se juntou ao Flame nesta missão? — Senti as lágrimas inundando meus olhos, mas as enxuguei. — E Flame... — Balancei a cabeça. Lilah segurou minha mão com mais força. — Ele se perdeu mais uma vez — sussurrei. Mae parou de arrumar minha mala e se ajoelhou diante de mim. Phebe estava sentada ao meu lado. — Não posso perdê-lo — sussurrei, permitindo que meu maior medo fosse dito em voz alta. Encontrei o olhar triste de Mae. — Eu sei que as pessoas acreditam que Flame é fraco. — Dei uma única risada cética. — Elas estão erradas. Sou eu quem procura seu abraço para me segurar todas as noites, para que as lembranças do Irmão Moses abusando de meu corpo não me sufoquem e me arrastem de volta a um inferno do qual não posso voltar. Sou eu quem segura sua mão, caso ele seja de alguma forma levado de mim. E sou eu quem repousa a cabeça contra o seu peito todas as noites junto à lareira, apenas para ter certeza de que seu coração ainda bate em um ritmo forte e saudável.

— Maddie... — Lilah murmurou, limpando uma lágrima que escorria na minha bochecha. Ela me puxou para si, me abraçando. Por mais que eu amasse minha irmã, esse consolo não chegava nem perto do que eu sentia entre os grandes braços tatuados de Flame.

— Vocês não sabem como ele estava em sua cabana antes. — Fechei os olhos, vendo-o amarrado na cama, olhos me implorando por alívio desta vida. — Vocês não sabem o quão fundo ele havia caído. Quão desesperadamente ele queria se livrar dessa vida e das pesadas correntes que o envolviam a cada dia. Elas ficavam cada vez mais apertadas, até que ele não aguentava mais. — Eu queria lhes contar que tinha sido a lembrança de

Isaiah que o havia levado a tal ponto antes. E estava acontecendo de novo. Nosso bebê... nosso bebê o levou de volta para lá.

A culpa me sufocou. Eu esperava que um dia pudesse ter um filho, sonhei isso para nós. Eu não esperava que fosse tão cedo. Não foi planejado. Eu sempre soube que Flame acharia difícil minha gravidez, mas não sabia até que ponto isso o afetaria. Quão aberta a ferida da morte de Isaiah ainda permanecia em seu coração.

— Eu não sobreviveria — me permiti confessar para minhas irmãs. — Eu não sobreviveria se algo acontecesse com ele. Se algo acontecesse com Asher. Ele é apenas um garoto. Uma criança que está perdida. — Apoiei a cabeça em minhas mãos. — Não consigo alcançá-lo através da sua tristeza. Não posso alcançá-lo, não importa o quanto tente. Não tenho certeza se alguém é capaz. — Pensei no rosto sério de Asher, a expressão ríspida em seus olhos negros, o ódio e a dor que enchiam o ar com cada respiração exalada. — Eu rezo para que haja alguém por aí que possa trazê-lo de volta para nós, como fiz com Flame.

— Os irmãos Cade — Lilah disse. — Que Deus abençoe seus corações. Vou rezar para que eles encontrem alívio de seus problemas. Que você os encontre bem e os traga de volta para a família deles que os ama.

Styx saiu do escritório e parou à porta. Mae virou-se para encarar o marido e se levantou. Ela segurou sua mão e o levou para o corredor. Ouvi os murmúrios baixos deles falando; ninguém nunca ouviu Styx falando com Mae, mas ouvi Mae implorar:

— Não deixe que nada aconteça com ela. River, por favor. Prometa-me.

Dando um beijo na cabeça de Lilah, me levantei e vi Styx com os braços em volta de Mae, beijando seus lábios. Desviei o olhar. Eu ansiava pelos beijos de Flame.

E estava determinada a tê-los novamente.

Uma batida soou à porta e Bella entrou, com Ruth e Rider logo atrás. Ruth sorriu e veio até mim.

— Bella e Rider me falaram das instruções que o médico do hospital passou sobre seus cuidados posteriores. — Ela passou o braço ao meu redor. — Não deixarei que nada aconteça contigo ou com o bebê. Você tem minha palavra.

— Obrigada — murmurei. Uma buzina soou do lado de fora.

— Eles estão aqui — Rider anunciou.

Styx beijou Charon, Mae, e depois saiu de casa. Ruth pegou minha mala.

SEGREDOS SOMBRIOS

Eu a segui, assim como Bella. AK pulou da van; Viking desceu logo após, rodeando o veículo e dando um enorme sorriso ao ver Irmã Ruth. Ela pareceu hesitar ao vê-lo.

— Irmã Ruth — ele a cumprimentou, correndo para pegar a mala de sua mão. — Deixe-me cuidar disso.

Ouvi a irmã Ruth suspirar. Ela estava usando calça jeans e camisa de linho branco. O cabelo castanho pendia pelas costas. Ela era linda e era fácil ver de quem Rider havia puxado a boa aparência. Viking colocou a mala na parte de trás e veio abrir a porta lateral.

— Senhora. — Ele se curvou de leve, em uma reverência. — Madds. — Ruth me ajudou a subir na van e a me acomodar no banco. Irmã Ruth sentou-se ao meu lado e Bella sentou-se com Rider logo atrás de nós.

— Solomon e Samson ficarão com suas irmãs. Styx ordenou que eles ficassem aqui. Zane também. Todos os outros irão. Esses filhos da puta não vão saber o que os atingiu quando cairmos sobre eles — AK disse, mas ouvi o resto da frase pairando silenciosamente no ar... *desde que Flame e Asher ainda estejam vivos.*

Pela janela, vi os Hangmen formarem um "V" com suas motocicletas e depois saírem lentamente pela estrada dos fundos.

— Diga-me se você sentir algum desconforto — Ruth pediu ao meu lado. — Se você se sentir fraca ou tonta. — Deu um sorriso tranquilizador. — Eu sei que, em teoria, deveríamos voltar em um dia, mas trouxe meu kit para o caso de levar mais tempo. — Foi por isso que Mae embalou uma mala. Nenhum de nós sabia no que estava se metendo. Os Hangmen estavam acostumados com esse estilo de vida na estrada, eu não.

— Então, Irmã Ruth... — Viking começou, virando-se no banco do passageiro para olhar em nossa direção. Ela encontrou o olhar dele; seus olhos a percorreram e ele sorriu amplamente. — Me fale sobre você. Eu quero saber tudo.

O ar ficou tenso na traseira da van. Nós quatro, incluindo Ruth, sabíamos como ela havia levado sua vida inteira. Tinha sido um inferno, como para todas nós que viemos da Ordem. AK deu um soco no braço de Viking. Ele estava com Phebe, e sabia que lembranças essa pergunta evocava.

— Não agora, Vike — AK ralhou.

— Okay, okay — Viking respondeu, erguendo as mãos. Mas ele se voltou para a Irmã Ruth mais uma vez. — Só mais uma pergunta, e então vou calar a boca.

122   **TILLIE COLE**

— Okay? — Irmã Ruth disse, timidamente, com o olhos semicerrados.

— Você gosta do sabor do abacaxi?

Fechando os olhos, apoiei a cabeça no encosto do banco e rezei. Eu não tinha rezado por tanto tempo. Não com uma finalidade específica. Mas agora, orei muito a Deus para que Ele abrigasse Asher e Flame em Seus braços e os mantivesse em segurança até que eu os alcançasse. Porque eu precisava desesperadamente chegar até eles, até Flame. Ele ficaria bem, desde que eu estivesse ao seu lado. Ele tinha que ficar. Não havia outra opção. Meus dedos roçaram a aliança de casamento e coloquei minha mão esquerda sobre meu coração.

Estou indo, Flame. Eu o trarei de volta para casa.

CAPÍTULO SETE

FLAME

Parei a moto, derrapando os pneus na lama molhada. Minha respiração estava pesada, mas tudo em que conseguia me concentrar era na fumaça subindo acima das árvores. Fumaça negra que enchia o céu. Smiler me disse que eu a veria e deveria segui-la. Ash parou ao meu lado, sem fôlego pela viagem.

— São eles?

Minhas mãos tremiam, agarradas ao guidão da minha moto. Eram eles. Eram os filhos da puta. Eu não sabia como eles eram, mas vi rostos sem expressão na minha cabeça gritando enquanto mergulhava minha faca profundamente em seus peitos. Eu não olhava nos olhos das pessoas; odiava ver seus olhos, mas encararia esses desgraçados. Eu arreganharia os dentes à medida que torcesse minhas lâminas em suas entranhas, e os observaria morrer... lentamente.

— Flame? São eles?

Assenti com a cabeça para o meu irmão. Era para onde Smiler havia me direcionado, para a porra do meio do nada.

Desliguei o motor e peguei as facas, sem desviar o olhar da fumaça. Senti as chamas espessando meu sangue, escaldando a carne, me preparando para a crueldade que eu estava prestes a derramar sobre esses filhos da puta.

Assobiei e cerrei os dentes com a sensação do meu pulso latejando no pescoço, e minhas centenas de cicatrizes ardendo diante da necessidade de matar. Eu tinha que matar. Eu tinha que rasgar os filhos da puta pelo que eles fizeram com Maddie. Meu estômago revirou e uma punhalada de dor cortou meu peito.

Eu a tinha deixado. Eu a deixei no hospital. Mas eu precisava matar esses idiotas. Eles machucaram Maddie. Eles machucaram o bebê. Eu não deixaria ninguém ferir o bebê... não de novo.

— Flame? — Ash sussurrou. Minha atenção se voltou para ele. — Qual é o plano? Você precisa me dizer.

— Matá-los — ordenei, ao descer da moto. — Matar todos eles.

Comecei a marchar pela floresta, a grama alta envolvendo minhas pernas. Ash correu para me alcançar. Parei quando vi uma arma nas mãos dele.

— Sem armas — rosnei e a afastei da mão de Ash. A arma caiu no chão com um baque. — Facas — exigi. — Apenas facas. — Ash tirou uma faca pequena demais da jaqueta. — Não! — Enfiei a mão no meu *cut* e tirei uma das minhas lâminas alemãs. — Esta. — Olhei para a fumaça crescente, provando o sangue que logo derramaria. — Mate-os. Olhe os filhos da puta nos olhos. Faça-os gritar enquanto afunda a lâmina em seus crânios. Faça com que seja doloroso. Faça durar. Eles machucaram Maddie. Eles não tocam no que é meu.

— Okay — Ash respondeu. Pensei ter ouvido sua voz falhar. Eu não sabia por que isso aconteceria; ele estava aqui para matar, assim como eu. Ash já matou antes. Ele gostou.

Avancei, mas meus pés estacaram e minha cabeça inclinou para o lado quando um pensamento começou a latejar na têmpora.

— Não se machuque — eu disse a Ash, quando o imaginei sendo esfaqueado em minha mente. A dor no meu peito estava de volta com o pensamento de ele ser ferido. Eu odiava essa dor, tornava muito difícil respirar.

— Não vou, Flame. Eu posso fazer isso. Eu posso matá-los por Maddie.

— Bom. — Segui em frente em direção à fumaça ainda subindo acima das árvores. Eu a segui. Smiler me disse para ficar quieto, que ele tinha visto três deles acampando em seus trailers nessa floresta. Essa foi toda a informação que conseguiu.

Atrás de mim, os pés de Ash estalaram um galho. Isso só fez meu sangue correr mais rápido através dos músculos, queimando a pele. O galho parecia um osso se partindo. Ossos que eu estava prestes a estalar e quebrar

SEGREDOS SOMBRIOS　　　　　　　　　　125

até os malditos gritarem. Meus músculos se contraíram em emoção quanto mais nos aproximamos.

Cheguei ao fim da clareira e ouvi música tocando. Senti o cheiro de fumaça e carne queimando. A fumaça. A fumaça negra me levou ao acampamento parecia a fumaça saindo da sede do clube dos Hangmen em chamas. A fumaça que estava nos pulmões de Maddie. Os pulmões do nosso bebê. Foi a fumaça que quase os matou. A fumaça que esses filhos da puta trouxeram para a porta do nosso complexo.

— Flame! *Flame!* — Ash sussurrou. — Espere! Não corra direto para lá! AK disse para nunca fazer isso! — Mas não dei ouvidos. Não pude, porque vi vermelho quando um dos filhos da puta saiu do trailer e entrou na clareira.

Rosnando, levantei a lâmina e a arremessei direto na coxa do cara. Ele gritou de dor e caiu no chão, segurando a perna sangrando.

Eu corri até ele, com uma nova faca em punho. Caindo sobre onde ele estava, mergulhei a lâmina em seu peito. Apunhalei o filho da puta repetidamente até que seu sangue pulverizou meu rosto e espirrou na minha boca. Provei o sangue dele; tinha gosto de morte. Eu ia entregá-lo ao barqueiro. Eu precisava ter certeza de que ele morresse, com nenhuma porra de moeda em seus olhos.

— Por Maddie — assobiei, enfiando a lâmina na lateral do seu pescoço. Ele gorgolejou com o sangue. Seus olhos azuis encararam os meus. Ouvi vozes e tiros. Ouvi malditas travas de segurança de armas serem liberadas e gritaria, mas não parei. O filho da puta debaixo de mim tentou me empurrar com o resto de suas forças, mas continuei esfaqueando, afundando a faca em sua carne até começar a lascar os ossos. Até que sua carne relaxou e seus olhos ficaram imóveis. — Você tentou matá-la. Você precisa morrer. Você precisa morrer, porra!

— Flame!

O imbecil debaixo de mim estava me observando. Seus olhos azuis congelados nos meus. Eu odiava olhar nos olhos. Mesmo morto, eu odiava esse filho da puta me encarando. Erguendo minha lâmina, cravei sobre o olho esquerdo. Meu pau endureceu ao ver o olho se partir em dois.

— Morra. Morra. Morra! — rosnei, apunhalando sua órbita ocular agora vazia.

— Flame! — Ouvi meu nome à distância. Eu tinha que matá-lo. Eu tinha que ter certeza de que ele não machucaria Maddie e o bebê novamente.

126   **TILLIE COLE**

— FLAME! Me ajude! — Minha mão congelou e fechei os olhos quando a voz de Ash se infiltrou na névoa na minha cabeça.

Ash... *Ash...!*

Levantei a cabeça e procurei por ele, congelando na mesma hora quando o vi. Um filho da puta o segurava, com o braço em volta do pescoço. Ele tinha uma maldita arma apontada para a cabeça de Ash. Levantei devagar, com a pele encharcada. O sangue. Meu pau estremeceu quando vi que estava molhado com o sangue de um inimigo.

— Flame... — A voz de Ash falhou quando ele tentou falar. Aquela dor que eu odiava estava de volta no meu peito. — Me ajude — sussurrou. Seu maldito lábio inferior tremia.

— Solte ele — avisei, estalando o pescoço, segurando os cabos das minhas lâminas com mais firmeza.

Eu ia matar o filho da puta que o segurava. Eu ia despedaçá-lo por tocar em meu irmão. Minha raiva cresceu, as chamas no meu sangue ficaram mais e mais intensas quando vi o sangue saindo da boca de Ash, quando uma de suas bochechas começou a inchar. Encarei os olhos negros de Ash. Eu não sabia por que eles estavam assim. Mas meu estômago apertou. Eles pareciam diferentes. Eles estavam maiores do que o normal. Suas pupilas estavam dilatadas. Isso me fez querer arrancá-lo dos braços do filho da puta e esfaquear o bastardo no pescoço.

— Solte ele — cuspi, lambendo minha faca. Ainda tinha sangue e lascas de osso no aço, do filho da puta esfacelado no chão. Ele estava morto. Um deles estava morto. Agora, eu precisava matar todos eles. Todos eles tinham que morrer por machucar Maddie e o bebê.

E agora Ash. Agora eles machucaram Ash...

— Abaixe a porra das facas — o imbecil que segurava Ash falou. Ouvi um movimento atrás de mim e aumentei o aperto nas lâminas, pronto para atacar. O idiota pressionou sua arma com mais força contra a cabeça de Ash, que fechou os olhos. Ele parecia morto. Dessa forma, meu irmão parecia morto!

— SOLTE ELE, PORRA! — rugi. Alguém se moveu atrás de mim novamente. Eu me virei, pronto para cortá-lo, partir seu crânio em dois. Então congelei. Parei quando algo comprimiu meus pulmões. Meus malditos pulmões não funcionavam. As chamas no meu sangue começaram a rugir e me queimar por dentro.

Uma cobra. *Não...* ele tinha uma porra de cobra...

SEGREDOS SOMBRIOS

O filho da puta na minha frente tinha uma arma apontada para o meu rosto. Mas ele tinha uma cobra enrolada no pescoço. Uma cobra, exatamente como... exatamente como... *"Você é mau, Josiah. O diabo vive em seu coração, demônios correm em seu sangue..."*

Meu peito começou a apertar e as mãos tremeram tanto que acabei largando as facas no chão. Eu não conseguia respirar. Não conseguia respirar, porra! A cobra sibilou. Meu sangue começou a correr muito rápido nas veias. Era o mal, os demônios dentro da minha alma chamando a cobra.

"Josiah, veja como o próprio diabo reconhece a escuridão em sua alma. Isso é a prova. Prova de que você é mau. Que você condena tudo e todos que toca. Que as chamas do inferno correm densamente em suas veias". Meu pai sorriu. Eu não sabia por que ele estava sorrindo. *"Você é retardado. Um pagão. Um agente do mal que derrubaremos".* Meu pai assentiu para o pastor Hughes. *"Faça o que é necessário".* Eles trouxeram as cobras para frente, e as cobras cravaram as presas na minha carne...

— Qual é o problema, imbecil? Você não gosta de cobras? — Tentei me levantar, mas meu corpo estava queimando, me mantendo no chão. Eu não conseguia respirar. Eu não conseguia respirar, porra!

— Flame! O que há de errado? O que diabos está errado?! — Virei a cabeça para Ash. Seu rosto estava pálido enquanto olhava para mim. Eu tinha que ajudá-lo. Eu tinha que chegar ao filho da puta atrás do meu irmão. Ash estava tentando chegar até mim, esperneando e tentando se soltar do aperto de seu captor. *Não...* Ele não poderia vir até mim. As chamas, os demônios... eles o pegariam. Eu faria alguma coisa para lhe causar dor. Eu não poderia machucá-lo também. Nossa mãe, Isaiah, Maddie, o bebê... Eu não poderia machucar Ash também. — Flame! FLAME! — A voz de Ash falhou. Eu estava no chão sobre minhas mãos e joelhos. Não me lembrava de ficar nessa posição. Eu não conseguia me levantar. Eu não conseguia me levantar! — FLAME!

Um tiro ecoou ao nosso redor. O filho da puta que segurava Ash estava com a arma levantada. Ele inclinou o queixo para alguém. Ash não estava se mexendo agora. Ele era uma maldita estátua. Tentei levantar do chão, mas as chamas me seguraram, como cordas amarradas em volta dos meus membros; como se eu estivesse amarrado à cama do hospital. Alguém agarrou meu cabelo e puxou minha cabeça para trás. Vi os olhos escuros e a boca da cobra diante do meu rosto. Tentei me afastar, mas não conseguia me mover!

TILLIE COLE

— O filho da puta tem medo de cobras. — O idiota riu. Eu não conseguia desviar minha atenção da cobra.

— Amarre os dois. Os filhos da puta mataram Jackson. Precisamos ensinar uma lição a eles.

Alguém me puxou pela clareira, minhas pernas paralisadas se arrastando pelo chão. Senti o cheiro da fumaça da fogueira, e então vi as chamas. As brilhantes chamas alaranjadas e vermelhas subindo para o céu. Ouvi o sibilar de cobra. Meu maldito corpo começou a convulsionar.

"Não devemos testar Cristo, como alguns fizeram, e foram mortos por cobras", a voz do pastor Hughes ecoou no meu cérebro, falando palavras da Bíblia, muitos versículos diferentes enquanto colocava as cobras na minha pele. Elas deslizaram sobre mim e depois afundaram as presas na minha carne. *"Então o Senhor enviou cobras venenosas entre eles; elas morderam o povo e muitos israelitas morreram..."*

Cerrei os dentes quando senti algo sendo amarrado em volta de minhas mãos e pés. Quando algo foi envolvido em torno do meu peito e coxas. Tudo o que vi foram as cobras escalando meu corpo na Igreja. Tudo o que ouvi foram as vozes do meu pai e do pastor Hughes enquanto recitavam as escrituras sobre mim.

"Por favor, pai, eu não quero ser mau. Eu quero ser bom. Eu não quis machucar minha mãe. Eu não pretendia matá-la e fazer ela ir embora. Eu não queria que ela morresse. Eu nunca quis que ela morresse. Por favor, pai... por favor..."

— Flame? Flame! Com quem você está falando? O que há de errado? *Flame!* — Virei a cabeça para ele. Meu irmão estava amarrado a uma árvore ao meu lado, e seu olhar varreu a clareira. — Flame, que porra é essa? Veja. Eles têm uma cadela em uma gaiola. Pelada. Caramba, Flame. A boca dela está costurada. Quem diabos são essas pessoas?

— Eu não queria matar você, Isaiah — sussurrei para ele e minha visão embaçou. Minhas bochechas estavam molhadas. — Você estava chorando e queria que eu o abraçasse. — Tentei olhar para minhas mãos, mas elas estavam amarradas. Isso era bom. Com elas amarradas, as chamas não seriam capazes de atingi-lo novamente. Eu não queria matar Isaiah. Não de novo. De alguma forma, eu o tinha de volta comigo. Eu não o machucaria novamente. Isaiah estava livre das chamas e da maldade. Ele não era como eu. Ele não tinha demônios no sangue. Ele era bom. Deve ter sido por isso que ele estava de volta ao meu lado. Comigo.

— Flame... — A voz do meu irmão soava trêmula. — Você está me

SEGREDOS SOMBRIOS 129

assustando. Você está me assustando pra caralho. Temos que sair deste lugar. Temos que revidar.

Tentei clarear as vistas, mas quando fiz isso, estávamos de volta ao porão. *Não*. Estávamos na Igreja. Vi o pastor Hughes e nosso pai vindo em nossa direção. Meu coração começou a bater forte quando notei as cobras em suas mãos. Eles tinham três... Três cobras. Eu não as queria sobre minha pele. Senti as chamas, o mal se contorcer sob minha pele. De repente, meu pai e o pastor Hughes estavam na minha frente.

— Por favor, pai — chorei e senti a garganta se fechar a ponto de não conseguir engolir. — Eu vou ser bonzinho, prometo. Vou parar de ser um retardado. Vou parar de ser mau.

— *Pai?* Do que diabos você está falando, Flame? Nosso pai está morto!

— Deixe-o em paz! Não toque nele. Não ouse tocá-lo, porra! — berrei, quando eles olharam para o meu irmão.

Mas meu pai e o pastor Hughes apenas riram. Havia outro homem atrás deles. Ele estava aqui com as cobras; ele as trouxe para mim. Para verificar se eu ainda era mau. Para ver se eu ainda tinha demônios no meu sangue. Eu não queria mais ser mau. Eu queria que meu pai soubesse que eu era bom. Então talvez Deus me impedisse de ser retardado, se soubesse que eu era bom. Talvez ele me ajudasse a entender as pessoas. Talvez eu não fosse diferente. Se ele soubesse que eu era bom, o diabo me deixaria em paz.

Congelei quando o pastor Hughes trouxe as cobras diante de mim.

— Que porra é essa? Quem diabos é esse filho da puta? Psicopata do caralho, que tem medo de cobras? — Ele riu. — O que há com todos os cortes em sua pele? — Ele estendeu a mão e tocou meu peito. Cerrei a mandíbula com tanta força que meus dentes doeram. Eu não gostava de ser tocado. As pessoas só me machucavam quando me tocavam. Ou eu as machucava.

— Não me toque. Não me toque! As chamas. As chamas do caralho! Eu preciso deixá-las sair. Eu preciso cortar. Elas precisam ser libertadas.

— Flame. Fique quieto! — Isaiah gritou do meu lado. Eu nunca tinha ouvido sua voz antes. Ele morreu antes que pudesse falar.

— Cortar? Chamas precisam ser libertadas? — meu pai disse, rindo. Ele levantou uma faca.

Meu pau ficou duro no minuto em que vi a lâmina. Assobiei e tentei me mover, segurar meu pau. Ele gostava que eu gozasse. Ele gostava que eu me curvasse para que ele pudesse gozar dentro de mim. Doía. Mas era o diabo, ele dissera. O diabo lutando contra o povo honesto de Deus que

130 **TILLIE COLE**

estava tentando me ajudar. Se ele empurrasse dentro de mim, talvez não fizesse isso com Isaiah. Mas eu estava preso. Não consegui me mexer.

— Que porra é essa! Ele está de pau duro. O filho da puta doente vai gozar só de ver a faca.

Meu pai se aproximou com a lâmina. Observei a faca ser pressionada contra a minha pele. No minuto em que meu pai apertou e rasgou a pele, meu pau começou a latejar. Pai... Meu pai sempre fazia o mal sair de mim. No porão. Ele entrou no porão e me fez melhorar com sua semente sagrada. Ele me ajudou a liberar o mal também. Ele estava tentando salvar minha alma.

— É assim que você gosta, filho da puta doente? — meu pai perguntou e passou a lâmina ao longo da minha pele em meus braços. Meus dentes cerraram e meus olhos se fecharam de alívio quando senti as chamas sumirem e correrem para o meu pau duro. Alguém riu de novo, mas as chamas estavam prestes a me deixar. Quando elas me deixavam, eu podia respirar. Até que elas voltassem. Mas eu seria capaz de respirar, e Isaiah estaria seguro.

— Mais — implorei quando a faca se afastou da minha pele. — Mais, pai... *por favor...*

Meu pai começou a cortar minha pele, uma e outra vez. Cada vez mais fundo até meus músculos começarem a tensionar de agonia. Minhas mãos se fecharam em punhos, e quando ele enfiou a faca profundamente no meu antebraço, gritei quando gozei e as chamas foram drenadas do meu sangue.

Rindo. Eles estavam rindo. Eu não sabia por que eles estavam rindo tanto. Talvez fosse porque eu estava curado? Talvez fosse porque eu era bom. Talvez eles estivessem felizes comigo. Talvez eu tenha me saído bem.

— E você? — meu pai falou, apontando a faca para Isaiah. — Você também é um filho da puta doente? Vai gozar se eu te cortar também?

Meus olhos se abriram.

— Não! — exclamei e tentei me afastar da árvore. — Ele é bom. Por favor, pai. Ele não tem chamas como eu. Ele é abençoado por Deus. Não é mau.

Meu pai se virou para mim.

— Mas achamos que ele pode pertencer ao diabo, como você.

— Não! — gritei e meu coração começou a bater forte. Isaiah era *bom*. Ele não era como eu. Eu o matei porque *eu* era ruim. Mas ele voltou porque *ele* era bom, como Jesus, ele voltou dos mortos. Ele não era mau.

SEGREDOS SOMBRIOS

Eu não queria que ele morresse de novo. Eu queria tê-lo de volta comigo. Minha mãe disse que eu tinha que protegê-lo sempre. Ela me fez prometer. Eu não queria quebrar minha promessa para ela novamente. — Não. Por favor — implorei.

Mas meu pai arrancou a jaqueta de couro de Isaiah e a jogou no chão. Ele segurou o braço nu e passou a lâmina ao longo dele. Isaiah sibilou de dor, mas não gritou.

— Não! — berrei, tentando me libertar das amarras. — *Não, não, não!*

— Você não está duro? Não vai gozar como o seu amigo aqui?

— Afaste-se, porra. Deixe-o em paz — Isaiah disse.

Mas meu pai continuou cortando meu irmão. Continuou cortando e cortando sua pele. Quando ele e o Pastor Hughes terminaram, Isaiah estava coberto de sangue. Eles não deveriam machucá-lo. Eles machucavam a mim, *não* a ele. Eles deveriam cortar a mim, não a ele. Não meu irmão. Ele era bom, não era mau como eu. Eu não entendia por que eles estavam machucando-o.

— Chega — pastor Hughes ordenou. Ele se virou e sorriu para mim. Eu relaxei um pouco. Acabou? Era hora de deixar a Igreja e ir para casa?

Mas então ele se abaixou e pegou uma cobra de uma gaiola no chão. Meu corpo congelou.

— Foi isso que o fez cair no chão como uma menininha. — Ele trouxe a cobra para mais perto de mim. Eu podia sentir meu sangue escorrendo pelos braços. Meu pai tinha acabado de me fazer liberar as chamas do meu pau. Mas eu podia senti-las voltando rapidamente, podia sentir os demônios rastejando sob a pele, assumindo novamente o controle. A cobra sibilou e o pastor Hughes acariciou sua cabeça. Meu pai avançou, cortando minha camiseta. Pastor Hughes passou por ele e aproximou a cobra do meu peito nu. — Você não gosta de cobras, hein?

O corpo da cobra começou a rastejar sobre a minha pele. Prendi a respiração. Não queria que ela sentisse as chamas no meu sangue. Eu não queria que ela me mordesse. Eu queria me libertar das chamas; queria ser salvo. Eu queria que Deus me salvasse, então meu pai iria gostar de mim, iria me querer. Talvez se elas se fossem, ele me amaria e não precisaria mais me purificar com sua semente. Doía muito e eu não gostava do porão. Era muito frio.

Mas então a cobra atacou e cravou as presas no meu peito. Eu rugi, enquanto ela se movia para a minha barriga, me mordendo de novo. Minhas bochechas estavam molhadas novamente. Fechei os olhos com força enquanto a cobra continuava mordendo. Meu corpo ficou dormente e não fui mais capaz de lutar contra a verdade: eu ainda era mau. Eu ainda estava cheio das chamas do diabo. Meu pai ainda não gostava de mim. Ele ainda me machucaria quando me purificasse. A cobra me mordeu uma e outra vez, mas eu não sentia mais nada.

Não percebi que eles a tiraram do meu corpo, até ouvir o pastor Hughes dizer:

— Agora ele.

Virei a cabeça para o lado e os vi rasgando a camiseta de Isaiah. Ele também tinha tatuagens. Ele tinha chamas em sua pele, como as minhas.

— Não — eu disse, mas minha voz estava rouca e fraca. Por que ele teria chamas tatuadas em sua pele?

Isaiah virou a cabeça para mim.

— Flame? Flame? Por favor? — Vi uma lágrima cair dos olhos negros de Isaiah. A dor no meu peito era tão forte que pensei que meu coração estivesse quebrado. Mas quando o pastor Hughes levou a cobra ao peito de Isaiah, não consegui desviar o olhar. Ela não o morderia. Ele era bom. Ele era puro. Meu irmão não era como eu. Ele era melhor que eu. Não era mau.

A cobra deixou as mãos do pastor Hughes e rastejou sobre o corpo de Isaiah. Eu assisti a cobra deslizar sobre sua pele e então morder a carne dele. Isaiah gritou. Meu coração começou a bater forte contra as costelas. *Não, não, não.* Isaiah era bom. Foi por isso que ele morreu nos meus braços. Meu mal o havia infectado, depois o matado. As chamas o escaldaram até a morte. Mas vi a cobra continuar mordendo Isaiah, tirando sangue, deixando a marca de dois buracos por toda a pele. Dois buracos que me diziam que ele também tinha o mal no sangue. As bochechas de Isaiah estavam molhadas; ele estava chorando. Eu odiava quando Isaiah chorava. Sangue manchava toda a sua pele. Quando o pastor Hughes pegou a cobra de volta, ele e nosso pai riram.

— Isso é divertido demais — meu pai disse e depois se afastou em direção à fogueira.

Isaiah se virou para mim.

— Flame... — ele implorou. Eu não sabia como ajudá-lo. Ele também era mau. Ele também tinha demônios no sangue. A cobra mostrou que tinha. Como eu, ele também era mau. Eu o havia condenado? Minhas chamas ficaram com ele após a morte? Ele tinha sido trazido de volta para mim com o mal em seu sangue?

SEGREDOS SOMBRIOS

Isaiah voltou os olhos para a clareira. Nosso pai e o pastor Hughes haviam guardado as cobras e arrastado a garota da gaiola para a grama. Então eles lançaram sua semente sagrada dentro dela. Um a um eles a purificaram com suas sementes. Ela devia ser má também; por isso que eles a estavam purificando. Talvez fosse por isso que sua boca estava costurada com um fio preto e grosso; para que o mal não pudesse escapar de seu corpo se ela falasse.

— Flame. Como diabos vamos sair disso? — Isaiah perguntou. Eu não tinha resposta. Fiquei entorpecido com a realidade de que Isaiah também era mau. E eu nunca me livraria das chamas. Os demônios nunca iriam embora. Eu nunca seria curado.

As chamas se tornaram mais quentes, me queimando por dentro. Mas eu as deixei queimar. Enquanto meu pai e o pastor Hughes purificavam a cadela no chão, deixei as chamas queimarem.

CAPÍTULO OITO

MADDIE

— Não estamos longe agora, Madds — AK me informou do banco do motorista.

Engoli o nervosismo que estava tentando esconder dos outros com um simples aceno de cabeça. Olhei para fora da van, para o crepúsculo que se aproximava. A cada quilômetro percorrido, um sentimento inquieto crescia em meu coração. Eu não sabia no que estaríamos entrando, algo em minha alma me dizia que não seria bom. Mas como poderia ser? Flame e Asher fugiram da segurança e do amor de nossa casa para rastrear os homens que começaram o incêndio com o único objetivo de machucá-los; *não*, roubar suas vidas.

— Você está bem, Maddie? — Irmã Ruth perguntou e checou meu pulso.

— Sim — respondi e mantive a cabeça erguida.

Irmã Ruth havia sido diligente com meus cuidados no tempo em que estivemos na estrada. Não tínhamos parado. Eu não tinha planejado isso. Chegar a Flame e Asher era meu único foco. Os Hangmen se afastaram da van e continuavam visíveis à frente. Eu podia ver as lanternas traseiras através do para-brisa. Uma a uma, as luzes mudaram de âmbar para vermelho. Inclinei-me para frente quando AK parou a van atrás deles.

— As motos de Flame e de Ash — Viking disse, sério pela primeira vez.

Na verdade, ele mal tinha contado uma piada em nossa viagem até este lugar. AK mostrava sua preocupação por Flame abertamente, e sempre o fez. Mas Viking sempre foi o comediante, aquele que rompia a tensão com piadas e risadas inapropriadas como costumavam ser. No entanto, nenhuma piada veio com a descoberta das motocicletas abandonadas. Serviu para me dizer o quanto Viking estava preocupado com seu melhor amigo. Muitas vezes, durante o percurso, eu queria colocar minha mão em seu ombro, para oferecer-lhe conforto. AK tinha Phebe, Zane e Sapphira. Viking estava sozinho, exceto por seus irmãos Hangmen. Eu não tinha certeza se ele já compartilhou seus medos com os outros sem o pano de fundo da comédia.

AK desligou a van e saiu. Bella segurou minhas mãos.

— Ele ficará bem, irmã. Eu acredito nisso.

Mantive o olhar fixo em Styx e Ky, e nos outros homens que haviam circulado as motos. Não consegui responder a Bella por medo de desmoronar. A porta da van se abriu e AK estava do outro lado.

— Nós vamos até lá. Vocês ficam aqui. Vamos deixar Rudge com vocês. — Ele encontrou o olhar de Rider. — Pegue uma arma, você também cuidará da segurança delas.

Bella ficou tensa, mas Rider apertou seu ombro enquanto ele silenciosamente tentava acalmar suas preocupações. Quando a porta da van se fechou, Ruth, Bella e eu ficamos em silêncio. Ouvi os homens se movendo para a floresta. A escuridão caía rapidamente, dando a eles um escudo protetor. Eu estava ansiosa. Fechei os olhos e me esforcei a ouvir o que estava acontecendo além da segurança da van. Não houve nada até que uma cacofonia de armas soou ao nosso redor, como um trovão cortando um sono tranquilo e silencioso. Apertei a mão de Bella, traindo o medo instantâneo que cravou como veneno em minhas veias, mas continuei ouvindo. *Deus, se ele estiver seguro, deixe-me ouvi-lo. Deixe-me ouvir os dois.*

De repente, os tiros cessaram, e prendi a respiração esperando o que viria a seguir. Então eu ouvi. Ouvi como um sopro para minha alma. A voz dele: a voz de Flame. Mas o som familiar só me encheu de alívio por um momento, porque os gritos, o timbre agonizante de sua voz rompeu o ar como uma alma penada... Ele estava com dor.

Eu me movi automaticamente. Não me importei de ter recebido ordens para ficar na van. O instinto carregado nas asas do amor me fez abrir a porta da van e correr em direção à floresta.

— Maddie! — Rudge sussurrou, severamente, agarrando meu braço para me deter.

Afastei-me de seu agarre.

— É o meu marido gritando na floresta. *Meu marido*. Eu não serei impedida de ir até ele.

— Porra, mulher! Styx vai arrancar minhas malditas bolas por isso — Rudge cuspiu e correu na minha frente.

Eu me virei para ver Bella e Irmã Ruth me seguindo com Rider na retaguarda, uma expressão preocupada gravada em seu rosto. Segui o caminho achatado da grama que Rudge liderava. Vozes ecoaram da direção que assumi ser a clareira. Então o ouvi novamente.

Flame.

— SE AFASTEM, PORRA! — Exalei aliviada ao ouvir a voz dele. Ele estava vivo. Algo estava terrivelmente errado com ele; seu tom era tenso, as palavras arrastadas, mas encontrei algum conforto no fato de que ele estava *vivo*.

— Ele disse para se afastarem! O que há de errado com vocês?! — Um soluço silencioso ecoou dos meus lábios quando a voz de Asher soou em seguida. Ele estava protegendo Flame.

Meus pés se moveram mais rápido até que as chamas de uma fogueira puderam ser vistas piscando por entre as fendas nas árvores. De repente, meus pés estacaram. Fechei os olhos e imediatamente senti minha mão embalar minha barriga. Eu não conseguia me mexer. Não consegui entrar na clareira para ver Flame e Asher. Eu não conseguia lidar com o que os tiros poderiam significar. Então…

— SE AFASTE, PORRA! NÃO TOQUE NO *ISAIAH*. EU VOU MATAR VOCÊ!

Meus olhos se abriram no segundo em que o nome escapou da boca de Flame. Isaiah. Ele estava falando de Isaiah. O medo infundiu minha alma, e obriguei meus pés a se moverem. Meu coração batia loucamente em ansiedade. Flame raramente falava de Isaiah.

Sentindo o toque tranquilizador da mão de Bella nas minhas costas, corri para a clareira. Meus olhos se arregalaram com a visão diante de mim: homens mortos no chão. Todos, menos um, que ainda estava vivo. Ele estava deitado no chão com o pé de Smiler diretamente em seu peito para contê-lo. O homem estava sangrando, mas estava vivo, seus olhos observando o Hangman como um falcão.

Meus olhos procuraram por Flame e Asher. No entanto, fiquei congelada quando vi uma jovem presa em uma gaiola. Ela estava nua, o olhar

SEGREDOS SOMBRIOS

entorpecido focado nos Hangmen. Meu estômago revirou quando vi sua boca... *não*... sua boca estava costurada. Ela tinha marcas no corpo e manchas de sangue entre as pernas. Reconheci imediatamente o que aquele sangue significava. O local e o que isso significava... O que ela havia passado recentemente. Eu também já havia passado por isso muitas vezes na minha vida.

Meu coração se despedaçou pelo que ela enfrentou... pelo que *ainda* estava enfrentando.

— NÃO TOQUE NO ISAIAH, PORRA! — Flame continuou gritando. Então sua voz enfraqueceu, forçando meu coração a se torcer em um nó apertado. — Ele é bom. Elas o morderam, mas ele é bom. Ele não é mau; não como eu. Ele não pode ser mau também...

Segui o som da voz de Flame para uma área fortemente arborizada. Olhei para Hush e Cowboy; os olhos deles pareciam tristes quando passei por ambos. Respirei fundo, me fortalecendo pelo que encontraria. Um por um, os Hangmen, que pairavam perto da linha das árvores, olhavam para mim com tristeza e preocupação – Beau, Tanner, Bull, Tank... Inspirei profundamente, e depois me virei lentamente. O sangue drenou do meu rosto diante da visão que me cumprimentou. Conscientemente, cobri a boca com as mãos, sentindo meu coração ecoar a dor cortante que dilacerava minha alma.

— Flame — sussurrei, depois olhei para a árvore ao lado dele. — Asher...

O olhar escuro de Asher encontrou o meu.

— Madds — ele balbuciou. Meus olhos rastrearam seu corpo sem camisa. Ele estava coberto de sangue. Coberto de cortes e perfurações de dois orifícios por todo o corpo. Suas bochechas estavam pálidas e seus olhos estavam semicerrados, como se ele estivesse drogado. — Maddie... ajude-o... — Asher sussurrou; sua cabeça virou na direção de Flame. Ele lutava pela consciência, mas vi o desespero em seus olhos. Mesmo com sua própria dor, ele me pediu para ajudar Flame.

Flame.

Não pude olhar na direção dele, com medo de desmoronar. Fechei os olhos e respirei fundo outra vez. Eu precisava. Eu tinha que enfrentar isso. *Você já enfrentou provações difíceis antes*, lembrei a mim mesma. Minhas próprias provações eu poderia derrotar, eu tinha vontade de triunfar. Mas quando se tratava de Flame, quando se tratava da outra metade da minha alma...

— Por favor... — A voz devastada e aflita que eu conhecia e amava falava sem parar diretamente ao meu coração.

Erguendo a cabeça, forcei-me a testemunhar meu marido. Silenciei um soluço que ameaçava escapar da minha boca enquanto minha atenção se focava nele. Minhas pernas tremiam. Fiquei agradecida por sentir uma mão de apoio nas minhas costas, ajudando-me a ficar de pé quando senti vontade de cair no chão. Bella. Reconheci seu toque; ela ainda estava comigo.

— Por favor... — Ouvi novamente, um mero sussurro na floresta silenciosa. Os olhos torturados de Flame encontraram os meus. Seu rosto estava pálido e seu corpo... Pisquei, tentando evitar as lágrimas e a tristeza que rugia através do meu próprio ser. O timbre baixo e áspero de sua voz vibrou através do meu peito, o grito por ajuda criando raízes dentro da minha alma. Ele me reconheceu. Mesmo assim, ele me reconheceu como *dele*.

— Flame — eu disse e me aproximei, o corpo tremendo, fraco com o choque. Na minha visão periférica, vi AK e Viking por perto. Senti os olhos deles em mim quando me aproximei do meu marido. Quanto mais perto eu chegava de Flame, mais seus ferimentos eram revelados ao meu olhar. Sua pele estava coberta de sangue; mas pelo que eu podia ver, não era apenas dele. Assim como Asher, observei os cortes de faca na carne de Flame e os dois orifícios que perfuravam sua pele cicatrizada. Senti gotas de lágrimas escorrendo pela minha bochecha. Mas não importava quão forte eu tentasse ser naquele momento, ver meu marido e meu Asher dessa maneira, com a derrota e o medo em ambos os olhares, me destruiu.

Cordas grossas mantinham Flame e Asher presos às árvores. O cabelo preto de Flame estava encharcado de sangue e caía sobre seus olhos. AK tentou se aproximar de Flame; mãos erguidas em sinal de rendição. Mas os olhos do meu marido mudaram de suplicantes para vingativos em uma fração de segundo.

— Não — ele rosnou para AK. — Não se aproxime de mim, porra.

AK deu um passo atrás e retomou sua posição ao lado de Viking, que colocou a mão no seu ombro em apoio. AK virou-se para mim, com angústia estampada em todo o semblante.

— Ele não quer nos deixar soltá-los. — AK se aproximou de onde eu estava, falando baixinho para que só eu pudesse ouvir. Ele passou a mão pelas bochechas. Eu sabia que ele fazia isso quando estava preocupado. — Ele continua se referindo a Ash como *Isaiah*.

Meus olhos se fecharam, e então olhei para Flame. Seus olhos perdidos

SEGREDOS SOMBRIOS

percorriam os Hangmen, como se não soubesse quem eles eram. Ele estava completamente perdido. Mesmo cercado por sua família e pelas pessoas que mais o amavam, Flame havia regredido para se tornar o garotinho perdido que eu encontrara uma vez antes. Aquele garotinho preso no inferno eterno de sua infância abusiva. O menino assustado cujo pai o machucou e cujo irmãozinho morreu tragicamente em seus braços. Segurando minha barriga, eu sabia por que isso havia acontecido. Nosso bebê... nosso bebê havia forçado Flame a reviver a morte de seu irmãozinho e as circunstâncias cruéis que cercavam a perda.

— Flame... — sussurrei. Dessa vez, não consegui segurar o nó que apertava minha garganta. Não consegui segurar as lágrimas que traíam visivelmente meu medo e tristeza pelo homem que eu mais amava neste mundo.

— Não deixe que eles machuquem Isaiah — implorou Flame. Ouvi murmúrios baixos dos Hangmen quando Flame se referiu a Ash como o irmão que ele havia perdido. Eles não sabiam a quem Flame estava se referindo. Sua voz também estava arrastada.

AK deve ter visto minha confusão com a fala arrastada de Flame. Ele inclinou o queixo para Rider, que estava se aproximando com sua maleta médica. Ele deve ter voltado para a van para buscá-la.

— Madds — AK chamou. Eu vi raiva envolver sua expressão. — Eles tinham cobras. — Seu olhar sério paralisou meu corpo. — Eles tinham cobras. Os filhos da puta amarraram eles e as cobras os morderam. — Assenti para mostrar que tinha ouvido a informação, mas por dentro ela destruiu todas as minhas células. — Não parece que elas eram muito venenosas. Bull já viu desse tipo antes, mas o grande número de picadas os deixou entorpecidos e confusos.

Cobras. Fogo. Facadas em seus braços e corpos. Os homens maus, sem querer, amplificaram os maiores medos de Flame e os tornaram reais.

— Nós precisamos soltá-los, para que Rider possa cuidar deles — Viking falou. — Mas o filho da puta teimoso está se recusando a nos deixar chegar perto deles. — Viking balançou a cabeça. — Até nós. Ele não reconhece seus melhores amigos.

— Por favor — Flame implorou novamente, só que desta vez estava mais calmo, mas falava com mais urgência.

— Ele está falando com você, Madds. Ele reconhece você. Ou pelo menos, sabe que pode confiar em você. Precisamos sedar Flame e levá-los para casa, e depois descobrir como diabos conseguir recuperá-lo. Como trazer seu homem de volta a si.

Afastei-me de AK e Viking. Styx e Ky estavam do outro lado de Asher, longe o suficiente, imaginei, para não perturbar Flame. Styx assentiu para mim; os braços cruzados sobre o peito. Andei devagar até a linha das árvores, com o coração quase saltando pela boca, enquanto contemplava minha família, machucada e sangrando. Mas era Flame quem mais precisava de mim. Ele era o mais desorientado. O que mais precisava de ajuda. Sua respiração acelerou à medida que eu me aproximava, seu peito ensanguentado subindo e descendo conforme arfava.

Seu olhar negro encontrou o meu, e dei um sorriso forçado.

— Amor — falei, suavemente, para não assustá-lo, ou lhe dar motivos para duvidar de minhas intenções. — Nós temos que soltá-lo.

Uma dor profunda e intensa passou por suas feições, contorcendo seu rosto. Meus joelhos quase dobraram.

— Isaiah voltou — Flame declarou, apelando pela minha ajuda. — Ele voltou. Mas o mesmo aconteceu com o nosso pai e pastor Hughes. Eles o machucaram, Maddie. Eu recuperei Isaiah e eles o machucaram. — Seu olhar baixou para o chão. Eu sabia que ele estava revivendo alguma versão do inferno em sua mente, quando vi seus músculos começarem a se contrair e seu pau voltar a endurecer dentro de sua calça. — Cobras... eles tinham cobras. Elas o morderam. — Lágrimas desciam em grossos riachos pelas bochechas de Flame. — Ele é bom, mas as cobras também encontraram o diabo dentro dele. Como? Ele é bom. Ele não é mau como eu.

Limpei as lágrimas do meu rosto e cheguei mais perto. Mantive os braços inertes ao lado; eu não o tocaria. Eu não sabia se ele podia tolerar ser tocado agora, mesmo por mim.

— Eu o vejo — respondi a Flame e olhei para Asher. Ele estava nos ouvindo atentamente. E meu estômago revirou ao ver a agonia gravada em seu rosto jovem, enquanto Flame falava de seu irmão falecido, não de Asher que estava ao seu lado. O irmão que seguiu Flame nessa luta. Eu tinha que soltá-los. Então tudo ficaria bem. Eu faria as coisas ficarem bem novamente.

Dei um sorriso choroso para Flame.

— Estou aqui para ajudá-lo, Flame. Você e Isaiah. — O ombro de Flame relaxou um pouco. — Mas você deve nos permitir ajudá-lo a sair da árvore. Você está ferido. — Eu sorri para Asher, tentando lhe garantir que tudo ficaria bem. Sua cabeça pendeu, desviando o olhar do meu. — Vamos salvar Isaiah, Flame.

Falar essas palavras foi um golpe de punhal no meu coração. Falar o

SEGREDOS SOMBRIOS 141

nome do seu irmão morto de tal maneira fez minha alma chorar diante da injustiça da situação do meu marido. Em como, mesmo agora, ele teve que lidar com o trauma de perder seu irmão de maneira trágica. Em como Flame ainda tinha que aceitar que ele também era inocente nessa história, vítima de um pai abusivo que o atormentou todos os dias de sua jovem vida.

— Podemos salvá-lo, Flame? Podemos salvar Isaiah?

Os olhos de Flame dispararam sobre os irmãos e depois pousaram em Viking e AK. Ele não encarou os olhos deles, mas sua cabeça permaneceu inclinada.

— Eles — murmurou. Eu sabia que ele estava se referindo a AK e Viking. — Eles podem fazer isso. *Somente* eles. — Uma explosão de calor floresceu no meu peito. Esperança. Era o sentimento feliz de esperança. Mesmo na neblina que atordoava sua mente, Flame reconheceu seus melhores amigos.

AK e Viking lentamente se dirigiram até onde Asher estava. Eu me aproximei quando eles começaram a cortar as cordas que o prendiam. Quando as cordas caíram, Viking levantou Asher da árvore, tão gentilmente quanto um discípulo erguendo Cristo da cruz do Calvário. Quando Viking colocou Asher no chão, as pernas de Asher se dobraram. Ele estava fraco demais para andar. Não ousei deixar Flame, lutando contra o instinto de correr até ele e envolvê-lo em meu abraço. A agitação de Flame aumentou e o pânico se formou em seu rosto enquanto observava seu irmão ser libertado. AK se aproximou de Asher, e tive que parar de soluçar quando Asher desabou contra ele e passou os braços enfraquecidos em volta do seu pescoço. Asher não o soltou, apoiando a cabeça na segurança do peito de AK, que percebeu isso, e simplesmente retribuiu o abraço.

— Está tudo bem, garoto. Estou com você — AK sussurrou, deixando Asher se aninhar ainda mais em seus braços.

Nesse momento, lembrei do que Asher era: um garoto. Uma criança que, como Flame, havia perdido a mãe e foi empurrado para uma vida que ninguém deveria suportar. Ele tinha um irmão que o amava, mas que lutava para mostrar esse amor. Para garantir que Asher soubesse, com certeza inabalável, que Flame precisava dele em sua vida.

AK lentamente levou Asher embora. Rider correu até Asher quando AK o colocou no chão. Mas AK não soltou sua mão; continuou dizendo que ele ficaria bem. Flame começou a se debater contra as cordas. Quando segui sua linha de visão, ele estava reagindo ao fato de Rider ajudar Asher.

— Eles o estão salvando — assegurei a Flame, que parou e encarou meus olhos. Mesmo agora, no inferno em que ele estava preso, Flame encontrou meu olhar. Eu era a única pessoa de quem ele nunca desviou o olhar. Eu não sabia se ele me reconhecia como sua esposa, mas sua alma chamava a minha, ainda mantendo o vínculo que Deus, ou o destino, havia criado para nós. De nos encontrarmos quando tudo estava perdido, e quando temíamos que a salvação nunca pudesse ser alcançada.

Eu me aproximei. Minha própria presença pareceu acalmar Flame. Sua respiração desaceleou e seu corpo perdeu a tensão. Eu ainda registrei a confusão em seus olhos, vi como o veneno de cobra o afetara; seus olhos dilatados, o suor em sua pele.

— Você... você sabe quem sou? — ousei perguntar e lutei contra o desejo de colocar as mãos em seu peito; sentir o coração do meu marido bater contra a palma da mão e rezar para que ele conhecesse o toque da esposa.

Flame estudou meu rosto. A tristeza me envolveu quando percebi que ele não me reconhecia. Abri a boca para falar, quando ele sussurrou:

— Anjo. — Eu não conseguia me mexer enquanto ele falava: — O anjo dos meus sonhos que me resgata das chamas, do porão. — Exalei, meu coração se partindo em mil pedaços. — O anjo que me encontra quando estou perdido... — A voz de Flame se arrastou e seus olhos começaram a se fechar. Olhei rapidamente para AK e Viking, pedindo sua ajuda com um único aceno de cabeça.

— Precisamos soltá-lo. — O pânico começou a tomar conta de mim.

Olhei de volta para Flame, e seus olhos reviraram com a inconsciência ameaçadora. AK e Viking correram e começaram a cortar as cordas. Eles o pegaram quando ele caiu. Os olhos de Flame se arregalaram em choque, estimulados pelo medo de ser tocado. Eu me postei rapidamente diante dele, atraindo a atenção do seu olhar errante. Ele relaxou imediatamente.

— Nós vamos salvar você — sussurrei.

Flame exalou. Eu sabia o quão longe ele havia deslizado na escuridão quando o senti segurar minha mão. Os dedos ásperos se entrelaçaram fracamente nos meus. Nossas mãos se uniram e me asseguraram que, mesmo lutando contra as chamas e os horrores de seu passado, Flame sabia que eu deveria estar ao seu lado. Que eu era sua protetora, e sempre seria. Que qualquer escuridão pela qual ele passasse, eu seguiria atrás, lâmpada na mão, em uma busca para encontrá-lo e trazê-lo de volta à luz.

This little light of mine...

SEGREDOS SOMBRIOS

Segurei a mão de Flame quando seu corpo relaxou e seus olhos, por fim, se fecharam.

— Rider! — AK chamou.

AK e Viking levaram Flame para onde Asher estava sendo atendido. Eu podia sentir o cheiro do álcool que Rider havia aplicado nas feridas de Asher. Ataduras cobriam o corpo dele, seu torso e braços. Um som sufocado escapou da boca de Asher quando Flame foi deitado ao seu lado. Mantendo a mão de Flame na minha, passei meu braço livre ao redor de Asher e beijei sua bochecha.

— Asher — sussurrei. — Você está bem — murmurei positivamente, mais para me assegurar. — Você está bem. — Senti a umidade de suas lágrimas contra minha bochecha.

— Ele se perdeu, Madds. Ele simplesmente se perdeu. Começou a conversar com nosso pai e com o pastor Hughes como se estivessem vivos. Mas, na realidade, ele estava falando com os malditos que nos capturaram. — A respiração de Asher falhou. — Ele achou que eu era Isaiah. Ele realmente achou que eu era Isaiah.

Fechei os olhos e tentei afastar a dor que ameaçava destruir o que restava do meu coração.

— Flame vai ficar bem, Asher. Nós vamos curá-lo. Nós o curaremos. — Apoiei minha cabeça contra a dele. — Você está vivo. — Exalei aliviada. — Vocês dois estão vivos.

— Olá — uma voz suave soou atrás de nós. Virei a cabeça e vi a Irmã Ruth ajoelhada na gaiola que enjaulava a garota nua com a boca costurada. Ruth estendeu a mão. — Eu sou Ruth. Posso ajudar você. — Ela sorriu gentilmente. Também vi a simpatia em seu semblante. — Eu entendo sua dor. Posso ajudar.

— Se afaste! — Viking gritou, correndo pela clareira.

Não entendi o que estava acontecendo até que vi a garota pegar uma faca do chão arborizado da gaiola. Envolvendo Ruth em seus braços, Viking a puxou de volta para a grama, para longe da faca. Mas observei horrorizada que aquela lâmina não ameaçava Ruth como todos pensávamos. Em vez disso, a garota ergueu as mãos, apertando o cabo da faca, e a enfiou no coração.

— Não! — Ruth gritou, tentando correr para ajudar. Ela destrancou a porta da gaiola e arrancou a faca das garras da garota. Meu coração batia forte quando vi o sangue jorrar do peito da jovem. Mesmo a essa distância, eu podia ver que ela havia parado de respirar e seus olhos já não piscavam. Ruth lutou para cobrir o ferimento que escorria com a mão. — Não — Ruth sussurrou, lutando para salvar a vida da garota.

— Ela se foi — Viking falou baixinho ao seu lado, segurando os pulsos de Ruth.

— Eu tenho que tentar — ela afirmou, tentando se afastar.

— Ela se foi. Ela se esfaqueou no coração. Não sou médico como você e seu filho, mas sei que isso significa que ela está além da salvação.

Ruth levantou a cabeça e vi a agonia em sua expressão. Seus olhos castanhos encaravam o chão, conforme ela deixava Viking afastá-la da gaiola. Sua camisa branca estava suja de sangue, muito sangue. Meu coração se partiu por ela. Observei seus olhos quando ela lançou um olhar para a garota. Não era apenas simpatia; foi um entendimento profundo. Eu não sabia o que Ruth havia suportado nas mãos da Ordem. Mas, como todas nós, deve ter sido ruim, muito ruim.

Rider trabalhou nas feridas superficiais de Flame.

— Eu o sedei, Madds. — Rider ficou quieto e disse: — Ele precisa de ajuda, Maddie. — O olhar de Rider voou para AK e Asher que estavam ouvindo. Rider suspirou. — Isso está fora do meu conhecimento. Eu acho... acho que ele pode ter tido um colapso psicótico, Madds. Ele precisa de ajuda. Ele precisa de ajuda médica. De um hospital. De psiquiatras, que sabem o que estão fazendo.

— Não.

— Nem a pau — AK ecoou.

— As coisas que ele estava dizendo — Rider refletiu. — Ele precisa de ajuda.

— Ele não suporta hospitais — afirmei e me movi ao lado de Flame para segurar sua mão com mais força. Passei a mão pelo cabelo escuro do meu marido, não me importando com o sangue grudando na minha mão. Ele era meu marido. Eu tinha que tocá-lo. Eu tinha que ter certeza de que ele estava bem.

— Eles o machucaram da outra vez — AK informou. — Ele tem pavor de médicos.

— Existem bons médicos — Rider argumentou. — Médicos que vão ouvir e que realmente o ajudarão.

— Eu posso ajudá-lo — rebati, sentindo minha convicção crescer. Tentei imaginar Flame acordando em um hospital, um hospital psiquiátrico.

SEGREDOS SOMBRIOS

Ele não sobreviveria, e nem o hospital. Ele não aguentaria. Eu sabia disso. AK também. — Ele voltará para casa comigo. Eu já o ajudei antes, posso fazer isso de novo.

— Eu não o vi antes... — Rider parou. Ele era o profeta então, separado dos Hangmen. — Mas ouvi sobre isso. Madds, acha que desta vez é pior? — A onda de dor no meu coração me disse que eu concordava. — Você pode não ser capaz de ajudar desta vez.

— Ele é meu marido — argumentei. — Meu Flame. — Eu sorri e beijei as costas da mão dele. Então beijei seu anel de casamento, o que trocamos sozinhos, apenas a lua e estrelas como nossas testemunhas. — Ele me reconheceu. Mesmo nessa névoa conturbada, ele sabia quem eu era.

— Ele chamou você de anjo, Maddie — Asher acrescentou. Observei seu rosto, e vi dúvida e desamparo. Então me ocorreu. Asher também não tinha visto Flame nesse estado. Ele foi encontrado por nós depois que Flame começou a se curar. — Ele não sabia quem você era. Ele achou que você era um anjo.

— Então é isso que serei para Flame; esposa, alma gêmea, anjo. Não importa em que termos Flame se refira a mim. Ele sempre será aquele a quem minha alma reconhece. Ele sempre será aquele em quem meu coração confiará, quando sou eu quem precisa ser salva. É isso que os anjos fazem, Asher. Eles guiam e salvam. Se ele precisa que eu seja o anjo dele agora, então é quem serei.

— Vamos levá-lo para casa — AK disse. Ele e Tank ergueram Flame do chão, carregando-o entre eles. Bull ajudou Asher.

— Eu *perguntei*: para quem você trabalha, porra? — Smiler estava gritando com o homem que haviam capturado. Pelo que eu sabia, ele era o único que restava vivo. Smiler ainda o segurava no chão com o pé. O homem riu em resposta, depois puxou uma arma por baixo dele. Colocando a arma contra a cabeça, puxou o gatilho, ficando instantaneamente flácido sob o pé de Smiler, que se afastou e chutou o corpo. — PORRA!

— Tanner? — Tanner correu pela clareira até Beau, que estava agachado ao lado da garota morta da gaiola. — Olha — Beau apontou. Quando passamos, vi uma cicatriz, *não*, uma marca queimada na nuca dela. — Você reconhece isso? — Beau perguntou a Tanner.

— O que é isso? — Ky perguntou, Styx se movendo ao lado dele. Tanner olhou para Beau, depois para Styx e Ky.

— Nosso pai tinha um anel com esse símbolo.

— Que porra é essa? A merda da Klan de novo? — Ky estalou.

Tanner e Beau balançaram a cabeça.

— Não a Klan. Ele nunca nos disse o que significava ou onde conseguiu. Não nos falou merda alguma sobre muita coisa.

— *Então, se não é a porra da Klan, quem diabos é responsável por isso?* — Styx sinalizou e Ky falou.

— Não faço ideia — Tanner encolheu os ombros e tirou uma foto com o celular. — Mas vou descobrir.

Afastando meu olhar dos cadáveres e dos homens que machucaram minha família, segui AK e Tank até a van. Eles colocaram Flame em uma fileira de bancos e eu me sentei ao lado dele. Apoiando sua cabeça no meu joelho, acariciei seu cabelo, agradecida por ele ter um pouco de paz temporária. Asher sentou-se atrás de mim, e eu estendi a mão e segurei a dele. Eu esperava que se afastasse, mas em vez disso, ele a segurou com força. De fato, Asher não a soltou até que estivéssemos em casa.

AK e Viking carregaram Flame para dentro e o deitaram em nossa cama. Rider fez um trabalho rápido em dar pontos e cuidar de suas feridas enquanto estava sedado.

— Vai demorar um pouco até que ele acorde — Rider declarou. — Isso é bom. Quanto mais ele dormir, mais sua cabeça pode curar. — Rider estava em conflito, eu podia ler no rosto dele. Bella pegou sua mão, levando-o na direção da porta. — Quando ele acordar, me ligue — pediu. — Se Flame não a reconhecer, saia da cabana. Okay? Fique segura.

— Okay — concordei. Mas eu menti, pois não o deixaria.

Rider e Bella foram embora. Asher pairava na porta, como se quisesse estar em qualquer lugar, menos aqui, com seu irmão, neste momento. Tristeza tomou conta do meu coração. AK colocou as mãos no seu ombro.

— Vamos, garoto. Você vai para minha casa. Rider também cuidará de você.

Asher fez como lhe foi dito. Eu acreditava que, neste momento, ele precisava de alguém que tomasse a liderança em relação aos seus cuidados. Ele lançou um longo olhar final para Flame, antes de sair da cabana, cabisbaixo e com os ombros caídos.

— Estamos logo ao lado. Não vamos a lugar algum até que ele esteja melhor e volte para nós, okay? — AK disse.

Assenti. Quando a cabana estava vazia, tranquei a porta e me deitei ao lado de Flame. Alcançando sua mão, eu a segurei com firmeza. Sua respiração

SEGREDOS SOMBRIOS

era estável, o semblante já não estava marcado pela preocupação ou pelas chamas que ele sentia em seu sangue.

— Nós superaremos isso, Flame. Já fizemos isso antes, podemos fazer isso de novo.

Segurando a mão dele, eu a posicionei sobre meu ventre, deixando as lágrimas escorrerem dos meus olhos. Ele não havia colocado a mão em momento algum no lugar onde nosso bebê crescia. A visão da mão de Flame sobre o nosso bebê me fez sentir mais feliz do que nunca. Nosso bebê estava perfeitamente seguro, como se estivesse sempre destinado a estar ali, como se sempre quiséssemos ter esse filho. E eu deixei a mão dele lá. Deixei o calor de Flame fluir através das minhas roupas e da minha pele. Quando meus olhos começaram a se fechar, senti nosso bebê se mexer. E eu me permiti sorrir através da dor incapacitante e do medo que assumiram o controle. Mas esse sentimento de nosso bebê reconhecendo seu pai me encheu de determinação para ajudar Flame a combater isso. Triunfaríamos de uma vez por todas. Ele enfrentaria os demônios de seu passado e, finalmente, os exorcizaria e encontraria a paz.

Tínhamos uma nova vida nos esperando. Tínhamos uma filha ou filho que precisava de nós. Precisava que amássemos e protegêssemos, ela ou ele, de uma maneira que nem Flame e nem eu fomos protegidos. Acariciando a bochecha de Flame, sussurrei:

— Descanse, Flame. Descanse. E então lute por nós. — Beijei seus lábios suavemente, uma promessa de que ele iria prevalecer. E adormeci. Com a mão de Flame protegendo nosso bebê, adormeci. Ciente de que ele nunca faria mal ao nosso bebê.

Só precisávamos que Flame acreditasse que era verdade. E ele acreditaria. Eu não falharia com ele.

Ele era meu Flame. E eu ficaria ao seu lado durante tudo isso. Eu seguraria sua mão e o guiaria através do fogo do inferno.

CAPÍTULO NOVE

LIL 'ASH

— Pronto — Rider disse, confiante, e se afastou da minha cama.

Ele tratou adequadamente as feridas que só conseguira cobrir na floresta. Ele se ocupou em guardar toda sua merda médica de volta na maleta. Olhei para o meu corpo; havia gazes novas e malditas ataduras por toda parte. Não havia uma parte da minha pele que não estivesse marcada de alguma maneira. Feridas de faca, picadas de cobra. Rider me deu algumas vacinas para o veneno, tétano, e então começou a me costurar novamente. Ele já esteve com Flame e fez o mesmo por ele.

Só de pensar no meu irmão parecia que fui atingido por um pé de cabra na cabeça. Eu já sabia que ele estava fodido. Eu sabia que ele não estava lidando muito bem com Maddie e o bebê.

E eu tinha arrasado com ele, porra. Eu sabia. Ele não disse isso, é claro. Porra, sua expressão mal se alterou desde que o ofendi daquela forma, chamando-o de pai. Eu tinha visto sua bochecha tremer e seus músculos tensionarem. E, na porra do momento, não tinha sido suficiente. Eu queria que ele me batesse, me machucasse, me mostrasse que ele pelo menos me enxergava. Eu sabia que ele não podia expressar merdas assim. Mas naquele momento, eu o odiei. Eu odiei que ele fosse diferente, que algo dentro dele o fazia diferente dos outros irmãos. Eu queria poder falar com ele, queria que Flame falasse comigo normalmente.

Eu era um filho da puta. Eu me odiava pelo que disse a ele; que seria um péssimo pai. Então eu o persegui quando ele se mandou da cabana, e peguei a estrada ao seu lado, mostrando que nunca quis dizer nada do que disse, que eu o amava como ele era. *Flame é meu irmão*. Eu não precisava que ele fosse como todo mundo. Ele me salvou, me deu uma casa e uma família. Não importava que ele fosse diferente, que não conversássemos muito ou tomássemos uma cerveja no bar enquanto conversávamos amenidades.

Sorri ao andar em direção aos filhos da puta que estávamos rastreando. Os irmãos Cade juntos na estrada, matando os malditos que machucaram Maddie. Isto é, até que um dos idiotas acenou com uma cobra para ele. Uma maldita cobra deixou Flame de joelhos. Meu irmão, meu irmão que não tinha medo de nada, o assassino mais brutal e cruel que já existiu, se desfez diante dos meus olhos.

Isaiah. Ele me chamou de Isaiah. O irmão que ele perdeu. Ele chamou os idiotas que nos torturaram de pai e pastor Hughes. E ele se perdeu. Flame caiu de joelhos e se perdeu.

— Ash? — Ele olhou nos meus olhos e me chamou de *Isaiah*. Não Ash, o irmão que ele tinha. Mas Isaiah, o irmão que ele havia perdido. — ASH? — Afastei a porra da lembrança. — Você está bem? — Rider perguntou e direcionou uma luz nos meus olhos. Empurrei a lanterninha e saí da cama. — Ash, você precisa descansar.

— Eu não vou descansar — rosnei e tentei vestir uma camiseta. Assobiei quando os pontos repuxaram minha pele de maneira dolorosa.

— Ash, esqueça a camisa e deite na maldita cama — Rider ordenou.

Vesti uma jaqueta de couro e peguei um maço de cigarros do bolso, colocando um na boca.

— Estou saindo — falei e tentei sair do quarto.

— Ash, você precisa descansar. Não saia para beber. Seu corpo tem que se curar. O álcool vai ferrar com os remédios que eu lhe dei. — Rider tentou me dar um sermão quando eu o empurrei, indo em direção à porta.

Eu não me importava com a cura. Eu não ligava para descansar. Eu queria encher a cara com uísque e eliminar o som da voz de Flame da minha mente. A voz que saiu de sua boca quando ele estava conversando com nosso pai e o pastor. A voz infantil acompanhada pelo olhar assustado em seu rosto.

Eu funguei, sentindo a garganta começar a queimar com a porra da lembrança de Flame daquele jeito. Mas não consegui tirar o rosto dele da minha mente. Eu não conseguia tirar as malditas lágrimas, que haviam deslizado através do sangue em suas bochechas, da minha mente.

Flame chorou.

Empurrei a porta e segui noite adentro. AK tinha ido buscar Phebe e Saffie na casa de Mae. Eu não ia ficar para vê-las. Meu peito queimava só de pensar em Saffie, então rapidamente acendi o cigarro e respirei fundo. A nicotina ajudou um pouco, mas não o suficiente. A noite estava silenciosa. Eu não conseguia nem ouvir a voz de Viking, que era uma constante em torno dessas cabanas.

Eu não queria silêncio, não queria pensar em estar amarrado à árvore e depois ser fatiado por facas e mordido por malditas cobras. E eu, com certeza, não queria pensar em Flame.

Flame, meu irmão, a quem eu traí com minhas palavras. Flame, que poderia nunca voltar, de onde quer que sua mente o tenha levado.

Olhei para nossa cabana e procurei algum sinal de movimento. Nada. Eu nem percebi que estava andando para frente até parar perto da janela do quarto de Flame e Maddie. Respirei fundo, tentando muito me convencer de que ele ficaria bem. *"Ele é bom. Isaiah é bom…"* A maneira como Flame olhou para mim achando que eu era seu outro irmão… ele nunca tinha me olhado dessa maneira. Ele nunca mantinha contato visual, mas o fez quando pensou que eu era Isaiah. Não Ash, não o irmão que tinham empurrado para ele quando me encontrou no porão. Não o irmão que se parecia com ele. Que só queria ser como ele. *Isaiah*. Ele não me queria. Ele queria o irmão que havia morrido.

Soltei a fumaça no ar da noite e me odiei quando olhei pela janela. Eu gostaria de não ter feito isso. Eu gostaria de ter voltado para o bar, como pretendia. Meu peito já estava partido em dois, doendo tanto que eu mal conseguia respirar. Mas ver Maddie na cama, segurando a mão do meu irmão sobre sua barriga… chorando. Maddie, a mulher mais forte que eu conhecia; ela também estava perdida.

Movi meus pés, conseguindo dar um passo antes de pressionar a cabeça contra a madeira da cabana. Toda a energia do meu corpo foi drenada. Meus pés cederam e eu caí de joelhos. Ignorei os gritos da minha pele com uma miscelânea de pontos e mordidas de cobra. Eu não aguentava. Eu não conseguia me levantar e ir até a porra do bar. Eu não tinha mais nada. Eu estava me afogando com toda a merda na minha cabeça: Flame se perdendo, Flame deslizando na escuridão de onde eu duvidava que pudesse voltar, minhas

SEGREDOS SOMBRIOS

palavras para ele que arruinaram qualquer amor que ele pudesse ter sentido por mim, Maddie chorando na cama, o bebê dele na barriga dela, e a chance de ele nunca mais ser o Flame que todos conhecíamos e amávamos.

Eu não consegui segurar. Nada poderia ter contido as lágrimas escorrendo pelo meu rosto, nem mesmo o próprio Deus conseguiria impedir os soluços que rasgaram como demônios minha garganta. Esmurrei o chão. Meu cigarro aceso foi esmagado debaixo da palma da minha mão. E então, como uma represa estourando, cada coisa fodida na minha vida de merda avivou, merda que ninguém sabia.

Porra, eu não tinha confessado a uma única pessoa viva, meu pai me chicoteando com seu cinto, me forçando de joelhos, empurrando seu pau mole na minha boca, batendo na minha cabeça quando não conseguia ficar duro.

Balancei a cabeça, mas as memórias se tornaram um maremoto, nada as deteria – o porão, meu pai tentando se empurrar dentro de mim e quando não podia, me atacando de outras maneiras degradantes.

Minha garganta estava apertada com lágrimas e respirações pesadas.

— *Não!* — sibilei quando vi uma corda pendurada em uma árvore. Bati a cabeça contra a madeira. — Não! — implorei na noite. — Não me mostre *ela*.

Talvez Flame estivesse certo, talvez eu tivesse demônios no meu sangue, talvez eu compartilhasse suas chamas. Porque, apesar de implorar a Deus ou a alguém que me ouvisse, eu a vi. Eu me senti andando para a árvore, com minha mãe balançando com a corda em volta do pescoço. Ela se foi. A maldita se fora. Incapaz de aguentar as merdas do meu pai. Encontrar a morte por sua própria mão era preferível a passar mais um dia com ele. Foi o que o filho da puta fez. Ele destruiu suas esposas de todas as maneiras, até que não podiam mais lidar com a vida, nem puderam ficar pelo bem de seus filhos. Cerrei os dentes, tentando reprimir as lágrimas incontroláveis e os soluços que saíam da minha boca. Mas era demais. Toda essa merda era demais!

Estendi a mão para o lado da cabana, tentando me levantar. Mas então vi Slash. Ele estava entre as árvores, assistindo, sempre me observando. Assisti enquanto Diego se movia atrás dele, Slash caindo no chão enquanto Diego atirava e ele levava uma bala por mim. Os olhos dele congelaram com a morte. Então vi Flame amarrado à árvore, tão louco que nem reconheceu sua própria esposa. E Maddie, agora mesmo, chorando ao lado de Flame, que poderia nunca voltar para ela e seu filho ainda não nascido.

Eu não podia fazer isso. Não tinha mais nada dentro de mim para dar. Toda a maldita luz foi embora, deixando apenas um buraco negro que destruía qualquer alegria ou felicidade que eu pudesse ter provado. Aparentemente, felicidade não era uma coisa para mim. Em nenhuma parte da minha vida a alegria e a felicidade poderiam permanecer sem serem varridas pela escuridão e pela dor.

De repente, luzes inundaram a clareira onde ficavam as cabanas. Ouvi o motor de uma caminhonete desligar e o som característico das vozes de AK e Phebe. Saffie também estava lá, andando silenciosamente atrás de sua mãe. Eu não conseguia vê-la, mas pensei em seu cabelo loiro, em seu rosto perfeito e nos olhos que viam demais toda vez que ela olhava para mim. Como se fosse a única pessoa que havia encontrado a entrada oculta na minha mente, no que restava do meu maldito coração.

Mas eu não a arrastaria comigo. Vi a cadela na gaiola em minha mente e me senti doente. Eu sabia que Saffie teve uma vida semelhante. O pensamento de alguém fazendo aquilo com ela me fez querer cortar gargantas e arrancar corações. Ela era boa. Como Flame acreditava que Isaiah era. Sapphira Deyes era pura bondade. Ela não pertencia a esse mundo fodido. Ela deveria morar com as deusas gregas sobre as quais aprendemos na escola. Porra, ela parecia com metade dos malditos murais que costumavam estar pintados em nossas paredes na sede do clube, antes do incêndio destruir quase tudo. A única parede que restava era a de Hades e sua esposa. A que Styx olhou após o incêndio por minutos intermináveis, sinalizando tudo, respirando como se estivesse em puro alívio.

— Ash? — AK chamou meu nome. Limpei o rosto e me forcei a ficar de pé. — Ash? — Parecia que sua voz vinha de dentro da cabana. Forçando meus membros entorpecidos a se moverem, corri para a floresta. Eu corri até encontrar o caminho que me levava ao celeiro que Styx e os Hangmen costumavam usar no passado para torturar nossos inimigos. Agora, era o nosso bar temporário.

Porra, eu precisava de uma bebida. Eu não dava a mínima se Styx nunca mais me quisesse como recruta, eu ainda precisava de uma maldita bebida. Parando perto de uma árvore, limpei o rosto e bloqueei toda a merda que estava tentando possuir o resto de sanidade que eu tinha. Acendendo outro cigarro, fui até o celeiro e abri a porta. A porra do lugar ficou em silêncio quando entrei.

Levantei o olhar e todos os irmãos estavam me observando. AK tinha

SEGREDOS SOMBRIOS

153

voltado para a cabana e Viking também não estava ali. Os dois não deixaram Flame. Isso significava que eu não os teria no meu pé enquanto bebia até desmaiar.

— Porra, mini Flame. Você tem alguma pele sobrando? — Rudge perguntou. Ele se aproximou de mim e me entregou sua garrafa de uísque. — Merda, amigo, acho que você precisa disso mais do que eu. — Tirei a garrafa dele e chamei a atenção de Zane por trás do bar improvisado. Fui até ele, bebendo o máximo de uísque que pude de uma só vez. Ele deu a volta no bar.

— Ash, porra — ele disse, aliviado, e passou a mão em volta do meu pescoço. Cerrei os dentes quando seu braço pressionou uma picada de cobra. — Merda. Sinto muito — murmurou e se afastou, puxando um banquinho. — Sente-se. Parece que você vai cair. — Então desabei na banqueta.

Zane sentou ao meu lado. Beau deu um tapa nas costas dele.

— Eu fico no bar. Fique com seu irmão.

— Obrigado — Zane respondeu.

Beau encontrou meu olhar, assentindo com a cabeça uma vez, antes de dar uma dose a Tanner. Beau não falava muito, mas estava se encaixando perfeitamente por aqui.

— AK me contou sobre o que aconteceu — Zane comentou. Bebi mais uísque, sentindo o calor inundar meu peito. — Flame… — Ele parou. Eu olhei para o chão de terra. — AK mencionou que eles não têm certeza de que ele vai ficar bem. — Respirei fundo; eu queria falar, mas não podia. Zane deve ter percebido isso, porque não pressionou. Em vez disso, ele mudou de assunto: — Você é meu irmão, Ash. Você sabe disso, certo? — Essa porra de aperto estava de volta na minha garganta, incluindo a ardência nos meus olhos. Os goles de uísque que continuei tomando apenas tornavam essa porra suportável.

— Sim — murmurei. — Você também é meu irmão.

Zane assentiu e apoiou os cotovelos na mesa à nossa frente. Ele passou as mãos pelo cabelo escuro.

— Não temos pais — ele começou. Eu fiz o máximo para não imaginar o corpo enforcado da minha mãe em minha mente… de novo. — Você tem Flame e eu tenho AK. Mas eles têm suas próprias famílias. Eles têm suas próprias merdas para lidar. Você é meu melhor amigo, Ash. Você e Slash. Os primeiros amigos de verdade que já tive. A única coisa perto de irmãos que já tive. — Zane me olhou bem nos olhos. — Agora só somos

154   **TILLIE COLE**

você e eu. — Zane olhou para a minha barriga, que estava cheia de feridas. — Você não está morto. — Olhou para a porta, encarando o nada. — Eu não vou perder você também. Okay?

Enchi a boca de uísque e depois dei para Zane. Ele exalou aliviado, sabendo que era minha promessa silenciosa a ele de que eu não estava indo a lugar algum. Ele me devolveu a garrafa.

— Você vai ficar com a gente? Com AK e Phebe?

— Parece que sim — respondi e cutuquei o rótulo da garrafa. Pensei em Flame na cama, Maddie esperando ele acordar... então todos saberíamos se ele havia ido para o Mundo da Loucura de uma vez por todas. — Ele se perdeu — sussurrei, sem desviar o olhar da garrafa, mantendo a voz baixa o suficiente para que ninguém mais ouvisse. — Ele se desfez, Zane. Caiu no chão, pensando que estava preso com seu irmão morto e nosso pai. — Balancei a cabeça. — Eu vi os olhos dele. Vi que Flame estava desaparecendo e quem diabos ele se transformou estava assumindo.

Levou alguns minutos para Zane falar:

— Ouvi falar da última vez... Sobre quando Maddie conseguiu salvá-lo quando ele se perdeu.

Eu também ouvi. Nunca tinha visto Flame assim antes. Eles me encontraram quando ele estava melhor. Eu tinha ouvido rumores sobre isso. Claro, Flame nunca falou sobre o assunto e eu nunca perguntei a Maddie. Achei que era passado. Eu não poderia estar mais errado.

— Ele pediu a AK para matá-lo. Sua cabeça ficou tão ruim que ele pediu ao tio AK para matá-lo. E ele faria isso, saca? AK prometeu a Flame anos atrás que, se algum dia ele se perdesse completamente em sua própria mente... — Zane parou. Eu sabia o porquê. *Este* poderia ser o momento. *Este* poderia ser o momento em que Flame havia ido a um lugar de onde não podia voltar.

Este poderia ser o momento em que eu perderia o meu irmão.

Quanto mais eu bebia, mais o bar começava a girar. Zane também pegou uma garrafa. Entreguei a ele um cigarro e peguei outra garrafa de uísque para mim.

— Saff está tendo ataques de pânico — Zane confessou cerca de uma hora depois. Cada parte minha congelou.

— Por quê?

— Por causa da escola — ele respondeu. Eu devo ter franzido a testa. Depois daquele primeiro dia, ela mal esteve lá; continuou dizendo que

SEGREDOS SOMBRIOS

estava doente, chamando AK para buscá-la depois de apenas alguns períodos. Ela se escondia na arquibancada, faltando às aulas. Zane a encontrou encolhida no chão, chorando. Merda. Ela estava lá menos do que eu e isso queria dizer algo. — Ela ainda não está pronta — explicou. — Estar lá fora, longe de casa... está fodendo com ela. Eu a ouço algumas vezes. Eu a ouço chorar no meio da noite. Ela grita, não consegue respirar. Phebe tem que acalmá-la. Ela tem que contê-la. — Zane bebeu mais uísque. Eu sabia que ele falava com Saffie na cabana deles; eram como irmãos. Eu sabia que ele era protetor para com ela.

— Então por que diabos ela ainda está matriculada na escola? — perguntei. Eu não tinha estado lá por ela como prometi. Eu não estava lá para protegê-la. Eu ia desistir. Eu nunca voltaria para lá.

Zane manteve a cabeça baixa, até que olhou para mim e encontrou meu olhar. Senti meu estômago revirar. Eu sabia, é claro. Ou imaginei que fosse por minha causa. Zane não precisava dizer nada sobre isso. Ele sabia que, no fundo, a culpa era minha.

— Ela não confia em ninguém, não chega perto de ninguém. Não fala com quase ninguém...

Exceto... comigo.

Meu coração disparou. Tive que afastar a imagem dela em pânico da minha mente, dela sendo contida por Phebe para sua própria segurança. Eu simplesmente não podia ver essa merda agora. Não podia lidar com nada disso. Por que todo mundo estava tão ferrado? Por que tudo deu errado?

Pigarreando, eu disse:

— Bem, ela não precisa mais se preocupar com isso. Eu não vou voltar. — Senti os olhos de Zane me observando. Eu me virei para ele. — Vou aprender com Tank, na oficina. Ele já concordou. — Eu estava tão cansado da escola. Qual era o sentido de ir? Cercado por um monte de idiotas ricos, que não sabiam nada sobre como era viver uma vida difícil. Um bando de vadias, que nos julgavam por pertencer a Hades. Todos eles podiam ir para o inferno. Eu nem tinha créditos suficientes para me formar nesse momento e não ia repetir o ano. Sem chance. — Ela ficará melhor em casa. Diga a ela que não precisa voltar. Estou fora. — Antes que Zane dissesse alguma coisa, levantei e saí pelos fundos do celeiro para mijar.

— Mini Flame! — Rudge surgiu de trás de uma árvore. Enquanto ele andava na minha direção, vi uma puta do clube puxando seu vestido atrás dele. Ela passou por ele, que a ignorou. — Acabou de chupar meu pau.

Existe algo melhor na vida do que isso? Bem, além da porra da boceta, obviamente. Ou talvez foder uma bunda macia enquanto a cadela grita, enlouquecida.

Rudge procurou um tronco de árvore próximo e se curvou. Alcançando seu *cut*, ele pegou um pacote e derramou um pouco de pó branco sobre o tronco. Dividiu-o em linhas com uma lâmina de barbear e cheirou a coca com papel enrolado que por acaso tinha no bolso.

— Uau! *Snow* maravilhosa! Minha melhor amiga! — Ele fungou, esfregando a narina com a mão e vi seus olhos iluminarem quando a droga começou a fazer efeito. Ele me entregou o papel enrolado. — Quer um pouco?

Eu queria tirar essa merda da cabeça. Eu queria que as pessoas que matei parassem de me assombrar. Queria que Slash parasse de me assombrar, me culpando por sua morte. Eu queria que Flame ficasse bem. Queria que Saffie melhorasse, porque estava tentando fazer o bem por mim. Ela não precisa se preocupar. Eu estava condenado, sem redenção.

— Sim — respondi e peguei o papel enrolado da mão dele. Rudge dividiu a coca em linhas para mim e eu aspirei. No momento que me atingiu... a dormência se espalhou como fogo por todo o meu corpo. Toda a minha dor e a agonia que atormentavam minha mente desapareceram. *Finalmente*, senti que estava livre. Fechei os olhos e não senti nada. Nada. Eu nunca me senti tão bem em toda a minha vida.

— Porra de *snow* boa, hein, amigo? — Rudge disse, sorrindo abertamente. Eu abri os olhos. — Aqui. — Ele me entregou o pacote. — Pegue. — Também me deu a lâmina e o papel enrolado. — Eu tenho mais de onde veio isso. — Acenou com a cabeça para o pacote. — Se precisar de mais, eu pego para você. É cocaína das melhores, meu amigo. Meu revendedor é o melhor.

— Valeu — agradeci, e apenas respirei o ar fresco pra caralho. Meus pulmões nunca tinham respirado tão bem. Sem dor. Sem garganta apertada. Apenas o maldito ar.

— Então, mini Flame, qual é a sua preferência? — Rudge perguntou. Eu fiz uma careta confusa; do que diabos ele estava falando? — Você gosta de enfiar o pau na boceta ou na bunda de uma puta de clube? — Dei de ombros, ocupado demais em desfrutar da capacidade de respirar direito, para não pensar em nada, além dessa doce sensação correndo pelo meu sangue. De repente, Rudge apareceu na minha frente e gritou: — Nem. A.

SEGREDOS SOMBRIOS

Pau! — Ele agarrou meus braços. — Cara, por favor me diga que você não é virgem, que seu pau foi pelo menos chupado ou masturbado, que você gozou na boca de uma puta? — Meu silêncio lhe disse tudo. Rudge deu um tapinha em minhas bochechas com as palmas das mãos. — Então se recomponha, mini Flame. Esta noite você vai perder seu cabaço. Vou encontrar a puta mais sacana para montar no seu pau até você gozar no paraíso.

Rudge agarrou minha nuca e me empurrou para o celeiro.

— Irmãos, vocês sabiam que temos a porra de um virgem em nosso meio?!

— Rudge, fale baixo, porra! — Tank gritou e balançou a cabeça.

— Vá se foder, idiota. Vou conseguir para o nosso Lil' Ash uma boceta apertada para comer. — Eu ri, o som soando estranho nos meus ouvidos. Mas foi bom. Era bom rir. — Você, de vestido vermelho, vem aqui.

Uma cadela com um longo cabelo loiro apareceu sob o comando de Rudge. Eu congelei quando ela passou a mão no meu peito, meu pau endurecendo a cada segundo. Ela tinha cabelo loiro. Se eu forçasse meus olhos o suficiente, ela se parecia com...

— Saff — murmurei. Minha voz soou estranha quando saiu da minha boca. — Essa é Saffie?

— Laura — a puta disse no meu ouvido. Ela mordeu o lóbulo da minha orelha. — Mas posso ser qualquer pessoa que você queira que eu seja, gatinho.

— Serviço completo, querida — Rudge ordenou. — E use camisinha. Não sei o que você anda colocando nessa boceta rançosa.

Ela segurou a minha mão e me guiou para a porta. A sensação era boa. Eu gostei de ter alguém segurando minha mão.

Zane pulou no meu caminho.

— Ash. — Ele olhou para a puta, depois de volta para mim. — Você não precisa fazer isso. Pense bem. — Zane se aproximou de mim, ignorando a mulher passando as mãos pelo cabelo dele. — Você não a quer. Você quer outra pessoa e nós dois sabemos disso. Não estrague tudo. Não por uma boceta qualquer do clube. Se você fizer isso, não há mais volta. Isso acabará com ela. Você sabe de quem estou falando.

O rosto de Saffie surgiu na minha mente. Zane olhou para mim, tentando me fazer mudar de ideia. Meu estômago começou a parecer estranho quando pensei em Saffie. Mas eu não era bom para ela. Eu estragava tudo. Eu não a arruinaria também.

Empurrando Zane, a vagabunda me levou para a floresta. Eu tropecei na grama, o uísque correndo espesso no meu sangue. Olhei para a mão dela.

Tudo estava embaçado. Vi um cabelo loiro comprido… Saffie? Essa era Saffie? Não. Foi por isso que Zane tentou me impedir. Mas Saffie era boa demais para mim. Esta era uma puta do clube. Eu merecia uma puta do clube.

A vadia empurrou meu peito e minhas costas se chocaram contra uma árvore. Sua mão abriu meu zíper e ela caiu de joelhos.

— Caramba, gatinho. Você é grande.

Meus olhos reviraram quando sua boca rapidamente envolveu meu pau. Minha mão empunhou seu cabelo. Eu olhei para baixo. Cabelo loiro. Longos cabelos loiros. Saffie. Saffie… Minha mente ficou turva, mas tudo que senti foi Saffie ao redor do meu pau. Gemi, minhas bolas estavam doendo. Mas ela se afastou antes que eu pudesse gozar.

Meus joelhos cederam e minha bunda bateu no chão. Saffie apenas subiu em mim.

— Prepare-se, gatinho. Você está prestes a ter a melhor cavalgada da sua vida.

— Cale a boca — cuspi. Ela não parecia Saffie quando falava. Eu não gostei da voz dela. Quando ela estava quieta, com aquele cabelo loiro, ela era Saffie. Então ela afundou no meu pau e minha cabeça inclinou para trás. — Porra! — assobiei quando ela começou a subir e descer. Minhas bolas apertaram quando a puta raspou as unhas ao longo do meu peito. Deveria ter doído por causa dos pontos, mas não senti nada, nada além da boceta de Saffie sufocando meu pau. Minhas bolas apertaram e senti o calor subir pelas coxas. Saffie começou a gemer em cima de mim, seus peitões saindo do vestido. Agarrei-os, espalmando-os com vontade.

— Sim! — ela gemeu. Minha mão cobriu sua boca; não gostei quando ela gritou. Ela não parecia minha Saffie quando fazia algum tipo de som. Sua língua lambeu a palma da minha mão e ela me montou mais rápido, mais forte, até que sua cabeça se inclinou para trás e sua boceta começou a apertar em volta do meu pau. O calor das minhas coxas se acumulou nas minhas bolas. Eu estava gozando.

— Porra! Saff! — gemi, fechando os olhos enquanto enchia a camisinha. Estoquei dentro dela cada vez mais forte até que eu estava drenado.

— Caramba, gatinho. Tem certeza de que foi a sua primeira vez?

Meus olhos se abriram e uma puta estava olhando para mim. Eu a empurrei de cima de mim e me levantei.

— Saia de cima de mim.

— Se acalme, gatinho. — Eu me afastei, puxando a calça jeans. Virando,

SEGREDOS SOMBRIOS

tropecei pela floresta. O sangue corria por minhas veias, mas a coca parecia o paraíso nos meus ossos.

Continuei andando e andando até ver a clareira onde ficavam as cabanas. Eu me movi através da linha das árvores e depois parei. Saffie estava sentada no quintal da cabana de AK. Ela estava sozinha, em um banco, olhando para o céu. Minha maldita respiração foi sugada enquanto eu a observava. Eu apenas a observei, trajando um vestido rosa, com o cabelo solto. Ela parecia um anjo.

Quando Flame não reconheceu Maddie, ele achou que ela era um anjo. Saffie era o meu anjo; ela era perfeita. Meu peito apertou; a coca agora incapaz de cobrir a fenda que estava se abrindo no meu esterno novamente. Ela era tudo o que existia de bom... e nunca seria minha. Eu estava ferrado. Eu matei pessoas. Eu não era nada. Ela era tudo. Saffie merecia alguém melhor, ela merecia o mundo. Senti um buraco em minha alma com o pensamento de mais alguém tocando um fio de cabelo sequer.

Saffie virou a cabeça na minha direção quando um rosnado amargo saiu da minha garganta. E quando ela me viu, quando reconheceu que era eu, aquele maldito fantasma de sorriso que me matava cintilou em seus lábios.

— Asher — ela sussurrou. Mesmo no meio das árvores, ouvi sua voz suave.

Avancei, meus pés sempre a encontravam, sempre eram atraídos por ela, eu tinha certeza disso. Quando saí da sombra das árvores, o rosto de Saffie ficou sério. Seus olhos começaram a marejar quando viu meu peito. Ela levantou a mão para cobrir a boca. Eu parei na sua frente; meu coração se acalmou e a rachadura no meu peito desapareceu. Saffie abaixou a mão.

— Você está ferido. — Não era uma pergunta. Ela piscou, os longos cílios me hipnotizando enquanto tocavam em sua bochecha.

— Estou bem — murmurei.

Saffie encontrou meu olhar e eu me virei. Não queria que ela me decifrasse. Não queria que ela visse nada em mim.

— Asher, eu...

— Caramba, gatinho. Aí está você! Não me atrevi a voltar para o bar até verificar se você não tinha morrido na floresta. Rudge colocaria uma bala no meu cérebro se algo acontecesse com você. — Meu sangue se transformou em gelo quando ouvi a voz da puta atrás de mim. Meu olhar nunca se desviou de Saffie. Vi quando seus olhos se arregalaram, olhando por cima do meu ombro. Uma mão passou pelo meu cabelo. — Quando

160   TILLIE COLE

você quiser outra trepada, venha até mim. — A puta passou por mim e Saffie. Ela riu e ofereceu alguns conselhos a Saffie. — Vai fundo, docinho, ele é bem dotado como um cavalo. Encheu bem a minha boceta. — E desapareceu de volta na floresta, deixando um rastro de destruição para trás.

Saffie não olhou mais para mim. Ela olhou para a floresta, seu corpo imóvel. Abri a boca para falar, quando Saffie finalmente ergueu o olhar para o meu. E a visão me destruiu. Lágrimas brilhavam em seus olhos, seus lábios se entreabriam, e ela ofegou. Recuou um passo, o sangue drenando de seu rosto. E o olhar que sempre foi capaz de me ler, me observou como se eu fosse um maldito estranho. Um cutelo não teria feito um trabalho tão bom para abrir meu coração quanto a expressão traída de Saffie agora. Suas mãos tremiam tanto ao lado que ela teve que fechá-las em punhos apenas para conseguir controlá-las. Então ela se virou e correu para a cabana.

A dor que a coca havia mascarado retornou com a força de um caminhão. O rosto dela. A porra do rosto dela. As lágrimas, as mãos trêmulas. Olhei para a cabana de AK, depois para a de Flame. Também não podia entrar. Forçando meus pés a se moverem, corri para a cabana de Viking e bati na porta.

Ele a abriu, colocando uma camiseta.

— O quê? É o Flame?

— Posso dormir aqui esta noite? — perguntei. Esperei por suas malditas piadas, mas as sobrancelhas de Viking franziram. Ele abriu a porta e eu corri para dentro.

— Ash...

— Preciso de um banho — falei, passando as mãos pelo cabelo e rosto.

— Por ali. — Apontou para o banheiro.

Entrei no banheiro e fechei a porta com força. Liguei o chuveiro no "quente" e deixei o vapor encher o ambiente. Eu não conseguia ficar parado. O rosto de Saffie assombrava minha mente. Soquei minha cabeça, mas ainda vi os olhos dela, a traição quando a puta colocou a mão no meu cabelo, depois falou de sua boca imunda para um anjo. Tirei as roupas e me enfiei embaixo do chuveiro.

Pegando a bucha, comecei a esfregar a pele, limpando o toque da puta. Eu não tinha transado antes, nem tinha sido beijado. A última pessoa a me tocar foi meu pai. Tentei tirar todas as lembranças da minha cabeça. Deveria ter sido Saffie. Eu queria que fosse Saffie. Mas sabia que a destruiria,

SEGREDOS SOMBRIOS

como destruí todo o resto. Eu estava ferrado. O sangue escorreu pelo ralo. Olhei para baixo e vi que tinha aberto as feridas no meu corpo, ataduras se acumulando no piso de azulejos. Porém continuei esfregando. Flame achava que eu tinha chamas no meu sangue, como ele. Demônios. Talvez eu tivesse. Elas estavam me atormentando também.

"Curve-se, Asher..." a voz do meu pai sussurrou no meu ouvido. Eu me virei e bati com as costas na parede do chuveiro, tentando me afastar dele. Ninguém sabia. Eu nunca contei a ninguém. Ninguém. Eu disse a Flame que ele não tinha me estuprado. Nosso pai nunca enfiou seu pau na minha bunda... mas ele tinha feito outras coisas... outras coisas dolorosas e fodidas. Mas essas outras... Flame não sabia. Maddie não sabia. Eu tinha guardado para mim. Todas as coisas que ele fez, eu sempre guardei para mim.

Raspei a pele, tentando tirar o toque da puta do meu corpo, as mãos venenosas do meu pai. Tentando me livrar do olhar traído e ferido de Saffie.

— Não sou bom o suficiente para você — murmurei para o chuveiro, rezando para que Saffie chegasse em sua cabana. — Nunca fui bom o suficiente. Não depois do que ele fez comigo. Depois do que todos eles fizeram... — A luta sumiu do meu corpo, mas fiquei no chão do chuveiro até esfriar.

— Ash? Tudo bem aí? — A voz de Viking rompeu a dormência que havia me tomado.

— Sim — consegui responder. Ficando de pé, saí do chuveiro e me envolvi em uma toalha. Sangue escorria do meu peito. E me vi no espelho, mas me virei com nojo. Eu não conhecia a pessoa que estava olhando no reflexo. Eu odiava esse filho da puta. Odiava tudo o que ele era.

Abri a porta, segurando minhas roupas. Viking estava esperando com os braços enormes cruzados sobre o peito, recostado no balcão da cozinha.

— Merda, Ash — ele disse e pegou o celular. — Vou ligar para o Rider.

— Não — implorei, e Viking levantou o olhar. — Eu vou cuidar disso sozinho.

Viking se aproximou. Ele olhou para mim. Ele era um gigante do caralho.

— Sabe, ele ficará bem. Madds o trará de volta. Ela fez isso antes, pode fazer isso de novo. Quando se trata de Flame, essa cadela faz milagres. — A mandíbula de Viking enrijeceu.

Senti as paredes de dormência desmoronando. Eu não queria sentir novamente. Eu precisava da dormência. Eu ansiava pela dormência. Eu não queria sentir... *nunca mais*. Eu estava doente e cansado de *sentir* a vida.

Se era difícil viver, era uma merda de tortura sentir.

— Você pode ficar com o quarto do Rudge. Se o filho da puta chegar, ele que fique no sofá.

Eu assenti. Quando me virei para me afastar, Viking agarrou meu braço e me puxou contra seu peito. Seus enormes braços me envolveram e ele beijou minha cabeça.

— Você é um sobrevivente, garoto. Os irmãos Cade são feitos de titânio ou alguma coisa do tipo. Você vai superar isso. Vocês dois vão. — Prendi a respiração para não desmoronar. Eu me afastei de Viking, sem olhar nos olhos dele, e fui para o quarto.

Fechei e tranquei a porta, largando minhas roupas no chão. Sequei as lágrimas e olhei pela janela que emoldurava a floresta à distância. E então eles vieram – os que eu tinha matado. Um por um, vieram me lembrar do que eu tinha feito. Eles sempre vinham. E então surgiu Slash, apenas olhando para mim pela janela, a bala na cabeça dele tão fresca quanto no dia em que foi colocada lá. *Agora não*. Eu não aguentaria isso agora.

Meus olhos focaram na minha jaqueta quando me lembrei do que havia dentro. Procurei no bolso e peguei o pacote de coca, a lâmina e o papel enrolado. Coloquei a *snow* na cômoda e a dividi em linhas. Aspirei a coca linha por linha até sentir a dormência viciante que ela trouxe começar a penetrar nos meus ossos. Meus ombros relaxaram e soltei um suspiro profundo. Abri os olhos e olhei pela janela. E exalei em puro alívio. Eles se foram... Slash havia desaparecido.

Cambaleando para a cama, eu me deitei e deixei o mundo real desaparecer. Quando fechei os olhos, vi Saffie em cima de mim, na floresta. Eu estava segurando sua mão e beijando sua boca macia. Sem pai, sem ecos do que ele fez e deixou outros fazerem comigo quando criança, sem puta cavalgando o meu pau, apenas Saffie e eu – ninguém mais.

Eu nunca poderia tê-la na vida real. Então isso bastaria. *Não*, isso era melhor que a vida real. A vida real era fodida e doía viver nela. Isso era melhor – dormente, sem dor, e um anjo ao meu lado. Cabelo loiro e olhos castanhos e o sorriso que ela tinha apenas para mim.

Pura perfeição.

SEGREDOS SOMBRIOS

CAPÍTULO DEZ

MADDIE

A lareira na sala emitia a única luz em nossa cabana. O brilho alaranjado, que se infiltrava no quarto, iluminava Flame que ainda dormia profundamente na cama. Fazia dois dias desde que ele voltou para mim. Dois dias desde que Rider e Bella chegaram e cuidaram de seus ferimentos. Rider tinha dado fluidos a Flame através de uma intravenosa, fornecendo-lhe sustento para torná-lo forte. Flame tinha que estar forte. Ele precisava estar pronto para lutar no momento em que abrisse os olhos.

Sozinha em nossa cabana, eu havia banhado Flame. Com uma toalha e água com sabão, tomei o cuidado de limpar o sangue restante do seu corpo. Descartei suas roupas sujas, o vesti com uma calça de dormir e deliberadamente mantive o torso machucado nu. Eu havia lavado o cabelo dele, tomando meu tempo para pentear os longos fios pretos. Tinha crescido tanto. Eu cuidei do meu marido. E a cada ação, me via rezando.

Quando saí da Ordem, Deus não tinha lugar na minha vida. Mas, vendo o rosto pacífico de Flame enquanto dormia, eu sabia que queria que o resto permanecesse pacífico. Imaginei como seria para Flame acordar e não sentir a onda de calor em seu sangue. Não ser lembrado de seu passado abusivo pelo menor e mais inocente gatilho aparente. Apoiei a mão na minha barriga. Eu realmente queria que Flame quisesse esse bebê com a mesma necessidade desesperada que eu. Eu queria que ele quisesse ser pai sem o medo de machucar nosso bebê, ou pior, o motivo pelo qual nosso bebê não sobreviveria.

Deitada aqui, em nossa cama, deixei as pontas dos meus dedos explorarem gentilmente suas feridas. Elas estavam começando a cicatrizar. Eu me certificara de mantê-las limpas. Minha testa franziu quando passei a ponta do dedo sobre a mordida de cobra em seu músculo peitoral direito. Os pontos estavam vermelhos e inflamados. Eu não queria, mas a visão me fez pensar em Flame quando jovem, com medo do mundo e de seu lugar nele. Um mundo que era confuso para ele, mas não para os outros. Um mundo em que ele queria se conectar com outras crianças, brincar e rir, mas que era um mistério para ele. Engoli de volta o nó na garganta. Passei gentilmente as costas da mão sobre sua bochecha, os pelos da barba macios ao toque. Sua barba estava agora lavada, sem sangue, e ele não sentia mais a dor de estar amarrado firmemente a uma árvore.

Às vezes, eu desejava poder ser Flame por um dia, simplesmente para entender como o mundo se revelava para ele. E para entender quão diferente era da maneira que me foi revelado. Eu gostaria de entender como as chamas em seu sangue o faziam sentir; como elas conseguiam derrubá-lo, minuto a minuto, até que seu único alívio era cortar a pele e sentir o sangue escorrer.

Mordi meu lábio quando ele começou a tremer. Recusei-me a derramar mais lágrimas. Eu tinha que ser forte por nós dois. Não podia prever o que me receberia quando Flame abrisse os olhos. Eu não tinha ideia se ele me reconheceria. Eu não tinha meios de saber se as chamas internas estariam queimando sua carne, forçando-o a lutar para se libertar delas. O que quer que acontecesse, eu estaria aqui e lutaria ao lado dele.

Flame inspirou profundamente. Fiquei tensa, mas me deixei relaxar quando ele exalou, ainda dormindo. Meu coração disparou um pouco com esse alarme falso. Segurei a mão de Flame e levei seus dedos aos meus lábios, beijando um de cada vez. Uma vez perguntei a Rider o que ele achava que poderia haver de errado com Flame; por que Flame via o mundo sob uma luz diferente. Sendo criada na Ordem, qualquer pessoa que fosse diferente ou não seguisse a linha do Profeta David desaparecia da vida cotidiana. Até hoje, eu não tinha certeza de para onde a maioria das pessoas havia sido levada. Havia mistérios na minha vida anterior que eu sabia que nunca encontraria a resposta. Mas Rider me surpreendeu, ele tinha uma resposta sobre Flame.

SEGREDOS SOMBRIOS

Rider me disse que era meramente sua observação. No entanto, quando pressionei, ele me explicou por que Flame via o mundo da maneira como via, por que certas ações dele eram amplificadas e outras não. Ele explicou por que Flame não conseguia manter contato visual com as pessoas. Rider me disse que era algo raro que Flame pudesse sustentar meu olhar. *Porque eu sou dele e ele é meu*, pensei. Nosso amor transcendia doenças e condições pré-existentes. Quando Rider concluiu sua explicação, eu estava confiante de que ele estava correto em sua avaliação.

Com o histórico de abuso de Flame, as coisas eram obviamente mais complicadas. Mas para mim, isso *era* o Flame, o verdadeiro amor da minha vida. Eu não queria que ele mudasse. Eu o adorava do jeito que ele era... com uma exceção, eu queria que ele se libertasse das amarras que o mantinham preso, das chamas, cobras, da miríade de horrores de seu passado, seu pai e sua mãe. Este episódio atual eu sabia que resultou sobretudo da lembrança de Isaiah.

Eu também sabia que se Flame não se perdoasse pela morte de seu irmãozinho, ele continuaria caindo. Ele continuaria se perdendo... e nunca estaria livre. Era hora de Flame respirar mais leve. Estava na hora de se libertar da prisão em que foi encarcerado.

Olhei para as sombras da lareira enquanto elas dançavam nas paredes do nosso quarto. Imaginei como um Flame livre se comportaria. Pensei em nosso filho, rindo e correndo pela floresta. E vi Flame também brincando, correndo atrás dele, os braços livres de novas cicatrizes, enquanto abraçava e segurava o filho contra o peito. Vi nosso filho sorrindo para o pai, puro amor em seus olhos.

Minha respiração parou quando imaginei Flame beijando nosso filho na testa enquanto falava de seu amor eterno. Que ela ou ele era a luz de sua vida. Senti uma lágrima escorrer pela bochecha. Eu rapidamente enxuguei a lágrima e afastei meu sonho. Mas eu não esqueceria. Eu não deixaria que a esperança dessa vida, desse Flame, fosse apagada da minha mente. Eu sabia que, juntos, poderíamos ajudá-lo, só precisávamos encontrar o nosso caminho. O caminho para esse objetivo estava coberto, coberto de ervas daninhas e galhos pontiagudos. No entanto, iríamos adiante, limpando cada obstáculo até conseguirmos atravessar.

Valia a pena.

Era necessário.

De repente, a mão de Flame se contraiu. Olhei para baixo. O dedo dele se moveu novamente. Afastei rapidamente minha mão da dele, quando um gemido suave escapou de sua boca. Meu coração pareceu parar de bater quando seus olhos começaram a se abrir. Ele não tinha mais a intravenosa, eu sabia que Flame entraria em pânico se acordasse com uma agulha nele. Ele visualizaria o passado quando fora internado no hospital e amarrado à cama. Eu queria que ele estivesse calmo e livre de qualquer gatilho desnecessário quando finalmente abrisse os olhos. Flame respirou fundo, os ombros em sincronia com a inspiração. Senti minhas mãos tremendo, mas não afastei a cabeça do travesseiro; fiquei exatamente onde estava. Mesmo que ele não me reconhecesse, eu sabia que não me machucaria. Não Flame. Não eu, sua Maddie. Mesmo perdido no tornado que estava em sua mente, sabia que ele detectaria a luz que eu trouxe e não me faria mal.

Flame exalou suavemente, e então lentamente abriu os olhos. Congelei, esperando a névoa clarear em sua mente e ele me ver. Seu olhar negro percorreu o quarto, se ajustando à luz fraca... então eles se fixaram em mim. Senti como se meu coração se acalmasse em antecipação. O olhar de Flame encontrou no meu. Eu não sabia o que isso significava, não sabia se estava aliviado ou em pânico sobre quem estava diante dele.

Eu o estudei com atenção, inesperadamente, vi lágrimas começarem a se formar em seus olhos. Lágrimas pesadas encheram seus belos olhos escuros, depois derramaram e escorreram por suas bochechas. Flame não se mexeu. Seu rosto não fez mais do que uma contração muscular. Sua cabeça não se levantou do travesseiro. Ele permaneceu exatamente como dormira, exceto pelas lágrimas que corriam por seu rosto pálido. Então...

— Maddie... — Sua voz profunda estava rouca quando sussurrou meu nome, como se eu fosse a resposta para suas orações.

— Flame — sussurrei de volta, meus olhos nublando com lágrimas quentes de alívio.

Flame me reconhecia. Ele sabia meu nome. Meu marido, a razão pela qual eu respirava, me reconheceu. Dentro da neblina e da escuridão que o arrastavam para baixo... ele me reconheceu. Flame me encontrou.

Os lençóis embaixo dele estavam úmidos com as lágrimas derramadas. Cheguei mais perto, apenas um pouco; apenas o suficiente para que eu pudesse sentir o calor de sua pele, sentir o cheiro que era exclusivamente dele. Não ousei falar. Eu precisava desesperadamente que Flame viesse até mim. No entanto, eu não queria que ele se sentisse pressionado. Não queria confundi-lo.

SEGREDOS SOMBRIOS

Suas lágrimas eram implacáveis. Enquanto os minutos silenciosos passavam, o alívio que eu tanto apreciava rapidamente se transformou em presságio. Meu estômago revirou cada vez mais em um redemoinho de pânico. A expressão de Flame estava vazia. Ele não fez nenhuma tentativa de se mover. Escutei sua respiração áspera; por um momento, fiquei preocupada que algo estivesse fisicamente errado com ele. Eu estava a segundos de sair da cama para ligar para Rider, quando Flame sussurrou:

— Não posso mais fazer isso...

Essas palavras e seu tom de entrega me machucaram mais do que qualquer arma física poderia fazer. Ofeguei silenciosamente com a profundidade da derrota em sua voz, uma voz que normalmente soava como uma sinfonia para meus ouvidos. Sentia falta de não ouvir a voz do meu marido, orando muitas vezes para ouvi-la novamente. Mas eu não tinha orado por essas palavras. Eu não tinha rezado pela tristeza atada em cada sílaba da voz suave.

— Flame... — eu o silenciei e depois me aproximei. Seus olhos me seguiram, implorando por alívio, implorando para que a dor atrás de seus olhos cessasse... para sempre.

— Estou cansado — ele disse, e eu sabia que ele estava. Eu também sabia que ele não estava se referindo à falta de sono. — Eu... estou cansado, Maddie. Não posso mais fazer isso. Não consigo mais respirar. Não posso mais sentir as chamas...

Não queria que ele me visse ruir. Eu sabia que deveria ter sido forte, mas era impossível. Minha expressão desmoronou, meu coração desabou e senti as paredes protetoras começarem a cair, uma a uma; os tijolos se espalhando pelo chão. Eu não consegui fazer nada para deter isso. Ver Flame tão desanimado, tão derrotado foi a pior coisa que experimentei na vida. Pensei no Irmão Moses, em todas as vezes que ele me machucou, me estuprou, abusou, bateu, todas as vezes que passei fome, a lista continuava... mas isso, ver a pessoa que eu mais amava tão desolada, tão desprovida de esperança, fazia os horrores do meu passado parecerem fáceis. Ouvir Flame me dizer em tão poucas palavras que ele não queria mais estar aqui nesta vida, que não queria mais lutar sua própria guerra interna, era o meu maior pesadelo se tornando realidade.

Sem saber como seria recebida, estendi a mão e suavemente envolvi meus dedos em torno dos dele. Quando Flame não fez nenhum movimento para afastar a mão ou me dizer que me machucaria simplesmente pelo seu toque e como ele não era bom para mim, senti uma parte minha morrer também. Flame sempre lutou para me manter a salvo de suas chamas aparentes e toque perigoso. No entanto, aqui estava ele deitado, seus olhos inchados e marejados travados em nossas mãos, sem fazer barulho ou se mover para se libertar.

Eu me aproximei até ficar a apenas um centímetro do rosto dele. Flame manteve o olhar focado em nossas mãos. Apertei suavemente; precisava que ele soubesse que eu estava aqui por ele. Através do meu pânico, lutei com o que dizer. Eu não sabia como fazê-lo acreditar que não abrigava chamas no sangue. Que ele não estava contaminado pelo diabo. Aquelas cobras o morderam porque era isso que as cobras faziam. Elas não eram agentes do diabo procurando os condenados. Flame havia passado a vida inteira fixado nas mentiras que seu pai havia cimentado em sua mente frágil.

Finalmente, Flame levantou o olhar e encontrou o meu. Ele estava perdido, muito perdido. Segurei o soluço que estava lutando para se libertar. Também senti as lágrimas nas minhas bochechas. Eu não tinha ideia se Flame reconheceria que eu estava chateada por ele, que minha alma clamava que ele encontrasse a paz.

— Por que você fica comigo? — Meus pulmões apertaram quando ele fez essa pergunta simples. Eu não tinha palavras para expressar, apenas apertei minhas mãos com mais força nas dele e as levei para minha testa. Fechei os olhos com a doce sensação do precioso toque do meu marido. Ansiando pelos dias em que seus lábios beijariam os meus, quando ele me seguraria contra seu peito... e faríamos amor, garantindo um ao outro que estávamos seguros e que havíamos encontrado redenção e consolo no abraço um do outro. — Por quê, Maddie? — resmungou. — Por que você ainda está aqui?

Quando meus olhos encontraram os dele, senti o pânico diminuir e uma crescente sensação de entendimento em meu coração. Eu conhecia esse homem, conhecia a ternura e a fragilidade do seu coração. Eu sabia que não havia outra alma na terra que pudesse me amar como ele, que não havia outra que o amaria como eu. A resposta saiu da minha boca antes mesmo de eu formular meus pensamentos à minha mente. Beijando seus dedos e prezando seu calor, sussurrei:

— Porque *encontrei aquele a quem minha alma ama.* — Minha parte favorita das escrituras saiu da minha boca tão naturalmente.

Os lábios de Flame se entreabriram e ele soltou um suspiro rápido,

SEGREDOS SOMBRIOS

suas narinas dilataram. Orei para que ele entendesse o que quis dizer e a magnitude do sentimento que eu estava tentando transmitir.

— Maddie... — ele murmurou tão suave e tranquilo que senti uma fissura ecoar através do meu coração com o som de sua voz. Ele tinha que saber que era verdade, que não havia outro para mim. Se eu não tivesse Flame, nunca mais poderia amar. Nosso amor não era típico e certamente não era fácil, mas era do fundo da alma e destinado, escrito no céu em pedra.

— Na Ordem, nossas Bíblias foram manipuladas — eu disse a ele. Flame se agarrava a cada palavra que eu dizia. — As passagens e os evangelhos foram embaralhados e direcionados. Grande parte da Palavra foi escondida de nós. Se não se adequasse aos modos ou intenções lascivas do Profeta David para o seu povo, ele simplesmente a descartava.

Fechei os olhos e me lembrei dos últimos dias. Lilah sempre me disse que havia mais na Bíblia do que fomos ensinadas. Que havia o bem e convicções. Que certas frases e escrituras falavam diretamente à alma. Eu ainda não tinha lido nada. Até perceber que o pai do meu marido espelhava o Profeta David em seu tratamento ao rebanho. O pai de Flame havia dito ao filho que ele era mau. Usou a Bíblia e as cobras e sua fé distorcida para enganar seu filho vulnerável a nunca duvidar de sua palavra.

Beijei a mão de Flame. Pela primeira vez desde que ele acordou, vi um lampejo de esperança se agitar em seu olhar sombrio.

— O que acabei de dizer está na Bíblia, amor — eu disse e beijei sua aliança de casamento. — Há coisas boas na Bíblia também. Assim como há algo bom dentro de você. Você não é mau. Você não está condenado ao inferno. Você é meu coração. Você é a razão pela qual respiro. — Coloquei a mão sobre minha barriga crescente. Vi o pânico rapidamente se manifestar na expressão de Flame, sobrancelhas franzidas e respiração acelerada e errática. — Nosso bebê é *bom*, Flame. Nosso passado individual pode não ter sido, mas nosso futuro será. — Sorri, acreditando em cada palavra que estava dizendo. — E o do nosso filho também.

Os olhos de Flame se fecharam. Sua cabeça começou a se agitar.

— Vi Isaiah na floresta, Maddie. Eu estava com meu pai e o pastor Hughes. Eles colocaram cobras em mim. — Flame sufocou um soluço. — Você viu eles, Maddie? Eles nos machucaram. Eu achei que Isaiah era bom, mas as cobras também o morderam.

Segurei sua bochecha.

— Flame, Isaiah se foi. Não era ele amarrado à árvore ao seu lado.

Os homens que o amarraram... eles não eram seu pai ou o pastor Hughes; eles também estão mortos. — Passei os dedos pelo seu cabelo preto. Estava macio depois que o lavei; os fios mais longos caindo sobre sua testa. Isso o fazia parecer tão jovem. Ele estudou meu rosto enquanto eu o tocava. Vi apenas confusão em sua expressão. Flame ainda estava perdido. Ele estava tão, tão perdido. Flame se apegou com muita força ao seu passado. Mesmo agora, anos depois, ele achava muito difícil se livrar das pessoas que o moldaram, as pessoas que lhe fizeram uma lavagem cerebral para acreditar que ele não era nada.

Deixei minha mão deslizar do cabelo, descendo pelo pescoço, até os braços. Meus dedos tiveram o cuidado de não tocar nas feridas de faca ou nas picadas. Seus braços começaram a tremer; percebi que ele estava sentindo as chamas acordarem do sono delas. Flame assobiou, confirmando minha suposição. As cicatrizes... as chamas e as cicatrizes e a voz perversa de seu pai.

— Amor? — chamei, sabendo que Flame ainda me observava.

Eu fui abençoada. Para um homem que não conseguia manter contato visual, comigo, ele devorava meu olhar. Era a confirmação do seu amor. Ele não sabia como expressar diretamente seu amor, mas eram as pequenas coisas que ele fazia que me mostravam, além da medida, como eu pertencia ao seu coração, a maneira como ele me beijava, suave e perspicaz, muito distante de seu tamanho formidável e o que a maioria das pessoas via. Como ele me segurava quando dormíamos. Como ele sempre segurava minha mão. E como ele me olhava, sempre me observando. Não com malícia ou intenção sombria, mas como se não pudesse entender como havíamos nos encontrado, e não ousava desviar o olhar por medo de que fosse uma aparição que poderia se dissipar e se transformar em um sonho.

Eu sabia disso porque sentia o mesmo.

— Por que você se corta? — Tracei o contorno de algumas de suas antigas cicatrizes.

— Para fazer as chamas desaparecerem.

— Por que as chamas vêm? — perguntei gentilmente.

As sobrancelhas dele franziram, mostrando sua confusão. Eu sabia que ele não podia racionalizar o significado dessa pergunta. Aproximando-me, tão perto que podia sentir os pelos de sua barba acariciando as costas da minha mão, perguntei:

— Onde está a dor? Por onde começa? Quando as chamas chegam, por onde começam?

SEGREDOS SOMBRIOS

Flame me olhava como se eu tivesse feito uma pergunta impossível de responder. Eu sabia que para ele, provavelmente, era. Passei a ponta dos dedos sobre seus braços, gentilmente para não machucar suas novas feridas. A respiração de Flame se intensificou e suas narinas dilataram. Seus lábios tremiam como se meu toque sussurrado fosse seu maná do céu.

— Onde, amor?

Movendo a mão livre do lado dele, Flame a segurou com uma timidez e gentileza que foram quase a minha ruína. Sua mão tremia quando ele guiou a minha sobre seus braços. Ele se moveu muito devagar, linhas franzidas se formando na testa. Eu me perguntei se ele estava preocupado que as chamas me queimariam ou me afetariam de alguma forma. Ou talvez ele estivesse apreciando meu toque, o toque de sua esposa, e que fora negado por tanto tempo a ele. Fiquei sem fôlego quando sua mão guiou a minha pelos ombros e pelo centro do peito. Então nossas mãos pararam. Elas pararam, pressionando seu coração.

— Aqui — respondeu, segurando minha mão com força, como se temesse que eu desaparecesse se não o fizesse. Ele estava respondendo minha pergunta sobre as chamas. Elas começavam em seu coração.

Fechei os olhos e tentei não chorar. Seu coração. Flame lutava para expressar suas emoções e sentimentos, lutava para entendê-las como a maioria das pessoas. Mas as chamas vinham do seu coração. Curvando-me, encontrei seu olhar. Cuidadosamente, abaixei a cabeça e afastei nossas mãos. Flame ficou sem fôlego enquanto observava meus lábios tocarem a pele de seu peito. Seu peito se moveu com o contato. E então dei um único beijo suave em seu coração, no lugar que tanto gerava quanto aprisionava sua dor.

Flame gemeu, como se a ação o machucasse. Levantei a cabeça, não desejando causar-lhe qualquer angústia. Lágrimas desceram por suas bochechas como cachoeiras gêmeas de agonia.

— Flame — sussurrei, sentindo-me imediatamente culpada por perturbá-lo. — Não tive a intenção de machucar você.

Flame não pareceu ouvir minhas desculpas. Empurrando a mão contra a minha bochecha, seus dedos se enrolaram no meu cabelo comprido. Minhas pálpebras se fecharam com o movimento de sua palma áspera contra a minha pele. Quando abri os olhos, seu olhar estava procurando o meu.

— Você pode se queimar — afirmou, a voz ganhando força, o tom rouco substituindo um sussurro.

TILLIE COLE

— Queimar? — Inclinei-me ainda mais em seu toque, sem vontade de perder a conexão que tanto ansiava. Eu queria entender mais.

A atenção de Flame foi atraída para a porta do quarto. Segui seu olhar para as chamas da lareira na nossa sala de estar. Seus olhos estavam tão escuros que eu podia ver chamas alaranjadas e amarelas dançando em seu olhar extasiado. A mão de Flame tremia na minha bochecha.

— Ele me disse que eu estava no fogo — enquanto falava, a voz de Flame perdeu sua força recentemente adquirida.

O "ele" era seu pai, eu sabia disso. Ele era o homem responsável por toda essa dor. A voz de Flame sempre mudava de tom quando falava sobre seu pai. Ele perdia o tom rouco e adotava o do menino implorando pelo amor paterno. Era sempre de partir o coração.

Virando a cabeça, beijei a palma da sua mão, um beijo para lhe dar forças. Sua respiração falhou, mas ele continuou. Seus olhos continuaram fixos no fogo. O ritmo das chamas dançantes e da madeira estalando parecia dar à confissão de Flame o combustível necessário para ser libertada.

— Ele disse que as chamas viviam aqui dentro e queimava quem se aproximasse. — Flame olhou diretamente para mim. — É por isso que ninguém pode me tocar. É o porquê de eu machucar todo mundo que se aproxima. — Os olhos de Flame se desviaram para a minha barriga saliente. — Eu vou machucar você, Maddie. Eu já te machuquei. — Seu corpo estremeceu, seu rosto se transformando em agonia quando ele se lembrou de algo. — O fogo. Você já esteve no fogo.

O pânico em seus olhos foi minha ruína. Segurei sua mão firmemente quando ele tentou se afastar. Eu não o soltaria. Eu nunca o soltaria.

— E ainda assim, eu não queimei. — Flame prendeu a respiração, rugas de confusão ao redor dos olhos expressando para mim sua descrença. Pressionando minha mão sobre o seu coração, afirmei: — *Você me* salvou, Flame. — Dei um pequeno sorriso, pressionando a mão na minha barriga. — *Você salvou a nós dois.*

Os olhos de Flame se arregalaram.

— Da próxima vez… — Ele balançou a cabeça. — Você pode queimar. Eu não quero que as chamas atinjam você. Não quero mais estar no fogo. Não quero estar no fogo.

— Flame. — Coloquei minha mão na lateral de sua bochecha. — Se você estiver no fogo, eu estarei no fogo ao seu lado. Estarei segurando sua mão. Vou compartilhar as chamas que vivem em seu sangue, compartilhar seu fardo. E se você queimar, queimaremos juntos.

SEGREDOS SOMBRIOS

— Eu... eu não quero mais queimar.

— Então vamos sobreviver — acrescentei. — Não, nós *prosperaremos*.

— Eu posso senti-las agora — admitiu, pânico em seus belos traços. Seus músculos começaram a tremer. Eu sabia que ele pegaria sua faca em seguida. Seus olhos brilhavam de medo. — Eu as sinto, Maddie. Eu posso senti-las.

Mantendo a mágoa oculta, me afastei da cama, meus pés descalços pousando no chão frio.

— Vem comigo — pedi e guiei Flame para longe da cama. Ele estava fraco quando se levantou. Eu sabia que estava exausto, toda a luta drenada de seus membros. Mas me seguiu devagar e sem questionar.

Ele me seguiu até o banheiro, onde segurei sua mão. Liguei a torneira da banheira e fechei o ralo. A água começou a encher a banheira. Os pés de Flame começaram a se mover, suas pernas o impelindo a andar. Os dedos da mão livre se contraíram. Eu sabia que ele queria arranhar a pele.

Virando-me para encará-lo, coloquei minha mão em sua bochecha.

— Você confia em mim? — Flame assentiu sem demora. Eu sorri quando ouvi sua inspiração rápida. Ele me apertou mais forte. Flame estava assustado e machucado e muito fora de seu elemento. A água estava morna, felizmente o ambiente era aquecido pelo fogo no quarto ao lado.

Soltando a mão de Flame, meus joelhos quase dobraram quando ele tentou se segurar. Eu me aproximei, inclinando-me para beijar logo acima do seu coração mais uma vez. Os dedos de Flame se enrolaram em meu cabelo, e eu nunca esqueceria como ele olhava para mim, como se eu fosse o seu tudo, seu propósito. Comecei a desatar o cordão de sua calça. Flame sibilou quando gentilmente a puxei para baixo de sua cintura. A calça caiu no chão. O olhar escuro de Flame estava fixo no meu. Eu testemunhei o medo que ele sentia por dentro, a crença de que me machucaria. Com sua mão ainda suavemente enfiada no meu longo cabelo negro, puxei a camisola centímetro a centímetro até mover sua mão brevemente para me livrar do tecido.

— Maddie — Flame murmurou quando a camisola caiu no chão. Eu fiquei nua diante dele. Seus olhos me inspecionaram, mas meu coração se partiu um pouco quando ele desviou o olhar da minha barriga.

Percebi que tudo na vida o estava sobrecarregando neste momento. Eu tinha que curá-lo primeiro, depois trazê-lo de volta de sua desolação. Eu lutaria por Flame como pai, para mostrar que ele era capaz de amar e de poder abraçar nosso bebê. Fechei a torneira e entrelacei os dedos aos dele. Subi na banheira e Flame me seguiu. Eu o guiei a se sentar, e ele nem ao menos questinou. Seus olhos estavam arregalados enquanto me observava atentamente. Pegando uma bucha, mergulhei-a na água e a levei ao seu peito.

— Maddie — Flame alertou quando a passei em seu peito, a água morna escorrendo por suas feridas. Os olhos de Flame se fecharam, obviamente sentindo a água acalmar sua pele. Ele me disse que a dor de suas chamas começava em seu coração. Rider procurou um amigo, alguém que tratava pessoas como Flame. Rider me disse que Flame cortava os braços para tirar a dor de outro lugar...

Do seu coração.

O coração do meu marido estava partido. Seu pai o destruiu anos atrás e agora eu sabia que não havia curado completamente. De acordo com Rider, poderia nunca se curar por completo. Sempre haveria o perigo de que Flame pudesse se perder novamente. Eu sabia que isso era verdade. Flame havia se despedaçado quando Isaiah morreu; ele havia ficado devastado quando viu uma criança quase ser morta... e esse recente episódio teve início quando eu lhe disse que estava grávida.

Fechei os olhos, a percepção me percorrendo como uma correnteza. Isaiah... tudo estava relacionado a Isaiah. Cada colapso, cada medo que ele emanara de seu irmãozinho, que havia morrido tão tragicamente em seus braços. O pai cruel culpou as chamas e a maldade como a causa. Tanta tristeza tomou conta de mim; eu sabia que não seria capaz de conter a tristeza. Na floresta, ele chamara Asher de "Isaiah". Acreditando que Isaiah tinha voltado para ele. Por qual motivo, eu não sabia.

— Maddie? — A voz rouca e em pânico de Flame interrompeu meu devaneio. Abri os olhos; minha visão estava embaçada pelas lágrimas que caíam. Flame também as viu; suas mãos estavam na minha cintura. Ele as afastou como se fossem a razão da minha dor.

Inclinando-me para frente, pressionei minha testa à dele. Era injusto que um homem tão puro quanto Flame fosse tão torturado. Era injusto que ele tivesse que acordar todas as manhãs acreditando que aqueles que amava seriam machucados por suas mãos. E era injusto que seu irmão mais novo tivesse morrido em seus braços, com Flame clamando em vão por ajuda. Flame observara a respiração do irmão mudar até parar na décima primeira expiração. E ficou sentado com Isaiah. Flame foi deixado no porão enquanto seu irmãozinho lentamente esfriava, para ser arrancado

SEGREDOS SOMBRIOS

de seus braços e descartado como lixo, sem sepultura ou uma cruz, sem oportunidade para Flame se despedir.

— Eu amo você — sussurrei mesmo com a garganta apertada. Segurei as duas bochechas de Flame. — Você é um bom homem, amor. Você é meu universo. Você é minha luz e minha razão de viver. Você entende isso, Flame? — Encarei os olhos escuros. Seu olhar abaixou, levando meu coração esperançoso com ele.

— Eu sou mau. As chamas... — Ele parou.

— E se as chamas não forem algo ruim, mas brilhantes explosões de luz? Luz que traz o bem a quem você ama? — Os olhos de Flame focaram na água do banho. — E se o seu pai e a igreja estivessem errados? E se as chamas não forem amaldiçoadas pelo diabo, mas, em vez disso, os faróis do bem foram concedidos a você por Deus? Garantindo que você não seja condenado, mas abençoado. Abençoado, porque sofreu demais. Abençoado e merecedor de uma vida feliz após o mal que lhe foi imposto quando era uma criança inocente, corrompida pelos homens.

Segurei as bochechas de Flame com mais força, precisando, *implorando* para que ele entendesse. Seu olhar ainda distante do meu. Meu coração disparou com medo de minhas palavras não surtirem nenhum efeito.

— Amor... — sussurrei, olhando para as feridas e muitas cicatrizes em sua pele. — E se as chamas estiverem afastando a escuridão? E se elas não forem para extinguir, mas alimentar? — Eu estava exausta. Mas tinha que lutar... eu tinha que lutar para salvar o homem que eu adorava.

Flame levantou a cabeça. Suas bochechas estavam vermelhas, os olhos inchados e injetados de sangue por todas as lágrimas derramadas.

— Disseram que eu era mau — foi tudo o que ele disse. Mas em seu tom, notei um vislumbre de esperança. Esperança de que talvez eu tivesse razão. Que talvez ele acreditasse que não era amaldiçoado, afinal.

— O mal é a ausência do bem. Flame, amor da minha vida. Você é cheio de bondade. Você brilha intensamente com bondade.

O olhar de Flame mudou. Ele piscou, suas lágrimas caindo. Não havia expressão em seu rosto, mas eu conhecia meu marido. Eu sabia pelo reflexo em seus olhos que algo que eu disse havia atravessado a escuridão. Flame era obcecado pelas chamas, pelo fogo que acreditava que nunca deixaria seu sangue.

Rider me disse que seria difícil libertar Flame dessa obsessão. Era parte do que o fazia diferente. Mas e se eu pudesse mudar a crença de Flame sobre as chamas em seu sangue? E se ele pudesse ser convencido de que era uma força para o bem, não para o mal?

— Se você é fogo, Flame, então olhei para o fogo e meus olhos o encontraram. Você foi a resposta para todas as minhas orações. Você tomou a dor do meu passado e, com seu toque e amor, incinerou o mal e me encheu de alegria e tanta felicidade, que em alguns dias mal posso acreditar que você é meu.

— Maddie... — Ele estava sem palavras. Mas agora havia esperança. Quando ele acordou, não havia nenhuma. Fechando meus olhos, pressionei meus lábios nos dele. Flame gemeu quando fiz isso, suas mãos timidamente me segurando, como se ele estivesse com medo de acreditar que não iria me machucar.

Movi meus joelhos para frente, sobre suas coxas até nossos peitos se tocarem. Flame arfou na minha boca. Ele fechou os olhos com força. Enquanto nos beijávamos, delicada e suavemente, senti seu pau endurecer abaixo de mim. Afastei a cabeça e Flame olhou bem no fundo dos meus olhos.

— Maddie — ele sussurrou, meu nome ecoando como uma oração em seus lábios. — Minha Maddie...

— Meu Flame — respondi e passei as costas da minha mão em sua bochecha. Flame gemeu com minhas palavras.

Eu me mexi e comecei a me encaixar em seu comprimento. Os olhos negros queimaram no meu olhar verde quando ele me preencheu. Lágrimas encheram meus olhos quando nos unimos, quando seus braços me envolveram e ele me abraçou. Alívio e alegria lutaram pela supremacia por estar tão íntima de Flame novamente. Ao tê-lo me tocando, precisando de mim, estando comigo. Arrepios surgiram ao longo da minha pele. Eu beijei Flame. Eu o beijei e movi minha mão para seu peito, sobre seu coração. Flame estremeceu quando coloquei a mão sobre o lugar que ele acreditava abrigar as chamas. Eu tinha que lhe mostrar que não tinha medo.

— Luz — sussurrei em seu ouvido enquanto me movia para cima e para baixo, o prazer aumentando. — Lampejos de luz, expulsando a escuridão.

— Maddie — Flame gemeu, sua voz tremendo com as minhas palavras. — Eu... eu... preciso de você.

Lágrimas escorreram pelo meu rosto. Se essa seria a nossa vida, caindo e construindo um ao outro novamente, então eu aceitaria. Eu a escolheria mil vezes ao invés de uma vida sem Flame.

— Eu também preciso de você — respondi e recostei a fronte à dele.

SEGREDOS SOMBRIOS

Ficamos em silêncio, a não ser pelas nossas respirações aceleradas, enquanto eu me movia para cima e para baixo, as mãos de Flame me segurando mais forte a cada segundo em que estávamos unidos.

— Maddie — Flame gemeu baixo.

Senti suas pernas começando a tremer, assim como suas mãos apoiadas na minha cintura.

— Você não é mau, amor — ofeguei quando o prazer começou a se formar em meu corpo, roubando meu fôlego. — Você é meu. Nós nunca nos separaremos. Eu prometo a você, Flame. Nunca vou perdê-lo e você nunca me perderá.

— Maddie — Flame sussurrou, e sua cabeça recostou ao meu pescoço. Flame estremeceu debaixo de mim e senti seu calor derramar por dentro. Eu o segui no êxtase, pressionando meu corpo o mais perto possível. E então, nós éramos um. Sem começo ou fim. Infinitos. Chamas eternas queimando juntas.

Flame me abraçou forte, recusando-se a me soltar. Senti suas unhas cravando nas minhas costas diante da força com que ele me segurava. Ele precisava de mim. Ele precisava que eu o segurasse. Quando senti suas lágrimas na minha pele, passei a mão pelo cabelo dele.

— Shh, amor — sussurrei. Flame ficou exatamente onde estava. Deslizei meus dedos para cima e para baixo em suas costas quando a água começou a esfriar.

Avistei a lareira do outro lado da porta do banheiro e fui transportada de volta para a última vez que estivemos aqui, neste lugar frágil, lutando para viver enquanto as outras pessoas o faziam tão facilmente.

— *This little light of mine...* — Comecei a cantar. Flame emitiu um som baixo na garganta e fechei os olhos, deixando-o me abraçar, deixando-o ganhar força com o nosso abraço. E então cantei. Eu cantei para o meu marido. Cantei para o nosso filho ainda não nascido. Cantei até minha voz ficar rouca e o fogo da lareira diminuir.

Quando parei, Flame afastou a cabeça, seus olhos cansados e esgotados. Ele encontrou meu olhar... e lá ficou. Isso me encheu de fé; fé de que ele estava voltando para mim. Que meu Flame estava voltando para casa, onde ele estava seguro... onde me pertencia. As bochechas de Flame estavam pálidas, a vermelhidão rodeava seus olhos, e ele falou apenas alto o suficiente para ouvir:

— Por que ele não me amava?

Não pensei que fosse possível que meu coração se partisse por Flame mais do que já estava partido. Mas ele rachou; quebrou com mais força do que nunca. Ele me encarou com tanta sinceridade, esperando que eu respondesse, como se eu tivesse a resposta. Eu não tinha. Mas vi o desespero em seus olhos, senti a necessidade de saber a resposta para essa pergunta pela força com que ele me segurava. Olhei para baixo e vi a miscelânea de cicatrizes que cobriam sua pele, feridas novas e antigas, todas causadas por uma pessoa. Uma alma perversa que, em vez de amar seu filho, torturou sua alma inocente até que ela foi fragmentada em pedaços e lançada ao vento.

— Eu não sei — finalmente, respondi, encontrando o olhar desesperado de Flame. Seu peito pareceu esvaziar. Segurei seu rosto em minhas mãos. — Eu amo você, Flame. Eu amo você todos os dias e me pergunto como alguém não poderia sentir o mesmo. — Eu sorri. — Porque você é muito fácil de amar.

Sua mão se moveu para minha bochecha e seu polegar roçou ao longo do meu lábio inferior.

— Eu gosto quando você sorri.

Tentei sorrir mais abertamente, mas a tristeza por sua pergunta de partir o coração roubou o sorriso dos meus lábios.

— Seu pai não era um homem bom, Flame. Eu acredito que ele não foi feito para amar. Acredito nisso porque é impossível não amar você. — Beijei sua bochecha. — AK, Viking, Asher... todos eles o amam muito.

— Asher não — Flame disse. — Ele me disse que eu sou como nosso pai.

Recuei uma fração como se tivesse sido atingida por um raio. Então pensei em Asher, no quão assustado ele estava ao ver Flame tão quebrado, na floresta.

— Asher também está sofrendo. Ele sente tanta dor que não quer dizer o que diz, às vezes. — Eu sabia que seria difícil para Flame compreender. Ele não sabia o que era mentir; ele só falava a verdade. — E Flame — eu disse, movendo a mão sobre a barriga. Dessa vez, Flame seguiu meu olhar. — Nosso bebê também ama você. Nosso bebê se move quando você está por perto. — Tentei não mostrar minha mágoa quando Flame desviou o olhar, quando afastou a mão da minha. Eu estava convencida de que era para que eu não pudesse guiar sua palma até o meu ventre e sentir a pequena saliência. Fechei os olhos e respirei fundo. Quando abri os olhos, eu disse: — Precisamos ir a um lugar. — Penteei seu cabelo com os dedos. — Quando você estiver forte novamente. Quando descansar, precisamos ir a um lugar.

SEGREDOS SOMBRIOS

Flame assentiu, nem mesmo questionando onde. Eu sorri para ele e vi seus lábios se entreabrirem com a visão.

— Venha. Vamos voltar para a cama — falei e me levantei da banheira. Enrolei uma toalha em torno de Flame e o guiei de volta para nossa cama. Quando estávamos secos, nos deitamos. Deitei a cabeça em seu travesseiro e agarrei sua mão.

Os olhos de Flame se fecharam, mas eu não conseguia dormir. Tudo. Tudo veio de Isaiah. Flame nunca teve um encerramento. Ele nunca conseguiu lamentar pelo irmãozinho que perdeu tão tragicamente. Nunca conseguiu superar essa tragédia e ansiar pelo futuro. Quando nosso bebê se moveu dentro de mim, eu sabia o que tinha que fazer. Apenas rezei para que funcionasse. Eu não era ingênua, sabia que tínhamos um longo caminho, mas isso precisava ser feito. Isso o machucaria, embora eu não tivesse certeza do quanto. Mas depois da dor vinha a cura, disso eu tinha certeza.

Talvez Flame pudesse abraçar o milagre que fizemos juntos. Contra as probabilidades, quando ambos temíamos que nunca teríamos alguém para amar, nos encontramos. E logo, nosso filho chegaria. Eu já tinha um amor pelo nosso bebê que nunca poderia ter sonhado.

Inclinando-me sobre a gaveta da mesa de cabeceira, tirei um desenho que havia esboçado há muito tempo... um de Flame e eu... nós dois segurando um bebê. Uma oração ilustrada, representando um paraíso esperando que o abraçássemos.

Então, viajaríamos por uma estrada escura para nos trazer para a luz. Eu tentaria mostrar ao meu marido o caminho, com nossas mãos entrelaçadas, as chamas em seu sangue iluminando nosso caminho.

CAPÍTULO ONZE

MADDIE

Alguns dias depois...

Alisei o colete recém-reparado de Flame. AK pegou o tecido rasgado e manchado da floresta e mandou a costureira dos Hangmen consertá-lo. Estava limpo e livre do sangue, tanto da sua pele quanto do seu captor. Limpei e cobri as feridas de Flame; elas estavam curando rapidamente. Agora Flame estava acordado, não havia como ele permitir que Rider o tocasse. Rider checou Flame pelo meu telefone, mas tinha sido apenas Flame e eu nos últimos dias. Era o que ele precisava; silêncio, tempo a sós com seus pensamentos e a necessidade de se sentir seguro.

Beijei seu peito quando seu colete estava no lugar. Flame se aproximou da minha carícia. Um pequeno assobio deixou seus lábios quando meus lábios fizeram contato com sua pele. Ele segurou minha mão com urgência e meu coração apertou. Os últimos dias não foram o que eu esperava. Achei que teria uma guerra com Flame sobre por que ele não deveria cortar sua pele, teria que impedi-lo de se machucar, para se livrar das chamas. Mas isso não aconteceu. Pelo contrário, tinha sido completamente o oposto. Flame estava quieto, e mal saiu da cama, a não ser para comer. Ele raramente falava, apenas olhava para o vazio, claramente perdido em seus pensamentos. E eu estava bem ao seu lado. Ele segurou minha mão o tempo todo;

considerei a ação uma pequena vitória. Ele apertava minha mão com muita força, como se não pudesse fisicamente soltá-la. Seus dedos eram de ferro em volta dos meus.

Em nenhum momento ele me deixou fora de sua vista, rastreando todos os meus movimentos. Flame me beijava, acariciava meu cabelo, como se eu fosse a coisa mais preciosa do seu mundo. Não havíamos feito amor de novo. E ele não reconheceu nosso bebê ou minha barriga. Meu marido estava entorpecido. Esse estado anestesiado me assustava mais do que ele cortando os braços ou sua mudança de humor. Eu não sabia lidar com esse comportamento passivo, eu sabia como acalmar as chamas. Mas as chamas pareciam ter diminuído e, em seu lugar, havia um vazio no coração de Flame, um poço sem fundo que eu não conseguia alcançar. Eu tinha torturado meu cérebro sobre o que fazer. O silêncio de Flame gritava para mim que ele estava sofrendo. Não curado, mas preso em uma agonia além das chamas e dos demônios aparentes em seu sangue. Sua alma estava presa em uma cela sem janelas ou portas. Barras grossas com colunas que Flame não podia ou não queria romper.

Hoje de manhã, enquanto Flame dormia, liguei para AK e lhe disse o que deveríamos fazer. A tarefa final que eu acreditava que talvez pudesse libertar Flame dos fardos que o prendiam em ondas de tristeza, que o impediam de alcançar a felicidade. Os horrores do meu passado pesavam muito em minha mente. No entanto, eu estava equipada com a força de encontrar alegria na vida que tinha agora. Flame *era* essa força.

Ele me adorava, disso eu não tinha dúvida. Mas seu cérebro funcionava de maneira diferente do meu. Eu tinha que levar Flame à sua redenção, à fonte onde ele poderia se lavar nas águas do perdão de si mesmo. Ou, no caso dele, até a porta pesada que fechava qualquer chance de ele seguir em frente. Eu o levaria até essa porta. E rezei para que ele passasse por ela e a fechasse atrás de nós. Ele era o único que podia. Eu acreditava que ele tinha forças para fazê-lo.

Ouvi um movimento fora da cabana e imaginei que AK estava se preparando para nossa jornada. Fiquei na ponta dos pés e afastei o cabelo preto de Flame para trás dos seus olhos. Estilizado assim, sem o penteado severo ou raspado, ele parecia mais jovem. Ou poderia ser pela maneira que seus ombros estavam caídos, toda a confiança reduzida.

— É uma longa jornada — comentei, e Flame lentamente encontrou meu olhar. Eu não lhe disse para onde viajaríamos. Não queria preocupá-lo ou causar-lhe sofrimento. Claro, eu sabia que isso lhe causaria dor, uma dor incontrolável. Mas também acreditava que tinha que ser feito.

Assim como quando nos apaixonamos, Flame tinha que confrontar seu pai para podermos viver como um. Agora ele tinha que mergulhar mais fundo em seu coração e alma, na escuridão que ele continuava canalizando. Ele tinha que alcançar as partes de si que ele trancou e tentou esquecer. Essas partes não eram tão facilmente esquecidas, ali residiam seus "demônios", os demônios que ele alegava viverem em seu sangue. Eu sabia que não eram demônios, mas ecoavam o passado que ele tentava e não conseguia silenciar. No entanto, eles nunca seriam silenciados até que Flame os encarasse. Até que ele se perdoasse por coisas que estavam fora de seu controle. Talvez então eu recuperasse meu Flame. Talvez então recuperasse meu marido. Talvez então ele pudesse se tornar o pai que eu sabia que poderia ser.

Meu coração apertou. Meu plano tinha que funcionar. Precisava funcionar. Eu não aceitaria nenhuma alternativa. Flame agarrou minha mão como se pudesse sentir meus medos internos. Seus dedos tremiam ao redor dos meus. Isso criou um nó na minha garganta e uma ardência rápida nos meus olhos. Não queria mais ver Flame sofrer. Mas, para se livrar de seus medos, essa dor precisava ser suportada. Sangue tinha que ser limpo para curar uma ferida infectada.

— Você está pronto? — perguntei baixinho, a voz trêmula traindo minha ansiedade.

Flame assentiu uma vez, confiando de todo o coração que eu não o machucaria. Nesse momento, eu me odiava. Porque aqui estava eu, levando-o direto para o fogo. Mas como sempre, eu estaria ao lado dele. Juntos queimaríamos e, das profundezas do inferno, renasceríamos.

Guiei Flame para a porta. Antes de sairmos, eu me virei para ele.

— AK e Viking irão conosco. — As narinas da Flame dilataram, porém não de raiva.

Seu rosto não mostrou nenhuma expressão, mas eu poderia dizer pela maneira como ele me puxou para mais perto, como se eu fosse um escudo humano, que estava com medo. Como se ele preferisse ficar em nossa cabana, apenas ele e eu, mais ninguém por perto. Beijei as costas da sua mão e vi os pelos em seus braços se arrepiarem com o toque. Flame sempre foi meu escudo. Agora, eu seria o dele. Eu seria a protetora de nós dois nesta batalha, enquanto ele estava ferido. E eu pretendia salvá-lo. Eu o traria para casa, mudado para melhor.

SEGREDOS SOMBRIOS

Abri a porta, o sol quente de Austin brilhando na clareira delimitada pelas três cabanas. Fechei os olhos enquanto os raios banhavam meu rosto. A luz brilhante me encheu de esperança, determinação e a crença de que isso funcionaria. *Precisava* funcionar. Viking pulou da cadeira em que estava sentado do lado de fora da cabana. Flame segurou minha mão com tanta força que doeu quando seu amigo se moveu. Virei-me de frente para ele e passei a mão sobre o seu peito.

— Tudo ficará bem, amor. Eu prometo. Ninguém vai machucar você. Todos nós o amamos.

— Flame! — Viking gritou atrás de mim. Guiei Flame para a clareira comunitária e Viking parou diante de nós. — Flame. Você está bem, ir-mão? Estou preocupado com você, cara. — O ruivo sorriu, esperando a resposta do amigo.

Seu sorriso diminuiu quando Flame olhou para o chão e não respon-deu, nenhuma indicação de que o tivesse ouvido. Vi a confusão passar pelo rosto de Viking; ele olhou para mim e lhe dei um sorriso triste. Flame ainda não era o homem que conhecíamos, uma concha de seu antigo eu. Mas ele estaria inteiro em breve.

Em breve, ele estará inteiro...

— Flame — AK se aproximou de nós, vindo de sua cabana. Ele falou em voz baixa, apenas o suficiente para deixar Flame ouvir sua voz, mas delicadamente o suficiente para que ele não se surpreendesse. AK foi mais cuidadoso em sua abordagem.

Estudei o melhor amigo de Flame à medida que ele se aproximava. Vi o momento em que notou os ombros derrotados de Flame, com sua mão firmemente em volta da minha. Flame não mostrava expressão em seu rosto, o que mascarava seus sentimentos. Os de AK, no entanto, não puderam ser ocultados. Ele olhou para mim enquanto Flame se concen-trava no chão. Eu não tinha certeza se Flame estava mesmo ouvindo. Eu acreditava que ele simplesmente se colocara a uma distância emocional de seus amigos.

A dor nos olhos de AK era tão profunda que fez meu peito doer ainda mais com a tristeza. No passado, AK sempre foi a pessoa que salvou Fla-me, a pessoa que o libertou do hospital que o aprisionou e lhe deu um lar. AK havia cometido a mais grave das atitudes, simplesmente para dar a seu amigo um alívio temporário da dor que ele sentia em seu coração. AK tinha sido o protetor de Flame. Eu sabia que devia ser uma agonia testemunhar a óbvia dor interna de seu amigo.

— É bom ver você, irmão — AK murmurou.

Observei Flame por qualquer sinal de que ele tinha ouvido AK. Não houve resposta, nem mesmo um aperto na minha mão. A felicidade de AK em ver Flame desapareceu, como uma gota de água escorregando rapidamente de uma folha durante uma tempestade.

— Está tudo pronto? — perguntei, tentando aliviar um momento estranho. AK desviou o olhar preocupado de Flame e dei a ele um sorriso tranquilizador, assentindo com a cabeça em confirmação de que isso funcionaria. Precisava funcionar, porque eu não sabia mais o que fazer para ajudar meu marido além disso.

— Está tudo pronto. — Os olhos de AK se focaram em algo acima da minha cabeça, na direção da cabana de Viking.

Eu me virei para ver o que havia chamado sua atenção. Meu coração inchou imediatamente. Asher. Asher estava parado à porta. Então meu estômago revirou quando testemunhei as olheiras escuras e as feridas em seu pescoço e mãos. Mas Asher não estava olhando para mim ou AK. Seu foco estava direcionado para uma pessoa apenas – seu irmão. O irmão que ele amava mais do que qualquer outra alma na terra.

— Asher — eu o chamei, tentando não chorar diante da expressão em seu rosto. Naquele momento, senti-me um verdadeiro fracasso. Eu não sabia como cuidar de nenhum deles, não sabia como consertar os irmãos Cade. Ambos estavam perdidos, tão cheios de dor e medo que não seria aliviado facilmente. Com a menção do nome de Asher, Flame levantou a cabeça e se concentrou diretamente em seu irmão mais novo. Parecia um soco no meu peito quando Asher encontrou o olhar de Flame. Asher engoliu em seco e seus olhos escuros começaram a brilhar.

— Flame — Asher disse, com a voz rouca.

A mão de Flame apertou a minha. Ouvi sua inspiração rápida só por Asher tê-lo chamado. Eu queria desesperadamente saber o que Flame estava pensando agora. A última vez que ele esteve com Asher, eles estavam amarrados a árvores, machucados, sangrando… e Flame imaginou Asher como Isaiah. Ele substituíra Asher pela lembrança de seu falecido irmão. Vi como isso esmagara o rapaz, fazendo-o sentir-se indesejado e indigno quando comparado a Isaiah.

A preocupação óbvia de Asher por Flame era de partir o coração. O garoto parecia cansado. Ele era tão alto quanto Flame e quase tão largo, musculoso e intimidador. Suas feições sombrias o faziam parecer mais

SEGREDOS SOMBRIOS

duro do que era. Mas quando se tratava disso, ele era uma criança, desesperada para agradar o irmão mais velho a quem adorava. Nenhum dos dois sabia como navegar em um relacionamento com o outro.

Ambos estavam quebrados.

Ambos procuravam qualquer pedaço de felicidade que pudessem reunir. Mas essa felicidade parecia sempre evitá-los.

O olhar de Flame se concentrou no chão quando tudo se tornou intenso demais.

— Ash... Ash... — ele resmungou, sua voz rouca pela falta de uso. Sua voz sumiu e vi a vermelhidão em suas bochechas. Ele balançou a cabeça, incapaz de expressar o que queria dizer, frustrado por não encontrar as palavras. Flame se aproximou de mim, seu peito roçando minhas costas. Ele estava procurando o meu conforto.

Lutando contra o aperto na garganta, perguntei:

— Asher, você vem conosco, não?

Os olhos perturbados de Asher dispararam de Flame para mim.

— Eu não o conheci — ele disse, com força, e pegou um cigarro, virando as costas para nós.

Os músculos de Asher estavam retesados. A cabeça se inclinou para olhar para a floresta. Ele deu uma longa tragada no cigarro. Orei a Deus para me dar forças para curar os dois.

— Ele também era seu irmão — murmurei, com cuidado. Senti Flame tenso atrás de mim. Seus dedos começaram a tremer.

— Maddie? — Flame sussurrou em meu ouvido e me virei para encará-lo. Os olhos negros em pânico imediatamente se fixaram nos meus. Dessa vez, a dor e o medo brilhavam tão intensamente quanto a Estrela do Norte.

— Precisamos dizer adeus — sussurrei. Imediatamente vi a cor sumir do rosto de Flame. Embalei sua bochecha; sua pele fria como pedra. — Você precisa dizer adeus a Isaiah, amor. — Minha mão deslizou para cobrir seu coração. — Toda essa dor que você nutre por dentro, as memórias com as quais luta no porão todos os dias... elas devem ser colocadas para descansar. Elas devem ser colocadas para descansar para que *você* possa descansar. Finalmente, amor. Sua alma precisa se curar, e para isso, precisa descansar. — Pisquei para afastar as lágrimas que assomavam em meus olhos. — Você está cansado. Tão, tão cansado. É hora de respirar. É hora de tirar as amarras do coração e pulmões e ser *livre*.

— Eu... não posso — ele disse, os lábios começando a tremer. Seu comportamento derrotado me destruiu. Ouvi AK pigarrear atrás de nós, e Viking praguejar baixinho. Flame assim, tão derrotado e assustado, era uma tortura para testemunhar.

— Você pode — respondi e beijei gentilmente seus lábios. — Estarei com você a cada passo, assim como seus melhores amigos. — Flame olhou para AK e Viking por cima do ombro. Então olhei para Asher que estava ouvindo atentamente, ouvindo seu irmão se dobrar sob o peso de sua dor; a dor que Flame estava sentindo refletida na expressão angustiada de Asher, para todo o mundo ver. — E Asher também — adicionei.

A cabeça do garoto se levantou. Estendi a mão para ele em oferenda. Asher olhou para minha mão estendida como se estivesse contaminada. O olhar assombrado de Flame seguiu o caminho até seu irmão. Asher encontrou brevemente o olhar de Flame. Então ouvi Flame prender a respiração.

Asher não podia ouvir isso, nem AK ou Viking. Mas com Flame tão perto, eu ouvi. Ele estava prendendo a respiração, aguardando a resposta de Asher. Flame queria que o irmão viesse conosco. Ele nunca diria isso, mas a respiração contida, aquele momento suspenso em que ele esperou pela resposta de Asher, partiu meu coração. Asher era amado, muito amado, mas estava cego. Trevas obstruíam essa verdade como uma venda em seus olhos. Eu não o forçaria a ir. Ele também passou por muita coisa. Essa tinha que ser uma escolha dele.

— Ash... — Flame falou com a voz rouca.

Lágrimas surgiram nos olhos de Asher. Antes que suas lágrimas escorressem, ele se virou e fugiu para dentro de casa. Flame não se moveu; apenas olhou para o lugar em que seu irmão estava.

— Vamos pegar a estrada — AK disse.

Puxando suavemente a mão de Flame, eu disse a AK:

— Nossas malas estão no quarto de hóspedes.

AK passou por nós e entrou em nossa cabana. Levei Flame para a van. Na verdade, a falta de vontade de Asher em se juntar a nós pareceu quebrar seu espírito. Não pensei que fosse possível. Flame se juntou a mim na traseira da van. Ele se sentou ao lado da janela, entrelaçando a mão à minha. Deitei a cabeça em seu braço, reunindo forças do calor de sua pele. Viking pulou no banco do passageiro.

— Irmã Ruth está esperando no apartamento dela. — AK não nos deixou viajar sem que ela estivesse presente.

SEGREDOS SOMBRIOS

Uma faísca de algo desconhecido pareceu se acender nos olhos de Viking. Ele tentou disfarçar, mas lançou um rápido olhar para Flame e me deu um dos seus sorrisos mais calorosos. Viking estava sempre sorrindo, sua energia era contagiante.

— Isso vai funcionar, Madds. Flame, isso vai funcionar, porra.

Sorri para Viking. As portas traseiras da van se abriram e AK colocou nossas malas para dentro. Ele subiu no lado do motorista e ligou a van.

— Prontos? — AK perguntou. Eu assenti com a cabeça e AK começou a se dirigir para fora da clareira. Estávamos prestes a pegar o caminho de cascalho, quando uma batida forte ressoou nas portas da van. AK parou a van rapidamente. — Que porra é essa? — gritou.

As portas laterais se abriram. O alívio inundou minhas veias quando vi Asher, de mochila na mão, sem fôlego por perseguir a van. Seus olhos estavam cautelosos, as bochechas coradas. Mas ele subiu na van, silenciosamente, e sentou-se atrás de mim e Flame.

— Maldito Lil' Ash! — Viking declarou e balançou a cabeça. — Deixe o drama amador comigo no futuro, okay? Eu sou a maldita *prima donna* deste grupo.

— Você pode dizer isso de novo — AK confirmou, sorrindo para Viking. AK voltou-se para nós. — Estamos prontos agora?

Assenti, tentando esconder o sorriso. Asher tinha chegado. Ele iria conosco... Olhei por cima do ombro e estendi a mão livre. A mandíbula de Asher se contraiu. Ele, por fim, estendeu a mão e segurou a minha.

— Obrigada — agradeci, e Asher assentiu uma vez antes de afastar a mão.

Quando repousei a cabeça no ombro de Flame, ele exalou um longo suspiro, os músculos relaxando. Beijei seu bíceps, satisfeita ao vê-lo aliviado. Asher estava aqui, e Flame estava feliz com isso.

— Eu amo você — sussurrei, conforme a van se afastava do complexo e seguia em direção à casa de Ruth.

As coisas estavam começando a fluir. Estávamos voltando para um lugar que eu acreditava que nunca mais voltaríamos. Para um encerramento... para fechar a última porta... para encontrar paz... para encontrar a paz necessária.

TILLIE COLE

— Então, Ruth, há quanto tempo você é uma parteira? — Viking perguntou à Irmã Ruth. Nós estávamos na estrada havia horas. Flame ainda se mantinha focado na paisagem do lado de fora. Ele ainda não havia dormido, mas não estava inquieto. Ele ainda estava entorpecido.

— Tive um treinamento formal quando saímos da Ordem. Mas eu era a parteira em nosso complexo em Porto Rico.

— E você gosta? — Viking perguntou.

Ele se inclinou sobre o banco em que estava sentado, descansando o queixo sobre os braços cruzados. Ele mal tirara os olhos de Ruth desde que ela entrou na van. Ele mal respirava entre as perguntas.

— Adoro — ela respondeu. Ruth estava usando calça jeans e uma camisa azul. Seu longo cabelo escuro caía em ondas pelas costas. Ela era bonita. E eu acreditava que Viking também achava isso.

Viking assentiu.

— É engraçado, você e eu temos muito em comum.

— Temos? — Ruth perguntou, a voz expressando sua confusão.

— Sim — Viking confirmou, assentindo. — Você viu muitas bocetas de perto, eu também. — A van ficou em silêncio.

— É mesmo? — Ruth, por fim, conseguiu dizer. Seus ombros retesaram diante da comparação grosseira de Viking.

— Sim. — Ele deu de ombros. — Claro, eu lambi mais bocetas do que vi. Você sabe, às vezes fica escuro quando tenho uma perna jogada por cima do ombro e estou de cara com o olho mágico. Mas, ao longo dos anos, me tornei um verdadeiro conhecedor de bocetas. — Olhei para Ruth, deparando com suas bochechas coradas e os olhos castanhos arregalados. — Então — Viking continuou, olhando fixamente para Ruth. — Quando você precisar que a sua boceta seja lambida, já sabe aonde vir.

— Cala a boca, Vike! — AK esbravejou.

— O que foi? — Viking perguntou, abrindo os braços. — Um irmão não pode oferecer seus serviços sem encherem o saco por causa disso? Eu sou bom em lamber bocetas, isso é um crime? Todos temos nossos talentos. Você pode atirar a quilômetros de distância, Flame pode matar com uma lâmina e eu posso fazer uma cadela gozar em dois segundos e meio. Todos os talentos são válidos, AK. Sou um amante, não um lutador. — Viking voltou-se para Ruth. — Você sabe onde me encontrar, Ruthie.

— Okay — ela respondeu e franziu a testa. — Obrigada... eu acho?

— De nada. — Viking cutucou AK quando ele olhou para frente

SEGREDOS SOMBRIOS

novamente. — Viu? Algumas pessoas apreciam minha natureza, ao contrário de você, seu filho da puta mal-humorado.

— Vou parar neste hotel — AK avisou, virando a van à direita. Na mesma hora, alonguei as costas.

— Você está bem, Maddie? — Ruth perguntou.

Eu assenti.

— Minhas costas estão doendo, mas estou bem. — Flame segurou minha mão com mais força. Eu o encarei, esfregando seu braço. — Estou bem. — Seu olhar finalmente encontrou o meu; a primeira vez que ele o desviou da janela durante toda a jornada.

— Ruth — Viking a chamou, estremecendo. — Eu também tenho algo que dói. Quer dar uma olhada? — Ruth inocentemente abriu a boca para responder, quando AK agarrou Viking pela gola do seu colete e o arrastou da van.

— Nós vamos reservar os quartos.

AK e Viking seguiram até a pequena recepção. Estava escuro e tarde, já que havíamos planejado percorrer a maior parte do caminho hoje. Ruth saiu da van deixando Asher, Flame e eu sozinhos.

— Se sairmos de manhã cedo, chegaremos à Virginia Ocidental em uma boa hora — comentei e Flame enrijeceu ante a menção do local. Eu olhei de volta para Asher. Ele estava observando o céu noturno através da porta aberta da van. — Está tudo bem, Asher? — Ele se ajeitou no banco, mas assentiu antes de pegar sua mochila e saltar do veículo.

Inspirei fundo.

Estou fazendo a coisa certa?

AK e Viking se aproximaram, e AK arremessou uma chave para Asher, que correu pelo estacionamento e desapareceu no quarto. Ele parecia estar com pressa de se afastar de nós. Provavelmente tudo aquilo era demais para ele. Talvez ele precisasse de um tempo sozinho. Estávamos levando-o de volta a um lugar repleto de lembranças dolorosas, onde ele respiraria o ar familiar de dor e tristeza. Andaria em solo manchado por sangue e abuso.

— Vamos para o nosso quarto — eu disse a Flame, e ele me seguiu para fora da van.

— Há uma lanchonete lá atrás — AK informou. — Vocês vêm conosco para pegar comida? — Flame ficou tenso com a pergunta e começou a me afastar de seus amigos em direção ao nosso quarto. AK reparou e seus ombros baixaram em decepção. — Traremos um pouco na volta. Vocês precisam comer.

— Obrigada — agradeci, pegando a chave que ele me estendia, então levei meu marido para o nosso quarto.

Assim que entramos, ele me puxou para a cama e se deitou. Acomodei-me ao seu lado, observando o rosto pálido pelas noites maldormidas. Pressionei a mão em sua bochecha.

— Durma, amor, o amanhã chegará logo.

Flame piscou.

— Eu... eu não... Minha cabeça... — Ele bateu o punho cerrado contra a têmpora. — Dói.

— Eu sei — falei e beijei sua testa. Era sua ansiedade e medo, eu sabia disso. Voltar para sua casa, para o lugar que foi a gênese de toda o seu sofrimento, não seria fácil. Repousei a cabeça em seu peito. — Você sabe o quanto te amo, Flame? — Seu braço me envolveu, em confirmação. Assim que aconteceu, nosso bebê se mexeu. — Nosso bebê está se mexendo — declarei. Flame congelou e afastou o braço, movendo-se alguns centímetros para longe. No entanto, continuei segurando sua mão. Seus olhos estavam arregalados de puro temor. — Nosso bebê está bem, Flame. Nosso filho está se movendo porque você está perto. Ele ou ela ama você — afirmei, em um tom embargado pela emoção. Eu me aproximei um pouco mais, apoiando a mão em sua cintura e me aninhei contra seu peito mais uma vez. — Durma, amor — gentilmente insisti e deslizei minha mão para cima e para baixo em seu braço. — Durma. Descanse. — O corpo imenso relaxou contra o colchão, então fechei os olhos ouvindo-o respirar.

Tudo ficaria bem.

Quando ultrapassamos a placa de boas-vindas à Virginia Ocidental, o comportamento de Flame e Asher mudou. Os olhares de ambos se tornaram mais frios. Eu tinha compartilhado com AK aonde deveríamos ir. À medida que as poucas horas para o nosso destino diminuíam, mais eu duvidava que esse plano funcionasse. Não sabia se Flame entenderia. Se ele poderia substituir a turbulenta memória de Isaiah morrendo em seus braços, com a de um adeus.

SEGREDOS SOMBRIOS

Olhei pela janela quando AK pigarreou, e meu olhar se voltou para o espelho retrovisor. AK assentiu, advertindo que estávamos perto.

A perna de Asher quicava atrás de nós. Eu me virei e o vi roer as unhas. Ele conhecia a área. Sem dúvida, as lembranças deste lugar estavam açoitando sua mente, o peso das memórias o puxando para um lugar em que ele não queria ir. Minha atenção se voltou para Flame quando seu dedo começou a tamborilar no meu pulso. Ele estava resmungando baixinho...

— *Um, dois, três, quatro, cinco, seis, sete, oito, nove, dez, onze...* — Ele respirava, o dedo parava e depois recomeçava. — *Um, dois...* — Reprimi as lágrimas que queriam se formar. Eu disse a mim mesma que Flame não se quebraria. *Onze*. Eram sempre onze... Isaiah deu onze pequenas respirações antes de perder a luta contra a morte.

O silêncio se tornou um grito quando a van parou. A área estava deserta. Árvores e grama alta balançavam com a brisa, os pássaros cantavam nos galhos mais altos. E a água que formava o rio tocava uma sinfonia suave enquanto dançava em direção ao mar.

Beijei o dorso da mão de Flame.

— Chegamos — anunciei. Sua atenção estava concentrada no rio. Eu sabia que estaria. A memória de Isaiah estava tão gravada em sua alma que eu sabia que ele reconheceria o rio onde as cinzas do bebê foram espalhadas. — Venha — eu disse, quando AK abriu a porta.

— A gente vai ficar por aqui — disse ele, acenando para Viking e Ruth.

De repente, me senti completamente nervosa, as forças sendo drenadas. Dessa vez, fui eu quem apertou a mão de Flame em busca de apoio. Ele deve ter sentido minha angústia, pois desviou o olhar da janela e os olhos perturbados se focaram nos meus.

Saí da van, passando a mão sobre o ventre que abrigava meu bebê, a garganta contrita com a tristeza. Este era o nosso bebê, nosso milagre, nossos corações. Olhei para o rio e pensei em Isaiah. Pensei na mãe de Flame. Mesmo não nascido, eu daria minha vida pelo nosso bebê. Como deveria ter sido sua vida? Quão quebrada ela deveria estar para deixar os dois filhos para trás. Deixar Flame, que precisava desesperadamente dela, e o bebê Isaiah, tão desamparado.

Asher saiu da van logo atrás de nós. Estendi a mão e também segurei a dele. O garoto ficou tenso, surpreso, e mais uma vez meu coração chorou. A mãe de Asher também havia tirado a própria vida. Meu olhar se alternou entre os irmãos. Eram duas batidas do meu coração, e tinham sido deixados sozinhos.

192   **TILLIE COLE**

Eu me vi novamente concentrada no rio. Na correnteza, ali no espírito da própria água, vivia Isaiah. Um irmão Cade que eu sabia que também seria amado por mim. Três garotos Cade, todos destroçados pelo pai a quem amavam incondicionalmente. Tudo o que eles sempre quiseram foi que o pai retribuísse esse amor. Eles nunca conquistaram esse desejo.

Fechei os olhos e senti uma lágrima escorrer pelo rosto, por mais que tentasse reprimi-la. Eles foram abandonados, acreditando que não eram amados. Afastaram todos, tomaram péssimas decisões a respeito das pessoas, porque não sabiam amar ou ser amados.

Guiei as mãos de ambos até minha boca e depositei um beijo suave no dorso da de Asher, seguida da de Flame. Eu os conduzi adiante, deixando nossos amigos para trás. Acariciei o pulso de meu marido com o polegar, sentindo-o acelerado. Quando paramos à margem rasa do rio, com a água a poucos centímetros de distância, Flame sussurrou:

— Maddie...

Virei-me para meu marido e notei a angústia nitidamente habitando seu olhar sombrio.

— Você não conseguiu se despedir de Isaiah, Flame. Eles o tiraram de você, quando lançaram suas cinzas neste rio. Eles roubaram seu adeus por direito. — Repousei a cabeça em seu ombro. — Está na hora de se despedir... estamos aqui para que você possa dizer adeus ao seu irmão mais novo. — A respiração de Flame se tornou instável. Olhei para Asher e notei seu semblante abatido. — Isaiah também era seu irmão, Asher — murmurei, baixinho. Lágrimas escorreram por suas bochechas, mas ele não se mexeu. — Embora você não o tenha conhecido, Isaiah era seu irmão mais velho.

Pigarreei e olhei para o rio. Uma pequena ponte de madeira se situava ao nosso lado.

— Eu não o conheci, Isaiah — comecei. Asher e Flame ficaram tensos. — Eu gostaria de ter lhe conhecido. — Sorri, imaginando um bebê com cabelo e olhos escuros, exatamente como os dois irmãos Cade ao meu lado. — Imagino que você teria crescido e se tornado tão alto e forte, como Asher e Flame. — Senti uma lágrima de Asher pingar no dorso da minha mão. Flame permaneceu imóvel.

Rezei para que minhas palavras estivessem acalmando sua alma acidentada. O fluxo do rio me estimulou a continuar:

— Você foi uma benção. Todo bebê é. — Flame arfou em um soluço angustiado. Eu não queria nada além de abraçá-lo, mas eu tinha que segurar

SEGREDOS SOMBRIOS 193

Asher também. — Você era amado, pequeno. Você foi amado tanto por sua mãe quanto por seu irmão... Josiah. — Quando eu disse seu nome, Flame se afastou. Ele tentou se afastar do rio, mas eu o segurei, mantendo-o perto. — Você era puro e bom. Você merecia muito mais da vida do que recebeu.

A brisa suave esvoaçou meu cabelo. Não pude deixar de imaginar um bebê nos braços de um jovem Flame, chorando por ajuda, suas pequenas respirações instáveis quando essa ajuda nunca veio. Quando essa imagem me atingiu, a gravidade do trauma de Flame se revelou ao meu coração já machucado. Testemunhar tal tragédia, ter que suportá-la quando você não entendia o mundo, foi certamente o pior. Eu queria envolver Flame em um abraço caloroso e nunca soltá-lo, para garantir que ninguém neste mundo pudesse chegar até ele, para garantir que ele nunca se sentisse um ser inferior novamente.

Eu tinha que terminar isso, precisava continuar.

— Mas Deus queria que você voltasse para casa — prossegui. — Sua mãe precisava de você de volta em seus braços. — Senti nosso bebê se mexer em meu ventre e franzi o cenho ante a tristeza pelo garoto que nunca conseguiu crescer, que nunca conheceu Flame ou Asher, que não sentiu o amor fraterno. — Deus tirou você de um homem mau que iria machucá-lo.

Flame ofegava, lutando para manter a calma. Quando me virei para Asher, suas bochechas estavam cobertas de lágrimas, os olhos vermelhos pelo choro incontido. Mas ele se manteve estoico e forte. Ambos os meus Cade se mantiveram firmes. Eles não tinham ideia de como eu estava orgulhosa deles, ou quão verdadeiramente milagrosos eles eram.

— Ele lhe tirou de um mal que não podia permitir que você suportasse, e o colocou em Sua segurança e nos braços de sua amada mãe. — Funguei, engolindo as lágrimas. — Mas, ao fazer isso, você, Isaiah, nunca se despediu do seu irmão mais velho que sempre tentou mantê-lo seguro. Que o abraçou, confortou e amou, até você dar o seu último suspiro, passando deste mundo cruel para um mundo de paz, luz e amor. — Fiz uma pausa para recuperar a voz. — Um irmão mais velho que acreditava tê-lo machucado de alguma forma, um irmão mais velho que se puniu por isso todos os dias, quando tudo o que ele fez foi tentar... tentar amá-lo por quem você era e rezar para que nunca o deixasse.

Na minha visão periférica, vi Flame abaixar a cabeça. Quando olhei para ele, suas pálpebras estavam cerradas. Porém, dos cantos fluíam lágrimas. Foi a minha ruína. Virando-me para ele, ergui sua mão, com nossos dedos entrelaçados, e a beijei.

— Hoje viemos dizer adeus, Isaiah. Dizer-lhe que você era muito amado e que faz falta. Você faz falta todos os dias. — O sol começou a se pôr, raios brilhando na superfície espelhada do rio, lançando uma luz que lembrava o brilho de diamantes. — Não tive o melhor começo de vida — admiti. Flame congelou. Olhando para o meu marido, esperei até que ele olhasse para mim. — Como você, Isaiah, Josiah me salvou. Ele me tirou de uma vida de servidão e dor constante para uma vida tão rica de felicidade que ainda mal acredito que seja real. — Fiz questão de sustentar o olhar de Flame. — Ele ama de uma forma tão pura, profunda e verdadeira... e eu sei que ele amava você da mesma maneira. — Apertei a mão de Asher. — Da mesma forma que ama a todos os seus irmãos. — Sorri, embora meus lábios tremessem. — Flame amará o filho da mesma maneira. Ele nunca o machucará, assim como nunca machucaria você. — Fechei os olhos. — *As almas mais puras podem não ter uma vida longa.* — Lembrei-me das escrituras dos meus dias na Ordem. — *Os justos perecem, e, ainda assim, ninguém leva isso a sério; os devotos são levados embora, e ninguém entende que os justos são levados para serem poupados do mal. Os que andam na retidão entram em paz; eles encontram descanso enquanto jazem na morte.*

A brisa quente nos envolveu como um abraço materno.

— Você foi poupado do mal, Isaiah. Você foi poupado de um homem que tentaria lhe fazer mal. Na morte, você recebeu proteção... recebeu a paz. Você deixou este mundo aninhado nos braços da pessoa que mais o amava. — Minha voz perdeu força ao acrescentar: — Não consigo pensar em uma melhor maneira de morrer. — Respirando fundo, tentando me conter por mais alguns momentos, eu disse: — Adeus, Isaiah Cade. Nós o amamos. Você sempre estará em nossos corações. Cuide de nós do Céu onde se encontra. Um dia, quando for a nossa hora, voltaremos a vê-lo.

Cobrindo meus olhos com as mãos de Asher e Flame, eu chorei. Chorei pelo bebê inocente que nunca cresceu. Chorei pelos irmãos ao meu lado que ainda precisavam encontrar a paz.

— Todos veremos você novamente, veremos sua mãe e a mãe de Asher... e todos poderemos amar em paz.

Por favor... eu me vi rezando, minhas mãos ainda entrelaçadas às de Asher e Flame. *Ajude os dois a se curarem. Ajude Flame a se libertar do fardo que abafa a alegria de sua alma. Permita que Asher entenda que ele é querido e amado. Por favor, conceda paz aos meus garotos Cade. Permita que eles sintam amor... permita que eles finalmente se sintam livres.*

SEGREDOS SOMBRIOS

CAPÍTULO DOZE

FLAME

Eu não aguentava. Eu não aguentava! Maddie... minha Maddie estava chorando. Asher estava chorando. Senti água no meu rosto. Eu também estava chorando? Meu peito parecia estar desabando, garras puxando minhas entranhas, tentando rasgá-las. As palavras de Maddie começaram a circular na minha cabeça.

"Você foi poupado do mal, Isaiah. Você foi poupado de um homem que tentaria lhe fazer mal. Na morte, você recebeu proteção... recebeu a paz. Você deixou este mundo aninhado nos braços da pessoa que mais o amava... você nunca se despediu do seu irmão mais velho que sempre tentou mantê-lo seguro. Quem o abraçou, confortou e amou, até você dar o seu último suspiro, passando deste mundo cruel para um mundo de paz, luz e amor. Um irmão mais velho que acreditava ter machucado você de alguma forma, um irmão mais velho que se puniu por isso todos os dias, quando tudo o que ele fez foi tentar... tentar amá-lo por quem você era e rezar para que nunca o deixasse."

Maddie disse que eu não o machuquei, que Deus tirou Isaiah de mim, porque nosso pai continuaria machucando-o. Isaiah foi tirado de mim para ficar com nossa mãe, para que ela pudesse amá-lo. Para que meu pai não abusasse dele, como fez comigo e com Asher. Eu olhei para Asher. Ele ainda estava chorando, com a cabeça inclinada para esconder o fato de que estava chorando. Porque meu pai também o machucou. Meu pai machucou

Asher... como ele me machucou. Como ele teria machucado Isaiah quando ficasse mais velho. Meu coração batia muito rápido. Soltei minha mão da de Maddie.

— Flame?

Meus pés tinham que se mover. Eu tinha que me mover. Então andei. Olhei para o rio; Isaiah estava lá. Cobri meus olhos com as mãos. Isaiah estava chorando antes de morrer. Seu choro machucou meus ouvidos. Ele não parava. Ele nunca parou de chorar porque estava com dor. As palavras de Maddie voltaram para mim: *"Você foi poupado do mal, Isaiah. Você foi poupado de um homem que tentaria lhe fazer mal. Na morte, você recebeu proteção... recebeu a paz".*

Meu pai disse que eu matei Isaiah, que minhas chamas o mataram. Meus demônios o tiraram de mim. Maddie disse algo diferente – Deus levou Isaiah para que nosso pai não pudesse fazer com ele o que havia feito comigo. Meu pai nos deixou sozinhos. Ele nos deixou no porão. Estávamos com fome, com sede, mas ele nunca voltou. A respiração de Isaiah mudou, mas eu não podia tocá-lo. Eu disse a Isaiah que não podia tocá-lo. *Não posso tocar você... eu vou te machucar...*

Encarei minhas mãos. Eu o peguei. Eu o segurei e o embalei, como minha mãe fazia. Parei de andar e apenas olhei para as palmas das mãos. Minha visão ficou turva. Eu podia ver Isaiah em meus braços. Ele mal estava respirando, sua pele estava vermelha, quente, e seus olhos estavam engraçados, vidrados. Balancei meu corpo para frente e para trás como minha mãe costumava fazer...

— *Brilha, Brilha, Estrelinha...* — Ouvi um suspiro e levantei a cabeça. Maddie estava me observando. Ela ainda estava chorando. Minhas mãos ainda estavam erguidas no ar. Eu ainda podia ver Isaiah em meus braços. — *Quero ver você brilhar...* — continuei cantando. Minha garganta doía. Pensei que estava machucando Isaiah, mas Maddie disse que não, que as chamas no meu sangue não eram más. Elas eram explosões de luz, que existiam para me afastar das trevas, para longe do meu pai. Maddie disse que Deus as colocou lá, não porque eu era mau, mas para afugentar o mal, afugentar meu pai e o pastor Hughes, e as cobras que eles colocaram sobre a minha pele. Maddie disse que meu pai era um homem mau e cruel. — Ele me machucou — falei para Isaiah.

— Amor — Maddie sussurrou.

Olhei para Isaiah, ainda aninhado em meus braços.

SEGREDOS SOMBRIOS

— Ele me machucou. Ele sempre me machucava. Ele empurrava dentro de mim. Ele me fazia chorar. Ele trouxe cobras para mim. Ele me fazia soltar as chamas.

Olhei para as cicatrizes em meus braços sob o corpinho de Isaiah. Maddie disse que as chamas não precisavam mais ser liberadas. Que eu me sentiria melhor com elas por dentro. Se eu deixasse, elas assustariam toda a maldade. Elas eram chamas do bem, não do mal. Como Moisés. Como Moisés e a sarça ardente. Minha mãe costumava me contar essa história. Talvez ela também soubesse... Talvez ela soubesse que as chamas não eram ruins.

Lembrei-me da voz da minha mãe. *"Moisés viu que, embora o arbusto estivesse pegando fogo, ele não queimava"*. O som da voz da minha mãe na minha cabeça me fez sentir melhor. Ela sempre me fez sentir melhor. Eu olhei para Isaiah.

— Eu achei que a tinha matado — confessei, pensando em quando segurei sua mão. — Ela morreu. Eu pensei que a tinha tirado de nós. — Senti as chamas no meu sangue borbulhando sob a pele. Minha garganta apertou, mas deixei as chamas queimarem. Eu as deixei queimar. Respirei e esperei a dor chegar. Maddie disse que eu não precisava liberá-las...

... Elas não queimam...

Ofeguei e caí de joelhos. As chamas. Eu as sentia. Elas estavam correndo pelas minhas veias.

— Elas não são más. As chamas são boas. — Observei as veias em meus braços. Elas queimavam, mas não machucavam. Eu respirei com mais facilidade. Elas não doíam. As chamas levaram embora o mal do meu pai. *"Você foi poupado do mal, Isaiah. Você foi poupado de um homem que tentaria lhe fazer mal. Na morte, você recebeu proteção... recebeu a paz"*.

Meu corpo estava fraco. Meus braços doíam. As pernas latejavam. Isaiah estava olhando para mim.

— Sinto muito — murmurei. Uma lágrima caiu em seu peito. — Sinto muito, — repeti. Isaiah começou a desaparecer. — Adeus... — sussurrei. Meu peito parecia muito apertado. Eu vi o rosto do meu pai na minha mente. Ele *me* machucou. Ele machucou *Isaiah*. Ele machucou *Asher*... Ele até machucou Maddie. — Adeus — repeti, e Isaiah desapareceu completamente. Meu corpo tremia, vibrava com a porra da raiva. Raiva ardente encheu todos os meus músculos.

Inclinando a cabeça para trás, gritei. Eu gritei e cravei as mãos no solo.

TILLIE COLE

Meu pai fez isso. Meu pai machucou a todos *nós*. Isaiah nos deixou, porque nosso pai era ruim. Eu estava fodido, porque ele era ruim. Ash... minha cabeça virou para o lado. Ele estava me observando. Ele também estava ferrado. Então toda a raiva me deixou ao lançar um único olhar para Maddie. Uma mão cobria sua boca... e a outra estava sobre sua barriga. O bebê dela, *nosso* bebê... como Isaiah. Virei a cabeça para olhar o rio. Isaiah foi colocado lá. Nosso pai e o pastor espalharam suas cinzas na água.

Eu me levantei e caminhei até a margem do rio. Isaiah estava lá em algum lugar. Deus recebeu a alma de Isaiah, mas seu corpo estava nesta água.

— Isaiah — sussurrei e, em seguida, entrei na água, caindo de joelhos. Eu enfiei as mãos na água, depois na lama abaixo. — Adeus — sussurrei. Com as mãos em cunha, despejei o líquido sobre minha cabeça, deixando escorrer pelo meu rosto.

"Na morte, você recebeu proteção... recebeu a paz".

Isaiah não estava mais em chamas e em agonia. Ele estava feliz com nossa mãe. Ele não estaria chorando, estaria rindo. Sua respiração seria normal, e ele estaria com nossa mãe. Ela também seria feliz. Não haveria sangue em seus pulsos. Derramei a água sobre a cabeça, rosto e braços. Ela também estaria em paz. Isaiah e minha mãe receberiam paz. Eles teriam descanso.

De repente, vi alguém se aproximar. Ash caiu de joelhos ao meu lado e olhou para a água.

— Adeus, Isaiah — ele disse e, repetindo meus gestos, derramou a água sobre o rosto e a cabeça. — Adeus, mãe — falou e sua expressão facial mudou. As mãos de Ash empurraram o leito do rio e suas costas começaram a tremer. Ele estava chorando. Eu não sabia o que fazer. Eu não sabia o que diabos fazer!

Procurei por Maddie. Ela estava nos observando da margem do rio. Ruth colocou o braço em volta dos ombros de Maddie, que também estava chorando.

Fechei os olhos com força. Levantando meu braço, olhei para minhas veias. *"E se o seu pai e a igreja estivessem errados? E se as chamas não fossem amaldiçoadas pelo diabo, mas, sim, os faróis do bem concedidos a você por Deus".* Maddie disse que as chamas não eram ruins. Maddie nunca mentiu para mim. *"E se as chamas estiverem afastando a escuridão? E se elas não forem para extinguir, mas alimentar?"*

Eu senti as chamas, mas elas não queimavam. Ash chorou ainda mais.

— Adeus, mãe. Adeus, Isaiah — ele arfou com as palavras embargadas. As chamas não machucaram Isaiah. Maddie sempre disse que meu

SEGREDOS SOMBRIOS

toque não matou Isaiah. Então, agora, elas não machucariam Ash. Elas impediriam a escuridão. Engolindo em seco, coloquei a mão nas costas de Ash. Eu não queria fazer isso. Eu queria afastá-la, mas a mantive lá. Ash congelou. Ele olhou para mim, enxugou as lágrimas e se sentou. Mantive a mão nas suas costas. Eu não sabia quando tirá-la, então apenas a deixei lá.

— Eu não quis dizer aquilo — disse Ash. O rio estava lento. Mantive o olhar focado nas ondulações. — Você não é nada como o nosso pai — afirmou. Eu congelei, e algo no meu peito se levantou. Um peso que eu sentia desapareceu. Asher limpou os olhos, então se apoiou ainda mais contra a minha mão em suas costas. — Você será um bom pai, Flame. — Senti meu coração bater cada vez mais rápido, empurrando cada vez mais as chamas através do meu sangue... *não queimava...* — Não quis dizer aquilo. Você vai ser realmente um bom pai. — O rosto de Ash ficou vermelho. Não senti mais seus olhos em mim. — Você tem sido um bom pai para mim, Flame. Desde que você me tirou dele... você... — Ele fungou. — Você tem sido mais pai para mim do que ele jamais foi. — Eu não sabia como responder. Eu não sabia o que diabos dizer.

Ash falou, novamente:

— Eu só estou fodido. — Ash bateu o punho cerrado na cabeça. — *Aqui.* Estou fodido. — Um soluço deixou sua garganta. Ash se inclinou para o lado e se aninhou ao meu peito. Seus braços envolveram minha cintura. Ele chorou no meu peito. Fechei os olhos com força. Eu quase o afastei, mas vi Maddie na margem do rio. Ela assentiu para mim. Engolindo o nó na garganta, coloquei as mãos ao redor dele. — Me desculpe, Flame. Me desculpe. — Eu respirei através do calor das chamas. Mantive o olhar em Maddie. Eu vi sua barriga, nosso bebê... nosso bebê.

Não sabia quanto tempo Ash chorou. Um tempo depois, ele se afastou e secou as bochechas. Maddie me disse ontem à noite que Ash não achava que eu o queria como irmão tanto quanto Isaiah. Ela me disse que eu deveria lhe dizer que ele estava errado.

— Eu quero você como um irmão — declarei. Asher olhou diretamente para mim. Baixei os olhos para encarar a água, deslizando os dedos pelo riacho. — Eu não amava mais ao Isaiah do que a você. Também quero você como meu irmão.

Ash exalou.

— Estou feliz que você também seja meu irmão — ele falou.

Assenti com a cabeça e saí do rio. Minhas roupas estavam molhadas,

TILLIE COLE

mas não me importei. O tempo estava quente. A água não estava fria. Eu não teria me importado se estivesse.

Subi a margem do rio. Minhas pernas estavam fracas, mas eu respirava mais leve agora. Eu podia respirar. Maddie se aproximou. Ela estava usando um vestido roxo. Eu podia ver sua barriga por baixo do tecido que se grudava a ela. Eu não tinha notado o que ela estava vestindo antes. Seu longo cabelo negro caía pelas costas. Seu rosto estava vermelho de tanto chorar, como seus olhos.

— Flame — ela disse e veio em minha direção, estendendo a mão. Segurei a mão estendida e a puxei para o meu peito. Maddie fez um som que soou como um soluço. Eu rapidamente olhei para baixo, não entendia o que isso significava, se ela estava sofrendo. — Faz tanto tempo desde que você me abraçou desse jeito — ela sussurrou —, com os braços em volta de mim, me segurando perto de seu peito.

Pensei nela no hospital, inconsciente depois do incêndio. Fechei os olhos, tentando tirar aquelas malditas imagens da cabeça.

— Flame? — A voz de Maddie me trouxe de volta. Ela sempre me trazia de volta. Abri os olhos e encarei minha esposa. Ela sorriu, o que tirou a porra do ar dos meus pulmões. — Eu amo você — sussurrou.

— Eu também amo você. — Meu olhar se focou em sua barriga. Nosso bebê… nosso bebê estava lá. Como Isaiah, Maddie gostaria que eu segurasse nosso bebê, como fiz com Isaiah. *"Você não o machucou"*, a voz de Maddie repetiu na minha cabeça.

Eu não o machuquei. Eu não o machuquei.

— Asher — Maddie soltou minha cintura e abraçou Asher. Ele a abraçou de volta. — Estou tão feliz que você tenha vindo.

— Eu também — Ash admitiu, encontrando meu olhar.

Eu me virei para ver AK e Viking se aproximando.

— Você está bem, irmão? — AK perguntou e eu assenti.

— Merda! — Viking disse, assobiando baixo. — Você voltou? Temos nosso Flame de volta?

— Eu não sei o que você quer dizer — respondi, confuso.

Viking sorriu e esfregou as mãos.

— Aí está ele. Aí está ele, porra! — Eu ainda não entendia o que Viking estava dizendo, muitas vezes não entendia. Maddie segurou minha mão. — Uma maldita fênix ressurgindo das cinzas — Viking exclamou, balançando a cabeça, depois olhou para a mãe de Rider. Eu não sabia por

SEGREDOS SOMBRIOS

que ela estava aqui. Não me lembrava dela na viagem. — Viu só, Ruth? Eu posso ser todo poético e essas merdas.

— Sim, um verdadeiro maldito Wordsworth — AK resmungou.

— Quem é esse? — Viking perguntou. AK agarrou o braço dele e o levou de volta para a van. Eu estava cansado à medida que os seguíamos. Ash caminhou atrás de nós. Maddie subiu na van. Ruth e Ash também. Mas olhei para o rio uma última vez.

— Descanse em paz, Isaiah — sussurrei, e depois me acomodei ao lado de Maddie. Eu a aninhei contra o meu corpo e enlacei seus ombros. Eu precisava dela perto de mim. Eu precisava dela mais do que nunca. Admirei seu rosto quando a van pegou a estrada. Ela era linda pra caralho.

— Você está bem, amor? — ela perguntou.

Eu queria dizer coisas para ela, mas não sabia como tirá-las da cabeça, como me expressar. Então, assenti e inspirei seu perfume. Maddie se inclinou o mais perto que pôde. Sua barriga quase tocou a minha. Minhas mãos se fecharam em punhos. Eu queria tocá-la. Eu queria tocar onde nosso bebê crescia… mas não consegui. Ainda não.

Estávamos dirigindo por um tempo, quando Ash gritou, de repente:

— AK, pare!

AK rapidamente parou no acostamento da estrada. Ash estava olhando pela janela.

— O que foi, garoto? Você está bem? — Ash segurou na maçaneta da porta e a abriu.

— Flame — Ash me chamou. Eu me virei para a porta. Ele estava olhando para uma casa. Não sabia de quem era a casa; mas então avistei as árvores, a estrada. A porra do meu peito queria se rasgar em dois. — Eles construíram uma nova casa sobre a nossa — Ash comentou.

Era a nossa casa. Meu sangue ficou muito frio quando pensei no porão subterrâneo.

Esta casa não era como a nossa. Ela era branca, tinha uma varanda. Era boa, não o buraco nojento em que tínhamos vivido. De repente, a porta se abriu e duas crianças saíram correndo. Prendi a respiração quando elas correram para o jardim. Elas estavam rindo… as crianças estavam rindo. Eu não conseguia desviar o olhar delas. Ninguém nunca riu em nossa casa, ninguém além do meu pai. A garota correu para um balanço de pneu pendurado no galho mais baixo de uma árvore.

Ash respirou fundo.

202   **TILLIE COLE**

— Foi onde encontrei minha mãe — murmurou, apontando para a árvore em que o balanço de pneu estava.

— Asher — Maddie sussurrou, e colocou o braço em volta do meu irmão mais novo.

— Foi onde ela morreu, Madds. Foi onde ela se enforcou... onde eu a encontrei, morta. — Ash abaixou a cabeça e passou a mão pelo rosto. — Onde está aquela criança, rindo... foi onde minha mãe morreu.

A porta da casa se abriu novamente. Uma mulher saiu correndo. Ela tinha um cabelo loiro curto, e correu para as crianças. Elas fugiram, rindo de novo. Não entendi o que estava vendo.

— Por que eles estão rindo se ela os está perseguindo? — perguntei a Maddie.

Maddie também olhou para a casa.

— Porque eles são felizes — ela respondeu. — É assim que as famílias devem ser. Felizes. Livres. Eles estão brincando.

Não entendia como as pessoas poderiam se comportar assim. Nunca tive isso. Fiquei observando-os, imaginando se eles tinham mantido o porão do meu pai. Imaginando se sua mãe os trancava em seus quartos, sem roupas ou cama.

— Veja como ela os ama, Flame. Veja como ela ama os filhos — Maddie disse, e deitou a cabeça no meu ombro. Eu a puxei para perto. Meu peito parecia estranho só de observá-los. Meu peito estava quente. Eu não sabia dizer se eram ou não as chamas. Não parecia com elas. — É assim que será para nós. — Olhei para Maddie, para sua barriga. Ela esfregou a mão sobre a saliência. — Quando tivermos nosso bebê, seremos felizes. Amaremos nosso bebê e o manteremos seguro.

— Amaremos? — murmurei.

— Amaremos — Maddie repetiu, enquanto sorria para mim e roubava meu coração.

— Que bom — Ash comentou. — Que bom que eles tenham construído isso no terreno. É bom que uma boa família viva lá agora. — Ele assentiu. — Que bom que você queimou nossa casa, Flame. Nosso pai está morto, ele é uma maldita lembrança, queimando no inferno com o pastor Hughes. — Ash se recostou no banco, mantendo o olhar à frente. — Vamos dar o fora daqui. Nunca mais quero voltar a este lugar. — Ash fechou a porta da van, obstruindo a visão da casa. Eu me sentei e Maddie se ajeitou ao meu lado.

SEGREDOS SOMBRIOS

— Você está bem? — Eu assenti, mas não conseguia parar de pensar na casa branca, nas crianças rindo ou na mãe que brincava com elas. Maddie ofegou e depois sorriu para mim. — Nosso bebê está se mexendo — ela disse. — Nosso bebê se mexeu. — Seus olhos verdes iluminaram pra caralho. Ela parecia perfeita. — Eu nunca vou me acostumar com a sensação. — Ela riu e foi bom ouvir isso. — É um milhão de bênçãos. Sentir nosso bebê se mexer ou chutar... isso me traz pura felicidade. — Maddie deitou a cabeça no meu ombro.

A mão dela ficou sobre a barriga. Não afastei meu olhar; observei a mão pequenina por horas, até que paramos em um hotel. Mesmo enquanto comíamos em uma lanchonete, meus olhos continuavam voltando para sua barriga. Dentro dela estava o nosso bebê. Nosso bebê, que Maddie disse que eu não machucaria.

Quando entramos em nosso quarto de hotel, tomei banho e quando voltei, Maddie estava de pé ao lado da cama.

— Melhor? — ela perguntou. Eu não respondi sua pergunta. Meu sangue correu pelas veias. As chamas estavam lá. Mas eu as deixei queimar. Elas não podiam me machucar; Maddie disse isso. — Flame? — ela chamou.

Andei até onde ela estava. A água do meu cabelo ainda molhado do banho pingava nos olhos. Maddie tocou meu rosto. Ela pressionou a palma da mão na minha bochecha. Eu me inclinei e a beijei. Nossos lábios se tocaram. *Você não vai machucá-la*, eu disse a mim mesmo. Quando dei um passo para trás, empurrei as alças do vestido dos seus ombros. Maddie ofegou.

— Flame — ela sussurrou.

O vestido caiu ao redor da cintura dela. Movi as alças do sutiã pelos seus braços e suspirei quando a vi. Agarrando o vestido, eu o arrastei por suas pernas e me ajoelhei. Jogando o tecido para o lado, admirei minha Maddie. Ela estava sorrindo para mim. Sorrindo. Puxei sua calcinha e coloquei as mãos em seus quadris. Maddie prendeu a respiração. Eu olhei para a barriga dela.

Antes eu não conseguia olhar.

— Flame, você não precisa...

Meu coração bateu forte quando movi as mãos para sua barriga. As chamas no meu sangue aumentaram cada vez mais, mas eu as ignorei e pressionei as palmas em sua barriga... e as deixei lá. Maddie fez um barulho suave. Abri os olhos para encontrar seu olhar. Maddie estava chorando. Ela estava chorando... Afastei as mãos, apressado. Eu a machuquei. Ela estava errada. Eu a machuquei!

— Não — Maddie falou, com a voz embargada. — Não, amor, eu não estou machucada. — Ela segurou minhas mãos e as pressionou de volta na sua barriga. — Isso é bom. — Suas lágrimas escorreram por suas bochechas. — É perfeito. Você, segurando nosso filho... é perfeito.

— Eu não estou te machucando?

Maddie sorriu e balançou a cabeça. Então ela arfou e senti algo se mover sob minhas mãos. Eu tentei afastá-las imediatamente, mas Maddie as segurou sobre a barriga.

— Nosso bebê se mexeu. — Maddie riu. — Flame, nosso bebê acordou para dizer 'oi'. — Ela passou os dedos pelo meu cabelo. — Nosso bebê acordou para dizer 'oi' ao papai. — Fungou. — Nosso bebê está esperando há muito tempo por isso, Flame. Mas valeu a pena a espera. Você faz com que a espera sempre valha a pena.

Meus olhos ardiam e a garganta doía. Esses eram sentimentos estranhos para mim. Mantive as mãos sobre a barriga de Maddie. O bebê continuou se mexendo. Eu não queria que parasse. Quando o movimento parou, minhas chamas queimaram.

— Está tudo bem — Maddie me acalmou antes que eu pudesse falar. — O bebê Cade voltou a dormir.

Eu olhei bem no fundo de seus olhos.

— Mas o bebê está bem?

— Sim, amor — Maddie respondeu. — Eu juro.

As chamas no meu sangue esfriaram. Passei a mão sobre sua barriga e depois me inclinei e beijei a pele macia. Maddie começou a chorar. Eu me levantei e segurei seu rosto entre as mãos.

— Por que você está chorando? Você está triste, Maddie?

— Não — Maddie disse e segurou meus pulsos. — Estou feliz, Flame. Estou tão feliz. — Ela apoiou a testa na minha. — Estou tão orgulhosa de você. Sou muito abençoada por ter você como meu marido. Você é a pessoa mais forte que já conheci. É um lutador. Você é meu coração.

— Eu luto por você — falei e beijei seus lábios. Minha mão foi para a barriga dela. — Eu quero lutar pelo nosso bebê também.

— Faça amor comigo — Maddie sussurrou e afastou a toalha da minha cintura. Ela nos guiou até a cama e nós nos deitamos. Pairei sobre minha esposa e a beijei. As chamas se agitaram em minhas veias, mas eu as deixei queimar.

Maddie já tinha dito que se eu queimasse, nós queimaríamos juntos.

SEGREDOS SOMBRIOS

Mas as chamas não pareciam tocá-la. Beijei seus lábios, pescoço e seus seios. As mãos de Maddie reviraram meu cabelo. Eu beijei sua barriga. Beijei nosso bebê, que estava dormindo. Quando me arrastei de volta para a cama, eu disse:

— Eu amo você.

— Eu também amo você, Flame.

Maddie me puxou para cima dela. Eu a penetrei. Meu pescoço tensionou quando ela gemeu, envolvendo minhas costas com seus braços, me puxando para mais perto. Gemi quando a preenchi. E beijei minha esposa. Beijei e comecei a me mover para frente e para trás, travando o olhar ao dela, sem nunca desviar. Ela era meu tudo. Eu não poderia viver sem ela. Maddie me salvou. Ela sempre me salvava. Ela me salvou do mal, da escuridão. Ela me salvou da solidão.

— Flame — sussurrou. Suas bochechas ficaram vermelhas, a respiração se tornou ofegante. Eu me movi cada vez mais rápido. As chamas se acumularam no meu sangue, cada vez mais quentes. O sangue corria cada vez mais rápido pelas minhas veias, até que senti o fogo acender. E o tempo todo fiquei encarando os olhos de Maddie.

— O fogo — sussurrei, em pânico.

— Não vai lhe queimar — ela me assegurou. — Isso não vai nos machucar. Não é mau. Você não é mau. Você é bondade e luz. — Maddie sorriu. — E você é meu.

— Minha — repeti, arremetendo com mais força. Minhas pernas queimaram. — Minha.

Os lábios de Maddie se entreabriram e ela gemeu alto.

— Flame!

Eu gozei. Apoiei a cabeça na curva do pescoço de Maddie e gozei. As mãos de minha cadela estavam nas minhas costas. Os dedos dela deslizaram para cima e para baixo, para cima e para baixo. Quando levantei a cabeça, Maddie sorriu para mim.

— Você está bem?

— Pensei no rio, em Isaiah.

— Você realmente acredita que Deus o salvou? Que ele está no céu?

— Sim — Maddie respondeu, e eu rolei para o lado. Maddie compartilhou meu travesseiro. Mantive as mãos em sua cintura. — *Há um tempo para tudo e uma estação para todas as atividades sob o céu; tempo para nascer e tempo para morrer, tempo para plantar e tempo para colher, tempo para matar e tempo para curar, tempo para derrubar e tempo para construir, tempo para chorar e tempo para rir, tempo de lamentar e tempo de dançar...*

— O que é isso? — perguntei, sentindo um nó na garganta.

— Eclesiastes, capítulo três: versículos de um a quatro. — Maddie beijou meus lábios. Seu dedo acariciou minha testa. — Está na hora de você curar, Flame. Está na hora de você rir, não mais prantear. Pense em Isaiah com amor em seu coração e felicidade em sua alma. Ele está em um lugar seguro, longe da escuridão. — Maddie traçou a tatuagem de chamas no meu peito. Eu assobiei com a sensação. — Ele está na luz, Flame. É hora de você sair da escuridão também.

— Não sei o que me faz feliz... a não ser você —sussurrei e baixei meu olhar para a barriga de Maddie. Eu queria ser feliz com o nosso bebê. Mas também estava com medo. Medo de falhar com o nosso bebê. — E se eu for um pai ruim? — murmurei, sentindo o medo se alojando nos meus ossos. — E se eu for como meu pai, mas ainda não souber? E se eu machucar nosso bebê?

— Impossível — Maddie argumentou.

— Como você sabe?

— Porque conheço você. Conheço a verdade do seu coração e da sua alma. — Maddie beijou minha bochecha. — Você ama mais do que qualquer um que já conheci. — Ela beijou minha outra bochecha. — Você me protege como ninguém mais. — Beijou minha testa. — Você faria qualquer coisa por mim. — Então beijou meus lábios. — Você fará isso pelo nosso filho e muito mais. — Segurou minha mão e a colocou na barriga. — Agradeço a Deus todos os dias que este bebê o tenha como pai. Será a criança mais feliz do mundo. Nosso bebê crescerá livre dos horrores que experimentamos.

— Como as crianças da casa?

— Como as crianças da casa.

— Eles riram.

Maddie assentiu.

— E nosso filho também rirá.

— Eu amo o som da sua risada — falei para ela. — Eu quero que nosso bebê também ria como você. — Não me lembro de rir.

— Nós podemos fazer isso, Flame. Nossas almas ainda podem estar sombrias, mas estão se curando. Algum dia, apenas pequenas cicatrizes permanecerão.

— Não acredito em muita coisa — confessei. Meus olhos se fecharam.

SEGREDOS SOMBRIOS

Eu estava cansado. — Mas acredito em você, Maddie. Eu sempre acreditei em você.

Adormeci com minha mão protegendo nosso bebê e com a cabeça de Maddie recostada à minha. As chamas estavam no meu sangue, mas não queimavam. Isaiah estava no céu com nossa mãe... e agora eu podia dormir.

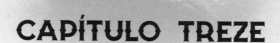

CAPÍTULO TREZE

MADDIE

Vários meses depois...

— Venha aqui, querido — eu disse.

Charon correu até onde eu estava sentada. Bati palmas e ele riu. Ele usava um macacão preto com o emblema do Hades Hangmen na frente. Seu cabelo preto como a noite era exatamente como o de Mae. E seus olhos eram de um tom cristalino. Ele era lindo. Talitha e Azrael rolaram no chão, engatinhando a todo momento. Loiros e de olhos azuis, como Lilah e Ky.

— Onde estão meus docinhos? — Sia entrou na casa de Mae. — Ah! — ela exclamou para Azrael quando ele sorriu, babou e engatinhou em sua direção. Ela o pegou e beijou sua bochecha. — Como está meu pequeno destruidor de corações? — Ela o encheu de beijos até que ele riu. Não pude deixar de sorrir. — Aqui está ele! Aqui está ele! — Sia colocou Azrael de volta no chão e pegou Talitha, e depois depositou um beijo no rosto de Lilah. — Como diabos você consegue ficar tão linda assim depois de ter gêmeos? — Ela revirou os olhos e os focou em Mae. — E você?! Onde estão as olheiras? O cansaço?

— Oi, Sia — Mae falou e levantou-se para preparar uma bebida para a recém-chegada.

Sia sentou-se ao lado de Beauty e Letti. Adelita estava ao lado de

Beauty, do outro lado, e Phebe e Sapphira se encontravam ao lado delas, com Bella perto de mim.

— Como está se sentindo, Madds? — Beauty perguntou.

— Muito grande — respondi, embalando minha barriga enorme. Eu já havia passado três dias além da data prevista. Estava esperando ansiosamente para conhecer nosso bebê. Mal podia esperar.

— A Irmã Ruth terminou de preparar sua casa? — Mae perguntou.

— Sim. E assim que eu entrar em trabalho de parto, ela virá até nós. Ela também informará ao hospital; caso precise da ajuda deles.

— Merda, querida. Você é uma cadela mais corajosa do que eu, só de escolher o parto em casa. Eu voto pelas drogas! — Sia disse.

Lilah arqueou a sobrancelha.

— Você tem algo a nos dizer, Sia?

— Não mesmo! Ainda não estou pronta para ter filhos. — Ela sorriu abertamente e piscou. — Mas eu, com certeza, amo treinar com meus homens.

— Você já escolheu os nomes, Maddie? — Adelita perguntou.

— Sim.

— E você não vai nos contar? — Beauty perguntou, pegando Charon e fazendo cócegas na sua barriga. Eu ri, enquanto ela brincava, me olhando atentamente do outro lado da sala.

— Não — respondi, esfregando a barriga saliente para enfatizar. — Vocês descobrirão em breve.

— Sua tia Maddie gosta de provocar — Beauty falou, fazendo mais cócegas em Charon. — Ela gosta de provocar! — Eu sorri com a felicidade do meu sobrinho. Era contagiante. E ele era tão amado e mimado por todos no clube.

Ele correu pela sala em direção a Mae e estendeu os bracinhos para ela, que o pegou no colo e o abraçou. Meu coração se apertou com a imagem. Eu teria isso em breve. Nunca pensei que teria filhos.

Nunca acreditei que poderia ter uma vida onde seria permitido mantê-los comigo. Se uma Amaldiçoada engravidasse na Ordem, a criança seria tirada da mãe e enviada para outro lugar, para nunca mais ser vista novamente, como Rider e Judah foram tirados de Ruth, como Sapphira foi tirada de Phebe, como nós todas fomos tiradas de nossas mães.

— Temos muita sorte — me vi dizendo em voz baixa.

Todas as conversas cessaram. Bella estendeu a mão e segurou a minha.

210 **TILLIE COLE**

Lágrimas encheram meus olhos, mas rapidamente as sequei. Encontrei os olhares de Mae, Lilah, Bella e Phebe.

— Se continuássemos na Ordem, nunca teríamos conhecido esse tipo de amor. — Notei Phebe tensa e meus olhos se voltaram para ela. — Ou lamentaríamos a criança arrancada dos nossos braços. — Sapphira encostou-se à mãe, repousando a cabeça em seu braço. Eu adorava Sapphira. Ela era calada, muito quieta. E mal havia frequentado a escola antes de sair.

Na verdade, nos últimos meses, Sapphira mal havia saído da cabana. Phebe temia que ela tivesse regredido. Sapphira nunca falava coisa alguma. Sua mãe disse que acreditava que a breve experiência da garota no mundo exterior havia sido demais para ela lidar. Em vez de ajudá-la a dar passos maiores, ela recuou. Ela não possuía amigos, a não ser por Zane e Grace. O pouco contato que ela teve com Asher havia cessado. Asher começou a trabalhar com Tank e Bull na loja de motocicletas. Ele estava melhorando, e eu estava tão orgulhosa. Por um tempo, fiquei apavorada que ele estivesse se metendo em problemas, em algo do qual não podia voltar.

Mae abraçou Charon. Lilah segurou Talitha e Sia segurou Azrael.

— Eu não aguentaria — Mae falou enquanto beijava o topo da cabeça de Charon. — O amor que sinto por ele... é incomparável. Tirá-lo de mim seria arrancar todo o meu coração e deixar apenas um buraco cavernoso.

— Eu não seria capaz de viver... — Lilah começou e fez uma pausa. Seus olhos azuis marejados pousaram em Phebe, sua irmã de sangue.

Phebe apertou ainda mais Sapphira.

— É... — Phebe pressionou a bochecha contra a cabeça da garota. — Eu não tinha alma. Quando eles a tiraram de mim, fiquei sem alma até encontrá-la novamente. — Phebe colocou o dedo sob o queixo de Sapphira e ergueu seu lindo rosto.

Suas bochechas estavam molhadas, os olhos assombrados. Eles sempre eram sombrios. Todas nós sofremos atrocidades hediondas nas mãos da Ordem e dos Discípulos, de acordo com os ensinamentos do Profeta David. Mas eu temia que Sapphira tivesse sofrido a pior experiência de todas. Eu conhecia apenas a ponta do iceberg em relação aos horrores que ela enfrentara. Quando me deixei pensar em sua vida jovem, mas comovente, imaginei que ela jamais confiaria em alguém novamente. Senti meu bebê se mover e uma devastação de pura empatia tomou conta de mim. Ela alguma vez se apaixonaria? Alguma vez estaria em posição de ter seu próprio filho? Se não fosse por Flame, eu não teria. Rezei para que

SEGREDOS SOMBRIOS

ela encontrasse alguém para levá-la da escuridão para a luz. Alguém digno de sua natureza doce e coração frágil. Alguém que a adoraria e a manteria protegida dos fantasmas de seu passado.

— Vamos conhecê-los agora — Phebe disse, e beijou Sapphira na bochecha. O sorriso amoroso de Sapphira para sua mãe foi quase minha ruína. Minhas emoções estavam no limite no momento. Mas quando se tratava de Sapphira, meu coração estava sempre aberto. Ela me lembrava de mim antes de Flame. Eu faria qualquer coisa para vê-la feliz.

— Phebe? — Lilah disse, com cuidado. — Você está grávida? — Prendi a respiração esperando pela resposta.

— Não — ela respondeu. Mas suas bochechas coraram de vermelhidão. Phebe enfiou a mão no bolso e colocou um anel no dedo. — Mas estou noiva. — Ela baixou o olhar. — AK me pediu para casar com ele… — Seu sorriso irradiava pura felicidade. — E eu disse sim.

— SIM, PORRA! — Beauty pulou da cadeira e correu pela sala para abraçar Phebe. Uma por uma, nós nos levantamos e a parabenizamos. — Okay. Para quando vocês estão pensando? — Beauty perguntou. — Porque vocês sabem que vou planejar a coisa toda! — Ela bateu palmas. — A nova sede do clube está quase pronta. Vai ser perfeito.

A porta se abriu atrás de nós e Styx entrou. Eu ri quando ele viu a cena diante de si com olhos arregalados e um pouco assustados.

— *Prez*! Haverá um casamento! Prepare-se para eu estar por perto mais do que o habitual.

Styx assentiu para Beauty.

— Papai! — Charon se soltou dos braços de Mae e atravessou a sala até Styx.

Eu raramente via Styx sorrir. Mas quando ele ergueu Charon, com os braços gordinhos de seu filho envolvendo seu pescoço, o sorriso de Styx foi imperdível. Mae se aproximou para cumprimentá-lo, e ele apoiou a mão em sua nuca e a puxou contra os seus lábios. A maneira como encarou Mae mostrou, sem palavras, o quanto a amava. O quanto ele amava os dois.

Eu não conseguia desviar o olhar da cena. Minha barriga agitou. Em minha mente, pude ver Flame como o pai perfeito e amoroso. Mas eu, simplesmente, não sabia como ele reagiria quando nosso bebê estivesse aqui. Fechei os olhos e o senti beijando minha barriga. Ele fazia isso todos os dias, adorando nosso bebê antes mesmo de estar aqui. Ele dormia com uma mão na minha barriga e a outra agarrada a mim. Mas eu ainda via o

212   **TILLIE COLE**

medo cintilar em seus olhos. Às vezes, eu acordava com ele andando ao lado da nossa cama, examinando as cicatrizes em seus braços, traçando suas veias para cima e para baixo com os dedos.

— Maddie? — Abri os olhos para encontrar Bella ao meu lado. — Você está bem? — Concordei e vi Styx levar Charon para a cozinha. Ele estava sussurrando no ouvido do filho. Lutei contra um nó na garganta.

— Styx fala com Charon — eu disse para Bella.

Nossas irmãs estavam rodeando Phebe. Ela estava tão feliz. Ela merecia muito ser feliz. Olhei para Styx novamente. Ele estava bebendo uma cerveja, guiando Charon para a varanda. E o tempo todo ele falava com o garotinho. Styx, o Hangmen Mudo, falava com facilidade com seu filho.

— A maioria dos homens muda quando se tornam pais — Bella falou. Eu me sentei na cadeira e ela sentou ao meu lado. — Eu ajudei em muitos partos com Ruth. — Os olhos de Bella perderam o foco enquanto ela pensava. — Quando eles veem o filho, algo muda dentro deles. Como se um instinto milenar de amar e proteger esse pequeno bebê estalasse dentro deles. — Ela sorriu. — É realmente uma coisa bonita e poderosa de se ver. — Olhei para as minhas mãos. Eu estava brincando com meus dedos. Bella deve ter visto isso. — Flame está melhor?

O rosto do meu marido surgiu em minha mente. Ele estava melhor. Melhor do que meses atrás. Mas havia momentos em que o via relapsar. Alguns dias aqui e ali, algumas semanas difíceis... houve dias em que ele acreditava que as chamas eram demais para suportar. Houve noites em que ele se sentou ao meu lado da cama, observando minha barriga no caso de algo dar errado com o bebê. Noites em que a voz de seu pai o convenceu de que ele era mau. Noites em que Flame sonhou que Isaiah veio até ele e o culpou por sua morte. Essas foram as piores. Quando ele quebrou, Flame caiu de joelhos e me disse que temia matar o nosso filho.

— Falei com Rider — revelei. — Ele me disse que Flame pode nunca se ver livre de seus traumas passados. Que ele pode recair a qualquer momento. Mas que, se o fizesse, ressurgiria novamente, como havia feito tantas vezes antes. — Eu me virei para Bella, segurando sua mão. — Eu quero que ele ame nosso bebê — sussurrei. Esse era o meu maior medo; um que eu não ousara dizer em voz alta, mas que pensei tantas vezes. — Quero que Flame veja nosso bebê e saiba que ele é seu pai. — Bella esfregou minhas costas. — E se isso não acontecer, Bella? O que faremos então?

— Vai acontecer — Bella me assegurou. — Pode levar um tempo para

SEGREDOS SOMBRIOS

213

ele se ajustar. Pode não ser de imediato. Mas ele amará o bebê tanto quanto a ama. Maddie, do jeito que ele lhe ama… — Ela parou. — Tenha fé, irmã. Ele encontrará o caminho.

Assenti e bocejei, já cansada. Minhas costas doíam, as pontadas ondulavam na minha barriga. Eu estava incomodada e pronta para conhecer meu bebê.

— Você pode me ajudar a ficar de pé? — pedi a Bella. Ela segurou minha mão e me ajudou a levantar. Alonguei as costas e me virei para caminhar até Phebe e a turma comemorando, quando uma dor aguda tensionou minha barriga. Inclinei-me, estremecendo com a dor assombrossa.

— Maddie? — Bella chamou, preocupada. Olhei para minha irmã, sentindo repentinamente um líquido escorrer pelo interior das minhas coxas. Meu coração começou a acelerar. — Sua bolsa rompeu — Bella disse.

Mae e Lilah vieram correndo. De repente, fiquei nervosa.

— Maddie — Mae falou, e me ajudou a seguir em direção à porta.

— Precisamos levá-la para casa. — Lilah segurou minha outra mão quando Bella se afastou.

— Vou ligar para Ruth — Bella anunciou, pegando o celular do bolso.

Mae e Lilah me levaram para a varanda.

— Respire — Mae instruiu, afastando meu longo cabelo do rosto. — Você pode fazer isso, irmã. — Beijou minha bochecha e encarei seus olhos azuis claros; uma coloração que ela compartilhava com Bella e agora Charon. — Você conhecerá sua filha ou filho em breve. — Enquanto ela pronunciava essas palavras, meu coração floresceu e afugentou qualquer medo que residisse em meu âmago.

— Minha filha ou filho — sussurrei, fechando os olhos. *Minha filha ou filho…* Eu seria mãe.

O som de uma caminhonete rugiu ao longe e parou em frente à casa de Mae. Asher saltou do veículo.

— Maddie! — gritou ele, e veio até a varanda. — Você está bem? — Seus olhos escuros focados na minha barriga.

— O bebê está chegando — eu disse e sorri, mas outra dor aguda pressionou a parte inferior das minhas costas. Prendi a respiração e fechei os olhos, esperando a dor passar.

— Merda, Maddie! — Ash disse, nervoso, e passou as mãos pelo cabelo.

Asher recebeu de volta sua posição de recruta depois que voltamos da Virgínia Ocidental. Eu estava tão orgulhosa dele. Asher estava indo tão bem.

Ele começou a se curar após a morte de Slash. Pediu desculpas a Styx por seu comportamento e havia encontrado uma profissão com Tank e Bull. Ele estava florescendo. Era tudo o que sempre quis para ele.

— Precisamos colocá-la na caminhonete, Asher — Bella ordenou, abrindo a porta do lado do passageiro. Sentei-me lá dentro e prendi a respiração novamente, quando outra dor rugiu à vida. — Respire, Maddie. — Bella respirou comigo. Copiei o ritmo e ela assentiu. — Você deve respirar. Lembre-se do que Ruth lhe ensinou. — Asher entrou no lado do motorista e Bella sentou ao meu lado.

— Vamos seguir vocês — Mae nos informou e beijou as costas da minha mão. — Estaremos com você em breve. Maddie. — Os olhos de Mae se encheram de lágrimas. Aconteceu o mesmo com os meus. — Você logo será mãe — ela disse, acariciando minha bochecha. Eu me inclinei em seu calor. — Minha irmãzinha...

— Mae... — sussurrei em resposta. Ela se afastou e fechou a porta. Bella segurou minha mão.

— Você está pronta, Maddie? — ela perguntou. — Asher, vamos lá. Asher saiu do quintal e seguiu pela estrada de cascalho até a nossa cabana.

— Flame? — perguntei, quando outra onda dor veio. Apertei a mão de Bella e exalei sob sua instrução.

— Ele está em uma corrida. Liguei para AK assim que Bella me ligou. AK não vai contar a Flame sobre isso até que eles estejam em casa. — Asher encontrou meu olhar e eu assenti em entendimento. Flame entraria em pânico. Ele dirigiria de forma imprudente para chegar em casa. Eu precisava dele em segurança. Todos nós precisávamos dele em segurança. — Eles estão voltando para casa agora. Vai demorar cerca de uma hora.

— Fique comigo — pedi a Bella, subitamente sentindo um pânico por Flame chegar tarde demais.

— Você sabe que ficarei aqui até eles chegarem. E então ajudarei Ruth. Mae e Lilah também virão dar apoio. — Bella afastou os fios de cabelos caídos em minha testa. Estava quente na caminhonete e meu cabelo grudava na pele. — Como sempre costumava ser — Bella relembrou. Fechei os olhos e me recordei dos aposentos das Amaldiçoadas na Ordem. — Uma sempre ao lado da outra — Bella confirmou. Eu assenti. Sempre fomos nós quatro: Jezebel, Salome, Delilah e Magdalene, as Irmãs Amaldiçoadas de Eva. A mão de Bella segurando a minha era tão familiar quanto meu próprio reflexo.

SEGREDOS SOMBRIOS

Quantas noites retornei para os nossos aposentos, ensanguentada e machucada, incapaz de deixar de ser tão violentamente tomada pelo Irmão Moses, apenas para ter Bella segurando minha mão enquanto eu descansava depois de tudo? Mae banhava minha pele com um pano, apagando o toque do Irmão Moses da minha pele. Lilah cantava baixinho no meu ouvido, e também sussurrava orações de força e salvação, enquanto tentava reconstruir meu espírito alquebrado.

— Embora fôssemos prisioneiras, tivemos sorte. — Tentei convencer Bella. Encarei minha irmã e vi a tristeza gravada em seu lindo rosto. — Embora estivéssemos atravessando o inferno, estávamos juntas. *Ainda assim*, estávamos juntas.

Bella encostou a cabeça à minha.

— Sempre, Maddie. Nossos filhos, presentes e futuros, crescerão com o mesmo amor um pelo outro. Chega de dor.

— Chega de dor — ecoei quando a caminhonete parou.

Asher correu e abriu a porta da cabana, antes de voltar e abrir a do veículo. Irmã Ruth parou atrás de nós, com meu pai logo atrás. Bella me ajudou a sair do carro.

— Você está pronta? — Irmã Ruth perguntou, com um sorriso largo no rosto.

— Sim — eu disse.

Meu pai segurou minha outra mão.

— Maddie. Você consegue fazer isso. Você é uma das pessoas mais fortes que conheço.

— Obrigada. — Aceitei o elogio e apertei sua mão.

O relacionamento com nosso pai, para mim e minhas irmãs, foi gradual. Ele era um homem bom, mas tinha sido um estranho para nós durante nossas vidas. Nós conversávamos. Ele nos visitava. E eu sabia que algum dia minhas irmãs e eu o amaríamos como o pai que sabia que ele estava desesperado para ser.

Quando entrei na cabana, meu pai foi embora e Asher pairou perto da porta.

— Espere do lado de fora por Flame — Bella pediu a Asher. — Avise quando ele chegar.

— Okay — Asher respondeu, suspirando aliviado, e foi para a varanda.

Sorri para Bella, sabendo que ela estava oferecendo a desculpa que ele precisava para sair de casa.

— Vamos tirá-la deste vestido sujo e colocar uma camisola limpa — Irmã Ruth orientou. Fui até o banheiro, e me agarrei à pia quando outra onda de dor varreu meu corpo. — Respire — ela instruiu, e eu segui sua respiração lenta.

Depois de trocada, passei pela sala, observando a porta. Não ouvi o menor sinal de Flame e ou o rugido de sua motocicleta.

— Deixe-me examiná-la — Irmã Ruth pediu e me levou para a cama. Deitei-me e estremeci quando Ruth me examinou. As sobrancelhas dela estavam arqueadas. — Você está sentindo dor há muito tempo, Maddie?

— Minhas costas doeram o dia todo e também desde a noite passada. — Esfreguei as mãos sobre a barriga. — Senti muita dor, mas presumi que fosse Braxton-Hicks.

— Você está com cinco centímetros de dilatação. E está em trabalho de parto ativo. — Engoli em seco e senti as mãos começarem a tremer. — Como está sua dor agora? — Ruth perguntou.

Na hora, uma dor aguda atravessou meu corpo e fechei os olhos, tentando respirar através da agonia. Apertei a mão de Bella com força, esperando a dor diminuir. Relaxei contra a cama quando a contração dolorosa passou. Bella colocou um copo de água gelada em meus lábios.

A porta se abriu e eu levantei a cabeça, precisando que fosse Flame, porém Mae e Lilah apareceram.

— Trabalho de parto ativo, cinco centímetros — Bella falou para elas, enquanto se postavam ao redor da cama.

— Maddie — Mae disse e segurou minha outra mão. — Isso é bom. Seu bebê estará aqui em breve. — Ela pressionou uma toalha sobre minha testa. — Vale a pena, eu prometo. Toda a dor vale a pena.

— E Flame? — perguntei.

— Ele está a caminho — Lilah confirmou. — Ky está com ele, e AK e Viking. Ele disse que estão quase em casa. — Lilah levantou o celular. Fechei os olhos com força.

— Eu preciso dele aqui. Eu preciso que ele esteja aqui. — Afastei as pernas da cama. — Eu preciso me levantar. Preciso andar — insisti enquanto Ruth me ajudava a levantar. Agarrei-me à estrutura da cama, gemendo quando a pressão nas costas se tornou intensa demais. Bella esfregou minha lombar, e eu respirei junto com Ruth.

Fechei os olhos e pensei em Flame. Minha mente me levou de volta à Ordem; de volta ao dia em que os Hangmen foram buscar Mae. Quando a

SEGREDOS SOMBRIOS

cela da prisão, na qual estávamos presas, foi aberta, e eu me vi diante deles, os homens de couro. Eles não se pareciam com ninguém que eu já tenha visto antes. E eles mataram os Discípulos. Eles mataram o Irmão Moses, meu atormentador. Alguém me salvou dele.

Olhei para o Irmão Moses, esfaqueado até a morte e empalado em uma árvore. Naquele momento, senti todos os meus anos de aflição e sofrimento desaparecerem. Uma sensação de euforia invadiu meu corpo. A gaiola ao redor dos meus pulmões se abriu.

"Quem o matou?", perguntei, quando enfrentei novamente os homens do diabo. *"Foi você?"*, perguntei a Flame. Ele era deslumbrante para mim, cabelo e olhos escuros, tatuagens de chamas decorando sua pele. Meu salvador, o homem que me libertou das minhas algemas de escravidão. Ele não era um homem do diabo para mim. Ele era meu libertador. Ele era meu anjo.

"Sim, eu matei o filho da puta", ele respondera.

"Obrigada". Lembrei do cheiro de couro enquanto envolvia seu corpo largo com meus braços, colando a bochecha ao seu peito. Lembrei de seus braços musculosos retesados, depois me envolvendo. Ele me abraçou e algo dentro de mim mudou. Alguma parte do meu coração que morreu foi ressuscitada. *Eu* ressuscitei. Salva por esse homem que eles chamavam de Flame… e agora eu estava tendo seu bebê. Nosso bebê. Nosso milagre.

O som de motocicletas rugiu do lado de fora.

— Flame — murmurei.

Ouvi o baixo murmúrio de vozes, então:

— MADDIE! — Flame chegou arreganhando a porta.

Ergui o olhar marejado ao ver o homem que eu amava finalmente aqui. Estendi as mãos e vi os olhos de Flame se arregalaram a me ver agarrada ao estrado da cama. Fiquei de pé e estendi a mão. Seus passos vacilaram, mas ele veio até mim. Seus olhos examinaram cada centímetro do meu corpo.

— Maddie… — ele disse, suavemente.

Minhas irmãs se afastaram e Flame segurou minha mão. Ele me puxou para seu peito, e eu enlacei sua cintura, como havia feito todos aqueles anos atrás na comuna. E, como na época, ele me abraçou de volta.

Couro… couro e a força que meu marido trouxe à minha alma.

— Maddie — ele murmurou novamente, depois beijou minha cabeça. Uma contração inundou meu corpo. Eu me segurei a ele e gemi quando a dor resvalou com mais força do que da última vez. — MADDIE! — Flame gritou e me segurou. Meu corpo cedeu após a contração e ele me segurou em seus braços fortes.

— Estou bem — assegurei a ele. Quando encontrei seu olhar, o medo escrito em seu rosto foi minha ruína. — Flame, nós conversamos sobre isso. A dor que vem com o trabalho de parto. Lembra?

— Porra, não suporto te ver com dor — Flame resmungou, entredentes. Eu me movi para sentar na cama, e em momento algum ele me soltou. — Não quero ver você com dor — ele repetiu. Suas bochechas empalideceram e meu coração se partiu com o medo expresso em seu olhar.

Segurando a mão dele, eu a pressionei sobre minha barriga.

— Nosso bebê está chegando, Flame. Nosso bebê está chegando...

— Maddie... — Ele também parecia estar sofrendo.

— Vai piorar antes de melhorar — eu disse a ele. Pressionei minha mão em sua bochecha. — Antes do nosso bebê chegar, a dor vai piorar. — Abaixei a mão dele para descansar sobre o meu coração. — Mas vai valer a pena — eu lhe assegurei, e abaixei a cabeça para recostar à dele. — Vai valer muito a pena.

Flame olhou ao redor, com o olhar perdido e apreensivo. Eu sempre soube que isso seria difícil para ele. O parto. Flame nunca lidaria bem com o meu sofrimento. Nós só precisávamos superar isso. Ele ficaria bem quando isso acabasse, tentei me convencer.

Suor pingou nos meus olhos. Senti a cama molhada embaixo de mim. Respirei no ritmo que Ruth instruía ao meu lado. Flame segurava minha mão; ele estava perturbado. Gritei quando a dor me consumiu, inclinando a cabeça para trás e necessitando que a dor acabasse logo.

— É isso aí, Maddie — Ruth falou, com convicção. Eu a senti se mover para o pé da cama e me examinar. — Dez centímetros, Maddie! Você pode empurrar em breve. Seu bebê estará aqui muito em breve.

Ofeguei, tentando recuperar o fôlego enquanto a contração diminuía lentamente. Virei a cabeça na direção de Flame, deparando com seus olhos arregalados. Ele estava perdido e pude ver o pânico em seu rosto.

— Maddie — ele sussurrou e deitou a cabeça no meu braço. — Não morra. Você não pode morrer. Não morra.

Lágrimas escorreram pelo canto dos meus olhos. Ele não entendia o que estava acontecendo. O trabalho de parto o confundia. Minha dor o confundia. Seus maiores medos apunhalavam seu coração. Sua pele começou a suar, seus lábios e pele estavam brancos.

— Estou aqui — sussurrei. Eu estava cansada, muito cansada. Fazia horas, muitas horas de dor. Flame nunca saiu do meu lado, sua mão sempre na minha. Mas eu sabia que ele estava se abatendo; seus medos estavam dominando seu espírito.

Mae pressionou uma toalha fria na minha testa.

— Pronta para empurrar, Maddie? — ela perguntou.

— Sim — respondi com determinação e beijei a mão de Flame. — Eu amo você — falei e ofereci a meu marido um sorriso fraco. — Eu o amo muito.

— Maddie — ele sussurrou de volta.

Quando o desejo repentino de empurrar se tornou intenso, olhei para Ruth.

— Agora — eu disse. — Eu tenho que empurrar.

Ruth foi para a beirada da cama.

— Vamos conhecer seu bebê — ela pronunciou, e eu apertei a mão de Flame no meu peito.

— Nosso bebê, Flame — declarei. — Nosso bebê... — O olhar de Flame seguiu o comprimento do meu corpo até Ruth. Sua respiração estava acelerada, e seu olhar nervoso revoava pelo quarto, felizmente sempre voltando para mim.

— Pronta? — Irmã Ruth perguntou. Respirando fundo, eu empurrei.

Durante a hora seguinte, empurrei até me sentir esgotada e sem energia. Flame ficou silencioso ao meu lado.

— Eu não consigo mais — sussurrei, a voz rouca.

— Este é o empurrão final, Maddie. Eu vejo o bebê claramente — Ruth falou. Mae segurou minha outra mão.

— Mais um empurrão, Maddie, e seu bebê estará aqui. É isso. Só mais um empurrão.

Encarando os olhos de Flame, respirei fundo e empurrei. Ofeguei quando senti meu bebê nascer. Os lábios de Flame estavam entreabertos, mas ele estava entorpecido. Na verdade, ele estava entorpecido havia um tempo. Sua mente o estava protegendo da dor que sentia ao me ver em

TILLIE COLE

sofrimento. Eu me concentrei em Ruth e no meu bebê em seus braços.

— Uma menina — Ruth anunciou, verificando seu pequeno corpo, cortando o cordão e limpando a pele. — Vocês têm uma menina. — Uma onda de felicidade magnífica tomou conta de mim e me deixou sem fôlego. Gritei de alegria, a felicidade ecoando de minha boca, no ar sagrado ao nosso redor. E então nosso bebê chorou. Sua voz perfurou o ar, o som a ancorando no meu coração. Eu não conseguia desviar o olhar dela depois que Ruth a trouxe para o meu peito.

Mae soltou minha mão enquanto eu segurava nosso bebê contra o meu peito nu. Sua pele quente parecia perfeita contra a minha, como deveria ser. As lágrimas escorrendo dos meus olhos nublaram minha visão. Com minha mão ainda entrelaçada à de Flame, enxuguei meus olhos e realmente olhei para nossa filha. O mundo parou; o tempo parou, enquanto eu olhava para o exemplo vivo de nosso amor. Meus braços tremiam um pouco com a magnitude do momento.

Eu era mãe.

Eu sou mãe.

— Eu amo você — declarei e beijei o topo de sua cabecinha. Engasguei com uma risada ao sentir o tufo de cabelo. Era preto como o da mãe e do pai. — Flame, — chorei e olhei para o meu marido. Seu olhar estava fixo em nossa filha. — Temos uma menina — choraminguei. — Temos uma menininha preciosa. — Flame não falou. Ele simplesmente olhou para a nossa filha. Olhou, sem palavras, o milagre vivo em meus braços.

— Você é perfeita — declarei à nossa filha e passei o dedo sobre sua pequena sobrancelha. Suas pálpebras se abriram e olhos azuis escuros me encararam. A visão capturou minha respiração e se soldou à minha alma.

— Olá... — repeti. Apertei a mão de Flame, o que me firmou o aperto em suas costinhas. — Beatrix — eu disse, e sorri para a nossa garotinha. — Beatrix Mary Cade.

Flame sibilou por entre os dentes, o primeiro som que ele havia emitido há algum tempo. Quando encontrei seu olhar, ele estava olhando para mim.

— Mary... — expliquei: — Em homenagem à sua mãe, Flame. Mary, a mulher que me deu você. — Sufoquei um soluço. — A mulher com Isaiah nos braços, que está agora olhando para você do Céu. E está sorrindo.

— Beatrix Mary Cade — Mae repetiu ao meu lado. Eu olhei para minhas irmãs. Todas as três estavam de pé ao lado da cama. Mae beijou minha testa. — Ela é linda. Pequena Beatrix.

SEGREDOS SOMBRIOS

— Significa "abençoada". "Aquela que traz felicidade". — A mão de Flame apertava a minha. Beatrix era a nossa maior bênção. Ela era a nossa chance de felicidade. — Flame... — murmurei, sorrindo, dominada por uma alegria indescritível. Eu me mexi na cama. — Amor, você gostaria de segurá-la? — sondei, ajeitando-me para deixar Flame conhecer sua filha. Flame se afastou da cama como se ela fosse uma chama viva, e se transformou em uma estátua de pedra. — Flame?

Flame soltou minha mão e ficou de pé. Ele se afastou, olhos arregalados. Mas seu olhar sombrio nunca se desviou de Beatrix. Eu a segurei mais perto. Meu coração afundou ao ver meu marido tão assustado. Seus dedos se arrastaram pelos braços, mas ele não deixou de encarar Beatrix, como se o fato de desviar o olhar a fizesse desaparecer.

— Está tudo bem — murmurei, odiando o quão assustado ele parecia, o quão petrificado ele estava com o nosso bebê. Nosso precioso e delicado bebê. — Está tudo bem, amor. Nós duas estamos bem.

Flame desabou na cadeira ao lado, ainda nos vigiando. Mas não fez nenhum movimento para segurá-la. Ele não falou. No entanto, eu podia ver o amor por ela refletido em seus olhos. Beatrix começou a chorar, e o sangue drenou de seu rosto. A percepção surgiu em minha mente cansada. Isaiah chorou... Flame o segurou porque ele chorou, então suas lágrimas secaram e seu choro cessou.

— Ela está bem — assegurei a Flame, meu coração derretendo quando acariciei sua bochecha com a ponta do dedo.

Ele agarrou minha mão como se fosse um homem sedento pegando um copo de água. Minha mão estava atrelada por entre as dele, como se eu o tivesse pegado em oração. Beatrix parou de chorar quando beijei sua bochecha.

— Nossa filha, Flame — enfatizei, o reconhecimento do nosso milagre dito em voz alta.

Enquanto olhava com adoração e reverência para nossa filha, sabia que Flame a amava. Eu podia sentir isso em seu aperto na minha mão. Mas eu também podia sentir o seu medo; meu garoto assustado, perdido e quebrado. Enquanto beijava os dedos de Flame, depois beijava a bochecha de Beatrix, me senti abençoada além das palavras, além do que eu merecia. E com um olhar nos olhos de nossa filha, eu sabia que Flame viria até nós eventualmente. Ele abraçaria o amor dela. Beatrix era nossa redenção, nossa salvação e a união de nossas almas. Eu daria a Flame o tempo que ele precisava, afastando-o de seus medos e em direção ao calor e à luz de Beatrix.

TILLIE COLE

Nós tínhamos uma filha.
Nossa Beatrix.
Nossos corações.
Nossa linda garotinha.

CAPÍTULO CATORZE

FLAME

Ela estava chorando. Eu podia ouvi-la chorando. As paredes do porão estavam frias e machucavam minha pele. Minhas mãos socaram a lateral da minha cabeça. Eu não podia abraçá-la. Eu não poderia segurá-la. Eu a machucaria. Mas ela continuou chorando.

O choro dela machucava meus ouvidos. Eu não queria olhar no canto onde ela estava. Eu não queria olhar. Mas o choro dela ficou cada vez mais alto até que eu não aguentei. Eu me balancei para frente e para trás, a parede de terra do porão esmagando minhas costas.

— Pare — eu disse, fechando os olhos. — Pare de chorar!

Mas ela não parou.

Meu coração estava disparado, as chamas no meu sangue estavam queimando minhas veias. Ela chorou e chorou. Eu não aguentava mais. Fui para o canto onde ela estava. Ela usava apenas uma fralda, mas sua pele estava vermelha. Ela tinha fios de cabelo preto na cabecinha... e então ela se virou para mim e eu congelei. Eu não conseguia me mover quando olhei para o rosto dela.

— Beatrix — sussurrei. Ela olhou para mim. Os olhos dela diretamente focados em mim. Havia um punho em volta do meu coração quando ela me encarou. — Beatrix — sussurrei. Ela se parecia com Maddie. Ela se parecia com minha Maddie. — Eu não quero machucar você — implorei, mas o choro dela ficou mais alto. — Por favor, não me faça, não me faça fazer isso...

Beatrix gritou, e eu avancei, gritando comigo mesmo enquanto pegava seu pequeno corpo. Ela era tão pequena nos meus braços. Sua cabeça descansava nas minhas mãos, suas perninhas ao longo dos meus antebraços. Eu olhei para ela e senti meu peito apertar. Algo começou a sufocar minha garganta, algo que não consegui expressar. Maddie... Beatrix parecia exatamente com Maddie.

— Maddie... socorro — implorei, mas Maddie não estava aqui. Estávamos sozinhos no porão. Maddie morreu. Maddie cortou os pulsos porque eu a toquei. — NÃO! — gritei quando me lembrei de Maddie na cama. Ela morreu depois que eu segurei sua mão. Minha visão ficou turva. — Não posso fazer isso sem você, Maddie. Não posso viver sem você. — Mas Maddie se foi. Ele colocou Beatrix no porão comigo.

A pele dela estava quente. Muito quente. As chamas... as chamas... Eu senti as chamas se aquecendo no meu sangue. A pele de Beatrix ficou mais e mais quente. Então a respiração dela se tornou superficial. Ela olhou para mim o tempo todo.

— Não — sussurrei quando ela começou a respirar de forma estranha. — Um, — sussurrei, tentando mantê-la respirando, tentando desesperadamente não queimá-la com o meu toque. — Dois. — Sua respiração ficou mais lenta, o suor acumulando em sua pele. Eu a segurei mais perto de mim. Beatrix, minha Beatrix. — Não, por favor, — eu disse, e então seu peito se levantou novamente. — Três — anunciei e continuei contando. Ela não podia morrer. Ela não podia morrer. — Quatro... cinco... seis... sete... oito... nove... dez... — Beatrix ficou quieta, depois levantou o peito novamente, mas sua respiração soou diferente, estremecida. — Onze...— sussurrei e gotas de água dos meus olhos pousaram em seu corpo quente.

Então ela não se mexeu. Os olhos dela ficaram vidrados. Ela ficou completamente imóvel. Não, não, não!

— Doze — eu disse, pedindo que ela respirasse. Mas ela não respirou novamente. — Doze... doze... — implorei. Mas o corpo dela não se mexeu. Os olhos dela não piscaram. Sua pele começou a esfriar. As chamas a pegaram, assim como pegaram Maddie. — Beatrix — chamei, mas ela não chorou, não se mexeu. Ela estava fria, mas eu a mantive em meus braços.

Seu rosto era perfeito, assim como o de Maddie. Maddie beijaria sua testa. Então beijei sua testa.

— Não me deixe também — supliquei, mas seus olhos não se moveram. — Não vá embora também — implorei. Mas ela não chorou de novo. Puxei-a para o meu peito e a abracei como vi Maddie abraçá-la. Tentei mantê-la aquecida, mas com o passar das horas, ela ficou mais e mais fria. Ela se foi. Maddie se foi. Isaiah se foi. Todos eles me deixaram. Eu os machuquei e eles me deixaram. Meu pai me disse que ninguém jamais me amaria, que eu era mau...

SEGREDOS SOMBRIOS

Deitei, segurando Beatrix nos braços. Eu também queria ir. Eu queria que as chamas também me levassem embora. Eu queria estar com Maddie e Beatrix. Eu queria estar onde quer que elas estivessem... Eu não poderia viver sem elas... Eu não poderia viver sem elas...

Meus olhos se abriram e eu pulei da cama. Minhas pernas estavam fracas. Eu me segurei à parede, tentando respirar, tentando respirar!

— Flame? — Ouvi a voz de Maddie. Na minha cabeça, vi Maddie morta na cama, sangue escorria de seus pulsos como minha mãe... Maddie morreu... Levantei a cabeça e Maddie estava segurando Beatrix em seus braços. Beatrix estava chorando. Ela estava chorando. O som machucou meus ouvidos. Ela estava machucada. Algo estava errado com ela.

— Por que ela está chorando? — perguntei quando Maddie a segurou perto do peito.

— Ela está bem, Flame. Ela estava com a fralda suja. E agora está com fome. Eu vou amamentá-la. — Maddie colocou Beatrix em seu seio e depois estendeu a mão. Eu balancei a cabeça; eu não queria tocá-la. — Venha, amor. Sente-se conosco enquanto eu a amamento. — Maddie sorriu, e eu senti uma merda de rachadura no meu peito.

Minha cabeça ainda estava encostada à parede. Eu vi lágrimas enchendo os olhos de Maddie. Ela estava sofrendo. Eu não queria que ela se machucasse.

— Passe um tempo conosco — ela implorou, a voz falhou. Parecia fraca.

— Eu... eu tenho *church* — falei e peguei minha roupa de cima da cadeira e me vesti. Coloquei meu *cut*.

Maddie não se mexeu.

— Shhh... — ela sussurrou para Beatrix. — Eu acho que ela se parece com você — Maddie comentou. Ela virou o rosto de Beatrix para mim. Eu baixei meu olhar. Eu não conseguia ver o rosto dela. No meu sonho, ela parou de respirar. Ela parou de piscar... eu a matei. Eu a machuquei.

— Tenho que ir — insisti, e caminhei em direção à sala de estar.

— Nós amamos você — Maddie disse quando cruzei a porta.

Eu parei, sentindo como se alguém tivesse acabado de acertar a minha barriga com a porra de um pé de cabra.

— Eu também amo vocês — respondi, depois abri a porta da nossa sala de estar. Ash estava saindo do seu quarto.

— Pronto? — ele perguntou. Eu assenti com a cabeça e abri a porta para sair.

Montei na moto e fiz o motor rugir. O som alto bloqueou o choro de Beatrix.

— Merda! — Viking disse, subindo em sua moto ao meu lado. — Minha princesinha tem um maldito conjunto de pulmões. — Ele sorriu. — Puxou ao tio favorito dela, hein? — Ele arqueou as sobrancelhas para mim.

Saí da clareira cantando pneu, em direção ao complexo. O vento açoitou meu rosto enquanto eu pilotava. Mas tudo que eu podia ver era Maddie na cama e Beatrix nos meus braços. Eu não queria machucá-las. Não queria machucá-las. Minhas veias latejavam e a pele coçava. Eu queria cortá-las. Eu queria abri-las e encontrar algum alívio.

Mas... *"Elas não queimam..."*, a voz da minha mãe falava na minha cabeça. *"E se as chamas não fossem amaldiçoadas pelo diabo, mas, sim, como faróis do bem..."*, Maddie falou a seguir. Parei a moto e passei meus dedos sobre meu pulso.

— Você está bem? — AK parou ao meu lado. Ele estava olhando para o meu pulso. Assenti e desmontei.

Segui Viking e AK para a nova sede do clube. Cheirava a madeira e tinta novas. Eu podia sentir Ash às minhas costas. Entramos na *church* e me sentei. Pressionei os olhos com as palmas das mãos, mas tudo que vi foi Beatrix morta em meus braços. E se eu a matasse? E se eu segurasse Beatrix e a matasse? Maddie nunca me perdoaria. Ela a amava.

Pensei em Maddie dando à luz. Ela gritou. Ela chorou de dor, e eu não podia fazer nada. Eu odiei aquilo. Eu odiava. Eu queria matar alguém. Eu queria exigir que Ruth parasse de fazer Maddie sofrer tanto. Mas Maddie me disse que isso tinha que acontecer. Para ter Beatrix, isso tinha que acontecer. Então, quando Maddie viu Beatrix, quando a segurou contra o peito, Maddie sorriu. Ela sorriu tão abertamente que meu peito apertou. Ela a amava. Ela a amava tanto. Eu não poderia machucá-la. Eu não poderia levá-la para longe de Maddie. Beatrix era tão pequena...

SEGREDOS SOMBRIOS

Agora Maddie estava triste. Ela chorou quando achou que eu não estava ouvindo.

"Ele vai abraçar você um dia, meu coração", eu a ouvi dizer. *"Ele também a ama muito. Mas temos que dar tempo a ele. Seu pai só precisa de tempo."*

Styx entrou na sala e fechou a porta, me arrancando da minha mente fodida. Ele se sentou na cabeceira da mesa e levantou as mãos.

— *Temos baixas em Georgetown, Marble Falls e Dripping Springs.* — Os irmãos acenaram com a cabeça em volta da mesa. — *Tank, Bull e Tanner, vocês estão na segurança esta noite.* — Desde que a nova sede foi construída, Styx nos ordenou a fazer turnos vigiando qualquer filho da puta que pudesse atacar. Não houve nada além de silêncio desde o incêndio infernal. Nenhuma notícia. Eu odiava isso. Styx odiava isso. Merda, todos nós odiávamos isso. Styx examinou a mesa. — *Smiler?*

— Ainda não há sinal — Tank respondeu. Smiler estava fora há meses. Completamente fora dos radares. Ele tinha simplesmente sumido. Ninguém tinha ouvido nada dele.

Styx tomou um gole de uísque.

— *Tanner, o que você tem?* — ele sinalizou.

Tanner tinha algum tipo de pasta consigo.

— Nenhuma nova pista. — Ele balançou a cabeça. — Nunca vi nada como isso. — Ele passou o dedo pelo lábio. — Não estou me gabando, mas sou o melhor *hacker* por aqui. Era o melhor nas forças armadas quando estava lá e o melhor agora. E não consigo encontrar nada deles. — Abriu a pasta. — Mas esse símbolo, aquele que estava marcado na cadela traficada da floresta, meses atrás, estou vendo em todos os lugares.

Ky se inclinou sobre a mesa apontando para a foto.

— Que porra é essa aí?

— Estas são as fotos da polícia, do pai de Charley, que foi morto. Charley, a melhor amiga de Adelita. Parte de uma família de traficantes na Califórnia que vendia a merda do Quintana. — Tanner apontou para o sujeito morto. — Peguei do banco de dados da polícia. — Ele apontou para uma parte menor da imagem. — Olhem para a mão dele.

Eu tentei ver o que eles estavam observando.

— Filho da puta — Cowboy cuspiu. — É o mesmo símbolo.

— Queimado em sua mão. — Tanner passou a foto ao redor. — Eu fico pensando naquela cadela na floresta. Desde que Charley foi levada, nunca encontramos um único traço dela, em lugar algum. Lita tem

228   **TILLIE COLE**

pesadelos sobre isso. — Deu de ombros. — Estou achando que esses filhos da puta podem ser os mesmos que a levaram.

— A cadela que me deu um soco — Viking disse, assentindo com a cabeça. — Me lembro bem dessa cadela. Filhos da puta!

— Traficantes? — AK sugeriu.

— Possivelmente — Tanner respondeu. — Mas os traficantes normalmente não são tão bons assim. Eles deixam um rastro, dinheiro, viagens, alguma coisa. Esses idiotas? Limpos como se tivessem mergulhado numa piscina de desinfetante.

— Nós estávamos na mira deles? Porra, que perfeito — Ky resmungou. Ele olhou para Styx. — Aonde diabos vamos a partir de agora?

Styx olhou para a mesa. Uma batida soou à porta no momento em que ele levantou as mãos para falar. Ash abriu a porta e Rider estava do outro lado. Eu me retesei na mesma hora. Maddie? Beatrix? Elas estavam machucadas? Fiquei de pé e Rider me encarou.

— Não é Maddie ou Beatrix, Flame. Elas estão bem.

Meu coração estava batendo acelerado no peito. Não eram elas. Elas não estavam feridas. Voltei a me recostar na cadeira.

— Então o que foi? — Ky perguntou.

Rider olhou para trás e Ruth entrou. Sua cabeça estava abaixada e seu rosto parecia pálido.

— Mãe? — Rider disse, e Ruth levantou a cabeça para olhar em volta da mesa. Ela então olhou para Styx. — Minha mãe veio me procurar ontem à noite — Rider declarou. Ao meu lado, Viking ficou tenso, as mãos agarradas aos braços da cadeira.

— Acalme-se — AK disse a ele, baixinho. — Deixe-a falar.

— Você está bem? — Ky perguntou.

— Continue — Rider indicou, e acenou com a cabeça para sua mãe.

Ruth deu um passo à frente. Suas mãos estavam unidas à frente, dedos tamborilando uns aos outros. Eu sabia que isso significava que ela estava nervosa.

— Eu não disse nada na época. Eu... — Ela fez uma pausa e depois engoliu em seco. — Eu nunca soube o que era ou o que significava. — Fechou os olhos e respirou fundo. — Na Ordem... a vida não era boa. Eu sei que vocês sabem disso. Eu... — Ruth estendeu a mão e segurou a de Rider. — Eu era jovem quando tive meus filhos. Jovem demais, quase adolescente. — Ela colocou o cabelo atrás da orelha. — Não tenho lembrança do que veio antes, e muito pouco depois de meus filhos serem tirados de mim.

SEGREDOS SOMBRIOS

— Ela engoliu em seco. — Fui devastada pelo meu irmão, o Profeta David. Eu... acredito agora que tive algum tipo de colapso.

— Entendi, Ruth, mas o que isso tem a ver conosco? — Ky perguntou, devagar.

Rider assentiu para Ruth quando ela o encarou. Ruth levantou a blusa e puxou a cintura da calça jeans para um lado. Eu vi Ky ficar paralisado.

— Porra — Viking esbravejou. Ruth virou para o lado e então eu vi. O símbolo, o símbolo que Tanner acabou de nos mostrar. Era uma cicatriz, não uma tatuagem. Uma cicatriz branca que parecia ter sido queimada em sua pele.

— Quando vimos a garota na gaiola na floresta, algo dentro de mim me fez ir até ela, algum instinto para protegê-la. — Ruth ajeitou a cintura da calça jeans e baixou a blusa. — Eu nunca soube o que era a cicatriz no meu quadril. Durante anos, pensei ter nascido com isso. Ou que meu irmão havia me marcado de alguma forma quando eu estava mentalmente instável. Eu simplesmente não tinha lembrança disso. Mas quando vi a garota na floresta se matar, o vazio em seus olhos, a boca costurada e fechada, aquilo me destruiu. Deixou uma cicatriz no meu coração, mais do que imaginei ser possível. Lembrei da cicatriz no meu quadril, mas tinha tanto medo do que significava que guardei para mim.

Rider abraçou a mãe. Meu peito se apertou. Ruth olhava para Rider como Maddie olhava para Beatrix. Eu me mexi no meu lugar. *Minha mãe tinha me olhado assim?*

— Então os pesadelos começaram. Não são muito vívidos. São mais vislumbres de algo que não entendo. — Ruth ficou quieta. — Mas há dor. Lá é medo e desamparo... e há símbolos. Esse símbolo. — Colocou a mão sobre o quadril. — Não posso oferecer mais do que isso, mas quem está fazendo isso está de alguma forma ligado ao meu irmão, o Profeta. Eles tinham algum tipo de parceria com a Ordem.

— Mae, Bella, Lilah, Maddie, Phebe... Elas têm essas cicatrizes? — Tank perguntou.

Balancei a cabeça. Eu conhecia cada centímetro de Maddie. Ela não tinha uma dessas.

Styx balançou a cabeça.

— Li também não — Ky acrescentou.

— Nem Phebe... — AK disse, por fim. Então sua voz sumiu. — Sapphira? — questionou; o rosto dele ficou branco. — Eu não sei sobre Sapphira.

230

TILLIE COLE

De repente, Ash se moveu da parede em que estava inclinado e sua mão começou a tremer.

— A seita, o cartel, a Klan... — Tanner disse. — Quem diabos são essas pessoas que têm acordos com tantas organizações?

— As mulheres — Hush falou, e desviou o olhar da foto que tinha em suas mãos. — Eles estão tentando pegar as irmãs, as garotas da seita? É por isso que estão atacando?

Meu sangue começou a ferver, e meus músculos tensionaram a tal ponto que achei que fossem se romper. Maddie... eles não chegariam perto dela. Eu mataria qualquer filho da puta que tentasse. Se eles a tocassem...

Minhas veias explodiram em fogo.

— Beatrix! Eles nem sequer vão tocar em Beatrix. — Fiquei de pé e comecei a andar de um lado ao outro. Eles não pegariam minha família. Eles não podiam pegá-las.

— Eles não vão chegar perto delas, Flame — Ky prometeu.

Styx ficou de pé. Suas mãos começaram a se mover tão rápido que eu não conseguia lê-lo. Ky falou por ele:

— *As mulheres nunca serão deixadas sozinhas. Elas estarão sempre protegidas. De hoje em diante, elas nunca estarão sozinhas.* — Os irmãos assentiram em aprovação.

— Se Charley foi levada, Adelita também é um risco? — Beau perguntou.

— PORRA! — Tanner inclinou a cabeça para trás.

— Sia — Cowboy falou para Hush. — Ela também tinha laços com o cartel.

— Todo mundo no complexo *agora* — Ky ordenou e se levantou. — Até que esses filhos da puta sejam pegos, ninguém sai do complexo. — Ele apontou para Hush e Cowboy. — Não dou a mínima para o que minha irmã falará sobre seus cavalos e essas merdas, tragam-na aqui. Sedada se for necessário. Ela pode trazer os malditos cavalos para cá. Temos terreno suficiente. — Ele enfrentou Styx. — Vamos construir mais cabanas aqui. — Styx assentiu em concordância.

Styx se virou para Rider, com a mandíbula cerrada, mas ele levantou as mãos.

— *Você e Bella vão vir para perto do complexo.* — A porra da sala ficou em silêncio. Rider assentiu. Styx olhou para Ruth. — *Você e Stephen.* — Então olhou para Samsson e Solomon. — *Todos vocês precisam se mudar para cá.*

SEGREDOS SOMBRIOS

Não estamos em lockdown ainda, mas qualquer sinal desses filhos da puta de que são nossas cadelas que eles querem, e nós traremos a ira de Hades à sua porta.

— Caralho — Rudge praguejou, sentado ao lado de Edge, que havia se mudado permanentemente para a sede. — Vamos ser como uma grande família. — Ele riu e Edge se juntou.

— Ruth pode morar comigo — Viking ofereceu.

Rider virou a cabeça para ele.

— Sem chance.

Ruth segurou o braço de Rider.

— Estou feliz por ficar com Bella e meu filho. Mas obrigada, Viking.

— Então eles se mudam para perto de nós — Viking disse para Ky. — A cabana deles ficará bem perto de nós.

— *Você dividirá uma com Stephen* — Styx sinalizou para Ruth. Rider traduziu para ela.

— Stephen? — Viking perguntou. — O pai da Maddie?

— Eles moram juntos, Vike. Agora, cale a boca! — AK ordenou e se virou para Styx. — Preciso saber se Saffie tem uma dessas cicatrizes. Preciso que Phebe descubra. — Ele esfregou o rosto. — Ela passou por muita merda. Se ela tiver uma, se eles foram um dos filhos da puta que abusaram dela… se eles a quiserem de volta… Isso a destruiria. A cadela tem pavor de sua própria sombra.

— Eu posso ajudar a patrulhar fora da sua cabana — Ash ofereceu.

AK assentiu.

— Obrigado, garoto.

— Façam para eles uma cabana perto da nossa também — AK disse a Ky, apontando para Zane e Ash. — Eles têm idade suficiente para ter seu próprio espaço. Construa uma com espaço suficiente para Beau ficar por lá. Eu quero tantos irmãos cuidando dos meus garotos quanto pudermos. Também mantenha Samson e Solomon por perto.

— Eles podem não querer as cadelas — Bull disse. — Eles podem ter um problema conosco.

— Talvez — Tank considerou. — Mas eles atearam fogo na sede do clube quando as cadelas estavam dentro. Os filhos da puta nunca vieram atrás de nós. Na verdade, eles plantaram um corpo longe da sede para nos levar para fora.

Eu precisava chegar a Maddie. Eu me virei para a porta. Eu ia sair. Eu não me importava se a *church* estava terminada ou não. Eu corri para a minha moto. AK e Ash vieram correndo atrás de mim.

TILLIE COLE

— Eu não vou voltar! — rosnei. — Estou indo para Maddie.

— Styx encerrou a *church*. Este lugar vai parecer a porra da Arca de Noé em breve, todos os filhos da puta morando aqui no complexo. — AK assentiu. — Mas é bom. — Ele colocou a mão no meu guidão. — Maddie, Phebe e as crianças. Nada vai chegar até elas com todo mundo cuidando delas vinte e quatro horas por dia, sete dias por semana.

Meu estômago revirou.

— Eu não posso perdê-las — sussurrei, imaginando a Maddie do meu pesadelo, coberta de sangue, Beatrix morta em meus braços. — Eu não posso perdê-las.

— Você não vai — AK falou. — Eu prometo. Já decepcionei você alguma vez?

— Não. — AK nunca me decepcionou.

— Por mais que me mate admitir, ter Rudge e Edge aqui será bom. Os dois são psicopatas. Não há pessoas melhores para vigiar suas costas do que pessoas que gostam de matar.

— Nós também somos, porra! — Viking acrescentou, saindo da sede e montando em sua moto. — Os malditos psicopatas *originais*. O maldito Psycho Trio! — Vike ligou a moto. — E se o filho da puta do Stephen ficar no meu caminho com a Ruth, ele saberá disso.

— Nem pense em tocar no pai da Maddie — adverti.

Viking olhou para mim, boquiaberto.

— Seu empata-foda do caralho! Por que você não me disse que Ruth já tinha alguém cuidando da boceta dela?

— Vike. Pare com essa merda. Chega de piadas. Você não vai traçar a mãe do Rider. Deixa pra lá, porra.

— Que porra de piada?

— Okay, tudo bem — AK gritou por cima do motor da moto e foi para a estrada.

Eu segui atrás, pilotando até chegar a Maddie. Estacionei e irrompi pela porta. Maddie estava sentada no sofá, segurando Beatrix nos braços, com Phebe ao lado delas.

— Flame? — Maddie chamou, arregalando os olhos. Só então pude respirar. Eu pude respirar quando as vi. Elas estavam a salvo. Elas estavam seguras...

AK entrou logo atrás.

— Phebe — atravessou a sala e a beijou —, onde está Saffie?

— Em casa — ela respondeu. — O que está acontecendo?

SEGREDOS SOMBRIOS

AK abaixou a cabeça e depois se virou para Maddie.

— Ela está bem?

O sorriso de Maddie era radiante.

— Ela está perfeita.

— Onde está minha princesa? — Viking perguntou, entrando pela porta. Ele foi direto para Maddie. — Posso? — Maddie assentiu e se levantou para colocar Beatrix nos braços de Viking, que sorriu para ela. — Olá, Trixie, seu tio favorito está de volta. — Observei Viking abraçá-la e falar com ela. Beatrix não chorou. Vi suas mãos embalarem seu corpo. Ele nunca a machucou.

Meu estômago apertou, doendo. Eu não sabia por que isso acontecia, mas toda vez que alguém a segurava, meu estômago se retorcia.

— Ninguém nunca chegará perto de você, ouviu? E quando você for mais velha e os garotos começarem a bater à sua porta, eles terão que passar por mim e seu pai. Isso não vai ser divertido? — disse ele e beijou sua bochecha. — Nós vamos torturar os idiotas!

Meus pés começaram a recuar. Eu tinha que sair da cabana. Eu tinha que sair, porra. Então a mão de Maddie pressionou minhas costas.

— Você está bem, Flame?

— Eu tenho que ir — murmurei, e corri para a porta, sua mão se afastando das minhas costas. Invadi o ar livre e corri para a floresta. Parei atrás de uma árvore, com o coração disparado. Como Vike fazia aquilo? Como ele a abraçava assim? Viking não a machucaria. Mas eu, sim. E se eu a machucasse, machucaria Maddie. Eu machucaria todos nós.

Meus joelhos cederam e caí no chão, com a cabeça inclinada para frente. Eu não conseguia tirar meus malditos sonhos da cabeça. Eu os tinha todas as noites há semanas. Maddie e Beatrix estavam sempre neles. Pensei em Isaiah. Seu corpo morto estava sempre lá também. Nos pesadelos, eu sempre os machucava, sempre lhes causava dor, como meu pai sempre dizia que eu faria. Seu filho lerdo e retardado, que foi manchado pelo próprio diabo.

E se Maddie estivesse errada? As chamas… as chamas… a voz do meu pai estava sempre na minha cabeça. Todo o tempo. E se Maddie estivesse errada e meu pai estivesse certo? Eu não podia descobrir isso ao segurar Beatrix. Não correria o risco de machucá-la.

Ouvi um galho estalar e me virei, pronto para lutar. Ash levantou as mãos.

— Sou eu — ele disse e olhou para minha mão. Eu segui o seu olhar. Eu tinha uma faca em punho. Como diabos ela foi parar na minha mão? — Você está se cortando? — Ash perguntou. Eu olhei para a lâmina. Eu nem sabia que a tinha pego. Olhei para o meu braço e havia a marca vermelha que a faca havia deixado. Sem sangue, mas a impressão da porra da lâmina era nítida. Eu a larguei na grama e agarrei meu cabelo com as mãos.

— PORRA! — gritei e Ash se sentou ao meu lado.

Ele não disse nada por um tempo. E então...

— Você ainda não segurou a Trixie? — Respirei lentamente pelo nariz quando algo se apertou dentro de mim. — Ela é linda. — Eu assenti.

Ela era. Toda vez que eu via o rosto dela... ela era linda, assim como minha Maddie.

— Ele era um idiota, Flame — Ash disse.

Levantei a cabeça. Ash tirou um cigarro de seu *cut* e acendeu. Eu inalei a fumaça. Aquilo me acalmou. Eu olhei por cima das árvores. O sol estava se pondo. Há quanto tempo estávamos aqui fora?

Ash deu uma longa tragada no cigarro.

— Nosso pai. Ele era ferrado da cabeça. Eu sei que você não pensa como eu. — Ash não sorriu quando olhei para o seu rosto. Ele não estava me chamando de retardado por ser diferente. Ele estava olhando para as árvores. — Eu penso muito naquele idiota. Mais do que ele merece. Você já percebeu isso? Ele morreu, Flame. Há anos, porra, mas veja o que ele ainda faz conosco.

Eu fiz uma careta.

— O que ele faz com você?

Ash chamou minha atenção. Baixei o olhar para a minha calça de couro.

— Faz o suficiente — Ash respondeu. — Ele matou a sua mãe. Ele matou Isaiah. — Prendi a respiração. — *Ele* fez isso, Flame. Nosso pai matou Isaiah, não você. — A dor no meu peito começou a desaparecer. — Ele matou minha mãe também, porra — Ash praguejou e jogou o cigarro para longe, apenas para acender outro. — Se você não tivesse sido descartado em um hospital, ele o acabaria matando. — Ash fez uma pausa. — Então ele teria vindo atrás de mim.

Eu vi o rosto do meu pai na minha cabeça. Vi o sorriso dele, que nunca achei fosse de felicidade. Não era o sorriso feliz de Maddie. Era errado, como se não pertencesse ao rosto dele. Mesmo com meu cérebro fodido, eu tinha percebido isso. Ele gostava de sangue e dor. Ele gostava

SEGREDOS SOMBRIOS

de machucar outras pessoas. Por que diabos ele gostava tanto de machucar outras pessoas?

Senti os olhos de Ash em mim.

— Você está magoando Madds, irmão.

As chamas se transformaram em pedaços de gelo no meu sangue. Meus pulmões pararam de funcionar. Pensei no rosto de Maddie nas últimas semanas. Os olhos dela não brilhavam. Ela tinha manchas pretas embaixo deles. Eles sempre se enchiam de lágrimas quando ela olhava para mim.

— Eu não quero magoá-la — falei, chutando um punhado de lama com a ponta do coturno.

— Eu sei. Mas você está. Você não chega perto de Trix. Porra, irmão. Ela se parece com Maddie. Eu sei que as crianças têm olhos azuis quando são bebês, mas acho que ela terá os olhos de Maddie e o nosso cabelo.

Passei a mão pelo cabelo. Beatrix já tinha cabelo preto. Olhei para o de Ash; era da mesma cor. Os olhos de Maddie... imaginei Beatrix com os olhos de Maddie. Meu maldito coração apertou. Eu amava os olhos de Maddie. Eles eram os únicos olhos que eu podia encarar. Os únicos olhos que não me viam como um retardado. E se Beatrix fosse igual? *Eu poderia encarar os olhos dela também?* Eu não sabia. Eu nem tinha tentado.

— Não o deixe vencer. — Ash jogou seu segundo cigarro no chão. Ele pegou um frasco do quadril. Balancei a cabeça quando ele me ofereceu. Ele tomou um longo gole. — Não deixe nosso pai vencer. Você afasta Maddie e sua filha para longe, então aquele filho da puta vence. Mesmo na porra da morte, ele tortura nossas vidas. — Ash inclinou a cabeça para trás e fechou os olhos. — Mas você tem uma família agora, Flame. Maddie precisa de você. Beatrix precisa de você ainda mais. — *Precisa de mim... ela precisa de mim ainda mais...*

Olhei para os meus pulsos, para as veias que eu podia ver.

— Você não vai machucá-la. Não tem como você machucá-la. — Ash exalou. — Além disso, ela é sua filha. Se você tem chamas no sangue, se Maddie está errada e isso é ruim, Trixie estará imune. — Minha cabeça virou para o meu irmão.

Eu me forcei a encarar seus olhos negros.

— O que você quer dizer?

— Você a fez. Ela é metade de você. Suas chamas não a machucarão.

Eu suspirei. Ofeguei quando Ash disse isso. Ele estava certo? Ele estava certo? Eu não a machucaria. Eu não poderia machucá-la... Olhei para

236 **TILLIE COLE**

minhas mãos. Eu poderia segurá-la, e ela não queimaria como Isaiah. Ela não seria machucada pelas minhas mãos. Senti o couro cabeludo molhado de suor. Eu não machuquei Maddie. Eu também não machucaria Beatrix.

— Crescemos com um pai que não nos queria, Flame. Não faça Beatrix crescer pensando isso também. — Fechei os olhos quando as palavras de Ash me apunhalaram no peito. — Imagine crescer com um pai que lhe ame. Eu não posso nem imaginar como seria isso. Como seria acordar e não ser espancado e jogado em um porão... e pior...

— Ninguém nunca vai machucá-la. Eu os mataria primeiro. Ela é minha, ambas são minhas e vou matar alguém que tentar machucá-las.

— Então deixe que elas saibam disso, Flame — Ash falou e se levantou. — Estou de serviço no bar. A maioria dos irmãos está se reunindo no bar do clube para agilizar as coisas e as mudanças para o complexo. — Ash parecia querer colocar a mão no meu ombro, mas ele a afastou e começou a ir embora.

— Eu deveria ser o irmão mais velho — comentei e senti meu peito doer. — Eu sou um irmão de merda. Eu... — Esmurrei a lateral da minha cabeça. — Eu não consigo entender quando você precisa de mim. Eu nunca sei. — Rapidamente encontrei o olhar de Ash quando ele olhou para trás. Não entendi o que vi neles.

Seu lábio se curvou.

— Eu não sou uma criança agora, Flame. Posso cuidar de mim mesmo. — Deu de ombros. — Além disso, quem cuida de você? Eu também sou seu irmão. Não importa se sou mais novo. Se você precisar de mim, eu vou estar aqui. — Ele engoliu em seco e desviou o olhar, então rapidamente desapareceu por entre as árvores.

Olhei para as minhas mãos. Eu não machucaria Beatrix. Ela era imune às chamas. Ela... ela era minha. Beatrix era metade minha. Meu estômago revirou quando me lembrei da voz de Ash dizendo: *você está magoando Madds, irmão...*

Tossi quando o nó fechou minha garganta. Eu nunca quis machucar Maddie. Ninguém tinha permissão para machucar Maddie, especialmente eu...

Levantei e voltei para a cabana. AK e Viking se foram. Algumas luzes estavam acesas, mas a cabana estava às escuras. Eu entrei no quarto; Maddie estava deitada na cama. Beatrix estava no berço ao lado, sendo observada em seu sono. Ela ergueu o olhar quando entrei e sorriu, mas não era o sorriso amplo e habitual. Maddie pousou o dedo sobre a boca, me dizendo

SEGREDOS SOMBRIOS   237

para ficar quieto, e saiu da cama. Ela parecia cansada. Ela estava pálida, os olhos não mais brilhantes. Maddie segurou minha mão e me puxou para fora do quarto.

— Você está bem? — perguntou quando chegamos à sala de estar e colocou a mão na minha bochecha. Sua mão se moveu para baixo do meu pescoço e ao longo do meu braço. Maddie olhou para baixo. E congelou. Quando me perguntei para o que ela estava olhando, vi a marca vermelha da lâmina. — Flame, não... — murmurou, e sua voz vacilou.

— Eu não fiz isso — eu disse e recostei a testa à dela. — Eu não me cortei. Seus olhos se encheram de lágrimas quando ela me encarou.

— O que eu posso fazer, amor? Por favor, diga-me o que posso fazer para melhorar isso. Para ajudá-lo, eu farei qualquer coisa. Qualquer coisa para melhorar as coisas para você.

— Eu estou bem — respondi, e Maddie secou a bochecha. — V-você está?

— Estou cansada — admitiu e sorriu. Isso fez meu coração rachar. — Estou tão cansada. Não tomo banho há dois dias. — Maddie olhou de volta para o quarto. — Beatrix acabou de se alimentar e adormecer. Eu vou tomar banho agora. — Meu pulso começou a acelerar com o pensamento de ficar sozinho. — Vou deixar a porta do banheiro aberta. Ela não vai acordar. Sairei do banho muito antes disso. — Apertou minha mão.

Fiquei paralisado quando ela entrou no banheiro. Eu a observei tirar a roupa e ligar o chuveiro. Ela ainda era a mulher mais bonita que já vi. Maddie entrou debaixo da ducha e o vapor a escondeu. Eu não me mexi. Eu queria lhe dizer que sentia muito. Eu não queria que ela estivesse cansada. Queria que seus olhos voltassem a brilhar. Mas não sabia como fazer isso; como fazer tudo melhorar. Como fazer qualquer uma dessas merdas.

Inclinei a cabeça e tentei pensar, tentei pensar em como fazer as coisas certas, quando Beatrix começou a chorar. Levantei a cabeça e corri para o quarto. Maddie disse que Beatrix não acordaria. Mas quando olhei para o berço, ela estava chorando. Seus olhos se focaram em mim e ela chorou. Minhas mãos tremiam. Minhas mãos tremiam muito. Olhei de volta para o banheiro. O chuveiro ainda estava ligado. Eu não sabia se Maddie a tinha ouvido. Eu me levantei, esperando por Maddie. Mas Beatrix continuou chorando. Era alto, e algo no meu peito estava me chamando em sua direção, como se uma corda estivesse me puxando para perto dela. Eu olhei para Beatrix novamente. Ela chorou mais alto. Ela chorou cada vez mais alto.

— Pare de chorar — pedi. Mas ela não parou. Lágrimas escorreram por seu rosto vermelho. — Pare de chorar... por favor... mamãe estará aqui em breve. — Mas a água do chuveiro ainda corria, e Maddie não vinha. — Shhh... — sussurrei, com a voz trêmula. Mas Beatrix não se calou.

Beatrix chorou cada vez mais alto até que estendi a mão e a peguei. Eu congelei no minuto em que ela estava em meus braços. E parei de respirar. Ela estava nos meus braços. Minha filha estava nos meus braços... Grandes olhos se focaram em mim e senti como se a porra do mundo parasse. Ela parou de chorar e olhou para mim. Minha visão ficou turva.

— Eu não quero machucar você — sussurrei e verifiquei seu corpo em busca de sinais. Eu a observei no caso de sua pele começar a esquentar. No caso de sua respiração estremecer e desacelerar... mas não. Beatrix apenas olhou para mim. A respiração dela estava normal. O peito dela não estremeceu.

Eu não a estava machucando.

Eu não a estava machucando... *e as chamas não queimaram...*

Puxei Beatrix para mais perto até que ela estivesse no meu peito, minhas mãos segurando sua cabecinha e meus antebraços apoiando o resto de seu corpo. Ela estava embrulhada em um cobertor. Beatrix parou de chorar. Ela olhou para mim. Eu olhei para ela... e não desviei o olhar.

Fechei os olhos e respirei fundo. Algo no meu peito estava desmoronando, algo estava envolvendo meu maldito coração e segurando-o em seu punho.

— Beatrix... — sussurrei. Ela piscou e senti minhas pernas enfraquecerem. Eu me sentei na beirada da cama, apenas olhando para ela. Ela estava quente nos meus braços. Ela era tão pequena. Ela era... perfeita. Ela era perfeita... e parecia com Maddie. Ela começou a se contorcer. Eu a segurei mais apertado, com medo de deixá-la cair. Seu lábio franziu e ela começou a chorar novamente. — Não, não chore — implorei, sem saber o que fazer.

Pensei em minha mãe segurando meu irmãozinho... o único outro bebê que já conheci, Isaiah. Pensei no que ela fazia quando ele chorava. Abrindo meus lábios, tentei impedir o tremor das mãos e cantei:

— Brilha, Brilha, Estrelinha... — O lábio trêmulo de Beatrix parou, e ela me viu cantar, não mais chorando. Eu cantei de novo. Enquanto cantava; eu via Isaiah em meus braços.

Senti as chamas esquentarem meu sangue. Mas Beatrix seria imune às minhas chamas. Ela fazia parte de mim. As chamas não a machucariam. Eu cantei, cantei e cantei até seus olhos se fecharem. Parei imediatamente, com o pulso acelerado. Mas a respiração dela não parou. Seu peito subiu e desceu e sua respiração não parou. Eu ouvi um ofego suave da porta. Maddie...

SEGREDOS SOMBRIOS

Maddie estava de pé, enrolada em uma toalha, nos observando. A mão dela cobria a boca e havia lágrimas escorrendo pelo rosto. Mas ela estava sorrindo. Ela estava dando seu sorriso feliz. Seus olhos voltaram a brilhar.

— Ela ainda está respirando — eu disse e olhei para Beatrix. O calor explodiu no meu peito e se alastrou pelas minhas veias. Mas não eram as velhas chamas. Não pareciam aquelas chamas. Elas não me machucavam. Elas me aqueceram. Elas me fizeram sentir bem. Nunca foi assim antes.

Maddie se aproximou e se sentou ao meu lado na cama, repousando a cabeça no meu braço.

— Você cantou — sussurrou. — Você cantou para a nossa filha.

— Isso a fez parar de chorar.

— Eu sei — ela disse, e um soluço escapou de sua garganta.

— Eu não quero colocá-la no berço — falei. Eu gostava dela nos meus braços. Beatrix estava segura nos meus braços. Ninguém a machucaria nos meus braços.

— Então não coloque — Maddie respondeu. — Estou perfeitamente contente de ficar aqui com vocês a noite toda. — Eu assenti e continuei observando Beatrix respirar. Ela parecia com Maddie. Eu segurava uma pequena Maddie em meus braços.

— Maddie... — chamei. Maddie passou o braço em volta do meu braço. — Eu acho que a amo. — Senti as lágrimas contra a minha pele. Mas eu sabia que ela não estava triste. Essas eram suas lágrimas felizes. Eu as reconhecia agora. — Eu acho que a amo — repeti, segurando-a mais perto do meu peito.

Maddie beijou meu braço e gentilmente colocou a mão na barriga de Beatrix.

— Eu acho que ela também ama você, amor — ela sussurrou, e eu sabia que ela estava feliz com isso. — Eu acho que ela também ama você.

CAPÍTULO QUINZE

ASH

— Ash, você fodeu aquela puta onte à noite?

Eu ri da pergunta de Bull e terminei de trocar o óleo na Harley em que estava trabalhando.

— Não é da sua conta. — Pisquei para Bull.

— Merda, garoto — Tank resmungou na minha frente, levantando a cabeça acima do assento da *Chopper* que estava reformando. — Cuidado com as DSTs. Aquela puta parecia cheia de pereba e a última coisa que você quer é que seu pau caia no chuveiro porque estava muito bêbado para colocar uma camisinha.

Eu ri novamente e limpei o óleo das minhas mãos com o pano que mantinha ao lado. Eu me virei, e o sorriso falso sumiu do meu rosto. Minha pele coçava e eu precisava de uma dose. Eu precisava tanto de uma dose que não conseguia me concentrar.

— Ash! — Zane entrou pelas portas da garagem. *Recomponha-se*.

Eu me virei para Zane e fui em sua direção, pegando uma lata de refrigerante na geladeira. Bebi, apenas tentando controlar minha mente e evitar que todos soubessem que algo estava errado. Zane puxou uma cadeira e se sentou.

— A cabana está quase pronta. AK acha que estaremos lá até o fim de semana.

Eu assenti. Bom. Eu precisava sair da casa de Flame e Maddie. Beatrix estava lá agora. Eu não poderia ficar levando minha merda para lá. Eu estava ferrado. Eu não colocaria minha sobrinha em perigo. Eu ficaria melhor na cabana com Beau e Zane.

— Sua tia está de boa com você se mudando? — perguntei a Zane, esperando parecer normal.

— Ela chorou, mas disse que estava na hora. — Zane deu de ombros, parecendo com AK. — Terminei o ensino médio cedo, e vou, finalmente, viver sozinho. Só preciso me oficializar no clube e a vida será ótima.

— Ash! Seu turno acabou. Dê o fora daqui! — Tank berrou do outro lado da oficina. — E Zane, se você continuar vindo aqui, vou colocar sua bunda preguiçosa para trabalhar.

— Faça isso — ele respondeu. — Trabalho com motos há anos. Sou ótimo nisso.

E era verdade. Ele sabia mais sobre motos do que eu, mas AK o fez se formar antes de deixá-lo fazer disso uma profissão. Agora que estava formado, ele poderia fazer o que diabos quisesse. Mas eu não queria meu melhor amigo trabalhando aqui. Eu o vi me observando algumas vezes, com desconfiança. Zane me conhecia muito bem. Ele acabaria descobrindo se eu não conseguisse lidar com a porra da vontade de me chapar. Se eu não encontrasse algo para afastar os pensamentos fodidos da minha mente ferrada.

Vestindo o *cut*, acenei e saí da oficina, com Zane na minha cola.

— Por que você quer tanto sair da casa do AK? — perguntei ao meu melhor amigo.

Zane me lançou um olhar estranho. Isso significava uma coisa. *Saffie*. Meu coração começou a bater acelerado, me preparando para o que ele diria. Notei seu olhar sério e saquei na mesma hora.

— Ela tem a porra do símbolo, não é?

Zane finalmente encontrou meu olhar e assentiu. Meu corpo começou a pegar fogo. Por um momento, acreditei saber o que Flame queria dizer quando falava de chamas em seu sangue. Eu era seu irmão, a porra da cobra também me mordeu. Eu era um Cade. Se Flame tinha fogo no sangue, então eu também.

— Ela está tendo pesadelos vívidos ultimamente, gritando e precisando ser contida por Phebe.

Raiva, foi o que senti. Uma raiva tão absurda que tirou o ar dos meus pulmões. Eu queria ir até ela, sentar do lado de fora de sua cabana, então saberia que ela estava segura. Então pensei em todas as putas com as quais estive ultimamente. As vagabundas cujos rostos se embaçavam no dela, todas loiras. Tudo quando eu estava com a cara cheia de cocaína e uísque. Eu não era bom para Saffie. Eu nem era digno de estar perto dela.

— Quem são esses filhos da puta? — Passei por Zane, e depois dei um soco na cerca de madeira da oficina ao lado da minha moto, fazendo um buraco na tábua. Minhas juntas estavam sangrando quando afastei a mão. Eu precisava de uma dose. Eu precisava muito de uma dose, mas estava sem. Minha pele arrepiou. Eu só precisava me afastar de Zane, da oficina, e arrumar minhas coisas.

— Estou indo — disse, e pulei na moto.

— Eu tenho que voltar para a sede. Passa lá mais tarde? — Zane perguntou. Eu assenti e esperei até ele dar o fora antes de pegar a estrada.

Eu acelerei para longe do complexo... longe de Saffie, que eu queria agarrar e fugir, para que pudesse mantê-la segura. Cerrei os dentes contra o vento, imaginando-a naquela gaiola, o símbolo em seu quadril e a boca costurada. O que diabos realmente aconteceu com ela? O que diabos eles fizeram com ela naquela seita, depois no cartel, depois na porra de Klan... e agora esse grupo de idiotas sobre os quais não podíamos descobrir nada?

Acelerei a moto até o guidão tremer. As árvores passaram zunindo em um borrão. Deixei a mente se afastar dos homens que eu havia matado, do rosto de Slash que assombrava minha vida, e Saffie amarrada em uma gaiola, com os olhos mortos depois de algum filho da puta a ter estuprado e costurado sua boca para que ela não pudesse gritar.

Eu estava indo tão rápido que o rugido que soltei foi roubado pelo vento.

Levei dez minutos a menos para chegar ao rancho isolado do que normalmente demorava. Assim que estacionei a moto no depósito de sucata, saí e bati na porta. Chris atendeu e imediatamente arqueou as sobrancelhas.

— Você veio mais cedo do que eu pensava. — Ele não estava falando de minutos ou horas; ele estava falando de malditos dias. Eu passei por ele.

Eu estava começando a ficar musculoso. Eu levantava pesos todos os dias. Chris era baixo e magro. Ele não era nada comparado a mim, não importava o quanto eu fosse mais novo do que ele.

— Tenho que dizer que, quando Rudge o mandou aqui, pensei que você apareceria uma vez a cada mês, como aquele filho da puta inglês.

SEGREDOS SOMBRIOS

Você sabe, atrás de um pouco de coca para relaxar. Não nessas visitas intermináveis. Minha conta bancária começou a gostar de você, moicano. — Entrei na merda de uma cozinha. Ele morava em um maldito casebre, disfarçado de sucata, no meio do nada.

Virando de frente para ele, fechei os olhos.

— Eu preciso de algo mais forte. A merda que você tem me dado não dura muito tempo. É muito fraca. — Abri os olhos e os estreitei em Chris. Fui em sua direção e ele se afastou. Eu praticamente podia sentir o cheiro do medo exalando dele. — Você não está me sacaneando com uma porra adulterada, está? Caralho, eu não gosto nem de pensar que você pode estar me dando um produto de merda.

— Moicano — ele disse, usando o único nome com o qual já tinha me chamado. — Eu não estou. Juro. Você acha que eu iria foder com algum Hangmen?

— Então que porra é essa? Porque eles estão de volta. Os mortos estão de volta! Slash está de volta ao meu quarto com uma bala na cabeça, me assombrando todas as noites! A coca fez ele e os outros se afastarem. Mas agora ele está de volta. Ele está de volta o tempo todo, e a sua coca não está fazendo nada! — Pisquei e vi Chris encostado na parede, a gola de sua camiseta em meus punhos. Eu o soltei e dei um passo para trás. — Me dê algo que vai tirar toda essa merda da minha cabeça.

Pensei em todas as putas que eu tinha fodido. E toda vez que eu fazia, todas as imagens do meu pai e seus amigos surgiam na minha mente. Memórias que eu precisava esquecer antes que elas me deixassem louco!

— Moicano, se acalme — Chris falou. Rudge não tinha lhe dado meu nome verdadeiro. Chris não sabia nada sobre mim. — Terrores noturnos? É isso o que tem acontecido?

Terrores noturnos? Eu não sabia o que diabos eles eram. Eu não era um psiquiatra. Eu só sabia que queria tirar tudo o que estava fodido e girando vinte e quatro horas por dia da minha cabeça. Eu só queria que minha cabeça estivesse calma. Eu estava doente e cansado de me sentir uma merda. Eu queria estar entorpecido. Alegremente entorpecido.

Chris foi até o armário, pegou alguns pacotes e voltou.

— Eu tenho o que você precisa. A coca não está mais funcionando pra você. Você precisa de algo mais forte. Sorte sua, eu tenho uma merda das boas.

Chris puxou meu braço e arregaçou a manga da minha camiseta. Eu puxei meu braço para trás.

244 **TILLIE COLE**

— Não na porra do meu braço — rosnei, sabendo o que ele estava prestes a fazer, embora não me importasse nem um pouco com o que acontecia. Chris assentiu. Ele estendeu a mão e começou a desafivelar o cinto da minha calça jeans. Minha mão automaticamente pressionou sua garganta em segundos. — É melhor você me dar um bom motivo para eu não quebrar o seu maldito pescoço.

Chris arranhou minha mão. Eu afrouxei o aperto o suficiente para que ele pudesse falar.

— Sua virilha — ele arquejou, a voz emergindo como um sussurro através de sua traqueia comprimida. — Se você não quiser marcas no braço, onde as pessoas possam ver, pode injetar na sua virilha.

Entrecerrei os olhos para o filho da puta, mas soltei seu pescoço e comecei a abrir o cinto. Tirei a arma do meu *cut* e apontei para a cabeça dele.

— Apenas no caso de este ser um plano distorcido para chupar meu pau ou algo assim.

Chris não se mexeu. Desci minha calça jeans até as coxas e estendi a mão. Ele me deu um torniquete elástico.

— Enrole em torno de sua coxa. — Eu fiz o que ele disse. — Você tem que ter muito cuidado para não atingir a artéria.

Minha mandíbula cerrou quando Chris apontou para o lugar onde a veia se localizava. Olhei para baixo e vi o traçado azul por baixo da pele. Coloquei a ponta do torniquete na boca e estendi a mão. Chris queimou a droga no papel alumínio até ficar líquido. Ele colocou na agulha e passou para mim. Fiz uma pausa, olhando para a agulha.

— Você me viu pegá-la do pacote. Está limpa.

— Se eu descobrir que não está… — adverti.

— Está. Eu juro. — Alinhei a agulha com minha veia. — Injete na direção do seu coração. — Eu fiz o que ele disse e esperei. Tirei a agulha da virilha e levantei a calça jeans. E esperei algo acontecer. Chris olhou para mim, com puro medo refletido no olhar.

E então eu comecei a sentir. Como lava espessa em minhas veias, comecei a sentir. E incendiou tudo no caminho. Centímetro por centímetro de carne foi coberta de lava e destruiu a memória da minha mãe pendurada na árvore, meu pai rastejando para dentro do porão comigo, brinquedos em suas mãos. Fechei os olhos quando toda a Virgínia Ocidental foi varrida da minha mente. Em seguida, foi para Slash. Aquilo o levou embora, os mortos que matei também desapareceram. Mas eu mantive a memória de Saffie.

SEGREDOS SOMBRIOS

Eu lutei contra a lava para me agarrar a Saffie. Para tentar convencer a lava a tirar a lembrança das vadias e deixá-la, eu queria que seu rosto ficasse… mas assim que a vi na gaiola, desisti da luta e acabei deixando levar tudo. Levou tudo, consumiu a dor e me deixou sem nada… me deixou com calma, e a doce sensação do esquecimento.

Abri os olhos e o encarei.

— Isso — eu disse e apontei para ele. — É disso que preciso. — Bati na minha cabeça que estava cheia de nada além de vazio. — Isso é o que eu preciso.

Ele sorriu e foi para o seu armário. Eu o observei como se ele estivesse se movendo em câmera lenta. Senti como se quisesse dormir. Eu não dormia há tanto tempo. Chris me deu uma bolsa marrom. Enfiei a mão no meu *cut* e tirei o dinheiro e o coloquei nas mãos dele.

— Não conte a ninguém sobre isso. Não conte a Rudge. Se contar, vou cortar sua língua.

— Não vou contar — ele respondeu, e eu me virei para a porta.

— Eu voltarei — anunciei e saí. Assim que o sol atingiu meu rosto, eu parei. Inclinando a cabeça para trás, sorri. Meu rosto estava estranho enquanto eu sorria. Eu tinha a porra do sol no meu rosto, parecia perfeito.

Montei a moto e voltei para casa. Eu dirigi devagar, respirando o vento que soprava no meu rosto. Dirigi até o dia virar noite. A lua alta, morcegos voando no céu acima de mim. Quando cheguei ao complexo, fui direto para as cabanas. Não havia ninguém na clareira. Desci da moto e caminhei até os fundos da cabana de Flame e Maddie. Sentei na cadeira que ficava voltada para a floresta. Eu me concentrei nas árvores e esperei eles aparecerem. Eu esperei que os rostos dos homens que eu matara viessem me assombrar. Esperei Slash vir, e me culpar por sua morte, por não levar o tiro que era para mim… mas eles nunca vieram. Os filhos da puta nunca vieram.

Inclinando a cabeça para trás, acendi um cigarro e fechei os olhos, recostando-me contra a parede da cabana e exalando. Eu usaria essa merda até que os terrores noturnos, como Chris os chamava, fossem embora para sempre. Ninguém precisava saber. Eu usaria até que tudo estivesse melhor, até que eu não precisasse mais.

Eu ri, pensando em quão trágica minha vida se tornara. Como, na realidade, sempre foi. Que porra eu tinha feito para merecer tudo isso? Abri os olhos e contemplei a massa brilhante de estrelas acima de mim. Aqui no complexo, as estrelas pareciam mais um cobertor no céu – havia tantas.

246   **TILLIE COLE**

Eu me perguntei se havia um Deus. E se havia, então por que diabos Ele estava me punindo? Sempre me punindo. Quão longe Ele queria me levar? Quão mais eu poderia aguentar antes de simplesmente quebrar, antes que não restasse nada? Qual era o sentido da vida, se fosse assim? Qual era a porra do sentido?

As cinzas do meu cigarro caíram na minha mão e queimaram a pele. Joguei a bituca no chão, e quando levantei a cabeça, meu coração parou ao ver quem estava sentada na minha frente. Sapphira... minha Saffie...

Não. Ela não era minha. Ela nunca seria minha. Eu nunca a afundaria na fossa onde vivia. Caramba, ela era perfeita. Eu não tinha certeza de que havia outra cadela no maldito planeta que se parecesse com ela. Suas bochechas estavam vermelhas. Mesmo no meu estado entorpecido, o efeito disso fez meu coração se rasgar em dois. Ela dobrou as pernas, o longo vestido rosa cobrindo-as enquanto equilibrava os pés na beirada da cadeira.

— Saff — murmurei, e acendi outro cigarro.

Seus olhos me observavam, estudavam todos os meus movimentos com aqueles grandes olhos castanhos. Seu cabelo loiro era uma cortina ao redor de seu pequeno corpo. Vê-la era como admirar o nascer do sol. Eu não a tinha visto há meses. Ela permaneceu escondida na cabana. Desde aquela noite em que saí da floresta... a noite em que fodi minha primeira puta. Lembrei do seu rosto, seus malditos olhos traídos, quando ela rapidamente juntou dois mais dois, e percebeu o que eu tinha feito. Mas então as drogas a tiraram tão rapidamente da minha mente quanto vieram.

— Você está bem? — perguntei, quando ela ficou quieta.

A pele de Saffie era lisa e perfeita. Eu me perguntava onde estava o símbolo. Meu sangue esquentou quando pensei nisso, mas então o pensamento foi rapidamente lavado pela dormência. Nada jamais fora melhor do que isso. A cabeça de Saffie inclinou para o lado enquanto ela me estudava. Eu sorri com o olhar fofo no rosto e nos lábios dela enquanto eles faziam beicinho. Porra. Não havia ninguém como ela.

Lembrei de Flame chamando Maddie de seu anjo na floresta. Saffie era o meu. Eu era com uma sombra perdida no Hades, sem moedas nos olhos, me afogando no rio Styx. Ela era a alma que cuidava de mim. O maldito anjo que me vigiava, o demônio vendendo sua alma, trocando com o diabo sua passagem só de ida para o inferno.

— Você parece perturbado — ela, finalmente, falou. Sua voz era como o toque de um sino, um sino de igreja, chamando seu povo a adorar. Eu sorri para Saffie, mas ela não sorriu de volta.

SEGREDOS SOMBRIOS

— Estou bem.

Saffie levantou a cabeça. Os olhos escuros se estreitaram.

— Eu posso ver através da sua mentira — ela comentou. Meu queixo tensionou. Eu precisava que as pessoas acreditassem que eu estava bem. Eu não queria que elas soubessem de todas as coisas fodidas na minha cabeça.

— É? Como? Você nunca sai da porra da sua casa. — Minhas palavras tinham gosto de ácido quando as proferi. Os olhos de Saffie se arregalaram. Foi uma porra de uma bala no coração quando a vi se encolher com o que falei. No entanto, ela voltou a se concentrar e endireitou os ombros.

— Eu vejo você — foi tudo o que ela disse. Três palavras simples que podiam muito bem ter sido um pé de cabra na porta fortificada que as drogas haviam construído em torno do meu coração. Em um golpe fácil, ela destruiu a madeira e a esmagou.

— Você não vê nada — rosnei. Mas, mesmo quando me concentrei em seu olhar acuado, pude ver que ela era capaz de enxergar, sim. Como se Saff estivesse segurando uma lupa gigante na minha alma sombria. Saffie não moveu um músculo quando minhas palavras a inundaram. Mas o olhar dela nunca se afastou do meu peito, alojado no meu coração... *eu vejo você... eu vejo você...*

Eu não queria que ela me visse. Eu não queria que ela, especialmente ela, visse a bagunça em que me tornei. Eu ri na cara dela, precisando afugentá-la. Precisando que ela escapasse do meu aperto envenenado e corresse para longe, muito longe. Longe de toda essa merda, para uma vida melhor. Uma onde ela não precisava se esconder dentro de casa. Uma onde ela não precisava falar com merdas como eu.

— Eu fodi aquela puta — eu disse a ela e observei seu olhar velado se despedaçar diante do golpe. Meu estômago revirou com a visão, mas eu continuei: — Eu a fodi naquela noite. — Dei de ombros. — Eu fodi muitas mais desde então. — Eu me inclinei para frente. — É isso que você vê, Saff? É isso que você vê em mim?

Eu me recostei na cadeira, rezando para que ela fosse embora. A dormência estava sumindo. Eu precisava que ela permanecesse. Saffie ficou em silêncio por muito tempo, e achei que ela tinha tido o suficiente, mas então:

— Eu vejo alguém que está perdido, alguém que está sofrendo. Você tem uma dor indescritível. — Minha respiração falhou. Saffie colocou os pés no chão e se levantou. Eu olhei para ela, pensando que "anjo" era a descrição perfeita dela. — Eu vejo isso em você, porque é o mesmo que carrego em mim.

248 **TILLIE COLE**

— Eu não sou nada como você — argumentei. — Nada mesmo. — Abri meus braços. — Eu sou mau, Saffie. Eu mato pessoas. Sou um maldito Cade. Eu tenho o fogo do diabo correndo pelo meu sangue. Você é praticamente uma muda que nem sequer conseguiu aguentar alguns dias de escola, agindo como uma mártir para tentar me salvar. Você está perdendo seu tempo. Não somos nada parecidos. E eu não preciso ser salvo.

— Todos nós precisamos ser salvos, Asher. Simplesmente precisamos primeiro estar prontos para aceitar. A salvação espera por todos nós.

— Sério? E você foi salva, Saffie? Você é um maldito desastre. Se olhe no espelho antes de voltar sua atenção indesejada em mim.

Lutei contra o desejo de cair de joelhos e implorar perdão. Eu estava intencionalmente machucando um maldito anjo. Pude ver no rosto dela. Eu machuquei uma das únicas pessoas no mundo que parecia se importar. Mas fiquei onde estava. Eu não a arrastaria comigo. Ela foi feita para ficar no alto do céu, não no chão comigo.

Os olhos de Saffie se voltaram para o chão e depois se ergueram lentamente. Ela caminhou com cuidado em minha direção, cada passo era como se estivesse flutuando em uma nuvem. Eu a vi levantar a mão. Estava tremendo quando começou a se aproximar do meu rosto. Prendi a respiração, esperando o tapa. Eu merecia. Em vez disso, sua palma tocou minha bochecha e eu me inclinei em seu calor. Fodam-se as drogas nas minhas veias. A sensação de seu toque retirou cada pedaço da heroína e a substituiu por luz.

Levantando meu olhar, encarei seus olhos escuros.

— Não confunda minha quietude com fraqueza. Sou mais forte do que as pessoas acreditam. — Engoli em seco, rezando para que ela nunca mais afastasse a mão de mim. Seus olhos traçaram as tatuagens de chamas que adornavam meus braços. Olhando para mim mais uma vez, ela disse: — Fui forjada no fogo, Asher. Eu nasci para suportar as chamas. — Com isso, a mão suave se afastou da minha bochecha e Saffie voltou para sua cabana, não olhando para trás nem uma vez até que a porta se fechou atrás dela.

Cerrei os punhos, com nojo de mim mesmo pela merda que disse a ela. Então pressionei minha mão na bochecha. No mesmo local onde Saffie tinha deixado seu calor, seu cheiro viciante... sua suavidade incendiou minha pele. Uma suavidade que eu ansiava, ansiava mais do que as drogas em minhas veias. A raiva corroía meu coração porque eu não podia tê-la. Eu nunca quis alguém como a queria. Mas ela estava quebrada. Muito quebrada

SEGREDOS SOMBRIOS

para se apegar a um pecador como eu, alguém que estava destinado ao inferno. Ela era um anjo enviado à terra, para que pecadores como eu pudessem adorar sua bondade.

Segurei meu cabelo e puxei a raiz com força, saboreando a porra da dor. Eu tinha dito isso antes e diria novamente: o mundo era fodido, e tudo nele era uma merda.

Respirei fundo e vi os olhos castanhos de Saffie em minha mente, e a bondade que vivia dentro deles, apesar de todas as palavras que usei para machucá-la. *"Eu vejo você"*, ela disse. Com três palavras, ela destruiu meu mundo. A única pessoa que eu me recusei a deixar entrar, viu através de mim, como um telescópio em minha alma mutilada. *"Eu vejo você…"*

Mas alguém tão perfeito quanto ela decairia e apodreceria no meu mundo. Ela perderia a luz que ainda irradiava de seu coração puro.

O mundo era fodido e tudo nele era uma merda… *exceto ela.*

Tudo estava arruinado, *exceto ela.*

EPÍLOGO

FLAME

— Temos coisas boas atrás do bar, Ash? — Viking perguntou, inclinando sobre o novo balcão, em direção ao meu irmão.

— Estoque renovado — ele respondeu. — Elas estão a caminho, Flame. Zane acabou de pegá-las.

Lancei um olhar através do bar. Mae e Lilah estavam com os filhos, Styx e Ky ao lado delas. Maddie estava vindo com Phebe e AK. Como meses atrás, nossos irmãos haviam se reunido para celebrar o nascimento de Beatrix. Eu procurei pela sala, certificando-me de não ver chamas. Ninguém queimaria esse lugar hoje. Solomon, Samson e Beau estavam patrulhando o complexo. Minha pele esquentou só de pensar em algum filho da puta por aí atrás de Maddie e suas irmãs.

Não houve nada por semanas. Sem ameaças. Nada. Isso não significava que não estava vindo. Eles não chegariam a Maddie ou Beatrix. A não ser que quisessem a porra da minha lâmina cravada nos olhos deles. Todas as cabanas foram construídas e espalhadas pelo complexo. Todas as casas seriam vigiadas. Styx conseguiu uma empresa de segurança cara para instalar câmeras em todos os lugares. Não havia uma parte do complexo que não estivesse sendo monitorada ou gravada. Nós pegaríamos os filhos da puta. Eles não tinham a mínima chance contra nós; seja lá quem fossem.

SEGREDOS SOMBRIOS

Viking repentinamente serviu uma dose de uísque e endireitou o *cut*.

— Flame, meu homem, como estou?

Eu olhei para o *cut* de Viking e seu longo cabelo ruivo. Por que ele estava me perguntando isso?

— O cabelo está bom? Eu o lavei. A barba também. — Olhei para a porta e esperei por Maddie. — Porra, cara. Até raspei meus pelos pubianos. — Viking se inclinou e dei um passo para trás. — Apenas entre nós, nunca vi a anaconda tão perfeita. E, caralho, irmão... é um comprimento e largura fenomenal. Pensar que Ruth poderia ser a única a provocá-la, minha pequena domadora de cobras. Ah, merda. Pequena não. A porra do meu pau é do tamanho de um asteroide. Tirei algumas fotos apenas para celebrar sua glória. Quer ver? — Balancei a cabeça; eu não queria ver.

— Ótimo — disse uma voz atrás de nós. — Estamos ouvindo sobre a porra da Anaconda de novo? — Ky ficou ao nosso lado. — Vike, neste momento, eu sei mais sobre o seu pau do que sobre o meu.

— E é como deveria ser — Viking retrucou.

Rudge se aproximou e colocou a mão no ombro de Vike.

— O idiota está falando sobre o pau dele, de novo?

— Como deveria ser — Vike repetiu, inclinando a cabeça.

— Faz jus à reputação. Eu já vi. — Rudge deu de ombros. — Se fosse eu, andaria por aí com meu pau para fora todos os dias. Deixando cada pedaço de boceta no clube molhadinha.

A porta se abriu e Ruth e Stephen entraram. Eles foram direto até Bella, Rider e Mae. E as irmãs abraçaram o pai.

— Filho da puta — Viking sibilou. Vike afastou o cabelo do rosto e se aproximou de Ruth. — Milady — ele disse e segurou a mão dela, dando um beijo nas costas.

— Olá, Viking — ela respondeu, e afastou a mão.

— Um amigo quer saber... o que você gostaria de beber?

— Eu vou pegar, Viking — Stephen respondeu, indo em direção ao bar. Viking se postou à sua frente.

— Ninguém perguntou a você.

— Okay — Stephen respondeu, as sobrancelhas arqueadas. Ruth ficou ao lado de Stephen. O rosto de Viking ficou vermelho. Eu não sabia o porquê. — No entanto, vou pegar as bebidas.

— Estão se divertindo em sua nova cabana? — Viking perguntou a Stephen e Ruth, o olhar se alternando entre eles.

— Sim, obrigada — Ruth respondeu e Stephen assentiu.

— Então... — Viking comentou, cruzando os braços sobre o peito. — Vocês estão se pegando?

O bar ficou em silêncio.

— Viking! — Mae gritou e ficou de pé, postando-se ao lado do pai. — Como você ousa ser tão rude?!

— É uma pergunta bastante simples. — Viking deu de ombros.

Ruth baixou o olhar.

— Viking, afaste-se da minha mãe. — Rider agora estava diante de Vike.

— Está tudo bem — Stephen falou, e colocou a mão no ombro de Viking. Eu achei que Vike fosse quebrá-la. — Viking. Não sei por que você se importa, mas Ruth e eu somos amigos. Melhores amigos. Isso é tudo.

— Eu não acredito em você — ele retrucou, com os olhos entrecerrados.

Stephen sorriu abertamente.

— Eu juro, Viking. Não tenho interesse em Ruth dessa maneira, nem mesmo em nenhuma outra mulher. Não sou uma ameaça para um homem como você. — Stephen foi embora.

A boca de Viking se abriu quando o pai de Maddie pediu bebidas no bar. Não fiquei para ouvir o resto da conversa, porque a porta se abriu atrás de mim.

Eu me virei e vi que AK e Phebe já haviam chegado. AK inclinou o queixo para mim.

— Vike sendo um idiota de novo?

— Sim — concordei, sem saber se ele estava ou não. Ele estava apenas sendo Vike.

AK acenou para ele. Phebe estendeu a mão na direção do corredor, e Sapphira entrou no bar. Eu não a via há meses. Ela ficou ao lado da mãe. Ouvi um barulho de vidro se quebrando atrás do bar. Eu me virei e vi Ash olhando para ela, antes que ele abaixasse a cabeça e continuasse com a limpeza.

Ouvi Beatrix antes de vê-la. Seu choro atravessou a porra do ambiente e eu corri para a porta. Maddie a estava carregando para dentro.

— Shhh... meu coração — Maddie a acalmou, beijando a bochecha de Beatrix.

— Maddie — eu disse e fui até elas.

Maddie sorriu para mim, fazendo meu coração parar.

— Ela está enjoadinha. Está cansada, mas se recusa a dormir. — Maddie se aproximou de mim. — Aqui, ela fica melhor com você.

SEGREDOS SOMBRIOS

Fiquei congelado enquanto Maddie colocava nossa filha em minhas mãos. No minuto em que a segurei, todo o meu mundo parou. Beatrix parou de chorar e olhou para mim. Seus olhos agora eram verdes... como os de Maddie. Beatrix era tão bonita quanto sua mãe.

Maddie beijou minha bochecha quando recostou Beatrix ao meu peito.

— Nunca me cansarei de vê-lo abraçá-la. Não consigo pensar em uma única visão que me deixaria tão feliz quanto isso. — Olhei para Beatrix quando seus olhinhos começaram a se fechar. Maddie riu e eu me derreti com o som. — Claro que ela dorme com você. — Maddie foi até a porta. — Vamos entrar.

Segui Maddie até a mesa onde suas irmãs estavam sentadas e me acomodei ao lado de AK. Ele se inclinou e passou o dedo pela bochecha de Beatrix.

— Onde está a minha garota? — Viking gritou.

Maddie e suas irmãs o mandaram se calar.

— Porra, cadelas. Vocês estão na TPM ou o quê? Ah, eu ouvi sobre isso. Ciclos sincronizados. Estou certo?

— Vike, sente-se antes que eu quebre a sua cara — Ky rosnou.

Ele obedeceu e olhou em volta.

— Sério? Estamos nessa de novo? Estou começando a ficar confuso sobre se estamos administrando uma creche ou um negócio de venda de armas.

— Você não precisa estar aqui — Hush comentou. — Isso não é a *church*. Não é obrigatório.

— Calma, benzinho, não é uma reunião Hangmen sem o seu homem Vike e sua personalidade contagiante — Viking respondeu.

— Contagiante, aham — Tank brincou.

— Bem, chega de crianças, okay? — Viking implorou. — Acho que já chegamos ao nosso limite. Eu quero que isso aqui volte a ser apenas bocetas e corpos quentes.

— Bem... — Mae disse e sorriu para Styx que segurava Charon. — Haverá mais um bebê em mais ou menos seis meses.

Maddie correu até ela.

— Mae! — exclamou, animada, e passou os braços em volta da irmã. Todas as cadelas saíram de suas cadeiras, mas eu fiquei exatamente onde estava. Encarei minha Beatrix, dormindo. Eu não queria desviar o olhar.

Eu não a soltei o dia inteiro, a não ser para Maddie amamentá-la ou segurá-la.

— Estou pronta para ir para casa, Flame — declarou depois de bocejar.

Eu me levantei e caminhei até a caminhonete. Maddie colocou Beatrix no bebê conforto e fomos para casa.

Entramos no quarto e Maddie se deitou, colocando Beatrix no meio do colchão. Eu fui para o outro lado, observando Beatrix mexer os braços e as pernas entre nós. Seus olhos verdes se fixaram nos meus. Eu suspirei. Arfava toda vez que encontrava seu olhar – uma pequena Maddie. Eu tinha outra Maddie. O calor se espalhou pelas minhas veias novamente. Não as chamas, mas a outra sensação quente que sentia desde que a abracei pela primeira vez.

— Você está sentindo de novo? — Maddie perguntou, quando olhei para os meus pulsos. Eu assenti. Maddie sorriu e segurou minha mão. — É felicidade, Flame. O que você está sentindo é a verdadeira felicidade.

— Felicidade — murmurei, e olhei para Beatrix. — Ninguém jamais machucará vocês duas. Eu prometo.

— Eu sei — Maddie respondeu, com a mão na minha bochecha. A mãozinha de Beatrix se levantou e Maddie a baixou, rindo. — Ele é meu marido, pequenina. Também posso tocá-lo. — Ela beijou Beatrix na testa, e eu pensei que meu coração ia explodir. A mãozinha se levantou de novo.

— O que ela quer? — perguntei.

— Eu acho que ela quer segurar o seu dedo — Maddie disse, e meu coração apertou.

Isaiah levantou a mão, quase tocando a minha e eu a afastei de seu toque. Ele ainda estava olhando para mim.

"Ele só queria segurar seu dedo, querido. Ele quer conhecer o irmão mais velho."

"Segurar... segurar meu dedo?"

"Olhe", minha mãe falou. Ela levantou o dedo na direção do meu irmão, e ele envolveu a mãozinzha em torno dele. Minha mãe sorriu. "Ele só quer dizer olá."

"Não posso", enfiei as mãos embaixo das pernas. Eu queria segurar a mão dele, mas não podia machucá-lo. Eu não poderia torná-lo um pecador como eu.

— Flame? — A voz de Maddie afastou a memória. — Flame... — ela sussurrou. — Volte para mim. — Pisquei, com a visão embaçada. Maddie se inclinou por cima de Beatrix, limpando meus olhos e a umidade das minhas bochechas. — Você está bem. Você não vai machucá-la, lembra?

Beatrix fez um som borbulhante e eu olhei para ela. Sua mão minúscula estava no ar novamente. Engoli em seco, querendo deixá-la me abraçar, deixá-la segurar meu dedo e dizer olá... exatamente como Isaiah queria, mas eu nunca o deixei.

SEGREDOS SOMBRIOS

— Eu amo você — Maddie reafirmou e repousou a cabeça no travesseiro. Eu não conseguia desviar o olhar da nossa filha. Quando a mão dela se levantou novamente e seus olhos verdes encontraram os meus, abaixei a mão, o coração martelando no peito. A mãozinha se fechou em volta do meu dedo e senti minha garganta fechar e meus olhos se encherem de água. Beatrix apertou meu dedo.

— Olá — eu disse, lembrando por que minha mãe disse que Isaiah queria fazer isso. Engoli em seco e ouvi Maddie chorar.

— São lágrimas de alegria — ela assegurou, inclinando-se para beijar meus lábios. Beatrix não soltou meu dedo. — Estou tão orgulhosa de você, amor. Não posso expressar o quanto estou orgulhosa de você. — Aquela sensação de calor que Maddie chamou de felicidade se espalhou novamente sobre mim. Olhei de Maddie para Beatrix e respirei fundo. — Diga — Maddie sussurrou quando os olhos de Beatrix começaram a se fechar com o sono. — Me diga como se sente.

Repousei a cabeça também, vendo Maddie do outro lado de Beatrix, com nossa filha segurando meu dedo. Lembrei do que ela havia me dito quando acordei na floresta. Meu batimento cardíaco soava alto nos meus ouvidos, mas eu murmurei:

— *Encontrei aquelas a quem minha alma ama.*

— Flame — Maddie sussurrou, os lábios trêmulos.

Olhei para Beatrix, agora adormecida, seu peito subindo e descendo suavemente.

— Encontrei descanso.

Maddie colocou o braço sobre o meu, com Beatrix protegida entre nós. Em minutos, ela adormeceu. Fiquei acordado para vigiar minhas garotas. Nunca pensei que poderia ter isso. Todo dia eu tentava me livrar da voz do meu pai na minha cabeça. Eu tinha uma família agora. Uma que eu nunca machucaria. Uma que ninguém nunca tiraria de mim. Eu me certificaria disso.

Minha família.

Meu Ash.

Minha Maddie.

Minha Beatrix.

Meu maldito mundo.

FIM

TILLIE COLE

PLAYLIST

Send Me On My Way – Colin & Caroline
Best Part of Me (Feat. YEBBA) – Ed Sheeran
Power Over Me – Dermot Kennedy
Glory – Dermot Kennedy
Priest – William Crighton
Bobby Reid – Lucette
Lay 'Em Down – NEEDTOBREATHE
Cursed – Lord Huron
Evil – Nadine Shah
For Island Fires & Family – Dermot Kennedy
Take What You Want (Feat. Ozzie Osbourne) – Post Malone
A Place Only You Can Go – NEEDTOBREATHE
Devil's Been Talkin' – NEEDTOBREATHE
Lay Down – Ella Henderson
Flames (with ZAYN) – R3HAB, ZAYN, Jungleboi
Oceans (Where Feet May Fail) – Hillsong UNITED
Another in the Fire – Hillsong UNITED
As You Find Me – Hillsong UNITED

SEGREDOS SOMBRIOS

AGRADECIMENTOS

Obrigada ao meu marido, Stephen, por ser meu maior apoiador.

Roman, meu pequenino. Você é a luz da minha vida. Eu sou tão abençoada por ser sua mãe. Nunca pensei que fosse possível amar tanto alguém. Você é a melhor coisa que já fiz na minha vida. Tudo é para você.

Mãe e pai, obrigada pelo apoio contínuo. Pai, obrigada por sempre ser um defensor da minha escrita e me ajudar sempre que preciso de você.

Samantha, Marc, Taylor, Isaac, Archie e Elias, amo vocês.

Thessa, obrigada por ser a melhor assistente do mundo. Você faz as melhores edições, me mantém organizada e é uma ótima amiga!

Liz, obrigada por ser minha superagente e amiga.

Neda e Ardent Prose, estou tão feliz por ter embarcado nessa jornada com vocês. Vocês tornaram minha vida infinitamente mais organizada. Vocês são incríveis!

Para as minhas Tillie's Tribe e Hangmen Harem, eu não poderia pedir melhores amigas literárias. Obrigada por tudo que vocês fazem por mim. Um brinde a mais um passo em nossa Revolução do Romance Dark! Adoro como seus pequenos corações sombrios são atraídos para o meu. Viva o Romance Dark!

Obrigada a todos os blogueiros INCRÍVEIS que apoiaram minha carreira desde o início, e àqueles que ajudam a compartilhar meu trabalho e panfletar sobre ele. Vocês são incríveis, mais do que podem imaginar.

TILLIE COLE

E, por último, obrigada aos leitores. Sem vocês, nada disso seria possível. Nosso mundo Hades Hangmen é um dos meus lugares favoritos para estar. Algumas pessoas não nos entendem, nem ao nosso amor eterno por nossos homens favoritos vestidos de couro... Mas temos uns aos outros, nossa própria tribo, e isso é tudo que precisaremos à medida que nossa série de motociclistas cresce!

Nosso mundo Hangmen arrasa!

Obrigada por vir nessa jornada sombria comigo. É um lugar divertido para se estar quando você se entrega. ;)

"Viva livre. Corra livre. Morra livre."

SÉRIE HADES HANGMEN

Conheça os outros livros da série e complete a sua coleção!

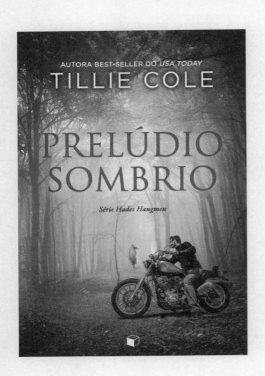

Pecar nunca pareceu tão bom...

TILLIE COLE

Até a salvação pode ser alcançada através do amor dos condenados...

Pois almas sombrias são como imãs. Atraídas para colidirem em uma felicidade impossível...

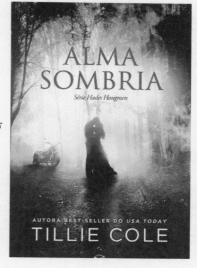

Somente pelo sangue pode ser encontrada a mais profunda salvação...

SEGREDOS SOMBRIOS

Até mesmo o quebrado, com amor, pode encontrar a graça...

Quando luz e escuridão se encontram, almas destinadas irão se unir...

Só o amor sem limites pode silenciar os sussurros do passado...

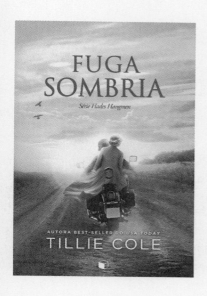

Mesmo no inferno, há beleza a ser encontrada.

O amor profundo pode nascer do ódio desmedido...

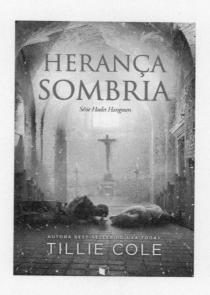

Compre o seu no site da The Gift Box:

A The Gift Box é uma editora brasileira, com publicações de autores nacionais e estrangeiros, que surgiu no mercado em janeiro de 2018. Nossos livros estão sempre entre os mais vendidos da Amazon e já receberam diversos destaques em blogs literários e na própria Amazon.

Somos uma empresa jovem, cheia de energia e paixão pela literatura de romance e queremos incentivar cada vez mais a leitura e o crescimento de nossos autores e parceiros.

Acompanhe a The Gift Box nas redes sociais para ficar por dentro de todas as novidades.

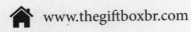

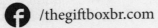

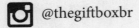

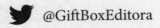

Impressão e Acabamento | Gráfica Viena
Todo papel desta obra possui certificação FSC® do fabricante.
Produzido conforme melhores práticas de gestão ambiental (ISO 14001)
www.graficaviena.com.br